海格摩尼亞
永恆森林
大迷宮
羅克洛斯海岸
布拉德洪
紅色山脈
卡納丁
東部林地
賽多拉斯
那吳勒臣
巴拉坦
戴哈帕
伊斯
盧斐曼海岸
南部大道

龍族的世界
Dragon Raja
北部林地
灰色山脈
無盡溪谷
細美那斯平原
拜索斯
賀坦特
修多恩嶺
修多恩河
雷諾斯
中部大道
中央林地
恩佩河
卡拉爾
伊拉姆斯
拜索斯恩佩
西部林地
褐色山脈
南部林地
藍色山脈
深淵魔
傑彭
Map Illustration © Hong Yeon Ju

龍族

6

李榮道—著 邱敏文、鄭旻加—譯

龍族

6

看著前方卻想著後面

目錄

第11篇

看著前方卻想著後面

……就連那位勇猛無比同時也是擁有無與倫比的智慧的戰士——賢者杉森．費西佛，也有一些可信的紀錄記載，他有時會受助於他的年輕跟從者修奇．尼德法。然而，人們大多認為這些乃是不可採信的資料，因為較多人相信，修奇．尼德法只不過是位平凡的少年卻能名留於世，完全是因為偉大的杉森．費西佛見他可憐、讓他跟隨著而成名的。不過，我在此再度闡明許多古詩歌以及吟唱者的詩琴所歌頌之真理：最為賢明之人有時也會向最為愚蠢之人學習，而且這能夠使他更顯賢明，並不會因此減弱其光芒……

——摘自《在風雅高尚的肯頓市長馬雷斯．朱伯烈的資助下所出版，身為可信賴的拜索斯公民且任職肯頓史官之賢明的阿普西林克．多洛梅涅，告拜索斯國民既神祕又具價值的話語》一書，多洛梅涅著，七七〇年。第十二冊十五頁。

01

我回頭一看，在我們身後瀰漫著一大片彷彿像雲般的塵埃。

在這廣闊無邊的荒野之中，那片塵雲持續瀰漫千肘之遠。後方的塵雲沖向天際之後，就變得越來越模糊不清了，可是在我們正後方所瀰漫著的濃厚塵雲卻一直不停在翻湧著，看起來就像是塵雲在追趕我們的樣子。

「呀啊！喝，喝！喝！喝！喝啊啊！」

「快跑！一口氣跑過東部林地吧！」

這幅景象真是壯觀啊。

在我們最前頭的是一頭健壯的公牛正在做前導。沒錯，是一頭公牛。而在牠上面則是坐著一個健壯的戰士，正在放聲吆喝著，提高氣勢。那是吉西恩和御雷者。御雷者正以穩健的步伐，雄赳赳地在大地上奔馳著。

而跟在吉西恩後面的，是一個身材苗條瘦長的小姐，以及一個帶有初次旅行者所有特徵的少女，正坐在巨大的黑馬上。那是妮莉亞和蕾妮，以及黑夜鷹。妮莉亞把長長的三叉戟緊緊地拿在馬鞍旁邊，背後載著少女，飄揚一頭紅髮在奔馳著，她的模樣簡直就像是傳奇故事裡的主人翁。

在她的旁邊則是一匹巨大的馬載著一個幾乎健壯到可怕程度的戰士，又載著一個和戰士相較起來可以說是身材纖弱的祭司，那匹巨馬正在快速奔馳著，快得都已經看不清楚牠的腳了。他們是杉森和傑倫特，以及流星。杉森大聲高喊著，而聽到他高喊的馬兒們都像是受到馬王召喚的惡魔，如疾風般奔馳著。

在他們後面的是穿著一襲白袍的巫師，他的臉孔看起來有些疲憊，卻更增添了一份成熟之美。而在他背後坐著的則是一個矮人，他的臉孔雖然也洋溢著成熟感，但帶著害怕的發青臉色，因此大大減弱了他的成熟之美。他們一直奔馳而去。那是亞夫奈德和艾賽韓德，以及謝蕾妮爾……是那匹馬的名字。那匹馬是亞夫奈德從首都騎過來的馬，真傷腦筋耶。他為什麼總愛取這種名字呢？

在他們的右邊，一位戰士面帶著像要刺穿什麼的尖銳眼神，緊閉著嘴巴，他用韁繩駕馭著馬匹，流露出一股剛毅的個性。那是溫柴和移動監獄。然後呢，左邊則是一個讀書人面帶著像是快被刺穿了的溫文眼神，他緊閉著嘴巴，一面努力不讓塵土飛進嘴裡，一面奔馳著。那是卡爾和曳足。

而一直跟在一行人尾端的男子，要不要稱他為「抵擋住基果雷德前腳之人」呢？不管怎麼樣，因為傳聞的速度太慢，致使他到現在都還沒有威名遠播整個大陸，但其實他是一個已經擁有英雄的所有資質，只是還未出名的戰士。他正騎著一匹曾經如獅子般凶悍，但馴服之後卻像綿羊般溫順，擁有高貴仕女之名的勇猛馬匹！

啊！可惡！就算這樣說，我心情還是不怎麼好！因為我騎在最後面，一行人所揚造出來的塵土全都跑進我嘴裡了！而且我們一行人的馬所拉出來的屎也全都掉落在我面前！

視野所及之處全都是地平線。一個早上跑下來，就連我們身後那片高聳的紅色山脈，如今也已經消失不見了。我們一直不斷地馳騁於無限寬廣的東部林地的平原上，所揚起的塵雲雖然像一座山那樣高大，但在這廣闊平原的映襯下，看起來卻只像是一小撮的灰塵。

「喝啊，喝啊，喝啊！」

「呀，呀，呀哈！快跑！」

在我們頭上的柔雲悠然地流逝著，看起來就好像連天空也無限寬廣，使得雲朵都迷路了，徘徊在天上。這片平原上，除了風與我們之外，所有東西都好像靜止不動，有一股莫名的壓迫感緊緊壓抑著我們。可是在前頭做先導的人正快活地喊叫著，我們被這有力的加油聲所鼓舞著，不知疲倦地奔馳而去。

不論是騎在馬上的人，或者那些馬，都不願露出倦態。這應該是出於自尊心的關係。因為在杉森背後的傑倫特正在如此喊著：

「如果連公牛都追不上，還算是馬嗎？」

「咿嘻！咿嘻嘻嘻！」

亞夫奈德咯咯地笑著。他一面注意著四周圍，一面觀察馬兒們是不是看起來很累。而且他偶爾會從袍子口袋裡拿出某種形狀很奇怪、像膏藥之類的東西，往天上一丟，便開始施法。

「Strength!」（增強術！）

每次我們的馬就會因而得到新的力量，牠們放聲地嘶鳴著，然後就以看起來像是連風也被甩掉的速度急奔而去。啊，當然啦，每次馬兒們急遽加速的時候，艾賽韓德就會喊出淒慘的尖叫聲。

「哦，卡里斯・紐曼！請庇佑一下虔誠的矮人吧！」

馬蹄每踩到地面一下，就會揚起塵土。

我們看到有一座都市出現在荒涼的原野之中。那個都市看起來就像是在荒蕪大地上的一個斑點。都市的四周圍都是荒野，而且從荒野之中吹襲而來的風夾帶著非常多的塵土，毫不留情地傾倒向這座都市。即使是走近都市，那片灰色的城牆還是看起來很朦朧，再加上現在是傍晚時分，陽光不足，那些飛舞著的塵土和紅色陽光，使整面城牆像是活著的生物在蠕動著。

「這座都市簡直就像是用灰塵堆積出來的。咳嗯！」

是妮莉亞的沙啞聲音。我點了點頭，沾到汗水的灰塵弄得我的下巴很不舒服。我無力地抬起手來搔了搔頭，可是沾附在手指上的卻不是頭髮，而是沙子比較多。

我們憑著那股有如鐵匠的鐵砧般堅韌的意志，還有比吟遊詩人們的豎琴弦更為堅定的決心，一直不斷前進。我們一直追著太陽跑了十二個小時，奔走了長達二十四萬肘的距離。而現在已是日落時分，我們跟著太陽直奔而來，到達夕陽最後掠過的都市。

「咳嗯咳嗯，這是哪一座都市呢？」

卡爾也是一副沙啞不已的聲音。杉森拿出背包，首先把那上面的塵土用力拍掉，結果又揚起了一陣塵埃，而在塵埃旁邊的吉西恩則是有些不耐煩地說：

「要不要問我啊？可以不必拿出地圖。」

「啊，是嗎？那麼，這裡是哪裡呢？」

「這裡是卡納丁，是東部林地的中央都市。」

「哼嗯。真搞不懂為何在這種地方會有都市存在。」

「這當然是因為它是個交易市集。東部林地的旅行者順道都會經過這裡，而形成了都市。」
「啊啊。這裡是不是有水源？」
「是的。」
我們要進入卡納丁的時候，已經全都變成了灰色的旅行者。
我們一接近城門，便看到有士兵坐在城門旁邊的長椅上，在那裡監視通行的人。士兵們全都拿著斬矛，穿著大件的斗篷。斗篷可能是要遮蔽陽光和塵土的吧。他們一看到我們，就露出了驚訝表情。其中一個士兵站起來，對我們說：
「以卡納丁之名歡迎各位。請問你們是旅行者嗎？」
「是的。」
他以驚訝的表情，又再觀察我們一遍。因為如果我們是旅行者，那可真是非常奇怪、舉世無雙的組合。我們並沒有載貨的大板車或者馱貨的馬，所以我們不是商人；我們全都帶著武器，而且不分地位高低，全都騎著馬；還有，其中一人騎著公牛，而且甚至有矮人在，也有巫師和祭司。那個士兵露出非常苦惱的表情，說出了他的結論：
「各位好像是冒險家。」
吉西恩微笑著說道：
「冒險家不能進去嗎？」
雖然吉西恩在微笑，但士兵卻露出了苦笑的表情，說道：
「我們無法允許這麼多帶有武器的人進入都市裡。」
隨即，我們一行人全都同時議論紛紛了起來。呵呵，真是的。大家看起來都像是疲憊得快要倒下去了，卻還能如此議論紛紛。妮莉亞的臉漲紅著，不知道說了些什麼，可是卻被艾賽韓德的高喊聲給蓋住了，根本聽不到她的聲音。亞夫奈德則是一副像是聽到世界末日的表情。卡爾苦惱了一會兒之後，望向傑倫特。隨即，傑倫特幾乎是和摔落下來沒兩樣地下了馬。

他下了馬後，雙腳碰到地上的那一瞬間，就整個人定住不動了。我仔細看他的臉，他一副極度痛苦的表情，就這樣站著不動，等到身體沒有那麼痛苦之後才勉強開口說道：

「快累死了……」

傑倫特用一隻手撐著腰，另一隻手則是把木杖當成拐杖用，以搖晃的步伐走向那個士兵。如果不看他的臉，恐怕會誤以為是年近七十的老人吧。在他走過去的這段時間，那個士兵用抱歉的表情看著傑倫特。

傑倫特則是表情淒慘地看著那個士兵，用顫抖的聲音說：

「請給予神的微弱權杖……拜託請讓我們在此睡一晚，讓我們喝一口水，以解乾渴。」

那個士兵早就做好點頭的準備了。或許就算傑倫特不說話，他也會流著同情的眼淚，准許讓我們通過吧。

「你死了嗎？」

「如果說死亡就是只有不滅的靈魂在活動，肉體則是處在一動也不能動的狀態，那麼我現在就是已經死了。」

我一聽到傑倫特的回答，點了點頭，就叫旅館老闆趕快去請棺材店的人過來。傑倫特則是躺著發出了很可怕的呻吟聲。

現在傑倫特是躺在被旅行者們用滿是泥土的腳，踩踏過無數次的大廳地板上。就算是一個完全喝得不省人事的酒鬼，大概也不會做出如此難看的行為吧，更何況是一個穿著聖袍的祭司竟然躺在地上。可是傑倫特因為汗水的關係，他的頭髮黏成一條一條粗粗的，就像繩索一樣，而且只要他稍微移動身體，就會揚起一陣塵土，所以旅館老闆也不責備他這樣做是有辱祭司之名了。

那個旅館老闆甚至還給予很大的通融，他看到傑倫特躺在地上的身體，甚至還輕輕地跳了過去，而他手上拿著的啤酒卻一滴也沒有灑出來，真是技術純熟巧妙。他一面把啤酒遞給我們，一面說道：

「各位好像騎了很遠的路才來到這裡。」

亞夫奈德整個人已累倒、頭趴在桌上，一聽到旅館老闆的話，很費力地舉起手來，攤開了兩根手指頭之後，又攤開了四根手指頭。老闆摸了摸他自己的大紅鼻子，說道：

「兩萬四千肘？」

亞夫奈德仍然還是趴在桌上的姿勢，用舉著的手指頭左右搖了搖。

「難道是二十四萬肘？」

隨即，亞夫奈德上下點了點手指頭，老闆隨即露出了佩服不已的表情。吉西恩笑著說：

「我們的馬竟然做到這麼了不起的事，請老闆您多照顧一下那些馬。」

「請不要擔心。那些馬一定會比待在皇宮還要舒服的。」

我們一聽到這句話，全都微笑了出來。這個旅館老闆一定沒想到他就是吉西恩王子吧。老闆自行對我們的笑容做出解釋，然後也跟著笑了出來。我對艾賽韓德說道：

「艾賽韓德，起來吧。啤酒來了。」

艾賽韓德躺在臨時搭造的床鋪上，一副死掉的矮人模樣。不過，或許因為是敲打者的緣故，他不像德菲力的祭司那樣隨便躺在地上，而是把兩張椅子並排在一起，做出一個剛好正合他的身高的床鋪，現在他正躺在這床鋪上。

艾賽韓德卻做了一個不像矮人的回答。

「我不想喝。」

旅館老闆一聽，開始用懷疑的眼神看著這個躺在自己大廳的矮人，懷疑他會不會只是一個長得像矮人的人類。說得也是，沒想到矮人竟然會拒絕喝啤酒！

杉森一直站在門口拍身上塵埃，他在門口造出一陣塵煙之後才進來。我們每個人的模樣，看起來都像是把所謂「東部林地之塵」這種塵土給全部覆蓋在身上了。

杉森把啤酒杯分給大家之後，我把酒杯靠到嘴邊。

我們一整天奔馳下來，喉嚨實在是非常乾渴，我把啤酒倒進喉嚨裡，簡直感覺喉嚨都快被撕裂了。酒氣在瞬間散開，令我感到頭暈目眩——放在桌上的煤油燈竟然看起來有三個之多。

卡爾靠坐在椅子上，一面打瞌睡，一面喝啤酒，結果流了不少的啤酒到衣服上。溫柴看到他那副模樣，噗哧笑了出來，然後拿著啤酒杯走到艾賽韓德的旁邊。

「喂，矮人，菸草拿出來吧。」

艾賽韓德費力地睜開那雙睜不開的眼睛，瞪視著溫柴。

「你這傢伙！講話怎麼這麼不客氣！」

可是溫柴只是默默地低頭看著他，冷淡地說：

「你給我菸草，我就對你客氣一點。」

艾賽韓德隨即呻吟著，從懷裡拿出放菸草的菸袋，遞給溫柴。溫柴拿到那東西之後，用這句話代替了謝謝兩字：

「菸斗呢？」

「呃啊啊啊啊！」

艾賽韓德掏出了菸斗，朝著溫柴的臉丟擲過去，不過，溫柴用嘴巴把菸斗給接住了。旅館老闆看了拍手叫好，溫柴則是泰然自若地坐到椅子上，把腳蹺到桌上，然後開始把菸草裝到菸斗裡。他用桌上的煤油燈點燃菸之後，把手臂枕在腦後，悠然地讓菸霧裊裊升起。

吉西恩沉著地對溫柴說：

「你應該把艾賽韓德先生帶到臥房去，以報答他給你抽菸吧？」

溫柴茫然地望了一下吉西恩，隨即用輕快的動作站了起來。他把椅子上的艾賽韓德當作行李般舉起來，扛在肩上，而艾賽韓德則是一點反抗的力氣也沒有，只是嘴裡唸唸有詞，但還是讓溫柴抬走了。兩人消失在臥房方向之後，過了不久，傳來了東西被丟到床上的沉重聲音，而且我還稍微聽到艾賽韓德的慘叫聲。

接著，溫柴就一邊輕拍著手，一邊走回來了。他又再把腳蹺到桌上，抽起他的香菸。他一看到其他人呆愣地在看他，就沒精打采地說：

「請不要擔心，我已經把他放到床上了。」

「……辛苦你了。」

卡爾如此說完之後，就在溫柴的旁邊趴了下來。他趴在桌上，還一面喃喃自語著：

「不用把我帶到臥房……等一下我就可以用我的腳……走去……」

吉西恩用憐憫的表情低頭看了看卡爾，然後舉起啤酒杯，說道：

「呼。今天真是令人疲倦的一天，不過我們確實是跑了很多路。現在只要再過一天半的時間就可以到首都了。」

杉森擦了一下嘴巴，說道：

「您是說用今天奔馳的速度嗎？」

「是的。」

我的天啊。明天還要像今天這樣奔馳啊！雖然我感覺那雙快閉上的眼睛突然亮了一下，不過，杉森只是笑著說：

「那麼明天應該也要跑很多路嘍。」

明天還要跑很多路？我真想當場跑到外面去拔掉馬兒們的馬蹄鐵，不過我忍了下來。等等，馬蹄鐵？對了！

「嗯，我們是沒問題啦，可是馬兒們的馬蹄鐵有沒有關係呢？」

隨即，杉森像是很意外地看著我，說道：

「哼嗯。不要擔心，修奇。我都檢查過了，沒有問題。」

啊啊啊！完蛋了！我真希望馬兒們全都得到感冒而不支倒地！我對杉森無力地笑了一下之後，拿起啤酒杯。此時，大廳一角的門突然被打開，接著就傳來了妮莉亞的聲音：「修奇！修奇。快來幫我一下！」

「嗯？怎麼了？」

我回頭一看，看到妮莉亞頭上圍著毛巾。她和蕾妮一到旅館就直奔洗澡間了。可是她要我幫什麼忙呢？

「蕾妮昏過去了。可是我也沒有力氣了，沒辦法扶起她。」

「好，等等！那麼她現在是光著身子嘍？我不去！」

「不是啦。她是衣服都穿好了才昏過去的。不用擔心這個，快進來。」

我一面伸出四肢，一面站了起來。我現在都已經四肢快散了，還能扶得了誰呀？

我跟著妮莉亞進去洗澡間，裡頭有幾個巨大的木桶和爐灶，而爐灶上面則是放了一個很大的鐵鍋。地板像是在鬧水患，到處都是水。嗯，一定是她們剛才在這裡打了水仗。在另一頭的長椅上，蕾妮可能才剛洗完澡，頭髮都還濕漉漉的，臉頰也泛紅著，正躺在長椅上。我猜想她可能是坐到一半就直接倒向旁邊昏過去的，然後就以這副可愛模樣睡著了。或許是因為她已經把今天一整天覆蓋在身上的灰塵都洗淨了，所以現在散發著一股香味，看起來很滑潤，而且加上她才從洗澡木桶剛出來沒多久，全身發熱。不過，對我而言她卻只是一個非常重的包袱。呃呃呃！我背著蕾妮，到她們臥房的路怎麼會這麼遠呢？

我讓蕾妮躺下之後，一回到大廳，杉森就扶著亞夫奈德，而吉西恩扶著傑倫特，紛紛走向臥房。結果，被移到臥房的人都變成了被遺忘的人物。至於卡爾，我們尊重他的意見，讓他趴在桌上，丟他一個人在那裡，然後我們就去洗澡了。

我洗完澡出來一看，晚餐都已經好了。來吃晚餐的就只剩下吉西恩、杉森、溫柴和我，以及一直趴在桌上的卡爾。按照剛才傑倫特所說的死亡定義，卡爾算是已經死了，所以，這頓晚餐照理說應該會只會充滿耍刀劍之人的那種氣氛，不過令人意外的是，事實並非如此。嗯，我們的話題是這樣聊起來的：

「基果雷德從拜索斯與傑彭之戰中被釋放，這所代表的意義是很重大的。把那邊的鹽巴拿給我一下。」

「拿來了，我放這裡。嗯。傑彭已經先行使用那種武器，也就是利用聖徽造出神臨地，我們在遭受此種武器的威脅之下，拜索斯的野地戰戰力又被削弱了，現在可以說是處在足以左右戰爭勝負的嚴重局面中。杉森！靠著餐桌的時候，拜託不要抖腳！」

「你說得對，修奇。嘖嘖，因此，基果雷德不應該被釋放。嗝。可是牠已經被釋放出來，四處亂跑。前線的指揮官們一定是瘋了，否則怎麼會允許這種事發生呢？真是奇怪。喂，眼珠怪！你覺得怎麼樣？」

「……雖然和你問的問題不相干，但我要說的是，請不要一邊問人一邊揮叉子！你這個不像人的傢伙。」

旅館老闆正在驚慌地看著我們吃飯的場面。不對，他大概不敢直接看我們，只是不斷擦著已經擦過了的桌子在偷看我們。雖然吉西恩帶著一副沉鬱的臉孔，但還是很有威嚴地一邊撕麵包，一邊說道：

「要是卡爾先生所提的海岸封鎖戰略能夠成功，就不用擔心前線了。萬一那個計畫真的實現，在前線會有一段期間維持比較好的狀態，這是很簡單而且有利的事。」

「是的。這個戰略可以減少許多無謂的犧牲。不過，這個意見的提案者其實是一個叫做費雷爾的年輕巫師。」

「哼嗯。我應該去找那位巫師談談，說不定他可以分析現在的情勢。」

「這個我也會啊。」溫柴說道。

吉西恩雖然靜靜地把撕開的麵包放了下來，不過杉森卻把咬在嘴裡的麵包吐了出來。我驚訝地看著溫柴，說道：

「溫柴？你可以分析這個情況？」

溫柴以不緩不急的動作，把湯匙、叉子和盤子平行地放著。這個動作雖然不緩不急，但杉森一面看著他的動作，臉上則是一陣青一陣紅地生氣起來。溫柴做完了那個動作之後，又再用很慢的動作拿起水杯，隨即，杉森就把叉子高舉到肩上，做出投擲長槍的姿勢。

「你要是再不說，我就丟出去了！」

「那你就得空手吃飯了。」

溫柴的這句話使杉森張大了嘴巴。溫柴這時候才開始慢慢地說：

「我們應該要轉移焦點才對。」

吉西恩歪著頭疑惑地問道：

「轉移焦點？」

「現在我們好像把焦點都放在基果雷德身上了。你們覺得把焦點放到托爾曼身上如何呢？」

「你是指托爾曼・哈修泰爾嗎？他怎麼了？」

「他是現存可以確定是龍魂使的人。而且，他現在不在基果雷德的身邊，可以算是沒有龍的龍魂使。」

吉西恩和杉森同時轉為目瞪口呆的表情，互相看了彼此一眼。溫柴則是用輕蔑的眼神看著他們兩人，所以我才決心要搭救他們。我說道：「等一下。那麼說來，溫柴你的想法是……托爾曼・哈修泰爾可能成為克拉德美索的龍魂使嗎？」

溫柴看了我一眼，冷淡地說：

「你比起笨王子和不像人的戰士，要聰明得多了。」

吉西恩聽到這番冷酷的評語，卻連生氣都沒辦法生氣。而杉森則是用急躁的語氣說道：

「喂、喂，到底是什麼意思啊？」

溫柴慢慢地靠到椅背上，用低沉的聲音說道：

「這很簡單。哈修泰爾家族正在找尋紅髮少女，也就是克拉德美索的龍魂使，你們所找到的那個蕾妮。可是現在蕾妮在你們的手中。這麼一來，哈修泰爾家族倘若極想要得到克拉德美索，而且是在克拉德美索的龍魂使被搶走的情況下，他們會怎麼做呢？」
吉西恩一面露出麵包哽在喉嚨的表情，一面說道：
「你是說他們放棄基果雷德，是為了爭取克拉德美索？」
溫柴並沒有答話，而是拿出菸斗，開始把菸草裝了進去。吉西恩托著下巴在沉思著，杉森則是露出認真的表情之後，開始把烤番薯當作是練習劍術的對象。他用餐刀不斷地刺番薯，然後一面放下餐刀，一面說：
「喂，他們有可能會這樣做嗎？」
「你倒說說看為什麼不可能。」
「嗯，那個，好，你想想看。如果有個男的把自己的女人給甩了，然後跑去找一個自己並不喜歡的女人，這個男子豈不是笨蛋？」
……這是什麼比喻啊？溫柴用更為輕蔑的眼神看著杉森，杉森連他自己也覺得這個比喻得不對。杉森搔了搔後腦杓，說道：
「啊，不是啦。嗯。我的意思是，把抓到了的兔子放掉，又再去追捕其他的兔子的獵人是笨蛋。」
吉西恩點了點頭。
「沒錯。杉森說得很對。基果雷德是哈修泰爾家族的龍，可是克拉德美索並不是。他們為什麼會放棄掉已確定是自己的東西，轉而去覬覦不確定的龍呢？萬一克拉德美索不接受托爾曼的話，該怎麼辦？那種契約是要在雙方的同意之下成立，在雙方的同意之下決裂的，不是嗎？」
溫柴用冷冷的表情看了看兩人之後，說道：
「不願冒險之人是得不到東西的。」

「呵……真是的。就因為基果雷德是藍龍，克拉德美索則是深赤龍嗎？克拉德美索比基果雷德更好，是這個意思嗎？這樣聽起來像是小孩子的理論，不是嗎？」

溫柴並沒有回答他。此時，一直趴在桌上的卡爾呻吟著坐直了起來。

「頭好暈啊。費西佛老弟，把那邊的那杯啤酒拿給我。」

杉森把放在桌子一角的啤酒杯遞給卡爾。卡爾慢慢地潤完喉嚨之後，說道：

「咳嗯！我感到一股重生的感覺。咳嗯。嗯，剛剛我趴在桌上時，你們所說的話我全都聽到了。各位，我說一下我的想法。」

卡爾以一個最為舒服的姿勢坐定之後，說道：

「溫柴先生的話也很有道理。哈修泰爾家族他們已經盡全力在找蕾妮，然而現在的情況是，距離克拉德美索的甦醒只剩下幾天的時間。所以最後的手段就是讓托爾曼・哈修泰爾成為克拉德美索的龍魂使，他們有可能會想到這個臨時變通之計。」

「臨時變通之計？」

「因為基果雷德是處在精神完好的狀態，可是克拉德美索卻很有可能還是精神異常。」

「啊，原來如此！」

吉西恩會意地拍了手掌。杉森則是仍然一副不解的表情，卡爾隨即笑著解釋。

「哈修泰爾家族當然也想挽救大陸的危機。所以他們在放棄基果雷德、讓托爾曼自由自在之後，想讓托爾曼與克拉德美索見面，以鎮定住克拉德美索啊。」

「啊……！」

嗯。說得也是。我們努力去找克拉德美索的龍魂使的理由，也是因為怕牠瘋狂的關係。因為克拉德美索有失去龍魂使而發狂的前例，如果牠還是處在發狂的狀態，那大陸就危險了……所以我們才會千里迢迢地奔馳到東方盡頭的伊斯公國，把蕾妮帶來。
那麼說來，哈修泰爾家族也是有可能會為了救大陸而放棄基果雷德，然後派托爾曼出來。哼嗯。好像很有可能哦。我對著桌上的煤油燈，點了點頭。
可是卡爾卻搖了搖頭。
「不過，這個假設的基礎有些薄弱。根據大暴風神殿的高階祭司所說的話，托爾曼是歷代以來資質最差的龍魂使。那麼，資質最差的龍魂使，真的能夠被接受成為克拉德美索的龍魂使嗎？這是個很大的問題。」
呃，這樣有問題嗎？吉西恩一面摸著下巴一面說道：
「這樣就像是明知道贏的機率很小，卻還對這場賭局下注。可是這明明是一場極可能會輸的賭局啊。」
卡爾揉了揉太陽穴，努力想要趕走睡意。他用力搖晃了他的頭之後，沉著地說：
「當然是啊。萬一克拉德美索不接受托爾曼‧哈修泰爾，就會變成得不到克拉德美索，而且還失去了基果雷德，變成錯失了兩隻兔子的例子，這種可能性是很高的。（哈～～欠）即使克拉德美索接受了托爾曼‧哈修泰爾，牠恐怕還是無法成為替代基果雷德的角色。」
「咦？」
「嗯……克拉德美索是追求均衡的深赤龍。我並不認為牠會為了人類間的戰鬥，就像基果雷德所說的，去幫助人類打一場毫無用處的戰爭。」
「原來如此。那麼，拜索斯即使讓克拉德美索鎮定了，前線的戰力卻會大大減弱。」
「沒錯。所以那項假設是不怎麼確實的。」
此時，溫柴說道：

「以拜索斯的立場，您當然會說這種話。」

溫柴的這句話，像是在燥熱的房裡突然打開一直密閉著的窗戶，形成了類似的效果。吉西恩一面盯著溫柴，一面說道：

「什麼意思啊？」

「我的意思是，請各位再轉移一下焦點。我今天晚上好像都是在負責轉移焦點。」

「焦點……要放在哪裡？」

「請各位不要把焦點放在拜索斯，而是放在哈修泰爾家族。萬一克拉德美索真的接受了托爾曼・哈修泰爾，以哈修泰爾家族的立場來說，是換掉了基果雷德這頭不喜歡鬥爭的龍，而得到具有消滅中部林地戰力的克拉德美索。」

可能是因為溫柴這番話像是打開了窗戶的感覺，我感覺桌上的煤油燈似乎晃動了一下。吉西恩表情暗沉地看著溫柴，說道：

「你說的是有道理。而在這句話的後面所潛藏的意圖，卻相當令人不高興。」

「我沒有義務讓你心情快樂吧。」

「……你的意思是，哈修泰爾家族並不關心拜索斯的安危嗎？他們全都只是為了擁有更強大的龍嗎？」

「我認為有可能。」

「如果沒有拜索斯，哈修泰爾家族要如何立足呢？」

吉西恩用熱切的聲音說道。我的耳朵一聽到這番話，整個耳朵都熱得快燒起來了。可是溫柴還是一副冰冷的表情，一點也沒變。

「真是可笑啊！拜索斯與哈修泰爾的存續到底有什麼相關啊？哈修泰爾家族是功臣的後代子

孫嗎？」

溫柴根本沒有必要盡量冷淡地說話。因為他的這番話是真實的，而真實是冰冷的。吉西恩正在把自己的嘴巴當作樂器，製造出刺耳的音樂。溫柴繼續說道：

「就我所知，哈修泰爾家族原本對拜索斯而言是叛亂者的立場。那個家族擁有侯爵之名，代代維持了相當的權力，都是因為那個家族有無與倫比的忠誠心嗎？你是想這麼說嗎，笨王子？」

「不是的。」

吉西恩雖然還是那副正直的樣子，但是他的聲音……正顯示出他內心感受到腹部下方被撞擊的感覺。王子大人，您總是不太會掩飾內心想法啊。您太過率直了。

其實這也是沒辦法的事。吉西恩從現在開始應該要說的，是身為貴族很難啟口的話。我來幫他說吧。我把啤酒杯稍微往旁邊移動，並且把手臂放到桌上，支撐著下巴，說道：

「溫柴，所以你就是要說，只要有力量就一切沒問題，這種簡單的處世哲學嗎？」

溫柴表情生硬地看了看我。我繼續說道：

「你的意思是，哈修泰爾家族想要盡可能繼續擁有強大的龍，以及可以與這龍協調的龍魂使，盡可能繼續保有家族的權力，至於自己在誰的旗下，對誰下跪，都無所謂，是嗎？」

如果是吉西恩，應該無法說出這種話來。因為這種說法等於是把騎士道丟到泥沼裡。吉西恩先生，下一次別忘了找機會報答我。溫柴露出有些像在微笑的表情，說道：

「你真是聰明啊。他們想要盡可能繼續保有強而有力的龍，所以即使是受傑彭支配，或者即使是受海格摩尼亞支配，他們都無所謂。不過，當然還是受拜索斯支配最好。拜索斯王室對於曾是建國仇敵的哈修泰爾家族，才不過四代就忘得一乾二淨了，不是嗎？」

溫柴現在說的是第四代國王耶里涅大王的北方征伐。雖然耶里涅大王成功討伐了神龍王的殘存勢力，安定了北方，但是當時卻對於如何處置哈修泰爾家族大傷腦筋。畢竟這個家族是能夠代代輩出龍魂使的家族。於是，耶里涅大王保證會給哈修泰爾家族很高的地位，使其成為歸屬於拜索斯的貴族。這便是一個在實際利益之前可以不要名分的好例子。

吉西恩瞪視著溫柴，說道：

「你應該要小心你的嘴巴……我說不定會反悔當時在地下室的約定。」

「世界上的所有戰士之中，不對，因為我沒有遇見過所有的戰士，所以不能隨便斷言，但至少現在在這大廳裡，遭受到這種脅迫還能屹立不搖的戰士，好像只有一個人做得到。溫柴用冷酷的眼神看著吉西恩。

「那我也可以這麼說。現在我的行動自由，而且也帶著武器。所以忘記約定並不只是你的特權。我大可砍你一劍之後逃之夭夭，快活地去過我的人生。」

吉西恩差一點就站了起來。他差點就要站起來踢開桌子，拔出端雅劍。要不是卡爾及時說話，可能真的就會發生這種事。我保證！

「好了，夠了！」

吉西恩轉頭看了一眼卡爾。卡爾用深邃的眼神緊緊迎視著吉西恩的目光。吉西恩大聲地喘息著，就連旅館老闆也用不安的眼神一直在看我們。卡爾用滿是疲憊的臉孔，像是在喃喃自語似的無力說道：

「情況和行為的關係大致分為三種，我聽說按照其關係就可以判斷出一個人的能力。」

嗯，嗯，這是誰說過的話呢？吉西恩皺起眉頭，說道：

「……你說的是查奈爾說過的話。」

啊，對。卡爾引用的是查奈爾所說過的話。這是傑洛丁在開玩笑地問查奈爾，能幹的戰略家應該是什麼樣的人的時候，查奈爾回答他的話。

情況和行為的第一種關係，是指能夠做出與情況相符合的行為。做出這種行為的人很敏捷，而且是聰明伶俐的人。如果與情況相符，當然就必須要有能夠廣泛瞭解那個情況的伶俐頭腦，以及能配合時間做出適切行為的敏捷性。第二種，是指做出會惡化情況的行為。做出這種行為的人雖然很敏捷，但是不夠聰明伶俐。通常會造成情況惡化是因為時間太趕所致，雖然這種人會被認為很敏捷，但因為不夠伶俐，所以無法讓情況好轉。而第三種，是指做出和情況毫無關係的行為。做出這種行為的人既不敏捷也不夠伶俐，而且這是三種之中最糟糕的。惡化情況是指至少會讓現在情況有變化，但是如果是做出毫無相關的行為時，投入行動的時間和物資和力量都只是浪費而已，就只是維持現況。哼嗯。我的記憶力還不錯吧。哈哈哈。

卡爾點了點頭，像在嘆息地說道：

「我不知道你們是怎麼想的，但各位在五分鐘前，明明還在追求著情況和行為的第一種關係。可是現在卻看起來像是在追求第三種關係。」

溫柴凝視著天花板，吉西恩則是臉紅地對卡爾說：

「對不起。」

要是有一天我有寫書的話，我一定要把這一段寫上去。如果說有誰是身為王族卻能夠對人講出「對不起」三個字，那吉西恩・拜索斯就是屬於其中之一。而如果說有誰聽到王族說了對不起卻還能不變臉色，那卡爾・賀坦特絕對是屬於其中之一。哦哦！看來我的才能實在是太過廣泛發展了。

我們這次的討論，就這樣在卡爾的一聲大喊之下結束了。吉西恩說是要出去透透涼風，用這麼不像樣的理由搪塞，就走出大廳外了；溫柴則是坐在大廳角落的一張長椅上，不發一語地開始抽著艾賽韓德的菸。杉森驚訝地看了看溫柴，說道：

「你真的是個老菸槍。你一直這樣不斷抽菸，頭或喉嚨都不會痛嗎？」

「你在擔心我嗎？」

「不。因為如果你說會痛的話，我好像會睡得比較好。」

「……這是矮人製的菸斗，品質當然是很好啦。」

溫柴用這種方式反駁回去，旅館老闆立刻表情變得很憂鬱。他把椅子推過去又再拉回來，然後還去觸摸吊在天花板上的燈之後，立刻用很令人失望的語調說道：

「各位客人，我現在必須去睡覺了。」

嗯。可能因為這裡是偏僻地方的偏僻旅館，所以就連旅館老闆也很早就睡覺的樣子。我可是第一次看到有旅館老闆這麼早睡的。溫柴面無表情地看了看旅館老闆，並且說道：

「那您先去睡吧。」

「客人如果在這裡，我不就無法睡了嗎？」

「您在這裡睡覺嗎？」

溫柴這番冰冷的答話使老闆露出了更加為難的表情。老闆當然有權利對這無禮的答話發火，甚至有權可以大喊「你們給我出去！」，可是各種情形加起來，使他忘記了自己的權利。

事實上，我一眼看去就知道老闆很怕我們。因為不管是我們剛才討論的戰爭和國家，以及不斷談到國王和貴族的名字，還有我們令人難以置信地跑了這麼長的旅程，而且我們一行人除了拿著劍的四名戰士，還有一名很少見的巫師夾雜在其中，甚至也有一個祭司，再加上一個矮人和一個身手敏捷的小姐、一位少女等等成員，構成了很神祕的團體。他看到我們，到底會用想像力如何想我們呢……真是個耐人尋味的問題。

於是，他用不知所措的表情看了看溫柴。幸好杉森及時考慮了老闆的立場，他說道：

「起來了，你這傢伙。明天我們也得像今天這樣奔馳，上去睡覺吧。喂，修奇！你出去找吉西恩回來。」

「知道了。」

被杉森硬拉著起身而且火氣很大的溫柴一走，我就往旅館外面走出去了。

我一開門，立刻吹來一陣夾帶著沙子的猛烈狂風。我把手臂舉到額頭擋風，嘟囔著：

「真是他媽的。杉森！你相信有人說想要去吹吹這種風嗎？」

杉森咯咯地笑了出來。

我怕老闆會不喜歡塵土和沙子飛進大廳裡面，所以很快地往外走出去，關上了門。可是我的熱心全用到旅館老闆身上了。我再也不願意往前走去找吉西恩，所以靠在門上，大喊著：

「喂！吉西恩！吉西恩！」

沒有人回答，所以我就以喊得更大聲來代替往前走。我喊道：

「你如果說要在這種狂風之下透透涼風，那可能會被封個奇怪的封號！啊，對了！人們如果看到你在這種狂風之下透氣，一定會以為你是犯了極惡重罪，需要受什麼苦行的戰士！」

過了不久，在黑暗與吵雜的狂風之中，出現了吉西恩走回來的模樣。他把衣領豎直，用兩隻手臂環抱著頭部，並沒有說什麼話，只是做手勢要我快進去，然後我們兩人就全都進了大廳裡面。吉西恩隨即一邊拍身上灰塵，一邊說：

「沒錯，呼。這真的不是讓人吹得很爽快的風！」

確實，這不是讓人吹得很爽快的風。

這座都市就好像是在荒野之中長錯了的犄角，它對於從四方吹來的沙子和灰塵用的是最為完美的抵抗方式，也就是不抵抗。我們進城時看到的都市外圍城牆實在太了不起了。可是城牆並沒有辦法把沙子和灰塵都阻擋住。不管怎麼樣，交易都市卡納丁的城裡能有旅館容得下我們這麼多人員，實在是不勝感激之事，我們全都贊同這一點，所以對於旅館只有兩個房間的事實，當然也就無法生什麼氣了。

妮莉亞和蕾妮佔了一個房間之後，剩下的另一個房間總共有四張床鋪。現在四張床鋪上面已經有亞夫奈德、卡爾、傑倫特和艾賽韓德被拋在上面了，所以我們這些持刀劍的戰士們根本沒權選擇床鋪。

於是，吉西恩、杉森、溫柴還有我決定要佔據在大廳裡。雖然我們也考慮到可以睡在臥房的地上，但還是覺得睡在有暖爐的大廳會比較好。老闆表情驚慌地說：

「各位想要睡在大廳？」

「實在沒辦法了。您不會想把我們趕到馬廄去吧？」

老闆是不會把我們趕到馬廄去的，所以溫柴就奸笑了一下。不管怎麼樣，我們從行李裡面拿出毛毯，打算鋪在地上之後就臥倒下去。

溫柴眼尖地跑去佔了大廳角落的長椅。在那裡，可以靠近大廳壁邊的暖爐，而且還能全身躺平，是個非常好的位置。溫柴在我們考慮到那個位置的時候，就已經立刻跑過去了。呃。

吉西恩在暖爐正前方鋪了毛毯之後躺下來。當然啦，他和溫柴不同的是，他比較有風度，留了一個很大的空間，隨即這個空間就被杉森給擠了進去。傷腦筋，真是傷腦筋耶。我想了一下之後，把大廳裡的兩張桌子併在一起，在那上面鋪了毛毯躺著。我在想如果是睡地上，因為從地上會冒出寒氣，明天一早起來鐵定會沒辦法走路吧。

可是不久之後，我就被迫慌慌張張地從桌上下來了。因為只要我稍微動一下身體，桌子就會發出嘎吱的悲鳴聲，而每次這樣就會讓其他三人聽得不安地發出慘叫。我把杉森往旁邊推了之後，在他旁邊躺了下來，我極力想要靠近暖爐，即使是多靠近一點點也好。雖然這樣一來引起了一陣騷動和嘟囔聲，但最後每個人終究還是全都有位子可睡了。就這樣，地上排著三個人，旁邊的長椅上躺著一個人。四個男的躺在黑漆漆的大廳裡，不過我們全都望著暖爐的微弱光芒所照映著的大廳天花板。

暖爐裡的柴棍熊熊地燃燒著，而在外面的風沙也不停息地吹襲著。

杉森頭頂著暖爐，他的頭髮簡直就快燒了起來。他說道：

「真是的。明天早上說不定需要用到鐵鍬。」

「鐵鍬？」

「我看需要挖沙子才有辦法走，不是嗎？」

「那倒不如去買駱駝會比較好吧。啊，對了，溫柴？」

溫柴一直都沒有翻身。他靜靜地看著天花板，回道：

「幹嘛？」

「駱駝在沙漠上跑的時候，為什麼牠的腳不會陷在沙裡面呢？牠是不是比馬還要來得矮小？」我這麼一問，就差點笑了出來。因為我感覺躺在身旁的杉森和吉西恩，同時都往溫柴的方向轉身過去。溫柴回答我的問題時還是望著天花板。

「駱駝？呼。駱駝的肩胛高度大約四肘左右。」

「四肘？哇啊！比馬還要高很多耶。可是為什麼牠的腳不會陷進沙子裡呢？」

「因為駱駝和馬不同的是，牠有兩個腳趾，而且腳趾之間分得很開，即使是在沙漠之中也不會陷落進去。」

「是嗎？哼嗯。可是，駱駝真的比我想像的還要高大耶。這麼高要如何騎上去呢？是不是每次都得用墊腳臺之類的東西啊？」

「不是。駱駝會跪下來讓人騎上去。牠們懂得表達對騎乘者的完美遵從態度。」

「跪下來？」

「駱駝雖然很壯，但同時也擁有柔軟的腿。牠會跪下來靜靜地等待，等到騎乘者或者行李都上去之後才站起來，走向滾燙的沙漠游絲。」

「呵。駱駝長得什麼樣子？」

「長得什麼樣子？」

「是。例如馬，嗯，牠們長得很敏銳淩厲。看起來就像是會搶先跑在風前頭的種族。」

「駱駝和風沒有什麼相關。牠既不會操心沙漠的動物們，而且也不擔心有沒有草可吃。駱駝對於時間也不怎麼掛念操心。馬則是對時間太過掛念了，所以才被賦予了四條快跑的腿。可是，駱駝根本一點也不在意時間，所以才被賦予了駝峰。」

「駝峰？」

溫柴突然坐了起來。他用優雅的動作舉起腿，放到長椅下面，然後把丟在桌上的菸斗和菸袋拿了起來。他利用一根細長的樹枝點火之後，黑暗的大廳裡面就裊裊地升起了微藍的菸霧。

「駱駝長有駝峰。這可以說是上天看牠們命苦而給予的禮物，在所有生物之中，很少有生物能像駱駝這樣擁有如此堅韌的禮物。」

「駝峰算是禮物嗎？不會不方便嗎？」

從溫柴的嘴裡吐出的菸霧使我的視線變得很模糊。天花板像是在跳舞般，我閉上了眼睛。隨即暖爐的柴火燃燒聲以及外面的風聲就更加清楚地傳來。

「我突然想起一個游牧少年的故事。」

「什麼故事？」

「有一個少年，住在廣大沙漠的某個綠洲裡。他總是喜歡發牢騷，所以人們都叫他『Dsifaruum-lethena』，也就是『一直發牢騷的少年』的意思。」

「他為什麼要一直發牢騷呢？」

「因為在那個少年的眼裡，事物的不合理和萬物的缺點，都看起來太過刺眼而不舒服。所以他認為自己生錯了世界，一直處於不滿的狀態。那個少年對什麼都不滿意。」

「哈哈，然後呢？」

「然後，那個少年的Arra-bi-ganumosa，用你們的話來講，大概是酋長之類的人吧。比較帶有父親性格的……不管怎麼樣，酋長看到少年總是愛發牢騷，有一天，他看不下去了，就想把少年送到沙漠去。」

「到沙漠去？」

「是啊。大沙漠。在廣大的沙漠裡看不到什麼東西，而且很荒涼，但是會給問問題的人答案。賢明的酋長當然很清楚這一點。那個少年雖然發現到酋長的建議有很大的矛盾之處，但還是聽從了酋長的建議。於是，他拿著一個裝有駱駝乳的袋子，就往沙漠走去了。」

我突然間只聽到風聲。睜開眼睛一看，是溫柴正在吸著菸斗。他又再度用菸霧將大廳的模樣弄得令人看起來頭昏眼花，然後他繼續說道：

「那個少年是在太陽出來時出發的。而且在太陽最為炎熱的時間，他還是繼續朝沙漠走。這簡直是很瘋狂的行為。沙漠最為炎熱的時候，任何生物也無法受得了，而且非常有可能會迷路。太陽熱燙地直射下來時，沙漠是會移動的。」

「會移動？」

「會蠕動……會跳舞。嗯。用你們的話來說，實在是沒有適當的話來形容沙漠之舞。不管怎麼樣，就是那種狀態。沙漠實際上是活生生、會移動的。雖然那裡只有一大片的沙子。」

沙漠會跳舞？那些沙子會跳舞嗎？我想像了一下，在腦海中畫出隨風蠕動的沙田模樣。在沙子上面，熾熱的空氣在移動著，而且風一吹，沙子就會浮起來又再沉落下去。而且每次風一吹，就會悄悄地出現仙人掌碎塊、毒蠍子、黑色昆蟲以及紅蛇，忽隱忽現。在我想著這幅情景的時候，溫柴的說話聲音像是從遠處傳來，一路傳到我耳中。

「可是那個少年還是一直走。走了一段路之後，他被漸漸變得熱燙的陽光給照得汗流浹背，他拿出駱駝乳，開始喝了起來。然後他看到了一隻Katzhita，嗯，應該就是你們所說的毒蠍子吧？他見到那隻毒蠍子時，雖然已被曬得很熱而且又累，但他看到毒蠍子的樣子，還是忍不住了。他甚至忘記擔心自己的安危，對毒蠍子說：『喂，你看看你自己，簡直可笑極了。毒蠍子的武器應該是那支可怕的毒針吧，可是為什麼會是長在身體後面呢？毒蠍子又不是往後走路的動物啊。你是往前走路，所以當然應該要把那毒針武器放在前面才對。你看，因為毒針長在後面，尾巴無法彎上來，結果還得連腰都彎起來才能攻擊，不是嗎？』

「少年發牢騷地如此說道。」溫柴說。

我聽到吉西恩起身的聲音。我轉頭一看，他上半身稍微起身，用左臂撐著身體，正在聽溫柴講故事。

「毒蠍子隨即冷笑著說：

「『你這個笨少年。毒針是我最寶貴的東西。如果這個東西掉了，我就會無力對抗敵人。但有必要把這毒針很招搖地拿到身體前面嗎？然後任人把它扯掉？』

「隨即，愛發牢騷的少年就說了：

「『這是你在強詞奪理。你的毒針是要拿來用的，並不是要你保護著不用。』

「『這個嘛。萬一我真的處在非用不可的情況，不管它是在前面還是在後面，都不是很重要。我可不希望一直需要用到這毒針啊。』

「那個少年雖然不滿意毒蠍子所說的話，但毒蠍子說完之後就走掉了，而少年也因為自己有事在身，所以就跟毒蠍子分道揚鑣。」

「毒蠍子這樣說好像很有道理。嗯，說得也是，我們不可能一直為了安全而拿著劍，因為有時也需要空著手才能吃飯。」

杉森這麼一附和，溫柴立刻微笑了一下。

「少年頂著大太陽繼續走著。過了不久，他停下來，拿出袋子來潤喉嚨。他喝了駱駝乳之後就看到了一條Pinnack-voe，嗯……一條響尾蛇。那條蛇一面搖著尾巴，一面盯著兩隻老鼠。牠在老鼠背後要準備攻擊牠們。老鼠們則是在忙著找吃的東西。」

「搖著尾巴？」

「響尾蛇會搖著尾巴發出響尾聲，我們稱之為死亡音樂。不管怎麼樣，老鼠們一聽到背後傳來響尾蛇的聲音，就停止不動。那個少年看到那幅景象又忍不住了，他自言自語地說：

「『這簡直是種嚴厲的刑求拷打啊！響尾蛇是肉食性的動物，所以一定要獵殺動物。可是上天竟然讓響尾蛇長了會發出聲音的尾巴！這樣簡直就跟一輩子銬上了腳鐐沒有兩樣。』

「少年說完這番話的同時，突然間，響尾蛇咻地飛了起來。然後兩隻老鼠之中比較小的一隻就被咬住了。因為小的被捉住，大的那隻才得以逃走。少年覺得很是啼笑皆非。」

「啼笑皆非……」

「逃走的那隻較大的老鼠，在遠處用淒然的眼神看響尾蛇吃東西。少年啼笑皆非地說了：

「『喂，難道你沒聽到蛇的響尾聲嗎？』

「『我當然聽到了！你沒看到我長著這對耳朵嗎？』

「少年隨即生氣地說了：

「『可是你們為什麼不逃走呢？響尾聲就在你們背後響起了，不是嗎？』

老鼠雖然很悲傷，但還是像在勸導這個笨少年似的，靜靜地說了：

「『響尾聲又怎麼樣了？響尾聲又不會把我們給吃了！我們怕的是蛇的牙齒，又不是牠的尾巴。』」

杉森捧腹咯咯地笑了起來。溫柴用他那副安靜冷淡的態度說出這句愚蠢的話，讓我們聽了更是覺得好笑。溫柴繼續嚴肅地說：

「那個少年啼笑皆非地正要說話的時候，響尾蛇卻已經結束用餐了。隨即，和少年講話的那隻老鼠就趕緊逃走了。那個少年看到牠那副模樣，嘀咕著：

「『這隻笨老鼠實在是可笑到了極點。聽到響尾聲的地方當然就會有響尾蛇，這是任誰都會懂的呀！難道尾巴會和身體分開行動嗎？』

「那個少年就這麼喃喃自語地走了。」

02

屋外正吹著北方荒野的風沙，我們在聽到沙塵風聲的同時，傾聽沙漠戰士述說古老的故事，大家都沉浸於一股神祕的氣氛之中。大廳裡面仍然很昏暗，我只看得到溫柴的右半面臉孔。他右臉頰被火光照得泛紅著，左臉頰則是黑漆漆的。而在溫柴左臉頰上面，他的左眼閃爍了一下。

「然後，過了不久，那個少年實在非常疲累了，他用駱駝乳滋潤喉嚨之後，便看到了一頭駱駝。他雖然已經潤了喉嚨，但還是忍不住發火，氣得喉嚨都快被哽住。他幾乎像是爆發出來地喊著：

『你看看你自己！你這駱駝！我實在是看不下去了。駱駝可以跑得比馬還要快！駱駝的腿不但長而且也比較有力！可是就因為背上長了駝峰，所以才會沒辦法跑得很快！』」

杉森歪著頭疑惑地問道：

「駱駝可以跑得比馬還要快嗎？」

溫柴對杉森露出像是嘲笑的表情，說道：

「快多了。你要是到傑彭去，一定要去看駱駝賽跑。你會看到牠們的速度是馬匹所無法比得上的，牠們可以像疾風般奔馳。」

「有這麼快嗎？」

「速度很快。但是牠們無法像馬那樣一直持續奔馳，這是駱駝的缺點。」

「嗯，是嗎？」

「不管怎麼樣，那個少年像是喉嚨快被哽住地生氣發火著，對駱駝如此大吼了一番。隨即，駱駝看了看那個少年，對他說：

「『年輕人，我好像沒有必要奔馳。』

「『就算有事需要奔馳，你也跑不快吧？』

「『沒有必要去擔心還未發生的事吧。不是嗎？』

「『你以為現在沒有必要跑，以後就永遠都不會有需要跑很快的時候嗎？』

「『當然是有可能永遠都不需要嘍。』

「那個少年突然很想再大罵一番。可是駱駝已經走掉了，去做牠自己的事。少年已經連續三次都被當作笨蛋，因此更是火大。不過，他也不能無視於酋長的命令，所以總是愛發牢騷的少年又再繼續走著。然後，走沒多久，那個少年看到一片最為荒涼的沙漠。那是在沙漠之中完全只見得到沙子的那種沙漠。少年站在沙丘上面，因為沙子的關係，他又用駱駝乳潤澤了一下乾渴的喉嚨之後，不高興地說著：

「『喂，嗯，我既然都來到這裡了，就一定要說句話才行。我對全世界的所有東西發出疑問之後，應該就會像你一樣老了吧。因為我是個正常人，所以我累倒的時候就不會發問了。我只問你一個問題。到底為什麼會有這麼多沙子呢？在沙子上面又長不出農作物，而且也沒有任何生物可以存活在這上面。毒蠍子其實也無法在這種天氣下走在沙子上，仙人掌在這種沙漠之中也無法存活，不是嗎？這片毫無用處的沙漠為什麼這麼多沙子，而且還堆積得這麼廣闊？這片沙漠所能做的事大概也只有吸收太陽熱，滾燙地發著熱，除此之外，就什麼也沒做了，不是嗎？』

「少年大概就是這樣問的。」溫柴說。

在我都還來不及回答之前，杉森就說道：

「啊，說得也是。嗯。所以怎麼樣了？沙漠有沒有回答什麼？」

「你是笨蛋啊？沙漠怎麼可能會答話？」

溫柴有時雖然只是說了幾句很平常的話，但卻會讓聽者感覺像是聽到生平所聽到最為難聽的罵人話語，他這個本事實在很特別，而且無人能比，這一點我可以非常確定。杉森突然火冒三丈地說：

「喂！就連毒蠍子也會說話，老鼠也會說話，駱駝也會說話，那麼沙漠為什麼不會說話？」

隨即，溫柴的表情像是從未看過這麼可憐的人，他看著杉森，然後靜靜地說：

「因為沙漠沒有嘴巴。」

杉森從喉頭發出了一個怪異的聲音，我和吉西恩則是咯咯地笑了起來，可是溫柴無視於大家的反應，繼續說道：

「沙漠會作何回答呢？只有沙子到處堆積著。少年當然也並不期待沙漠會回答。他雖然滿懷著不滿，但至少不會像北方的笨蛋，他不會因為沙漠不回答而感到不滿。」

我聽到杉森發出像是被勒緊喉嚨的呻吟聲。

「那個少年用憎惡的眼神瞪了一下寂靜的沙漠之後，就直接轉身，打算循著剛才走過的路走回去。」

杉森用像是在惹是生非的語氣說：

「所以怎麼樣了啊？」

嗒嗒！每次風一吹，就會傳來旅館窗戶晃動的嗒嗒聲。

「沙漠當然是移動了。」

「沙漠移動了？」

「沒錯。移動了。那個少年迷路了。他怎麼樣也無法辨認出回家的路。」

「可以看太陽，嗯，或者影子之類的東西，不就可以了？」

「你這個北方的笨蛋……看太陽或者影子是在有路的情況下才行得通。沙漠裡沒有路。只要方向稍微偏了，就會走到完全不對的方向，這就是沙漠啊。」

「是嗎？」

「是的。那裡既沒有Kahnat，啊，也沒有水井，連石頭也沒有，完全只有沙子，根本無法向任何人問路。商隊也不會去到那種地方。那個少年一面生氣一面走著，並且期待會出現他有看過的仙人掌或石頭等的東西。可是並沒有出現。他最後終於忍不住了，對著天空大喊大叫。主要都是罵一些很可笑的話。」

杉森聽到溫柴的這番話，張嘴笑了出來。我想像一個少年在一片沙漠之中對著天空大喊大叫地走著的模樣。哼嗯。溫柴沒有任何的表情變化，繼續說道：

「他就這樣像瘋了似的走著走著，就看到剛才遇到的那頭駱駝了。駱駝看到疲累而且一副狼狽模樣的少年之後，對他這麼說：

「『年輕人，你要不要丟掉那個袋子啊？』

「『你說什麼？』

少年一聽到駱駝所說的話，就看了一眼拿在手裡的那個袋子。駱駝指的就是那個袋子。

「『你如果丟掉那個袋子，身體負擔就會變得比較輕，就可以走得更快了。不是嗎？』

「『不可以。為了要讓自己走得快一點就丟掉它，結果說不定會害我自己渴死。這個袋子可以讓我有更多時間去找到路。』

「『是嗎？』

「少年沒有回答牠。他瞪了一眼駱駝之後就開始繼續走路。至少，碰到剛才遇到過的駱駝，表示他走的方向是對的。所以這使得那個少年開始振作起精神。然後，他轉到某個沙丘之後聽到了響尾聲。少年一時慌張了起來。聽到響尾聲就是有響尾蛇的意思。可是他後來又想到了，剛才響尾蛇吃掉了一隻老鼠。一般說來，響尾蛇在吃完東西之後需要時間消化，所以有一段時間不會移動。所以他就這麼走了過去。此時在沙丘上出現了老鼠，對他說：

「『喂。你沒有聽到響尾聲嗎？』

「『我當然有聽到！』

「『啊，是嗎？』

「這一次，少年也是不做回答。他表情不高興地瞪了一眼那隻老鼠之後，繼續走著。雖然響尾蛇真的沒有攻擊他，可是他卻非常不高興。而且又因為他已經累壞了的關係，他感覺手裡的袋子實在非常重。雖然他很想把它丟掉，卻不敢這麼做。筋疲力盡的少年走著走著，就遇到了在炎熱的沙漠之中走著的毒蠍子。毒蠍子一直盯著少年看，然後用沉鬱的聲音說：

「『喂。你為什麼一直拿著這個東西呢？』

「『什麼呀？你是要我口渴而死嗎？』

「『反正那裡頭的東西也沒辦法全部進到你嘴裡了。所以全喝掉之後再走，不就好了？為什麼要這麼費力地拿著走呢？』

「『我現在又不渴！』

「『是嗎？原來你是要在口渴的時候用它的，所以才帶著它。那麼你就應該小心一點才對啊。』
「『什麼意思啊？』
「『那個袋子已經破了。』
「少年驚訝地看了看袋子。果然，駱駝乳正從袋子下面一滴滴流了出來。剩下沒多少的駱駝乳竟然被浪費掉了，少年的心裡頭很難過。他先將袋子反拿。這種袋子如果反拿會很難拿，所以他得把那東西抱在胸前，筋疲力盡地走路。在沙漠的沙子轉為紅色的時刻，他終於回到自己的帷帳了。雖然他都快昏倒了，但還是費力地移動步伐走到酋長的帷帳去。酋長正在一邊抽菸一邊等著，他看到少年之後，說道：
「『你看到什麼東西，覺悟到了什麼？』
「『沙漠裡什麼也沒有。怎麼走都只有沙子、沙子。所以我沒辦法覺悟到什麼。』
「酋長隨即茫然地看了那個少年，然後說道：
「『是嗎？真是奇怪。駱駝、老鼠和毒蠍子都已經跟我說了。』
「『什麼？啊，你是說那些愚蠢的動物？』
「隨即，充滿智慧的酋長就說了：
「『我聽那些動物說，牠們說你拿著一個很重的袋子，重得像駱駝背上的駝峰，而且還像毒蠍子保護牠的尾巴那樣，一直抱著那個袋子，而且你聽到響尾蛇的聲音卻還是走了過去。』
「『……是的。可是沙漠本身並沒有任何東西啊！沙漠根本不會做任何回答。』
「『是嗎？我認為，沙漠會讓我們看到駱駝、毒蠍子和老鼠呢。』
「然後少年當然也就無話可說了。」──

溫柴說完這個故事之後，又再沉著地叼著菸斗。杉森不知何時已經坐起來，一副沉思的表情，吉西恩則是把手枕在腦後，躺在那裡。我聽到有風吹襲旅館建築物牆面的聲音。嗒，嗒嗒嗒嗒，呼呼呼呼。

杉森很突兀地問溫柴：

「這個故事要告訴我們的道理是什麼呀？」

溫柴用非常悲哀的表情看了看杉森，說道：

「你是想讓我發瘋嗎？如果我有要告訴你們的主題，我只要說出那個主題就行了，幹嘛還講這麼一長串的故事？」

「哦，是嗎？」

溫柴又再一次把大廳的黑暗空間弄得菸霧裊裊之後，說道：

「我只是因為聽到駱駝，就想到了這個故事。」

「哼嗯。」

真是個有趣的故事。要是卡爾在的話，他聽到這個故事應該會有許多感想吧。如果傑倫特聽到了會說什麼呢？毒蠍子……駱駝？哼嗯。響尾蛇。我突然覺得身體輕飄起來，要飛到那片炎熱的沙漠去了，嗯。

呼呼呼呼！

吉西恩在風聲響了一個段落結束時，說道：

「我們趕快睡吧。艱險的明日正在等著我們呢！」

接著，杉森把一根柴棍丟到暖爐之後，又再躺了下去。我把毛毯拉到頭上覆蓋著。哼嗯。大約兩個多月以前，如果有人告訴我這個賀坦特領地的蠟燭匠候補人修奇・尼德法，會在北方某個旅館的地上用柔和的表情睡著，我一定會懷疑那個人是不是精神有問題。哈哈！人生實在是很可笑的東西。所有人是不是都像溫柴所說的駱駝一樣，都背負著一個駝峰，帶著它走呢？

我的駝峰是什麼呢？

砰砰砰！

這聲音，嗯。對了。是在戴哈帕的港口。在那裡也曾有人一大早敲門敲個不停，彷彿快把門給弄壞掉了。可是這裡並不是戴哈帕呀！

砰砰砰！

「他媽的！不知道是哪個傢伙，已經吵得我都睡不著了，要是不急的話，就別再敲了啦！」是杉森在半夢半醒之中說的話。我一聽到他的說話聲，才好不容易回到現實世界，也使我發覺到有人正在敲著我們睡的這個旅館的門。而在這個時候，如果是有良心的人就應該起來開門，出去看看才對。

我沒有良心。拜託不要再敲了。

砰！砰砰砰砰！砰砰！砰！砰！

這是非常有節奏感的敲門聲。我睜開眼睛，看到自己右手第二根手指頭跟著敲門聲，在地上打拍子。嗒，嗒嗒嗒嗒，嗒嗒，嗒，嗒。可惡。我好像應該要起來看看才對。

我揉了揉睜不開來的眼睛，起身坐著。我覺得走到旅館大門要走好長的路啊。「呃啊啊！」什麼聲音呀？沒關係。我應該沒有踩到人吧。「我的腳！」嗯，是杉森。他說的夢話怎麼這麼奇怪？我好像真的踩到杉森的腳了。

「外面是誰！不過，請不要問我有沒有權利說這句話。」

因為我不是這房子的主人。我一開門，就立刻有一陣猛烈強風吹襲而來，我的頭被風吹得往後傾。過了一會兒，我費力地看了看前方，看到在暗藍色清晨天空的背景裡，立著一個黑黑的影子。我仔細一看，才看到這個身影原來是一個披著大斗篷的男子。他的手上拿著長長的棒子……好像是長槍？不管怎麼樣，他拿著那個東西，開始不知道在胡亂喊著什麼。我還看到他的背後有幾個男的，他們也是一直在講個不停。我搖了搖頭之後，說道：

「等等，等一等。我好像還沒有清醒，可不可以慢慢地一字一句地說？」

那名男子聽從我的意見，簡單明瞭地說道：

「是半獸人！」

「啊，你是半獸人嗎？我是人類。」

那名男子看著我，臉上表情像是被揍了一拳，而在我背後，開始傳出好像是溫柴的咯咯笑聲。可是過了不久之後，那名男子讓我臉上也浮現出和他一樣的表情。因為那名男子說道：

「這裡有叫做『怪物蠟燭匠』和『眼珠怪』的人嗎？」

從我背後，開始傳來了像是被東西哽到的咳咳聲。那可能也是溫柴發出來的聲音吧。

卡納丁的外城是由八座城塔及連接它們的城牆所構建而成，因此整座都市的形狀是長長的八角形。整座都市的地形雖然有些隆起，但並不算是很大規模的隆起，而城牆上面的廊臺則是以城塔內部的一條螺旋階梯連接到地面。這個位在荒涼的北方偏僻處的都市，可以說是擁有相當堅固的建築規模。不管怎麼樣，我們沿著城塔內的螺旋階梯走上去，一走到城牆上的廊臺，就聽到一名男子的聲音。

「他媽的。這樣感覺好像又再回到前線了。」

吉西恩隨即把頭轉向聲音傳來的方向。在朦朧的清晨空氣和濕漉漉的大氣之中，士兵們的身影看起來像是在城牆上突起的駝峰。而在這些士兵之中，我看到有一個特別高大的男子身影。這名男子的身體倚著城垛，正在看著城牆外的情況，他的身影看起來很獨特。吉西恩立刻問他：

「請問您是退役軍人嗎？」

那名男子朝我們這邊轉頭過來。他一看到我們，便點了點頭。

「你們好像就是那些人。我是阿南德・萊斯特中尉，隸屬於第十二連隊急行偵查部隊。我是負傷軍人，一年前退役了。我曾經抓到過兩個傑彭軍官。而這就是當時所留下來的回憶。」

阿南德先生搖晃了一下在他右手上臂部位綁起來的袖子。原來如此，所以剛才我才會覺得他的身影怪怪的。吉西恩微笑著說：

「您真是一名優秀的軍人，萊斯特中尉。我叫吉西恩。我對於您失去了手臂感到非常遺憾。」

「啊，這沒什麼。我還託它的福，特進到一級官而退役。我想是還不差。還有，請你叫我阿南德。」

阿南德先生露出微笑之後，又再看著眼前那片荒地。而且他還一面拿著斧頭，敲打城牆上的凹凸石塊。要是他還有右手臂的話，他應該就會用右手敲吧。

我用手扶在城牆的冰冷石塊上，低頭看著下面。從這麼高的城牆俯瞰，首先映入眼簾的不是那片荒地，而是天空。天空是微藍色的，同時又帶有淺黃色，而且有好幾條紫色與微紅色的橫線。這是一片泛著許多色彩的清晨天空。

在荒地上，到處都燃著營火，好像已經燒了一整夜。我大致看過去，營火的數量看起來超過三、四十個。而在營火旁邊有東西不知是在跳舞還是在做什麼，不過可以看得到的是一些小小的身影在喊出怪聲，並且揮搖著上舉的武器。

妮莉亞一面睜開眼瞼，一面用剛睡醒的聲音喃喃說道：

「是半獸人。」

從後面跟著上來的傑倫特一看到下面，笑著更正了妮莉亞說的話。

「不對，應該說是非常多的半獸人。」

「是。對啊。這些半獸人實在是非常地、分外地、可怕地多啊。」

妮莉亞雖然好像說得有些帶刺，但傑倫特還是笑著低頭看城牆外面的情況。說得也是，像這樣被關在半獸人大軍包圍的都市裡，算是一個很珍貴的經驗，所以傑倫特才會一副很興奮的模樣。可是，在我們旁邊的警備隊員們全都緊閉著嘴巴，露出凶悍的表情，根本笑不出來。不管怎麼樣，現在在這城牆之上，幸好不是只有傑倫特一個人覺得心情好。因為那位名叫阿南德、只擁有一邊翅膀的戰鬥天使，也是一副在享受這種緊張感的樣子。

亞夫奈德從後面跟著上來了，他因為清晨的寒冷而在顫抖著，說道：

「那個，阿南德先生，我叫做亞夫奈德。嗯，請問那些傢伙要找的是我們嗎？」

阿南德點了點頭，看著後面大喊：

「喂，隊長！」

隨即，過了不久，就有一個頭戴頭盔身穿甲衣，穿戴整齊，而且右手上還拿著一把長劍的男子走了過來。他皺起眉頭走來，對阿南德說：

「喂，阿南德。東部林地的人全聽到你的喊叫聲了。在那把斧頭掉到你腳背上之前，趕快下去。」

「什麼呀？你這個木匠傢伙！你還在這裡刨木頭的時候，我就已經在前線不知道砍了多少傑彭鬼子了。我是不知道你怎麼當上警備隊長的，可是你不要在我面前自以為了不起。」

接著，那個武裝齊備但卻在瞬間被說得一文不值的男子打了一個冷噤。蕾妮隨即轉頭咯咯笑了出來。那名男子看一眼蕾妮，然後乾咳了幾聲之後，說道：

「對了，各位就是那幾位旅行者嗎？我是卡納丁的警備隊長羅斯・克雷布林。」

卡爾因為昨天的疲累還未消除，又加上在清晨爬上這麼高的城牆，正在氣喘吁吁著。他一面擦汗，一面對羅斯隊長說：

「我是名叫卡爾・賀坦特的旅行者。克雷布林隊長，可否請您說明一下現在的情況？」

「情況？很簡單。」

克雷布林隊長拿起長劍指著外面的那些營火。

「今天早上警備隊員上來城牆的時候，已經是這副模樣了。啊，我們是位在偏僻地方的都市，所以沒有整夜做警備。不過我們會鎖上城門。不管怎麼樣，我們一看到這種情形，緊急強化了城門的防備，而且把全部的警備隊員都召集起來，就在隊員們排列到城牆上的時候，突然從那邊射來了一枝箭。」

「一枝箭？」

克雷布林隊長一聽到杉森的問題，從懷裡拿出了一張捏皺了的紙張。怎麼會有紙呢？半獸人是從哪裡拿到紙張的呢？嗯。說得也是，既然武器都可以造了，甲衣也可以製造，那紙張應該也可以製造出來吧。也有可能是從一些旅行者身上偷來的。我腦中在非常短的時間裡閃過了這些想法。卡爾從羅斯・克雷布林隊長手中接過那張紙，皺了一下眉頭，亞夫奈德隨即喃喃自語之後，讓半空中出現一點光。克雷布林隊長用驚訝的眼神看了看亞夫奈德，而手持弓箭排列在城牆上的其他士兵們也是一副吃驚的眼神。不過，那位在傑彭前線流血打仗過的勇猛負傷軍人阿南德先生，他倒是看起來不怎麼驚訝。卡爾點了點頭。

「啊，謝謝你，亞夫奈德。」

卡爾向亞夫奈德道謝之後開始讀著那張紙的內容。艾賽韓德因為腿短所以最慢上來，他擦了額頭的汗水，並且說：

「呼，真是的。他們的階梯也未免太高了吧。喂。那張紙裡面寫些什麼？」

「字跡太過潦草了，很難看得懂。嗯……『我們是半獸人。』呵，真是的。一看就知道牠們是半獸人啊。嗯。我再唸下去。『我們是從修多恩嶺跟來一群人類過來的。』跟來著？好像是跟著的意思吧。『我們要報仇。你們把怪物蠟燭匠和眼珠怪交出來。如果不交出來，我們就灰了這個都市？』啊，好像是毀了的意思吧。」

傑倫特在卡爾唸的時候一直咯咯笑個不停，他說道：

「哈哈哈！那、那個內容可能是牠們之中文筆最好的半獸人所寫的。哈哈哈！」

雖然沒有什麼好笑的，但因為傑倫特開朗的態度，其他人也跟著露出了微笑。就連應該對我們發火的克雷布林隊長也露出了苦笑，說道：

「對了，你們之中是不是有怪物蠟燭匠和眼珠怪？啊，首先我向各位說一下，最近進來我們這裡的外來者就只有各位而已。」

我看了一下卡爾之後，走向前去。

「不瞞您說，我就是怪物蠟燭匠。」
克雷布林隊長皺起眉頭打量我，然後說道：
「你是會做出像怪物蠟燭的人嗎？要不然，你是會做蠟燭而像怪物的人嗎？」
「是後者，克雷布林隊長大人。雖然有時候我當然也會失誤做出像怪物的蠟燭。」
「真是的。牠們要的竟然是個小鬼。那麼，誰是眼珠怪呢？你們之中雖然有人看起來目光銳利，不過並沒有人眼睛像怪物啊？」
溫柴冷冷地說：
「牠們是這麼叫我的。」
克雷布林隊長雖然在打量溫柴，不過溫柴卻在看著下面的那片荒地。清晨天空漸漸明亮了起來，所以這片荒地的顏色也慢慢在變化著。原本一片黑色，像濁水般模糊不清的荒地慢慢地變得視野清楚，而且給我們一股荒蕪的感覺。半獸人所燒的營火變小了。那些營火是不是真的能溫暖了半獸人的粗糙皮膚，真是令人懷疑啊。但這卻很明顯地表達了牠們的敵意和自尊心。剛才還面帶泛紅臉頰的蕾妮看到這幅景象，開始顫抖起來，她用不安的眼神看著卡爾。
克雷布林隊長看了看我，又看了看溫柴，然後長嘆一口氣，說道：
「好了，這是怎麼一回事？你們為什麼會被半獸人追趕呢？如果說是因為你們闖到牠們的骯髒洞穴裡，是有點可笑。我猜可能是你們在荒野之中殺了幾隻半獸人吧。對嗎？」
卡爾點了點頭，簡單地表示肯定的答案。隨即，克雷布林隊長搔了搔下巴冒出來的粗糙鬍鬚。他好像來不及刮鬍子就跑出來了。克雷布林隊長說道：
「那麼，現在各位打算怎麼辦？」
哼嗯。真是可惡的一句話。他是想要我們先開口說話。卡爾想了一下，說道：

「即使沒有發生這種事，我們原本也是計畫今天要離開這裡。牠們好像沒有包圍住都市的後面，我們如果往後面逃走就可以了吧。」

克雷布林隊長立即當場皺起眉頭說道：

「等一下。你不是看到信的內容了嗎？那些傢伙說如果你們不出去，就會來攻打這個都市。在這種情況之下，你們只想到自己活命、想要逃走，豈不是太過分了？」

卡爾也立刻臉色變得很不好。

「什麼，話不是這麼說的。牠們要的是我們，只要我們離開了，牠們就會來追趕我們，不是嗎？我剛才的意思是，我們會使牠們遠離這裡啊。」

「喂！你們全都有馬匹，所以才可以輕鬆地這麼說。可是對我們而言，這卻不是一個輕鬆的問題。那些傢伙如果要維持這麼龐大的部隊，補給當然就會是很重要的問題，不是嗎？」

「補給？」

「沒錯！雖然那些傢伙要追趕你們，我感到很遺憾，但是因為這樣，無辜的我們卻會因此受害，這樣實在太說不過去了。如果你們逃走了，牠們一定會在這裡掠奪之後再去追你們！」

我生氣起來，正要說些什麼的時候，此時，傳來了比卡納丁的清晨空氣還要更加冰冷的聲音：

「原來這就是北方人的熱情友誼啊。」

是溫柴所說出來的冰冷話語。我們正在好奇這句話的含義時，他輕快地繼續說道：

「被半獸人追趕的人類，卻被其他的人類給想辦法趕走。對。原本人類就是用這種方式在互相幫忙而活下來的。」

克雷布林隊長退縮了一下，隨即用憤怒的眼神看著溫柴。那個隊長的嘴裡一下子像流水般傾瀉出一番話：

「喂！我並不喜歡冒險家這種人。你們從這個都市移到那個都市，從溪谷到迷宮！這樣任意來來去去之後，跑累了就像聚集到屍體的蒼蠅一樣，找到都市之後就開始要吃的睡的，而且製造騷動！我可以理解為何我們那些精力過盛的十幾歲小伙子會陷入白日夢，因為不論是誰，在那種年紀的時候都會這樣。可是最後惹了一身的災難和疾病，威脅到那些流著汗水努力工作的人，威脅到別人安家立業的根基……！我幹嘛要對這種人好意相待！」

我們用呆愣的眼神看了看克雷布林隊長，直到他身旁的阿南德先生開口說話，他都一直漲紅著臉孔地瞪視著我們。

「羅斯，你是什麼時候變得這麼會爭辯的？」

克雷布林隊長一聽到阿南德的話，轉頭對阿南德說：

「在城牆上面，請叫我克雷布林隊長！如果不喜歡就立刻下去，躺到你家溫暖的床鋪裡，把你殘廢的身體埋在床鋪裡面……對不起。」

雖然這是讓人很不想看到的一幕，不過，聽得到克雷布林隊長聲音的所有人，都把目光聚集到阿南德先生的身上。阿南德先生雖然臉色蒼白，但還是勉強露出笑容，說道：

「你說的並沒有錯。」

「阿南德，是我錯了。那只是我在氣頭上的話。那不是我的本意。」

「沒關係，克雷布林隊長大人。請不要在意。」

阿南德如此說完之後，就把斧頭扛在肩上，往城牆另一頭走掉了。克雷布林隊長本想抓住他，但還是作罷，只是緊咬著嘴唇。

過了不久，隊長用不高興的語氣說道：

「都是你們害他的。你們害我在氣頭上說了那種話。事情結束之後，你們應該要請他喝杯酒。」

妮莉亞隨即當場走向前去，說道：

「那怎麼會是我們的責任？這是你……」

「妮莉亞小姐。」

「卡爾叔叔，這實在是太可笑了……」

「安靜點，妮莉亞小姐。」

妮莉亞臉頰鼓脹著，雙手交叉放在胸前，往後退去。卡爾雖然一副疲倦的聲音，但還是很堅決地問道：

「你希望我們怎麼做？」

克雷布林隊長像是在模仿卡爾似的，用疲倦的聲音說道：

「我也不想再顧及面子了，我就老老實實、單刀直入地說吧。我希望那些半獸人不要對我們都市造成任何傷害，你有辦法嗎？」

「哼嗯。你們要幫我們嗎？」

克雷布林隊長冷酷地答道：

「我們？我們為什麼要幫你們？把半獸人引到這裡來的是你們啊。我是這個都市的警備隊長，又不是流浪者的警備隊長。」

隨即，突然一個很大的聲音，而且是明顯生氣的高喊聲音傳來。

「我也是負責一個領地安危的警備隊長，但是我無法接受你現在所說的這番話。」

看啊！賀坦特領地的警備隊長杉森・費西佛出來講話了。克雷布林隊長用凶悍的眼神看了一下杉森之後，發現到一般可以看到臉孔的位置卻只看到胸部，便露出了稍微驚慌的表情。他抬頭看著杉森，在這清晨冷空氣之中，杉森看起來更顯得巨大，更具有壓迫感。

「什麼？你是警備隊長？」

「我叫杉森・費西佛，賀坦特領地的警備隊長。」

「啊？那麼你們不是冒險家嗎？」

「當然不是。我們是因為賀坦特領地的公務而出來的。這其中雖然發生了一些事件，但這些終究都還是沒有和賀坦特領地的公務脫離關係。如果閣下是警備隊長，就不該不知道公務使節旅行經過其他領地時，各領地有義務給予協助。」

「啊，我、我不知道這種事。如果真如你所說，為什麼你們不去見我們卡納丁的市長，要求協助呢？」

朦朧的清晨空氣，還有從荒地吹襲而來的寒風之中，杉森健壯的身影站立在那裡。他寬廣的肩膀看起來比城牆還要更加堅硬，結實的兩條腿簡直和尖塔沒有兩樣。

「因為我們並沒有要在這裡辦事情。我們要的只是吃飯和睡覺，不想因為這種小事牽動到其他領地負責人的關心。可是我們卻在此時陷於困境，卡納丁的市長應該對賀坦特領地的全權代理人——卡爾・賀坦特大人，給予所有的協助與幫忙。」

「大人？」

這句問話是同時由兩個人嘴裡說出來的。是克雷布林隊長和卡爾。卡爾以啼笑皆非的表情看了看杉森，說道：

「喂，費西佛老弟，我什麼時候開始被稱作大人了？」

「國王陛下還賜給卡爾・賀坦特大人一個『賢明騎士』的封號……」

「哎呀！喂，費西佛老弟！你一定要說出那個可笑的封號嗎？」

杉森不做任何回答，只是像一個在等待稱讚的少年，微笑站在那裡。就連妮莉亞也走出來表明她是「乘夜風的仕女」，結果蕾妮還因此笑了出來。不管怎麼樣，卡爾一副覺得不妥的表情，拿出了賀坦特領地全權代理人的證明文件，以及出示了國王陛下御賜的勳章，隨即克雷布林隊長的膝蓋就開始抖得厲害了。

「在、在、這種偏僻的地方有貴客們光臨……請、請原諒我的無禮……」

吉西恩並沒有說出自己是王子，這是因為顧及到克雷布林隊長的心臟恐怕會負荷不了。不過，這確實不是令人看了很愉快的一幕。我們全都一致地用冷淡的目光看著克雷布林隊長，而克雷布林隊長則是慌慌張張地說：

「請、請您移駕到市政府吧。市長大人會立刻給予應有的款待……」

「不。我要在這裡看那些半獸人，想出對策來。」

「不，這怎麼可以呢？我怎麼可以讓各位貴客們待在這種城牆上。請各位下去吧，雖然是粗茶淡飯，但請先用個早餐……」

「啊，這群半獸人都跟到這裡來了，如果我置之不理，恐怕會沒有胃口吃飯。而且我們不能只為了自己活命就這麼離開這個都市，應該要想出一個對策才可以。所以我應該在這裡才對。」

卡爾這番冷靜的言語，使克雷布林隊長臉色變得蒼白，傑倫特和妮莉亞則是咯咯笑了起來。克雷布林隊長趕緊慌張地說道：

「啊，是。喂！你去，嗯，不對。應該是我直接去。請您在這裡稍待一下，賀坦特大人。我立刻去請市長大人來這裡。喂！葛倫！」

隨即，站在稍遠處的一個士兵就站了起來，對他敬禮。

「是！隊長。」

「你在這裡負責城牆上的指揮！我去請市長大人來這裡。」

「遵命！」

克雷布林隊長也沒有等卡爾說話就急忙滾下城牆了，用足以折斷頸椎骨的快速步伐，向城塔跑去。艾賽韓德一面看著他的模樣，一面咋舌說道：

「嗯，我說了你們不知道會不會覺得很可笑，不過，以我這個在礦坑裡生活的矮人頭腦，我認為，對人的尊敬，是需要一個人經過許多歲月的磨練，才能夠讓別人自然流露出來的。」

卡爾微笑著，以自豪的動作搖晃著手中的動章，說道：

「這麼小小一塊閃亮的鐵片竟能讓一個人態度一百八十度轉變，您一定看了很不舒服吧。」

「你說得沒錯。」

「事實上，我也是不怎麼高興。」

卡爾說完之後就把動章隨便放進口袋裡面。等等，我的動章放到哪裡去了呢？我實在是想不起來耶。

不管怎麼樣，卡爾又再望著城牆外面，露出擔心的表情。在這位看起來充滿智慧而且嚴謹的中年讀書人前面，站著一位雖然矮小卻很健壯的矮人敲打者，他飄著白鬍鬚，拿著斧頭站在那裡。在他旁邊，站著一位額頭讓人覺得看起來很聰明的年輕祭司，也站著一位在年輕臉上帶有不怎麼適合他的深沉陰影的巫師，他們正在默默地看著下面。而再旁邊的，則是兩個健壯的戰士杉森和吉西恩並排站在那裡。這場面可真是壯觀啊！東部林地的清晨裡，在這麼高的城牆上面現在好像現出了一幅傳奇性的景象。我為了找到怪物蠟燭匠可以插得進去的位置，環顧了一下四周圍的情形。周圍的士兵們因為正和高貴的人物同站在城牆上，而且這些高貴人物讓他們的隊長嚇得快折斷頸椎骨，所以每個士兵都是一副很有負擔感的表情。

而溫柴則是稍微遠離所有人，跨坐在城垛上，看著下面。如果要在這裡找一個最不緊張的人，應該就是溫柴了。因為士兵們都蜷縮在城垛後面，我們其他一行人是表情僵硬地看著下面，可是他卻泰然自若地坐著，像是在看一場盛宴似的朝下俯視。

此時，蕾妮稍微咳了幾聲之後，還打了一個噴嚏。隨即，溫柴皺起眉頭，對我說：

「你告訴妮莉亞和蕾妮，叫她們回去旅館等我們。」

「他這麼說。」

妮莉亞立刻微笑，而且像往常一樣，直視溫柴對他說：

「哼嗯。你在擔心我嗎？」

溫柴仍然還是定坐不動，彷彿像是城垛上的雕像，他看著城外，說道：

「修奇，你跟她說，我不是擔心妮莉亞，而是在擔心蕾妮。」

「他這麼說了。」

妮莉亞卻沒有再說什麼，而是微笑地拉著蕾妮。

「走吧，蕾妮。他們可能是認為流血慘叫之類的事應該由男人來承擔。」

蕾妮輕輕笑著說：

「我也覺得那應該是男人的事。」

「是嗎？哼嗯。說得也是，我也應該尊敬男人一點才對。因為這次旅行結束之後，我應該就會有丈夫和兒子了……」

杉森用訝異的眼神看著我，說道：

「剛才她為什麼說出差點讓我跌倒的話呢？」

「沒你的事啦！」

我如此叫了一聲之後，又再低頭看下面。卡爾按著太陽穴，說道：

「真令人頭痛。剛才的那張紙就是這個意思：如果我們再逃的話，牠們就會攻擊這個都市。這可是一場大規模的人質劇啊。」

卡爾露出頭痛的表情，轉頭對杉森說：

「費西佛老弟，牠們的數目大約是多少？」

「是。因為太暗了，不容易正確判斷有多少，但至少有兩百五十到兩百七十隻左右。」

「這樣已經算是很正確了，費西佛老弟。謝謝。呼……三百多隻的半獸人。這個數目就和當時在羅克洛斯海岸與路坦尼歐大王對峙的半獸人的數目是一樣的。」

卡爾就這樣把杉森預估的數目給簡單地擴大了。杉森聳了聳肩，說道：

「我們和這個都市的警備隊員合力打退牠們，如何呢？」

杉森這番氣勢高昂的提議，只引來卡爾的嘆息聲。

「你想想看，費西佛老弟。我們現在沒有時間和牠們開戰。而且看到剛才那位警備隊長還有這些隊員的模樣……就算把這個都市整個看過一遍，也很難找到比那個阿南德先生還更優秀的戰力吧。這些人如果有我們領地的警備隊員一半厲害，我應該就不會擔心了。」

說得也是。在我看來也是如此，現在城牆上面的士兵們比起舉箭的稻草人，只有一樣比較厲害。他們和稻草人不同的是，他們有喧譁的本事，這也是很讓人不安的。吉西恩環視著城牆，說道：

「這都市是位在荒涼的東部林地裡，是遠離戰爭和災難的都市，因此警備隊員們的腰很粗，褲子都滑下來了……對不起。混蛋！是，可是城垣本身卻看起來很堅固。」

「沒錯。而且那些半獸人不太像是有能力來攻城。不過，這種情形無法維持很久。市民的不安也是個問題，而且警備隊員的水準也是……一座城垣堅不堅固並非在於城牆很厚，而是在於守城之人的堅定意志。」

「是，這是賀滋里的名言。當然，比起堅定的意志，還有更重要的要素。」

卡爾微笑著點了點頭。

「當然就是裝得滿滿的糧倉和兵器庫。」

卡爾和吉西恩像是在開玩笑似的對談了之後，卡爾看了看亞夫奈德，對他說道：

「有沒有可以值得一試的東西呢？」

「咦？」

「我並不是要你使出什麼厲害的法術。我只希望能吸引那些傢伙的注意，即使沒有效果也可以。」

「吸引注意力……就可以了嗎？」

「是的。我希望能和牠們對談。」

亞夫奈德沉思了一下，說道：

「我知道該怎麼做了。可是要事先告訴城牆上的士兵們，提醒他們不要被嚇到。」

吉西恩立刻轉過頭去大喊：

「請問你是叫葛倫吧？」

隨即剛才被羅斯隊長交付指揮權的那個士兵對吉西恩敬禮，說道：

「我是葛倫・柯萊伽一等兵。」

「我叫吉西恩。從現在起，這位巫師要開始施法，請你指示下去，請士兵們不要驚慌。」

「施法？啊，是！遵命！」

然後葛倫就立刻開始往旁邊傳令下去了。「所有人注意，不管發生什麼事，都不可以動，屁股固定不准動！」這個命令很快地往旁邊傳下去之後，亞夫奈德就低頭開始施法了。比較靠近我們的一些士兵們驚訝得都快把箭給放了下來，紛紛看著亞夫奈德。嗯。我是什麼時候開始對於施法不覺得驚訝的呢？亞夫奈德突然把雙手舉向天空，喊道：

「Phantasmal Force!」（虛幻力量！）

我們看著天空看了一陣子。可是清晨天空仍然還是微藍色的，而城牆上依然寂靜無聲。我們歪著頭又再看了看亞夫奈德。但是他整個人已經漲紅著臉孔，汗流滿面。到底是怎麼一回事？就在這時候——

「呱啦啦啦啦啦！」

我差點就拔劍了——差點就把巨劍給拔出了劍鞘。在清晨天空的昏暗晨雲的上方，傳出了一陣響徹雲霄的咆哮聲。有一個士兵叫出了害怕的尖叫聲。

「呃啊啊啊！」

「閉嘴！約翰！」

葛倫咬牙切齒地喊著，可是他也是兩腿顫抖個不停。過了不久，因為是在高度很高的城牆上面仰看，所以更覺得接近雲，而那些雲朵之間開始慢慢降下一個長長的、巨大的「嘴巴」。然後在後面長長地連接著鼻梁，最後是眼睛，然後還有上面的角……接著，一個結實而且優雅地彎著的脖子開始徐徐降下來。

「是、是、是……！」

士兵們幾乎都陷於混亂狀態了，所以那個葛倫一等兵必須放聲大喊才能鎮定住那些士兵們。而且不只是城牆上，就連我們背後的都市也開始傳出了尖叫聲。

「呃啊啊啊！」

「嘎啊啊！」

從天上降下來的那個東西，彷彿像是神降下的頭在俯瞰地上的蟲子們。那個脖子繼續下降，脖子周圍的雲都散了開來。慢慢散開來的雲朵最後卻開始以快速度轉動，形成一個很強的雲漩渦。我還聽到從荒野之中傳來風聲。那個脖子從雲漩渦的中間繼續下降，最後那脖子後面的肩胛、巨大的翅膀等部位都開始降了下來。翅膀出現的時候，雲朵像爆炸似的散開，漩渦本身就散到天上的所有空間去。雲往天空的所有方向飛去，隨即，那巨大的身軀就全部露出來。雖然距離我們很遠，但牠的威容卻一點也不減。

「呱啦啦啦啦！」

終於降到雲朵下方的那個東西，正是藍龍的模樣。溫柴噗哧笑著說：

「記憶力可真不錯。這是基果雷德。」

杉森則是早已不知不覺地往後退了好幾步，緊抓著長劍的劍柄，此時他才擦了一下額頭汗水。沒錯。那個東西就是基果雷德的模樣。只是，亞夫奈德發揮了他的想像力，將牠誇大成為一頭很大、幾乎像山一樣高大的藍龍。傑倫特為了想再看清楚一點，把身體往城牆上面伸出去之後，差點就失去重心，葛倫一等兵及時緊抓住他。

「啊，謝謝你，一等兵先生。」

「別、別客氣。祭司先生。可、可是那個東西是不是虛幻、虛幻的？」

「當然是虛幻的。」

「哦，德菲力啊……」

傑倫特隨即高興地問他：

「你信仰德菲力神嗎？」

葛倫一等兵則是用「在這種時候自己的信仰並不是那麼重要」的眼神，看了看傑倫特。我稍微往前看著城外荒地的情形。

荒地上面正在引起一陣大騷動。那些半獸人像發瘋似的尖叫逃開，有的則是丟下武器，把頭趴在地上。也有幾隻勇敢的半獸人對著天空咆哮大喊，可是大部分都是連逃跑也不敢想，一屁股坐在那裡。牠們簡直就是從心中深處發出無法忍受得住的那種喊叫聲。

「你真是厲害啊！我的頂尖魔法師！」

亞夫奈德有些不好意思地笑著把手放下。他向卡爾問道：

「這樣好像已經吸引了牠們的注意力，接下來該怎麼辦？」

卡爾也是一副被這壯觀的景象給迷住的樣子。他用茫然的眼神看了一下亞夫奈德，便立刻搖了搖頭。

「你真是了不起啊。亞夫奈德。」

「您別這麼說。不過，接下來該怎麼做呢？啊，當然這東西是虛幻的，所以無法做噴吐然後燒掉那些半獸人。當然我可以做出那種幻象，可是這麼一來卻極有可能會被識破。」

卡爾和亞夫奈德在沉著地對談時，葛倫一等兵還是必須跑來跑去，才能鎮定得了士兵們。

「你這傢伙，清醒一點！那是虛幻的！趕快給我起來！唉，真是的！你們這麼相愛啊！怎麼幾個大男人都抱在一起了？呃……你最好回去換衣服再來。沒關係！消息不會傳開來的。喂！這是命令！城牆警備隊員傑克尿濕褲子的這件事，從現在開始是軍事機密！沒事！這是虛幻的。是那位巫師造出來的假象。哦！那真的是假象嗎？誰來告訴我那個真的是假象吧！」吉西恩和杉森也沿城牆跑著，幫他讓那些士兵們鎮定下來。

卡爾看到那副模樣之後，舔了舔嘴巴，說道：

「嗯。你可以讓牠照我講的說出話來嗎？」

「可以。因為牠的聲音是無法讓人忘記的，我絕對有辦法製造出牠的聲音。」

「那麼……」

過了不久，籠罩著整片荒地的那個基果雷德的幻象，喊出像暴風般的聲音。

「你們這些渺小的垃圾混蛋！」

「呃啊啊啊！」

尖叫聲從意想不到的地方傳來。我轉頭一看，有幾個人正要從城塔的階梯上到廊臺，他們或跪或趴著。其中一個是剛才說要去請市長大人來的克雷布林隊長，他把自己的劍甩到了城牆下面，用雙手抱頭趴在地上。我們驚訝地看著他們，他們抬頭開始急忙做手勢。

「你、你們在做什麼？趕快躲起來！」

嗯。太荒謬了。傑倫特嗤嗤地笑出來，然後把手指頭豎在自己面前，滑稽地左右擺動。隨即，在階梯上的那些人都驚訝地看著傑倫特。傑倫特對他們說道：

「這是魔法。請不要擔心，請上來。」

在階梯上的那些人這才滿腹疑惑地走上來。此時，在天空的基果雷德又再次喊出像雷鳴般的吼聲。

「你們這些傢伙真是令人佩服！喀哈哈哈哈！竟然還準備了火！你們這種硬皮應該要烤了

才好嚼！」

哎喲，我的天啊！我用受不了的眼神看著卡爾。卡爾則是聳了聳肩，並且對我說：

「喂，尼德法老弟。我是怕如果用太文言的脅迫句子，那些傢伙會聽不懂，所以才用這句話。」

「可是未免也太粗暴了吧。」

「要不然說什麼好？」

亞夫奈德在前面笑著看了我一眼。不久，基果雷德如此喊道：

「如果還認為你們發臭的身體很寶貴的話，就立刻滾蛋，你們這些小蟲！」

03

「這一句話好像也不怎麼樣嘛！」

吉西恩雖然如此評論，但半獸人大部分都已紛紛摔到地上。牠們紛紛倒在地上的樣子，讓此地看起來就像一片巨大的戰場，但跟戰場不同的是，倒下的半獸人身上都沒有傷口。在這段期間，原來倒在階梯上的人都起身爬上城牆了。其中有一個長著野狼鬃毛般漂亮的白髮、白落腮鬍的老爺爺站了出來，到前面指著基果雷德說：

「那、那個真的是假的？」

真的是假的？難道還有什麼假的是假的？卡爾豁達地笑了笑，點了點頭。

「是的，那個真的是假的。我是卡爾・賀坦特。」

「啊，本、本人是卡納丁的市長，卡勒羅斯・安提哥爾。」

「很高興認識你，市長。」

市長看到我們全都一臉平靜，也感到安心，同時跟卡爾握手。卡爾與安提哥爾市長握了手之後，說道：

「我雖然很想跟市長談談，但現在得先處理掉那些半獸人。」

「啊，是的，請。」

卡爾馬上轉身面向亞夫奈德，小聲地對他說話。那聲音立刻被增幅成為基果雷德的聲音，響徹雲霄。

「現在馬上給我離開這座都市！再也不要回來！我要佔領這座都市！接近龍之居所的人，不管是用兩腿還是四腿在跑，我都會殺了他！」

那時我才發現，路坦尼歐大王的傳說不是人類專有的。連半獸人之中也會有一、兩隻瘋狂的傢伙跑出來，而那些半獸人在經過長遠的歲月之後，可能也會被稱作英雄吧。

但不管怎麼樣，那畢竟是很久以後的事，現在當下的現實是，一個腦筋有點問題的半獸人舉起沉重的大刀，一面大喊著跑了出來。那個半獸人身材比其他同類高大許多，幾乎跟人類差不多，頭上還戴著黑色的頭盔。牠的喊聲響徹了整個平原。

「吱吱！這真是個天大的騙局！你才不是龍！吱吱！」

這可不是開玩笑的。雖然聲音很尖細，但連在城牆上的我們都聽得一清二楚。半獸人站的地方到城牆的直線距離大概有一、兩百肘，所以這個半獸人絕對是個怪物。然後這個發瘋的半獸人肩膀開始膨脹到快要爆開似的。

「天啊！」

傳來了艾賽韓德的驚呼聲。然後這個半獸人就用盡全身的力氣，將大刀向基果雷德拋擲了過去。再怎麼樣的英雄，就算是給路坦尼歐大王八星中的萊恩伯克戴上我的ＯＰＧ再叫他拋擲好了，也不太可能擊中飛得這麼高的龍。先不管高度，光是龍巨大的威容帶來的壓迫感，就逼得人不敢這麼做。但是那戴著黑色頭盔的半獸人居然真的這麼做了！大刀的刀刃在一片黑色的原野背景中顯得閃閃發光。

唰——！

像一陣閃光射去的大刀直接穿過基果雷德的身體飛去了。當然基果雷德根本沒怎麼樣。大刀劃過空中，發出很大的聲音然後落到地面上。噹！

一陣子之後，在空中飄浮的基果雷德消失得無影無蹤。沒有人相信的幻覺本來就會消失。倒在地上的那些半獸人用慢吞吞但激烈的動作爬了起來。一陣歡聲雷動，聲音大到讓人覺得荒野中是不是引發了地震。雖然距離很遠，聽不出牠們在喊些什麼，但可以確定的是，所有半獸人都非常高興。從中也可以分辨出「吱吱！吱！吱吱！」的叫聲。卡爾變得帶著一副苦瓜臉望著下面，亞夫奈德也露出了不太高興的表情。在吵雜的歡呼聲中，戴著黑色頭盔的半獸人向天空大聲咆哮：

「咕嗚嗚嗚嗚！呱啊啊啊啊！」

「這些傢伙一定高興死了。」

傑倫特帶著單純的喜悅這麼說。那樣子看起來就像是半獸人心情好，他的心情也跟著好起來似的。所以杉森瞪著傑倫特，嘴角開始抖了起來。但是戴了黑頭盔的半獸人再度高喊的瞬間，杉森驚訝得嘴巴大張。我們也都忘記亞夫奈德魔法被拆穿的這件事了。那個黑頭盔半獸人的喊聲雖然小了許多，但還是能夠聽得很清楚。

「吱吱！華倫查啊！還有半獸人之友、聖者亨德列克啊！這兩位在保佑我。吱！這些骯髒的騙人把戲！別再搞了！吱！下來用真槍真刀，以血洗血地打一場吧！吱！」

「杉森。」

「嗯？」

「你不要跟我說我剛聽到的話你也聽到了。精神異常的人只要有我一個就夠了。」

「……對不起。我也聽到了。」

「那是我們兩個都瘋了嗎？」

「好像是。其實我也正在想我是不是瘋了。」

杉森跟我說著這些沒大腦的話之時，卡爾則是拚命往前跑，就像是要跳下城牆自殺一樣。卡爾將整個上半身伸到城牆外，看著那些半獸人。然後他用跟往前跑時一樣快的速度退回來，說：

「亞夫奈德！你能不能把我的聲音放大，傳到他們那邊去？」

「不行。我已經用光這種魔法了。」

「可惡！那怎麼辦？如果要把牠們叫到這附近來……」

這時溫柴站了出去。他很小聲地對卡爾說：

「你想跟牠們說話嗎？」

「咦？啊，是的。剛才那些半獸人提到了亨德列克的名字……」

溫柴沒有理會卡爾的話，說：

「那我幫你傳話。你要問牠們什麼呢？」

「咦？啊，你要幫我傳話嗎？那能不能幫我問一下，牠們剛才說的半獸人之友、聖者亨德列克是什麼意思？」

「知道了。」

溫柴馬上輕盈地躍起，站到了城垛上。溫柴深深吸了一口氣，雙臂舉起，表示自己沒有攻擊之意。安提哥爾市長露出不太愉快的神情對卡爾說：

「您瞧，賀坦特大人。我還以為這裡的負責人是我。」

呵。不久前基果雷德還在的時候，他的行動就像是把一切責任交給卡爾似的。我用不太高興的眼神瞪了市長一下，但卡爾只是沉靜有理地說：

「啊，對不起，安提哥爾市長。請允許我只問這個問題，拜託您。我不是要干涉其他的士兵或這座城的指揮體系。那個戰士是我的夥伴，只是我拜託他向半獸人提出問題……」

「但你是我們城市的客人，依照主人的指示來行動不是很理所當然的事嗎？何況這座城現在處於戰爭狀態……」

安提哥爾市長一臉堅決地說。但是溫柴好像根本理都不理他。他深深吸了口氣，然後開始大喊：

「喂！半獸人啊！」

我感到整個頭部都開始共振。安提哥爾市長本來想說些什麼，但現在只能張大著嘴發出了呻吟。

「嗚……嗚嗚……」

「哎喲，我的耳朵！」

艾賽韓德發出慘叫，連忙捂住耳朵退到後面。艾賽韓德的耳朵似乎十分敏感。其他人也都做出痛苦的表情往後退。市長跟他的隨行，還有羅斯隊長的臉都皺成一團，往兩邊退開，因為站在城牆上，後面無路可退。我看到卡爾雖然兩手掩耳往後跑，仍然面露微笑。

溫柴喊出這麼大一聲，底下半獸人的吵鬧聲也漸漸開始平息了。戴著黑頭盔的半獸人抬頭看這邊，大喊道：

「吱！身上發臭的人類啊！你想說什麼？」

那聲音雖然傳到這裡已經很微弱，但還是很清楚。杉森用一副啼笑皆非的表情說：

「真是可笑，居然有人想跟一千兩百肘以外的人對話。更可笑的是，這件事居然真的實現了。」

杉森雖然在一邊嘀嘀咕咕，我卻認為這是很好的詩歌題材。在暗藍色的清晨天空下，東部林地廣漠的荒野中，溫柴頂天立在城垛之上大喊。安提哥爾市長搖搖頭，好像想再說些什麼，但溫柴又開始高喊：

「半獸人啊，聖者亨德列克是什麼意思？」

「你們這些傢伙！吱吱！你們有資格隨便提起他的名號嗎？」

「我愛說什麼是我的事！快回答！你說的……」

就在這時，安提哥爾市長大概對自己一直沒機會講話開始不耐了，抓住了溫柴的腰就把他往下拉。溫柴搖搖晃晃，好不容易才安全地下來，但是臉上開始出現怒容，他粗魯地將市長的手甩開。市長也開始全身緊繃，擺出了防禦的姿勢，隨行人員連忙將市長團團圍了起來。溫柴雖然手差點要握住劍柄，但又再度把手放下，凶惡地說：

「你這是做什麼？」

市長再度做出哭笑不得的表情。唉，市長啊，你大概注視了溫柴的眼睛吧。市長不自覺地低著頭往後退。他乾咳了幾下，對卡爾說：

「這個，賀坦特大人！」

「是的。請問市長有什麼事？」

「你如果還有良識，就不該覺得這些話能夠繼續講下去。那個大嗓門的傢伙一說出來，這座城裡的所有人都會聽到那些話！」

「咦？啊，這話是什麼意思？」

「這真是的！路坦尼歐大王跟亨德列克的傳說，是我國最重要的立國根基！這傳說沒有半獸人插嘴的餘地，知道嗎？你們這樣對話，到最後不知道會有什麼樣的傳聞散布出去。」

卡爾一時間滿臉困惑地望著安提哥爾市長，就像是看到某種稀有人類一樣。但是他馬上又帶著堅定的表情說：

「您是說您想要保護那兩位的傳說，不被疑惑和不愉快的想法所侵擾嗎？」

「這不是當然的嘛！這個國家現在在打仗，全國國民都必須出力對抗敵人的此刻，路坦尼歐大王與亨德列克的傳說，就是我們士氣與向心力的基石。我國有人不尊敬、不敬愛路坦尼歐大王跟亨德列克嗎？但是你現在這麼做，那些半獸人說亨德列克是牠們之友的言論就會傳開。雖然這些話荒誕無稽，但搞不好牠們會說亨德列克跟牠們私下有什麼約定之類的話。」

「如果那是事實，那您要怎麼辦？」

「什麼？別笑掉人大牙了！」

「我不是要問您覺得好不好笑。如果亨德列克真的是半獸人的好友，那您要怎麼辦？市長您也應該知道，關於亨德列克的可信紀錄流傳下來的很少。我冒昧說一句，現在在場的人當中，關於亨德列克的事我聽過最多。在我們旅行的過程中，不斷有聽到關於他的事。連這樣的我也無法相信牠們說的話。但是！但是如果牠們說的是真的，那您要怎麼辦？」

「這種事實沒必要知道！」

「咦？」

「事實有兩種。一種是有必要知道的，另一種是沒必要知道、知道反而有害的！你應該知道，不能隨便教導小孩關於劇毒的事！」

旁邊的人全都緊閉雙唇，看著他們兩人。遠處傳來半獸人微弱的喧鬧聲。其他看著卡爾跟安提哥爾市長的人都在想些什麼呢？我眼中看到的是兩種不同類型的人之間對立。一種是不會執著於過去的歷史和國家觀念，只在乎事實真相。卡爾對許多人生活的拜索斯這個國家，不是那麼關心，只在乎能讓自己滿足的冰冷事實。另外一種人則是即使說謊也要守住過去的一切。雖然我不知道安提哥爾市長是不是熱愛拜索斯，他好像覺得為了這份熱愛而否認事實也沒有關係。

到底誰才是對的？

但是卡爾馬上就沉著地說：

「我懂您的意思了。我做得太過火了。我請求您的原諒，安提哥爾市長。」

安提哥爾市長立刻點了點頭。剛結束唇槍舌戰，本來似乎有點緊張的他甚至開始揉捏肩膀。他乾咳了幾聲，站出來說：

「各位既然來到這座都市，我身為此處的主人，各位在此停留期間，我一定會盡我的責任來保障各位的安全。各位沒有必要留在危險的此處，請到市政府去休息吧。」

「那些半獸人是追著我們來的，我們也有必要負責。」

「請別擔心。請相信卡納丁的城牆及警備隊的力量。我們既然是朋友、是同胞，就應該幫助各位的困難。」

「……知道了。謝謝您，市長。」

卡爾這樣一說，其他人也就沒有什麼別的意見了。傑倫特說想在這邊多看半獸人一陣子，我們就把他留在城牆上，我則是與其他人跟在安提哥爾市長後面下了城牆。呵，我真期待市政府的早餐跟餐後的一杯茶。

我從來不知道晉見國王而且直接獲頒勳章居然有這麼大的功效。嗯，真有這麼了不起嗎？其實，若依照艾賽韓德的話，對修奇・尼德法的尊敬心應該在長久交往之後產生才好。

不管怎麼樣，現在我們接受了熱騰騰早餐的款待，還聚在市長辦公室裡啜飲著茶水。那辦公室並沒有什麼特別的，氣氛就像是普通公務員的辦公室。坐在餐桌上位的安提哥爾市長帶著無限感慨的表情看著我們。他對我提出了讓我很難回答的問題。

「尼德法，你晉見陛下的時候心情如何？」

我該怎麼回答呢？我對勳章頒授典禮的記憶就剩下莊嚴大廳，也就是讓進去的人心裡難過得要命的地方，還有官員唸著詞藻華麗的長篇文稿，讓人想打瞌睡……當然得到勳章的時候很高興。因為我那時在想：總算結束了！

「啊，看到你生硬的表情，大概是不想隨便把當時的感動表達出來吧！」

他這樣說，好像就連我的舌頭也稱讚到了。哈哈哈！艾賽韓德看著我的眼神好像在說：你那時不是在打瞌睡嗎？但我還是厚著臉皮不理他。吉西恩看到我這個樣子，微微地笑了。

卡爾喝了一口咖啡（沒錯，咖啡！在這座城裡也有那種東西。喝咖啡大概是安提哥爾市長的嗜好，他看到卡爾在喝的時候非常高興。如果我喜歡那種怪食物或飲料，碰到一樣喜歡的人，我大概也會很高興吧），然後放下杯子，說：

「市長，我不知道您怎麼想，但這咖啡真是好喝。只是在這座戰雲密布的城中，再怎麼好的咖啡也無法深刻品味它的香氣。」

我猜卡爾的話裡好像帶著弦外之音，意思是城外已經被充滿殺意的半獸人包圍了，市長您卻還在這裡悠閒地喝咖啡。但是安提哥爾市長似乎不太熟悉這種說話方式，很殷勤地說：

「啊，請你不要煩惱，賀坦特大人（卡爾的肩膀稍微垂了下來）。各位被那些凶惡的半獸人追著跑，我想各位身心應該已經很疲倦了。請你們在我這座城中忘卻疲勞，恢復身心的活力吧。我會盡力支援，讓各位能準備下一階段更充實的旅行。」

「真是萬分感謝，市長。」

艾賽韓德坐在高椅子上一直不停地抖腳，弄得都快體面盡失了，他說道：

「但是市長，我們可以繼續留在這裡嗎？」

聽到艾賽韓德這麼直接的問題，安提哥爾市長一下子慌了。亞夫奈德連忙說：

「啊，艾賽韓德是擔心市長為我們浪費了寶貴的時間。外面不是還有士兵在等待市長的指揮嗎？」

安提哥爾市長再度開始微笑。他摸了摸白鬍子，說：

「別擔心。半獸人又不會飛，能拿這麼堅固的城牆怎麼樣？」

吉西恩雙手抱胸，似乎陷入了沉思。他閉上眼睛說：

「我想起路坦尼歐大王跟羅克洛斯海岸的故事。」

「什麼？」

安提哥爾市長再度慌張地看著吉西恩。由於吉西恩雙手抱胸，所以不受端雅劍的妨礙，很有餘裕地說出這番話。他的眼睛還是閉著。

「我是說路坦尼歐大王在羅克洛斯海岸跟三百隻半獸人對峙的故事。那是荒涼的海邊，完全找不到城牆。當時路坦尼歐大王依靠的不是堅固的城牆，而是亨德列克這個人，還有亨德列克跟他堅固的友情。」

安提哥爾市長露出警戒的表情說：

「啊，當然是這樣，吉西恩。我們除了那些之外，還有堅固的城牆，不是嗎？」

吉西恩露出了洩氣的微笑。我突然有了個想法，如果說出吉西恩就是吉西恩・拜索斯，當今陛下的哥哥，不知道事情會變得怎麼樣。但吉西恩為什麼不說呢？由於吉西恩自己不肯說，其他的人也就都不願開口談這件事。說起來，光是說出我們從國王陛下那裡得到了榮譽騎士的稱號，就已經快讓克雷布林隊長吃驚得心臟麻痺，如果說出吉西恩是王子的話，又會怎樣呢？嗯，事情會變得很麻煩。

結果杉森還是忍不住問道：

「市長先生，我們可以完全不擔心這座城的事嗎？」

「咦？啊，是的，費西佛大人。」

我差點爆笑了出來。他居然直呼王子的名諱吉西恩，卻把我們故鄉小小的警備隊長，在城外水車磨坊裡被女孩子迷得昏頭轉向的杉森・費西佛稱作費西佛大人？我偷看了吉西恩一眼，他臉上帶著神祕的微笑。杉森也似乎覺得很可笑，但他還是忍住了，說：

「在對如此親切的款待表達謝意之後，我想要馬上離開。因為我們的旅程中要做的事還很多。」

杉森就這樣毫不避諱地說了出來。卡爾雖然皺起了眉頭，但已經遲了。安提哥爾市長乾脆地點了點頭。

「啊，是這樣嗎？嗯。各位急迫的旅行不該因為我而受到阻礙。賀坦特大人，如果您旅程中有需要的物資之類的東西，請跟我說。只要是我能力所及，我一定幫你們預備著。」

卡爾嘆了口氣，說：

「不是的。我需要的不是這些。我們的旅程其實也不是那麼急，費西佛老弟。我要說的是，我們怎麼可能放著因為我們而陷入困境的城池不管，就這樣跑掉？」

「市長不是說過了嗎？我們不用擔心這座城的……」

「費西佛老弟。」

杉森雖然閉上了嘴，但還是一副不平的表情。安提哥爾市長馬上露出懇切的微笑。

「沒錯，沒錯。費西佛大人的話沒有錯，賀坦特大人。你們沒有必要擔心卡納丁的事情。不，因為那些半獸人可能妨礙到你們的旅程，所以由我們代為處理就可以了。」

天啊。這番話還真是令人感激涕零。他要讓那些傢伙不再追我們？你真不知道那些半獸人有多難纏，市長大人。唉！

卡爾對安提哥爾市長行了注目禮，表達謝意。

「雖然很感謝，但我們不能再這樣做了。我們必須負起那些半獸人的責任。」

「啊，哪裡的話。請交給我們解決吧，不要擔心，哈哈哈。」

安提哥爾市長這樣笑著，卡爾只能露出難堪的微笑。這個市長還真怪。如果城外有三百隻半獸人，應該會急得什麼人都拉來幫忙才對，我們自願幫忙他還拒絕。難道他希望在別人眼中看起來很豪爽嗎？杉森舔了舔嘴唇，說道：

「既然市長都已經這麼說了，那我們就接受他的好意吧，卡爾？」

卡爾瞪了杉森一眼，但是杉森故意不看他，只是好整以暇地抬頭看著天花板。卡爾似乎還想要跟市長說些什麼，就在這時，有人敲辦公室的門。

「什麼事？」

一會兒之後，一個士兵跑了進來，向市長敬禮之後看了我們一陣子。安提哥爾市長馬上點了點頭，對我們說了聲失禮，就跑到外面去了。

安提哥爾市長一出去，卡爾就直瞪著杉森瞧。

杉森躲避那個眼神一陣子，後來只好聳聳肩，說：「那個市長似乎很有自信。大概他想要重演路坦尼歐大王的傳說。未來這個故事的名字就叫做：安提哥爾市長在卡納丁城與三百半獸人的血戰。」

「所以呢？你真的打算把這個城交給他們，自己跑掉嗎？」

「市長不也勸我們這麼做嗎？」

「我對安提哥爾市長怎麼想毫不在乎。我關心的是這座城的市民。外面的半獸人分明就是跟著我們來的，我們不能因為這樣讓市民經歷不愉快的事。」

「我知道你在說什麼。但就算我們說要舉起手走出去，半獸人也不會退開的。」

卡爾呆呆地望著杉森，杉森則是平靜地繼續說明自己的意見。

「那些傢伙既然結成這麼龐大的組織，在獲得某些東西之前是不會解散的。我們只是被當作牠們的藉口。我想牠們要取得過冬糧食的可能性更高。如果牠們的目標真的是我們，包圍這座城不會太費事了一點嗎？我們還不如出城之後，埋伏在適當地點進行突襲來得好。」

杉森銳利的洞察力讓我們都吃了一驚。卡爾點點頭說：

「嗯，這番話很對，費西佛老弟。大概是追我們的那些半獸人去集合了這一大群半獸人。這其中一定有些半獸人原本就是為了冬天的糧食而在準備劫掠。」

「是的。所以不管我們出不出城，半獸人都一定會攻擊這座城。牠們叫我們出去……大概是認為我們在城裡會給牠們帶來麻煩吧？」

「麻煩？」

杉森瞄了我跟溫柴一眼，開玩笑似的說：

「怪物蠟燭匠和眼球怪的威名，在半獸人之間應該早已傳開了。」

這件事應該拿來自豪嗎？卡爾苦笑了一下，說：

「我沒說過要去半獸人那裡，也還沒有單純到會相信牠們的信件，跑去那邊跟牠們說：『既然我們已經出來了，請你們不要攻擊這座城。』雖然牠們的計畫不一定跟你講的一樣，但至少可以看出好不容易聚集了這麼多隻同夥之後，要牠們不搶一票就解散，不管是哪個部隊的指揮者都會覺得很可惜的。」

「那不就行了！我們就不用把責任拚命往自己的肩上扛。那是這座城自己的問題。市長不是已經拒絕了我們的幫助嗎？卡爾說了好幾遍，結果都一樣。」

「如果有必要幫忙的話，不管他怎麼說，我們都要幫！就像為了幫小孩子，就算再怎麼難喝的藥，也要逼他喝下去一樣。」

杉森閉上了嘴，再度露出賀坦特男子式不平不滿的表情。賀坦特男子會投身於保護自己的都市。不管怎樣，我似乎也做出個帶有不滿的表情比較好。但是卡爾露出惋惜的神色，說：

「如果沒被發現基果雷德是幻象就好了。」

亞夫奈德立刻用一種畏畏縮縮的聲音說：

「對不起，都是我的能力不夠。」

「不是，你不用為這種事道歉。那隻戴著黑色頭盔的半獸人根本就是怪物。誰知道會有這麼勇敢的半獸人？」

這時辦公室的門被打開了，傑倫特、妮莉亞跟蕾妮出現在眾人眼前。傑倫特滿臉通紅，似乎十分興奮。他一進來就開始說：

「哇，真是不得了。」

「咦？」

「那些傢伙好像想製造攻城鍾。」

「攻城錘？」

傑倫特一屁股坐到沙發上，開始比手畫腳地說：

「是的。半獸人正從荒野的另一邊搬運巨大的樹木過來。這附近根本沒有樹。大概牠們在細菲亞潘嶺就已經分成兩群了，然後前面那一群向這座城進擊，後面的部隊則砍樹運過來。那是一根直徑大約四、五肘的大樹幹，牠們還用兩根小木幹以十字形綁在大樹幹下面，做成了輪軸。啊，輪子是用幾個圓盾牌疊在一起，中間穿個洞做成的。這些傢伙真厲害，也令人不寒而慄。」

傑倫特很興奮地說著，令人覺得這件事簡直神奇又驚異。卡爾用手撐著額頭呻吟道：

「喔，天啊，費西佛老弟，我真應該向你表達敬意。你說的話是對的。牠們好像是下定了決心才過來。」

「咦？什麼意思？」

傑倫特這麼一問，卡爾就對他說，半獸人只是把我們當作一個藉口，實際目的是要擄掠這座城。傑倫特立刻點了點頭。

「是的。好像真的是這樣。克雷布林隊長跟阿南德也都這麼說。」

「是嗎？」

「是的。後方的部隊有手推車、裝載糧食之類的東西，連旗子也有好幾面。克雷布林隊長用喪膽的語氣對我說，走在前面的部隊為了迅速移動，所以只拿了武器就殺了過來，後面的部隊則是帶著糧食跟其他補給品，剛剛才到。如果說那些傢伙是打定了主意要長期作戰才來，可以說牠們的目的就不太可能是我們。」

「沒錯。嗯，牠們的後面那支部隊，數量有多少？」
「我對於計算沒什麼自信，但應該跟先來的部隊差不多。」
卡爾一聽，臉都白了。杉森帶著沉鬱的表情說：
「我大概知道剛才來找市長的士兵說了些什麼消息了。」
卡爾用一句話簡單地表現出自己的心情。
「該死……」

卡納丁城內的氣氛猶如招惹了蜂窩一樣，既緊張又混亂。雖然天已經亮了，但是因為濃密的雲層，使得太陽變成一個完全無法讓人感覺到溫暖的圓球。連擦過肌膚的風也讓人覺得惶恐不安。有些小孩不知道為什麼在哭，卻還是哭得喉嚨都快破了。士兵跟壯丁忙亂地東奔西跑，每個都在一邊跑一邊大喊。不管怎麼樣，這實在是非常吵雜的場面。但是好像只有一個人在高興著。
傑倫特摸了摸鼻子，說：
「呵，市民好像很不安。」
「你不會不安嗎？難道因為你是外人？」
聽到吉西恩的問題，傑倫特聳了聳肩。
「我的一切都按照德菲力的旨意成全。我會待在這裡的，因為我一點也感受不到德菲力要我離開。」
「咦？」

我們一行人停下了匆忙的腳步看著傑倫特。杉森用很驚訝的表情望著他。

「咦，你是說你要留下來嗎？」

「是的。我想過了幾個應該要離開的理由。護送蕾妮這件事很緊急。而且這座城的城牆又很安全。就算我留下來，在跟半獸人的戰爭中又能幫上什麼忙呢？雖然我站在城牆上冷靜地想過這些理由，但我就是不想走。而且我很清楚，自己是什麼時候感受到這種感覺的。哈哈哈哈。」

「這是德菲力的旨意吧。」

「是的！因為我按照德菲力的旨意行事，所以我完全沒有不安。」

我要不要也成為德菲力的信徒？他們好像不管什麼情況下都不會不安。卡爾點了點頭。

「我只想說一句話。」

我們都看著卡爾。卡爾調勻呼吸，說：

「我不知道你怎麼想，但是我們都是自由的旅行者，彼此不會互相干涉。你應該也很記得謝蕾妮爾小姐自己想要離開。就像這樣，我們這個團體中沒有人有權力強制另一個人做什麼。當然有幾個人受到大暴風神殿的請託，必須擔負起這項責任而行動，但我現在想要暫時忘卻這份責任。不管怎麼說，這次旅行中我常無法理解別人賦予我的任務。」

吉西恩雙手抱胸，摸了摸下巴說：

「你說你無法理解自己的任務？你是指出使伊斯這件事嗎？」

「是的。在這座城裡也是一樣。雖然現在我身負奔向褐色山脈的責任，但也不希望對這座城的危險袖手旁觀。」

「卡爾叔叔帥斃了！如果直接跑掉，也沒人能說什麼的。因為連這座城的市長都叫我們走了。你還沒結婚吧？怎麼會還沒結婚呢？」

聽到妮莉亞奇怪的問題，我們全都爆笑了出來。卡爾帶著尷尬的表情說：

「大概是因為女性們的眼光很正確吧。啊，我現在要講另一件事。我們的責任也是很重要的。克拉德美索的甦醒時刻分分秒秒在逼近。我不知道你們怎麼想，但去褐色山脈的人其實也不需要這麼多。」

「你的意思是，要我們分批行動嗎？」

聽到吉西恩的問題，卡爾點了點頭。

「是的。當然這也必須要得到各位的贊成，但是如果各位真的同意，那我認為我們應該分成兩群，一群留下來幫這座城，另一群帶蕾妮到褐色山脈去。」

「這個意見聽起來好像不壞。」

艾賽韓德馬上朝手掌吐了口口水，用力握住斧柄。

「我要留在這裡！現在半獸人的頭有六百顆之多。我會挑好之後再砍下去。」

卡爾微微笑了，但是一陣子之後，那微笑卻變成難堪的表情。從艾賽韓德開始，每個人都表示要留在這裡。我們聽聽每個人的理由吧。

「我不是已經說過了？這是德菲力的旨意。如果你們有理由讓我抗拒神的旨意，就說說看吧。」

「啊，怎麼可能有這種理由呢！」

「雖然我的魔法不夠厲害，但我想留下來幫助艾賽韓德。啊，當然我是個不怎麼樣的魔法師，不認為自己在戰爭中能夠幫得上什麼……」

「不是的。誰會說亞夫奈德先生是不怎麼樣的魔法師呢？剛才基果雷德的樣子真是恐怖得要命。」

「端雅劍並不是武器，而是一種藝術品……閉嘴！是武器。什麼！你不是武器那是什麼？……對不起。啊，哼！反正有敵人的地方，才是武器應該在的地方。」

「是的。這是當然的。」

「我的任務是保護賀坦特領地的全權代理人。我要待在卡爾身邊。」

「費西佛老弟，這個……」

「咦？杉森，你的任務怎麼跟我一樣？」

「……尼德法老弟。」

「我必須照顧未來的兒子。」

「咦？」

我做出快昏倒的表情，卡爾則是啼笑皆非地輪流看著妮莉亞跟我，接著他露出絕望的表情，轉頭看了一下一直沒回答的溫柴，馬上又把視線投到別處去了。溫柴靜靜地拔出劍來拿在手上，正映照著陽光。卡爾鬱悶地看著蕾妮，蕾妮馬上露出兔子般的眼神說：

「要我一個人去嗎？我連路都不知道！」

「我沒這麼說過，蕾妮小姐。」

卡爾兩手一攤，我們全都笑了起來。吉西恩微笑著點了點頭，說：

「因為我們都是自由的旅行者，所以無法彼此干涉。你打算怎麼辦，卡爾？」

卡爾帶著死心的表情說：

「我們來討論一下，如何能夠最快解決六百隻半獸人的方法吧。」

我們作戰計畫的名稱是：最短時間內擊破六百隻半獸人的計畫。雖然沒有什麼創意，但名稱定下來之後根本不會有人再去提，可以不用管它。

我們來看一下執行計畫的成員。自稱讀書人，人稱「藉讀書人之名，行毒說人之實」的卡爾・賀坦特成了計畫的總指揮。

「為什麼我是說話刻薄的毒說人，尼德法老弟？」

「你以前不是告訴過我，真正說話刻薄的人在說刻薄話的時候，是會偽裝成完全不是毒說人的樣子？」

「我無話可說了。」

其他執行計畫的成員有：很多地方會被誤認為人類的食人魔；被魔法劍折磨，卻因為劍太棒了而無法將其拋棄的戰士；遵行神的旨意，即使上了絞刑臺也會笑的祭司；差點真的上了絞刑臺，卻幸運地被放出來的傑彭間諜；無時無刻揮動著銳利得可以拿來刮鬍子的斧頭的矮人；想嫁給有拖油瓶鰥夫的少女，還有……

「修奇，請你不要提到頂尖魔法師之類的東西。」

「將要得到自己不想得到的稱號的魔法師。」

「……去你的。」

「那我又是什麼，修奇？」

「所有人以愛心和獻身精神保護的港口少女。」

「呵呵呵。」

「我們的成員這麼多采多姿，卡爾，你到底打算怎麼做？現在比起任何時候都更需要冷靜的判斷，我跟你說，這份多采多姿的名單聽起來也許很不錯，但我看不出來這些人有可能解決掉六百隻半獸人。」

卡爾一面微笑一面說：

「你越說越誇張了。」

「現在我的語氣怎麼樣根本不重要。」

「那麼先解決重要的問題：我們要先找到作戰指揮所。但這座城裡哪裡有這種地方？」

「好像還沒有設置。啊。克雷布林隊長在那裡。」

我們望向杉森所指的地方，看到在廊臺的另一邊和士兵們正在說些什麼話的克雷布林隊長。他發現了我們之後，做出了驚訝的表情，連忙跑了過來。

「受卡納丁安全與繁榮的未來這些莫大的責任重重壓在身上的戰士羅斯・克雷布林，正在慌忙地跑向卡納丁城牆上方聚集的這些多采多姿的計畫成員……」

「夠了！」

我一面摸著被杉森捶了一下的頭頂，一面看著克雷布林隊長跑過來。克雷布林隊長歪著頭說：

「您為什麼待在這裡，賀坦特大人？」

「叫我卡爾就行了。現在戰況如何？」

克雷布林隊長整張臉皺了起來，望向城外。

「就跟您所看到的一樣。那些傢伙第一次的進犯，雖然被弓箭手擊退，但那些傢伙的數目好像沒怎麼減少。」

我望向底下的荒野。蕾妮在旁邊喘著氣。

「天啊。」

荒野上到處都是半獸人的屍體。雖然屍體數目不是非常多，但由於散落在什麼也沒有的荒野上，看了就讓人覺得不舒服。其餘的半獸人在弓箭射程之外組成了方陣，坐在那裡等待命令。依據傑倫特的說法，半獸人的數目膨脹到兩倍，當中偶爾也能看到迎風招展的旗幟。旗幟上畫了些什麼圖案看不太清楚，但映入眼簾的是令人不舒服的紅色。後面還可以看到傑倫特說的攻城錘，正對著城門的方向，是用粗大的原木整根做成，大到讓人無法相信是半獸人搬來的東西。杉森看到這光景，點了點頭說：

「攻城錘還沒來過城邊。因為地上看不到輪子的痕跡。」

「是的。不久之前的突擊只算是跟我們打個招呼而已。牠們大部分都把盾牌頂在頭上衝了過來，似乎只是想讓我們精神疲乏。」

吉西恩點點頭，說：

「或是讓我們浪費箭枝。」

「沒錯。」

「有準備石頭或是滾燙的油嗎？」

克雷布林隊長失神地望著吉西恩一陣子，然後擦了擦額頭說：

「不，沒那些東西。」

「咦？但是那裡……」

吉西恩手指之處，是城牆下面跟廊臺接觸的地方設置的投石孔。嗯。仔細一看，這座城真的很有規模。不但有廊臺，連投石孔都準備好了。克雷布林隊長順著吉西恩手指的方向看過去，歪著頭說：

「咦？那裡怎麼了？」

「那裡不是有投石孔嗎？你們怎麼沒準備石頭呢？」

克雷布林隊長一聽，臉都紅了。

「那是投石孔嗎？我以為是讓雨水流出去的洞。」
喔，天啊。雨水流出去的洞？需要這麼大嗎？吉西恩一副受不了的表情，克雷布林隊長立刻愧疚地說：
「這裡本來是跟戰爭無關的城市。老實說，我平常根本完全忘記了自己身處的職位。我們警備隊員要處理的只有酒鬼打架、商人在市場爭位子，不然就是要阻止最危險的衝突，也就是夫婦吵架，而不是阻擋進攻城池的半獸人。」
吉西恩浮現了帶有同情的微笑說：
「是嗎？但你們還是秩序井然，弓箭手的配置也很了不起。」
「是這樣啊？如果阿南德來了，我們就會裝出一副很厲害的模樣。現在阿南德那傢伙的經驗成了我們很大的助力。我們當中只有他經歷過戰爭，他大概是唯一的軍事專家。」
卡爾點了點頭，說：
「這真是幸運。那個，我們也想幫助各位。雖稱不上是軍事專家，但是我們在旅行過程中經歷過很多事。而且那些半獸人是跟著我們過來，我們當然對此感到有責任。」
卡爾一說完，克雷布林就露出雀躍的表情。
「啊，您真的要幫助我們嗎？」
「清晨的時候，你不是這樣對我們要求的嗎？」
「啊，我對那時的無禮再次謝罪……」
「不。沒關係的。已經過去的事就別提了，來研究擊退半獸人的方法吧。你有什麼計畫？你說沒有準備石頭，我想箭枝剩下的也不多了吧。」
克雷布林隊長當場露出了淒慘的表情。

用一句話來講，他們連一樣東西都沒準備好。一元化的指揮體系、部隊間的有機聯繫，甚至連補給計畫都不具備。弓箭手不知道該何時換班，沒有弓箭的警備隊員不知該在哪裡集結、要準備什麼東西，甚至每個人都回自己的家吃飯。卡爾嘆了口氣。雖然透過阿南德的部署，守住了半獸人的奇襲，但也就只是這樣而已。

「這太誇張了。市長到底在哪裡？」

「如果我知道那就好了。」

「……我懂了。那就這麼辦吧，克雷布林隊長。讓我充當你的臨時顧問吧？」

「太好了。」

卡爾立刻開始慌忙地下達命令。由於下得太快，我成了他的臨時記錄員，在紙上寫下一整排需要用到的東西名稱。沒有弓箭的警備隊員依照卡爾的命令拚命地來來去去，從警備隊建築物中搬來了鍋子、糧食袋跟其他開伙用具。羅斯・克雷布林隊長傳話給城中的婦女，一陣子之後，卡納丁最勇敢的中年婦人們就聚了過來，開始讓料理發出香味。卡爾聞到那味道，露出了高興的笑容。

「戰略據點是在城牆附近。這座城外的地形極度平坦，警備隊的武器薄弱，絕對不可能出城戰鬥。所以我們在城裡設置防寨好了。」

依照卡爾的指示，警備隊員在城門裡面設置了甕城，又稱作防寨。嗯，我們賀坦特城裡也有這種東西。賀坦特城的防寨是在城門外，用石頭跟木頭構築而成，卡納丁的甕城則是用乾草車、水桶、家具等物做成，實在不怎麼樣。但是萬一半獸人攻進城來，許多半獸人一定會被甕城另一邊警備隊員的長槍刺中。卡爾要那些不會射箭的警備隊員拿著長槍，在甕城後面布陣。在建築甕城期間，我將車推來、用力踢那些水桶，又將家具拋上去堆著。卡納丁的警備隊員間開始流傳西部來的怪物修奇・尼德法的傳聞。呃。也許幾十年之後，這裡會出現「在我們城池猶如風中殘燭般危險的時候，乘著西風而來的怪物蠟燭匠修奇・尼德法」的傳聞吧。

卡爾選了幾名最優秀的弓箭手，讓他們站在城塔的射擊孔後面。我們就別提羅斯・克雷布林隊長指著射擊孔，說那是沒用的小窗戶這件事吧。

「最重要的是各位不可以慌。就算半獸人跑來，也沒必要射箭。要射的對象如下：第一，喊得最大聲的傢伙，第二，拿著旗幟的傢伙，那些半獸人最重要。不用射看起來最害怕的傢伙。所以除了剛才提到的半獸人之外，其他的來或不來都沒必要射。」

有一個弓箭手問道：

「我可不可以問一下，為什麼要射那些傢伙？」

「因為那些半獸人左右了全體的士氣。」

「知道了。」

「你們不要等候指示，只要那些半獸人進了射程，就按照自己的意思射牠們。」

精選過的射手上了城塔，總數有五十多個。約一百個警備隊員則是躲在城內的防寨後待機。人員配置結束之後，我們一行就跟克雷布林隊長、阿南德上了城門上頭的城樓。卡爾望著城樓另一邊的半獸人說：

「這是一百五十對六百。在攻城戰來說，一比四這個比率已經很理想了。」

「很理想嗎？」

「城池應具備三種要素。你還記得賀滋里所說理想城池的要素嗎？」
「啊……在垂直面必須要高，在水平面必須要窄，還有自給自足。」
「沒錯。這座城垂直高度有五十肘。很夠了。外面的路也窄得沒話說。」
「等一下！外面的荒野這麼大，你怎麼說很窄？」
「那些傢伙沒有梯子。就算有梯子，牠們要爬上來也是相當困難的，所以牠們只會湧向城門攻擊。」
「啊，是的。」
「而且這座城自給自足，所以光是城牆就可以抵三個人的份。這裡的士兵有一百五十人。你算算看？」
「沒錯。所以你是說現在雙方勢均力敵？」
「所以我說是理想的比率。但是卡納丁這邊更有勝算。因為人跟半獸人都會累，但城牆是不會的。」
「可是箭怎麼辦？現在開始拚命做嗎？」
「那個是有點麻煩。幫我把等一下說的話寫下來，啊，要寫得讓人容易懂。」
城樓裡面準備了桌椅。我坐在椅子上，一準備好要寫字，卡爾就開始滔滔不絕地說：
「『我對壞掉的牙齒跟發臭的鼻孔表達敬意。我帶著愛與友情建議你們，如果你們攻擊這座城，你們連一隻都回不了你們骯髒的洞窟。』……你為什麼不寫？」
我好不容易才停止笑聲。
「真的要這樣寫嗎？嘻，嘻嘻嘻。」
「當然。『但是不幸地，我們不知道該怎麼利用半獸人的皮跟肉，也不想製造讓蒼蠅高興的半獸人屍堆。你們活著的時候發臭，但死了之後更是臭氣熏天。所以不要攻擊這裡白白送死。那讓人很不愉快。收到這封信就快給我滾。你們的好友。』」

「你想要故意惹半獸人氣得翻白眼嗎？」

「我平常都在懷疑這麼小的眼睛怎麼翻白眼。」

我將卡爾說的話適當地潤飾了一下，變成更誇張的內容。吉西恩看到我寫的東西爆笑了出來，艾賽韓德則是懇請我多寫幾張類似的東西。這真是篇名文章，我真想把它貼在自己家的客廳牆上。羅斯・克雷布林隊長露出了啼笑皆非的表情，看著卡爾。

「卡爾，您打算故意惹半獸人生氣嗎？」

「我認為在牠們消耗我們的箭枝之前，我們應該要先消耗牠們的人力。」

「您是希望那些傢伙看了氣得七竅生煙，直接衝過來攻擊嗎？這種想法不是太天真了？」

「我比隊長更瞭解半獸人。讓我為這件事負責吧。」

克雷布林隊長默默地望著卡爾，但是卡爾很有自信地接受了他的視線。最後克雷布林隊長點了點頭。

「呵……好吧。」

寫完信之後，卡爾將信綁在箭上，將腳跨在城樓的欄杆上，對著太陽似的高高舉起他的弓。

咻！

劃過天際的箭一下子就看不見了。艾賽韓德手按額頭，望天嘀咕道：

「你是要射太陽啊。那東西真的飛得到那邊嗎？」

「已經飛到了，矮人同志。」

回答的是溫柴。溫柴的眼力到底有多好呢？在空曠的沙漠中長大，眼力還這麼好。我眼睛雖然也不算差，但還是看不到卡爾射出的箭。可是溫柴卻望著遠處說：

「可惜的是沒射中半獸人，掉到地上了。半獸人正往那邊接近。」

「好，事情成了。克雷布林隊長！請你向士兵下達戒備的命令。在下達全體射擊的信號之前，要他們先別射。」

「知道了。葛倫！」

葛倫一等兵聽取了隊長的命令，開始在廊臺的四處東奔西跑，將命令傳達下去。城樓兩邊的城牆上，士兵都取出了箭搭在弓弦上，然後將弓放下，注視著城牆外面的動靜。每個人都是一副緊張的表情。旁邊傳來了吞口水的聲音，我回頭一看，原來是亞夫奈德緊握著拳頭，一臉緊張。他手上有一個很奇怪的東西。那東西就像是小的玩具鐽子。到底亞夫奈德的袋子裡還有些什麼稀奇古怪的小東西？

一時之間，城牆上的人跟半獸人兩邊都維持著寂靜。一陣子之後，高喊的吵雜聲傳來。還是那隻戴著黑色頭盔的半獸人聲音。

「這些該死的人類傢伙！全體突擊！」

羅斯・克雷布林隊長露出了啼笑皆非的表情，卡爾微笑著輕聲說道：

「啊，客人們來了。」

04

一陣可怕的喊叫聲響起。那些半獸人像是席捲大地的暴風般，直直奔跑過來。牠們密密麻麻地蓋滿荒地的模樣，簡直就如惡夢一樣恐怖。「嗚啊啊啊！吱！」牠們手上的大刀反射出閃爍的光芒。在那些半獸人的後面則是瀰漫著一陣像雲般的塵土。嗒嗒嗒嗒。半獸人們為了抵擋弓箭，把盾牌舉到頭上，正在猛衝過來。而且在這群半獸人中間的那個攻城錘，或者可以稱之為「衝鋒車」吧？不管怎麼樣，這個裝有輪子的木幹正被猛推過來。數十頭半獸人一起推著這東西，這個巨大的攻城錘起初只是慢慢地開始移動，可是受到加速度的作用，不久就以非常快的速度直衝過來。用盾牌做成的輪子不停地發出快要碎裂開來的震動聲響，雖然在它上面的木幹一直上下胡亂晃動，但這個攻城錘依舊直直朝著城門衝過來。

卡爾高喊著：

「第一步，要先粉碎牠們的士氣！亞夫奈德！把可以使用的最強魔法使出來！目標是那個攻城錘！」

亞夫奈德像是早已經準備好了，立刻將手臂往前伸出來。他手中握著一個像玩具鐵鍬的東西，在半空中做出像是在挖掘的手勢，並且高喊著：

「Dig!」（挖掘術！）

砰！哦，我的天啊！因為在攻城錘要經過的道路前方冒出了一個土堆，看起來就好像是亞夫奈德挖掘那裡的土地，形成了一個巨大的坑洞。而剛才不斷直奔而來的攻城錘控制不住走勢，就掉進那個坑洞裡了。我聽到木幹裂開的聲音，以及巨大的擦撞聲。然後過了不久，那個巨大的攻城錘倒栽在坑洞之後，看起來就像是一片荒地之中冒出了一棵樹木。攻城錘往地上歪歪斜斜地冒出來，這副模樣實在是非常地可笑。而且剛才在推攻城錘的那些半獸人，有不少也掉進了坑洞裡慘叫著。

「呱呃呃呃！」

「吱吱！」

「天啊！真是令人意想不到的厲害法術！」

卡爾像要跳了起來似的高興喊著。克雷布林隊長也不管體統地喊出喝采聲，並且朝著天空揮舞長劍。

「哇啊啊啊！」

在城樓兩邊的士兵們也大聲喊出了喝采聲。亞夫奈德只不過才施展了一下法術，就讓攻城錘當場不能再使用了，那些半獸人也隨即陷入一場混亂之中。原本在奔跑的半獸人之中，有不少半獸人甚至還停在原地不動。阿南德先生看到牠們那副模樣，也像在喝采般舉起了一邊的手臂。可是在下一瞬間，阿南德先生卻不敢置信地說道：

「天啊！是鉤繩！」

卡爾像是驚覺到什麼似的，打了一下自己的頭。他說道：

「真是該死！難怪牠們沒有梯子！」

沒錯。往西邊直衝過來的那些半獸人之中，有一部分的半獸人從背後拿出了繩索。那個東西的前面有個鉤子，半獸人開始一面甩繩索一面奔跑過來。卡爾舉起放在他身旁的弓箭，又再高喊著：

「全體射擊！目標是拿著鉤繩的半獸人！」

克雷布林隊長已經沒必要再高喊了，因為連弓箭手們也都早已正確認清目標。他們瞄準拿著鉤繩的半獸人們，開始射擊。

在第一次的全體射擊裡，很多半獸人都按著胸口，或者按住其他的部位，倒了下去。

「吱！」「嗚！」可是其他的半獸人開始舉起盾牌，保護那些拿著鉤繩的半獸人。而且其他的半獸人在那些拿著鉤繩的半獸人後面排成了一列，並開始朝著城牆上方射箭。雖然牠們拿的是粗製的短弓，但並不是粗製就射不死人。真該死！我們以為牠們要從城門衝進來，卻沒想到牠們想直接爬上城牆。

吉西恩拔出端雅劍，喊道：

「我到城牆上面去！半獸人要爬上卡納丁的城牆，必須先經過我吉西恩的同意！」

吉西恩一面如此喊著，一面從城樓快速跑向廊臺。杉森隨即笑著說：

「另一邊的通行證當然是由我負責發的！代價就是半獸人的腦袋瓜！」

然後杉森就跑向另一邊的廊臺了。弓箭手的第二次射擊結束，暫時停頓的時候，那些半獸人不知何時已經衝到城牆下面了。牠們甩著繩索用力丟上來，鉤繩一掛到城牆上，便發出鐵鉤碰擊的聲音。叮！在城垛後面的弓箭手驚慌地放下了弓，他們雖然想把鉤繩丟回去，可是弓箭手一站起來，就立刻被下面的半獸人弓箭手集中射擊。霎時間，有不少弓箭手都倒在城牆上了。

「哎呀！呃啊！」

「呃！」

從城樓跑下去的吉西恩二話不說，立即揮劍砍掉那些鐵鉤。繩索一被切斷，正要上來的半獸人就咚地發出了落地的聲音。吉西恩一面奔跑，一面不斷往旁邊揮劍切斷了繩索。匡！匡噹，噹！端雅劍碰擊到城垛的石塊，發出了刺耳的聲音。而待在城樓的其他人也都互望了彼此一眼，就衝下城樓的兩邊。非常不利的是，城牆上面都沒有拿刀劍的士兵。長槍隊和劍士們都在下面待命，怕城門會被衝破，因此就只剩下我們能夠阻止半獸人爬上來。艾賽韓德和溫柴跑向吉西恩那邊，而我和妮莉亞則是跑向杉森那邊。傑倫特、亞夫奈德和蕾妮繼續留在城樓上。

突然，傳來了亞夫奈德的高喊聲：「火球術！」隨即城牆下方就出現了一顆火球，許多半獸人都活活被燒了起來。一陣巨大的爆炸聲響起，煙霧隨之瀰漫開來，著了火的半獸人發狂的模樣就映入到我的眼裡。「呱啊啊啊！」在旁邊的那些半獸人立刻就發揮真摯友情，很快地砍斷那些著了火的傢伙的脖子。我看著那些滾落在地的頭，突然有股錯覺，覺得被自己人砍死的半獸人恐怕比被弓箭手射死的還要多。在我前方，杉森像是在削草般輕鬆地切斷鉤繩。咚咚咚！杉森甚至還刻意等到半獸人爬上繩索之後才切斷。所以繩索一斷，就有半獸人咚地掉到下面，然後頸椎斷折。阿南德先生高喊著：

「弓箭手三個人之中的一個，拿出匕首切斷繩索！記得！三人之中的一個！其餘兩個人繼續射擊！」

這聽起來很可笑耶！在這混亂之中如何判斷是哪三個人一組，又如何選出其中一個人砍繩子呢？弓箭手們聽到這命令之後，一面拔出匕首一面猶豫地站起來，但是卻忘記顧到那些半獸人的短弓。

「呃啊啊啊！」

「嘎啊啊啊！」

妮莉亞看到那些士兵們胸口中箭之後掉到城牆下面，尖叫了出來。我彎腰跑著，而且還高喊著：

「不要抬頭！不要抬頭啊！」

「卡里斯・紐曼啊！」

在另一邊的艾賽韓德則是以雙手握著斧頭，不停地揮砍城垛上的鉤繩，斧頭一碰撞到石頭，迸出火花，繩索便應聲斷落，那些半獸人就跟著往下掉了。就在此時——

「修奇，趴下！」

我每次聽到這種命令句，都是很聽話的！我想要往前縱身一跳，但是我所在的地方是城牆的上面，不能隨便跳。就在我轉頭看旁邊的那一瞬間，瞥見到一排巨大的牙齒。真是的，可惡！

「呱啊啊啊！」

有一隻半獸人竟然翻過城垛跑進來了。那個傢伙從城垛跳到了我身上。我感到一股毛骨悚然，但很快地就感覺到脖子有熱燙的氣息。我往後踩了個空，跌落下去，就在這一瞬間，我在無意識之間用手臂抓到了某個東西。

「修奇！」

就這樣，我和那隻半獸人才沒有掉落到城牆後面都市方向的地上。我用一隻手懸在城牆上，那隻半獸人則是抓著我的腰。但是這可惡的半獸人竟然用嘴巴咬住我的腰。這個該死傢伙！我用另一隻手用力捶牠的頭。

「呱啊啊！」

這隻半獸人掉落到下面之後，我緊抓住妮莉亞的手臂，才好不容易爬了上來。我的腰被半獸人咬了一口，正在滲出血來，不過現在還感覺不到痛。我倒吸了一口氣之後，查看城垛的情況。城垛上面到處都可以看到半獸人快要爬上來。在離我稍遠的地方，杉森正在一面高喊著，一面對那些半獸人露出來的頭砍下去。而且我也看到弓箭手們拿著弓在揮打半獸人。可惡！城牆就要淪陷了！可是只要有我在，你們就別作夢！妮莉亞用三叉戟打掉了一隻正要爬上城牆的半獸人的手，她用擔心的語氣問道：

「修奇啊！你沒事吧？」

「我用行動來回答妳！」

我完全無視於腰際的痛楚，伸出手來，抓了一條靠近我的鉤繩。我感到一股沉重感，看來確實是有半獸人在這繩索上面。那麼行了！我高喊著把那條繩索拉上來。

「呀啊啊啊！城牆上面的人！全都低頭！」

我用力一拉，就把繩索給彈了上來，彈到我的頭頂上方。妮莉亞尖叫著：

「天啊，修奇！」

這種感覺好像是在故鄉時的釣魚感受。現在我可以說是在卡納丁的城牆上釣魚。這根釣魚繩索在空中繞出了一個巨大的圓，往天上直衝，吊在繩索上的半獸人連吱吱叫的聲音也發不出來，只是死命地緊抓住繩索。繩索以城牆上端為中心點，在半空中正要往垂直線方向劃出一個巨大的圓弧形的時候，周圍突然爆出了一陣尖叫聲和讚嘆聲。然後半獸人和繩索被盪到頂點，重量感消失的那一瞬間，我跳上城垛，喊出了一句我常常會覺得後悔的話：

「以心愛的惡魔傑米妮之名！」

我用力拉那條繩索，同時往水平方向甩。我眼冒金星，腰痛不已，但是在空中被拉著的繩索雖然一開始速度緩慢，不過卻帶著一股可怕的力量，劃出了一個有力的大圓。嗡嗡嗡嗡嗡！那東西轉了一圈，從妮莉亞的頭上掠過。她立即尖叫著趴了下來，喊道：

「臭小子！你是想把誰的脖子砍斷啊！」

卡納丁外城上的天空中，被劃出一個直徑超過八十肘的圓圈，在那一瞬間，下面的半獸人和城牆上的人類全都張大嘴巴在看。因為離心力的產生，不再有落下的力量，繩索反而開始以可怕的速度轉了起來。嗡嗡，嗡嗡，嗡嗡嗡嗡！我一面感受到手臂快要斷了的感覺，一面高喊著：

「你這個傢伙，不要放手啊！」

當然啦，我是在對懸吊在繩索上的半獸人喊叫。這隻半獸人現在扮演著這個在半空中直徑八十肘的圓的重錘角色，牠竟然還是沒有放開繩索。我實在太佩服這隻半獸人了！我忍不住對著天空像發瘋似的笑了起來。

「哈哈哈哈哈哈！這是瘋狂的賀坦特風格啊！」

剛才在爬城牆的半獸人們都嚇得溜下去。我還看到有半獸人一放開繩索就跌落下去。從下面傳來了大聲喊叫的聲音：

「惡魔，是惡魔！吱！是惡魔啊！」

「他是怪物蠟燭匠！吱！吱吱！吱！」

「什麼？吱，吱吱！他，他就是怪物蠟燭匠？」

我覺得身體都起雞皮疙瘩了。我高興得簡直快瘋了。許多箭都射向我而來，從我身旁擦身而過，但我一點也不覺得不安，只是想笑而已。我看著那些箭，笑個不停。

「哇哈哈哈！要不要接招啊！」

在我放開那條一直轉個不停的繩索瞬間，那隻半獸人和繩索就像一根射出的箭，往荒地方向飛了出去。城牆上的人類和城牆下面的半獸人全都一致地望著那個東西，而那隻像彗星般飛出去的半獸人，則是掉落到那群半獸人的後面很遠的地方。砰！那隻半獸人的硬頭殼受到華倫查的祝福，爆了開來！雖然沒有因此揚起塵土，卻濺出了令人頭暈目眩的血水，令我看了直想作嘔。可惡！我為了忍住嘔吐，開始在城垛上面跑了起來。我把凹凹凸凸的城垛石頭像是當作墊腳石地踩踏過去，所有東西都被我遺忘了。我就像是吹過城牆上面的一陣最快的風！

「這個瘋小子！快點下來！」

在杉森眼裡，我一定是個瘋子吧。我在箭矢不斷飛來的城垛上奔跑著。我彎下腰來把兩個鉤繩一次拉起來。在繩索上的半獸人們淒慘地尖叫著放開了繩索，我因此差點往後跌坐下去。好不容易身體平衡之後，我把繩索反過來拿著，將鉤子當作錘子，甩了起來。

「給我記好，這些混蛋傢伙！怪物蠟燭匠的休閒生活，就是享受釣半獸人的樂趣！哈哈哈哈哈！」

這一次更簡單了。橫亙天空不停旋轉的繩索，霎時間形成了一個直徑一百肘的圓圈，橫穿過空氣的繩索傳來了刺耳的破裂音。城牆上的弓箭手們全都害怕地跪在廊臺上，所以才能幸運地沒有發生被勾到脖子的事。我瞪著那些半獸人，開始慢慢地讓繩索的迴轉角度傾斜。不斷旋轉的鉤繩與城牆和地面成一條對角線。

不過，好像不可能用這繩索來釣半獸人上來。因為那些半獸人都尖叫著往後退。鉤繩以可怕的速度旋轉著，掠過地面，使火花、塵土和小石子都飛濺了起來，所以根本沒有半獸人敢不後退。那些半獸人往後退的同時，不斷射短箭。就在箭從我鼻子前方掠過的那一瞬間，我放開繩索，然後跳到城垛下面的廊臺。

「我今天能使得出來的勇氣全都消耗光了！現在要恢復成膽小的少年！」

妮莉亞像發瘋似的笑著喊道：

「啊哈哈哈哈！你終於在恰當的時間恢復過來了！哈哈哈哈！」

而在城樓那邊，則是傳來了卡爾的高喊聲：

「就是現在！給客人一個難忘的道別禮物吧，亞夫奈德！」

「Flaming Sphere!」（火焰彈！）

就在亞夫奈德站著的城樓那邊的半空中，出現了像要爆炸似的火焰。半空中的那顆火球一開始慢慢地，然而卻逐漸變快地下降。火球滾落下去之後，荒地的雜草因此著火，半獸人們瘋狂怪叫著，死命地逃跑。而且火球還繼續跟在牠們後面滾過去。看著半獸人們跑到遠遠的地平線的另一頭，以及跟在後面滾著的那顆球砰砰作響的模樣，我不禁捧腹大笑。周圍的那些士兵們全都呆愣地看著這一幕。此時，阿南德先生大聲喊叫出令半獸人毛骨悚然的聲音。

「啊嗚嗚！啊呼，啊呼，啊嗚嗚嗚嗚！」

阿南德先生的勝利吼叫聲，給人像是被澆了一盆冷水的刺痛感覺。然後不久之後，警備隊員們也發出了喊叫聲，簡直快讓城牆塌下來。這是勝利的喊叫聲。

「到底是在哪裡啊？」

「嗨！酷斃了的怪物蠟燭匠先生！」

我聽到窗外傳來的這高喊聲，嘆了一口氣。吉西恩則是一面擦拭端雅劍，一面笑著說：

「真是酷哦，你這小子。只要再過幾年，這個城市的小孩說不定可能反而不知道路坦尼歐大王或亨德列克的名字，比較知道在荒野之中誕生的傳奇名劍端雅……可惡。在荒野之中誕生的怪物蠟燭匠修奇・尼德法的故事。」

我打了一下自己的腦袋瓜，雙手抱頭思索著：我怎麼會做出這種事呢？我竟然在那些半獸人射箭目標的城牆上，以完全沒有武裝防備的狀態站在那裡好一陣子。沒有被箭射中真是萬幸啊。對於半獸人短弓的差勁性能，我應該要感謝華倫查才對。

「好了。現在把衣服穿上。」

杉森把繃帶纏在我的腰上之後，在繃帶上面偷打了我一下。竟然還要我謝他呢！我盡量不要碰到繃帶，小心地穿上衣服。這個混蛋半獸人傢伙。對我的肉的味道真的這麼好奇嗎？

我們一行人現在都聚集在城塔二樓的會議室裡。當然啦，正式的戰鬥指揮所是在城裡的平地上，可是士兵們說要把我扛在肩上繞城一周之後，我就趕緊逃到這城塔裡了，於是其他的夥伴也疲憊地跟著上來這裡。

嘎吱。我被開門聲給嚇了一大跳。進來的是兩個頭戴頭罩的人。不過他們把頭罩一拿開，我就看到原來是妮莉亞和蕾妮。妮莉亞看到我這麼害怕，當場咯咯笑著說道：

「喂，怪物蠟燭匠先生，現在外面好些浪漫的少女都想要追求你，像發瘋似的徘徊著，你知道嗎？大家全都在找修奇・尼德法哦！」

「……在這裡，我希望修奇是很常見的名字。」

「為什麼呢？」

「這樣才能讓那些少女明白名聲是虛幻的，她們要拜倒在某些莫名其妙的男子前面，感到羞愧之後，才會體會到一些事吧。」

「嗯。你說得是。但也是因為這樣，所以我們才會戴著頭罩。」

蕾妮臉上稍微泛紅著，她也笑著說道：

「修奇，因為你的關係，剛才在那場戰鬥之中立了功的英雄，都被關到這昏暗的城塔了，不是嗎？」

「真對不起大家。」

「沒關係，尼德法老弟。嗯……不知怎地，我覺得這籃子會為大家帶來許多快樂，妮莉亞小姐。」

妮莉亞笑著把籃子放到桌子上。杉森慌張地把覆蓋籃子的布拿開，隨即出現烤肉、麵包、葡萄酒瓶、起司和乾果等東西。艾賽韓德和杉森歡呼了起來。

妮莉亞像是掌管餐桌的家庭主婦，很有風度地說道：

「各位是英雄，所以才可以吃得到這種食物。這是阿南德先生拿給我們的。現在下面的警備隊員們可是正在吃著清淡的湯和乾硬的麵包哦。」

「啊，真是的。這樣實在是不大好意思。」

卡爾如此說完之後，杉森也像不好意思地點了點頭，然後不好意思地用牙齒咬開葡萄酒的瓶蓋，接著就被那位看起來非常不好意思的艾賽韓德給搶了過去。哎喲，這兩個傢伙！妮莉亞看到他們兩人的模樣，怕亞夫奈德和傑倫特會因此餓肚子，於是撕下烤雞的腳給亞夫奈德，還從艾賽韓德手中搶走葡萄酒，倒了一杯給傑倫特，並且說道：

「羅斯隊長請我告訴各位，等一下他和市長大人會上來這裡。」

「啊，是。他們為了處理勝戰事宜，一定很忙吧。妳轉達了我的話嗎？」

「是的。要他們在城牆外面設置防寨及木柵欄等東西，對嗎？我都傳達了。現在警備隊員們正在移動木幹跟車輪到城外。」

「啊，除了這些，還有呢？」

「要弓箭手掩護設置木柵作業，對吧？這個我也全都轉告了。」
「妳傳達得很好。妮莉亞小姐。」
妮莉亞笑著說道：
「夜鷹的記憶力當然要很好嘍。可是為什麼要這樣做呢？」
「因為要讓那些半獸人不容易接近城牆。剛才突擊的時候，我們都很訝異半獸人會想到投擲鉤繩。當時我們一直以為，牠們會用攻城錘破壞城門之後進城。現在要是設置了木柵欄，弓箭手就可以在牠們投擲繩索之前狙擊牠們。」
「您說得對！」
「咦？」
「阿南德先生也是這麼說的。」
「啊，是嗎？真不愧是一位身經百戰的勇士啊。」
隨即，妮莉亞彈了一下手指頭，對我說道：
「啊，阿南德先生有話要轉告你哦。」
「什麼？」
「阿南德先生說他沒有兒子，希望能收你為義子。」
「啊，我的天啊！那麼妳有沒有說什麼？」
「我回答說我是你媽媽……哎呀？修奇？沒關係吧？」
大家在高興的氣氛下剛吃完東西的時候，門就被打開來。原來是安提哥爾市長、克雷布林隊長和阿南德先生。不過，阿南德先生一走進來便喊道：

「你問一下卡爾先生吧！嗯，卡爾，你覺得怎麼樣？」

卡爾表情慌張地對阿南德說道：

「好像不太像是要下雨的樣子啊。」

「不！不是的！我是指為了把握勝戰的氣勢，而去進攻牠們的糊塗主張！」

卡爾都還來不及回答，安提哥爾市長就喊道：

「說話小心一點，阿南德！」

「他媽的，市長大人。我原本就講話很粗魯，請您將就一點吧。不管怎麼樣，請您問問卡爾的意見！」

「我叫你說話小心一點，阿南德！你應該稱呼一聲卡爾大人！」

卡爾隨即搖了搖手，說道：

「不……請叫我卡爾就可以了。不過，各位想要去進攻牠們嗎？」

安提哥爾市長走近房間中央的桌子，坐在椅子上，說道：

「是的。我們警備隊在城牆上獲得大勝，現在的氣勢應該不亞於當年在光榮的七週戰爭時，拜索斯軍隊的氣勢。如果不能乘勢追擊的話，這小小的勝利就沒有任何意義了。現在那些半獸人還沉浸在敗戰的打擊之中，我們立即發動攻擊才對！」

到底這是大勝還是小勝呢？話轉得可真快啊。卡爾直視著安提哥爾市長，說道：

「可是……在剛才的攻防戰裡，半獸人的死傷者到底有多少呢？」

「咦？啊，喂，克雷布林隊長？」

哎喲，我的天啊。市長好像不怎麼關心數字。安提哥爾市長看了一眼克雷布林隊長，隊長隨即皺起眉頭說道：

「正如剛才跟您報告的，在城牆外面確定有大約八十具的半獸人屍體。至於負傷者，我不清楚有多少，但是半獸人並沒有護送負傷者逃走，所以好像並不是很多。」

接著，卡爾嘆了一口氣，說道：

「卡納丁的傷亡情況如何呢？」

「死亡十一個人，負傷者二十個人。」

「那麼我方剩下一百二十名士兵。半獸人大約有五百個左右？」

「好像是。」

安提哥爾市長表情慌張了起來，但還是漲紅著臉孔，說道：

「可是我們有勝利的士氣，賀坦特大人。而且人類比半獸人還要高大，槍也比較長。不能單純只是用數字來比較。」

不過，卡爾用很平靜的語氣說道：

「市長大人，您一定沒有帶劍在身上吧。不過，您應該不會沒有劍吧？您要不要出去殺五頭半獸人看看？」

「什、什麼？」

「因為下命令的人應該要做示範才對。市長大人現在的意思，是要警備隊員一個人面對五頭半獸人。那麼市長大人也應該示範給他們看，不是嗎？」

安提哥爾市長張大了嘴巴。

「你這是什麼幼稚的理論啊？我是個老人，你叫我出去對付那些半獸人？當然，我身為市長，負有守衛這個都市的重大責任。但是我並不是個夢想家。而且我要是出去對付半獸人，這個都市會失去指揮的人，一定會撐不久，而淪陷在半獸人的手中。您怎麼可以說出這麼危險的話呢？」

在我看來，此時克雷布林隊長或阿南德先生一定都有話想講。雖然他們很難啟齒，但一定是非常想開口說話。不過，溫柴卻幫他們說了。

「我看剛才在戰鬥的時候，即使沒有那位重要的指揮者，也打得很好。」

安提哥爾市長先驚慌地看了看溫柴，可是他的臉孔卻立刻轉變為滿是敵意的表情。不過，很快地又轉為恐懼的表情，因為溫柴「一直」盯著他看。這位市長的表情變化也太多樣了吧。艾賽韓德撫摸著鬍鬚，不高興地說道：

「你如果真的那麼重要，為什麼還要出來蹚渾水，萬一要是跌倒了，豈不是很糟糕嗎？還是待在安全的市政府比較好。」

「這是什麼話……」

艾賽韓德立刻氣勢昂然地說道：

「你不也是說了不像話的話！我是請你不要再說進攻之類的廢話。這種分解半獸人的頭和身體的工作，一定沒有人比我這個矮人敲打者艾賽韓德・愛因德夫還更想要做。可是我也不是夢想家啊。所以請閉嘴讓專家來做！而且這個地方的專家應該是這位名叫阿南德的年輕人！」

哇，哈，我沒想到艾賽韓德竟然這麼會說話。嗯，把阿南德先生說成是年輕人雖然有些奇怪，不過艾賽韓德的年紀大約三百歲，他當然可以這麼說嘍。安提哥爾市長一聽到「年輕人」三個字，露出了不好意思的表情。他雖然是這裡最年長的人，但那是對人類而言，和艾賽韓德這種年長者根本不能比。

不管怎麼樣，艾賽韓德的這番話，當場為在座最年長者加上了光環。而第二年長者安提哥爾市長則是不高興地說道：

「那麼到底該怎麼辦才好？你是想讓箭都射光，讓警備隊員們等到累壞嗎？各位是外來的客人，所以我跟各位說一聲，卡納丁是個交易都市，這裡根本沒有農地，全都是靠穿越東部林地的旅行者及商人維持這個都市。萬一半獸人的封鎖時間拉長的話，這個都市……」

突然間，一個士兵開門跑了進來，中斷了市長的話。他急急忙忙地敬禮之後，說道：

「報告！現在有幾名旅行者和半獸人交戰了起來！他們正想要接近城門方向的時候，被半獸人阻擋了下來！」

「什麼？真是的！趕快帶我去看！」

克雷布林隊長當場往外跑了出去，其他人也都急忙跟在他後面。

我們走出房門，登上階梯，便是城牆上的廊臺。克雷布林隊長跑向城樓的方向，我們則是在城垛上看那片荒地的情形。現在正是中午時分。而在太陽底下的另一邊地平線上正有一場騷動。

「天啊！怎麼會這麼亂！」

杉森呆愣地說道。

在那群半獸人之間，正發生了一場混戰。半獸人到處走動，一副極為混亂無秩序的樣子，遠遠看起來就像是蠕動的史萊姆怪物。此時，那群半獸人突然被分開，中間則是有幾個人類在那裡。他們想要橫闖過那些半獸人，可是半獸人們卻想把他們擋下來。那些人真是厲害，不但能不被包圍住，而且還可以繼續奔跑，所以那些半獸人也就跟著跑來跑去。蕾妮害怕地說道：

「這就好像是……一艘想要衝過浪濤的船隻。」

嗯。果然很像是港口少女講出來的話，那些半獸人確實就像浪濤般移動著，不過那些人類卻能巧妙地跑到牠們力量分散的方向。卡爾緊握著拳頭，說道：

「真是的！這些旅行者一定是瘋了！竟然想從半獸人中間衝過來！為什麼偏偏一定要來這裡

呢？到底他們的眼睛是怎麼了？」

吉西恩皺起眉頭說道：

「他們好像是想直奔到這座城的樣子。」

「可是也太直接了！他們可以稍微繞道一下就可以了！」

「我們應該去救那些人！再不救就會被半獸人給抓住了！」

杉森如此喊著就轉身，卡爾都還來不及說什麼，連吉西恩也開始跑。可是這時候雙手交叉在胸前的溫柴，卻喃喃自語地說：

「他們是三名男子。可是看起來很奇怪。」

「看起來很奇怪嗎？」

「那些人……好像和修奇一樣。」

「咦？」

我驚訝地看了一下溫柴。而聽到這話的杉森和吉西恩也停下腳步，回頭看向溫柴。可是溫柴仍然望著那片荒地，說道：

「那些人像修奇那樣丟出半獸人，現在還搶了半獸人的大刀在揮砍著。這實在是太厲害了，一次可以砍斷了五、六頭半獸人的頭！而且還抓起一個半獸人甩了出去，其他半獸人都跟著被撞了出去。這根本不是人類力量所辦得到的。」

為何我感到一股涼意呢？卡爾驚訝地問道：

「你看得到他們的臉孔嗎，溫柴？」

「不，我看不清楚。怎麼了？」

「那麼……是不是有兩個人拿著長劍，一個人拿著匕首？而拿長劍的其中一個塊頭很大？」

「沒錯。您認識他們嗎？」

杉森和我互相對望了一下。我們好像都有話要說，但是卻又不想說出來。算了，我來說吧。

「杉森。看來不只半獸人在窮追不捨，你覺得呢？」

杉森不作回答，而是望著天空喊道：

「這些該死的傢伙！怎麼會這麼快就追過來了？我們昨天還奔馳了二十四萬肘呢！」

這實在太令人不敢相信了。他們就是涅克斯．修利哲、哈斯勒和賈克三個人。可是他們沒有馬，如何能這麼快速追上我們呢？我們上一次看到他們是在三天前。而在三天之內我們已經奔馳超過四十五萬肘了。不對，他們怎麼可能跑了四十五萬肘？艾賽韓德抓著他的鬍鬚，說道：

「真令人不敢相信！怎麼會這麼快就追了過來？」

「您是認為還有別人也戴著ＯＰＧ嗎？」

傑倫特舉起手來，說道：

「這並不重要。重要的是，你們想要不管別人死活嗎？」

杉森用受不了的眼神看著傑倫特。

「難道你想叫大家去救他們嗎？」

「咦？那麼是要不管他們的死活嗎？難道你們想讓他們被半獸人殺死嗎？」

「這個嘛。雖然說生命都是寶貴的，不過，這個……」

杉森搔了搔頭。這確實是很令人頭痛！吉西恩拔出端雅劍拔到一半，他看著卡爾，彷彿是在詢問卡爾：「這該怎麼辦？」

卡爾皺起眉頭看著那片荒地。荒地裡還是一片混戰，不斷傳來半獸人慘叫的聲音。可惡，這些該死的傢伙！我在心裡頭大罵著沒有主詞的話。到底該罵半獸人還是罵涅克斯一行人呢？我也不知道。我轉頭看著卡爾的嘴巴。

卡爾煩惱地說道：

「可惡……我們有要事在身，卻被這些傢伙纏著不放。而且我覺得現在不可能在敵人面前打開城門。」

要是我們覺得我們的事很重要，早就從卡納丁的後門直奔首都去了。或許是這樣，所以我覺得卡爾說這話時好像沒什麼自信的樣子。而傑倫特則是慌忙說道：

「不！不可以！我們不能不管他們的死活！他們都戴著ＯＰＧ，現在只要稍微幫忙，我們就可以脫離這裡了。可是如果不管他們死活，我們就會被抓到。我們不能眼睜睜看著他們被殺啊！」

卡爾的表情可以說是無法形容的那種煩惱表情。他突然喊道：

「可惡，我們去救援他們吧！要不然涅克斯那些傢伙會逼得我們走投無路！」

妮莉亞驚訝地看著卡爾，說道：

「什麼？要救他們？」

卡爾一面看著妮莉亞，一面沉重地說：

「現在我們有特別要做的事嗎？」

「咦？」

「我們現在沒事做吧？我記得伊露莉曾經說過如果有人犯了錯，應該要給他改過的時間。我們就當作是飯後運動，把他們三個人救出來，讓他們覺悟到自己的過錯吧。」

什麼？我可不想這麼做，我看了看亞夫奈德。隨即，我看到吉西恩像是快笑出來的樣子，他說道：「真是不錯的運動。肉體和肉體之間激烈的……呃啊！是，肉體和精神！對肉體和精神都有幫助的運動是很好的運動！我贊成！」

然後吉西恩就開始往城塔跑去。杉森看了一下吉西恩的背影，又看了一下卡爾的表情。他一副不知該如何是好的樣子。最後他對著天空喊著：

「哦，天啊。我真不敢相信！我竟然要衝到六百隻半獸人之中救出那幾個該死的傢伙！」

「是五百隻啦！」

我更正了他的話，從他身旁經過，隨即，杉森也慌忙地跟在我後面。卡爾很快地指示著：

「亞夫奈德先生、欽柏先生、愛因德夫先生，你們留在這裡。蕾妮就拜託各位了。還有妮莉亞！」

妮莉亞怎麼了？我回頭一看，也是慘叫了一聲。妮莉亞跑到廊臺上面，然後就直接用三叉戟撐著地上，往旁邊用力一跳。然後她就跳到離城牆稍遠、一個用乾草鋪在屋頂的兩層樓建築物。

「哦，我的天啊！小姐！」

下面的警備隊員們驚叫出聲音。我猜妮莉亞一定扭到脖子了，可是她卻毫髮未傷，然後跳到地上。警備隊員們個個都張口結舌地看著這一幕，連話都說不出來了。我對下面喊道：

「謝謝妳的示範，我還是走階梯好了！」

我們下到城塔下面之後，一走出來就看到妮莉亞正要把我們的馬拉過來。妮莉亞對我們眨了眨眼睛，杉森高興地說道：

「嘿，這個馬僮真是酷斃了！要我們怎麼謝妳啊？」

「在我手背上親一個吧。」

妮莉亞伸出手來，杉森隨便親了一下就跳上流星了。妮莉亞咯咯笑著說：

「下一個。」

吉西恩在這種時候竟然還跪著親了妮莉亞的手，讓周圍的人嚇了一跳。溫柴則是無視於妮莉亞，想要從旁邊過去，妮莉亞隨即動作很快地想要絆住溫柴的腳。當然，溫柴很輕快地就跳了過去，妮莉亞對著他的背影搖著拳頭。溫柴說道：

「饒了我吧。」

「嘻嘻嘻嘻！」

妮莉亞笑著跳上了黑夜鷹。杉森則是在城門那裡對警備兵喊著：

「請打開城門，我們必須救那些旅行者！」

警備兵慌張地看了一下杉森，又再抬頭看城樓。此時，城樓上面傳來了克雷布林隊長的喊叫聲：

「各位！如果你們把半獸人也引來了，我們是不會幫你們開門的！沒問題吧？」

杉森氣勢高昂地接著說道：

「如果我們擔心這個，就不會想出去了！」

「很好！幫他們開門！而且通過之後立即關門！祝各位好運！」

我們一個個騎馬通過城門。當我和卡爾通過城門的時候，警備隊員們大聲歡呼著：

「怪物蠟燭匠萬歲！以優比涅之名祝福你！」

我對他們微笑之後，加快了傑米妮的步伐。傑米妮勇猛地往前衝去，輕快地趕過了騎在我前面的人。

「呀啊啊！傑米妮！每天讓你這麼辛苦，真是對不起。這一次你也要幫幫我！」

「咿嘻嘻嘻！」

傑米妮如此回答之後，輕快地跳過木柵欄。我拔出巨劍，拿在馬的身側，一手抓著馬轡奔馳而去。卡爾在後面喊道：

「費西佛老弟！吉西恩！用V字形！呈先鋒隊形！前頭騰出位置！」

什麼是先鋒隊形啊？拜託講一些我聽得懂的話，卡爾！可是杉森和吉西恩好像都一副聽懂的樣子，他們突然減速，開始並肩一起跑。然後卡爾還繼續喊道：

「溫柴和妮莉亞，往後一點！然後中間由尼德法老弟直衝前進！尼德法老弟！低頭用最高速度奔馳！」

什麼意思啊？杉森和吉西恩往兩邊散開，而在他們後面的妮莉亞和溫柴則是更往旁邊散開，隨即排成一個V字形，前面是尖的，後面比較寬的隊形。而最前面的就是我和傑米妮！可是為什麼是我在最前方呢？沒有時間想這麼多了！我在瞬息之間跑近那些半獸人。牠們的身影越來越大，我不禁起了雞皮疙瘩。牠們一看到我，都驚慌地拿起弓來。吉西恩突然大喊著：

「Protect from Normal Missile!」（防護一般遠距攻擊！）

我的前方形成了一個微藍的防護膜。而半獸人射擊過來的箭、小石頭都被彈了出去。很好，等著瞧！我高舉巨劍，喊道：

「呀啊啊啊啊！我來了！賀坦特萬歲！」

可是我眼前卻出現了一幅很奇怪的光景。

「怪物！怪物！吱！是怪物蠟燭匠！」

「呱啊啊啊！是怪物蠟燭匠！」

「吱吱！趕快逃！」

咦？怎麼會這樣？在我前方的那些半獸人一看到我，都往旁邊開始跑。而那些往旁邊退去、同時想攻擊我的半獸人們，都被後面跟來的杉森和吉西恩給攻擊了。我雖然是衝向了半獸人所形成的肉牆，但是傑米妮卻像是步入了無人之境。我前方的半獸人很有默契地往兩旁分開。咦？真是神奇！可是我沒有時間高興。從我後面傳來了大吼聲：

「尼德法老弟！我不是叫你低頭嗎？」

啊，對哦。我連忙低頭，繼續奔馳著。突然傳來一個劃破頭頂空氣的聲音。

咻咻咻！

哎呀，卡爾！卡爾往我頭上射出了箭！可惡！這樣我就不能抬頭了！我一邊祈禱傑米妮千萬不要前腳踢到石頭，並且一邊揮砍巨劍。那些半獸人的大刀從我鼻子前面掠過。而周圍則是傳來狂風的聲音和半獸人們的高喊聲。可是比起這所有的噪音，更加大聲的正是從我嘴裡喊出來的聲音。

「呀呀呀呀！全都讓——開——！」

就在這時候——

「你！修奇・尼德法！」

他媽的！我怎麼可能忘得了這個聲音？我猛然睜開眼睛，抬起頭來。我們現在是在那群半獸人的較外側。可是就在半獸人大約分開約三十肘長的地方，我看到哈斯勒砍中一隻半獸人的胸部，並且用腳踢開牠。而在他身後的，是正在把劍往旁邊切擊過去的涅克斯・修利哲。他正在瞪視著我。

05

涅克斯・修利哲一動也不動地站在那裡。他雖然目光炯炯地在看著我們，但可以看得出來他完全搞不清楚現在的狀況。趕快閉上你那張驚呆的嘴巴吧！不然在這混亂之中所揚起的灰塵，就會全飛進你的嘴巴裡了！涅克斯就這麼張大嘴巴地呆站著，一直瞪視著我們。此時，我看到有一隻半獸人正往涅克斯的背後衝過去。

「小心！你後面！」

就在千鈞一髮之際，哈斯勒已經轉身猛衝到涅克斯身邊了。他將涅克斯推到旁邊，用劍把那隻直衝過來的半獸人手中的大刀給彈開。鏘鏘！他把彈了上去的長劍直接一個動作向下直劃，劈開了那隻半獸人的臉孔。可是哈斯勒的嘴裡卻完全沒有發出任何聲音。

而被哈斯勒推到一旁的涅克斯，先是躊躇了一下，然後就彎著腰，呆愣地站著。這傢伙真是奇怪！他該不會是得了癡呆症了吧，怎麼突然變成這副樣子呢？這時涅克斯突然轉頭，瞪視著我們，咬牙切齒地說：

「你！去死吧！」

這個瘋子！涅克斯把長劍高舉在頭上，正要往前衝過來。在這一瞬間，我一面心裡想著殺人會不會很罪過，一面把巨劍舉到後面準備劈下去。這個混蛋！事實上，要這樣直接劈砍下去的話，這個距離還是太遠了！

此時，忽然有一隻半獸人跳到了我和涅克斯中間。那個傢伙立刻向涅克斯刺過去，而涅克斯則是直接用長劍劈了下去。咻！大刀和半獸人的手臂立刻往上空飛了出去。

「吱——！」

半獸人一面抬起被砍斷的那隻手臂，一面慘叫著。涅克斯繼續維持原來砍劈的姿勢直接往前衝，用肩膀撞倒了那隻半獸人。涅克斯用長劍往下刺的模樣，使我最後忍不住把頭撇開。傑米妮舉起前腳，並且用鼻子大聲嘶叫。咿嘻嘻嘻嘻！

我回過神來，一面拉緊韁繩。雖然很幸運地沒有跌落到地上，但我的神智現在等於和跌落到地上沒有兩樣。我的眼角驚瞥到有一道閃光，往旁邊一看，有一隻半獸人正要衝向一直站在原地不動的我。我根本無暇思索，就把巨劍往旁邊揮砍過去——噹噹！大刀被彈出去的感覺從我手中傳達過來。此時，杉森高喊道：

「涅克斯！我們是來救你們的！現在雙方先不要打鬥！要是你敢攻擊我們，我們就丟下你們不管！」

然後，吉西恩也一面砍了一隻衝到他身旁的半獸人，一面高喊著：

「快一點！這些半獸人正在形成新月陣形！」

什麼是新月陣形？我趕緊往左右看，結果忍不住起了一陣雞皮疙瘩！原本在我們和涅克斯一行人之間，分散在左右兩邊的半獸人都直接斜斜地跑著，經過了我們身旁。那些半獸人就這樣擋了我們的後路，正想做出一個包圍陣形！我向涅克斯搖手高喊：

「趕快過來！我們是來幫你們的！」

「什……麼？來幫我們？你說你們是來幫我們的？」

這傢伙到底是人類還是巨魔啊？他的手、胸口和臉上都沾滿了半獸人的血，外表簡直就像是個惡魔。而這個惡魔眼神呆滯地看著我們，還一直反覆說著我說過的話，行為簡直就跟個惡魔沒兩樣。他這副樣子真的會把人弄得瘋掉！真是的！此時妮莉亞喊道：

「賈克！快點把你發呆的會長帶過來！再不快點就沒機會了！」

從涅克斯背影之中突然現出賈克的身影。雖然涅克斯感覺有異，正想往後看，但賈克已經用匕首的刀柄撞了一下涅克斯的後頸。啪！涅克斯直接就倒了下去，不過賈克及時抓住他，並且把他扛到肩上，他喊道：

「哈斯勒先生！我們走吧！從前面穿過去！」

哈斯勒稍微點了點頭之後，立刻開始朝我們這邊跑來。雖然半獸人在中間阻撓，不讓我們會合，但在哈斯勒揮動著的手臂前方，是沒有任何半獸人可以站立超過三秒鐘的。哈斯勒一面跑一面在那股速度上加上臂力，揮動長劍，所有半獸人手臂和大刀都一下子就飛了出去。在哈斯勒的手臂所到之處，甚至還有一隻半獸人的上半身和下半身被完全切開來。而在哈斯勒後面，賈克正扛著涅克斯跑了過來。

那些半獸人也向我這邊衝過來。隨即，傑米妮又再度提起前腳，氣勢洶洶地一躍，使得那些半獸人都猶豫地往後退。激動的高喊聲、尖叫聲和馬匹的嘶鳴聲，簡直讓人震耳欲聾，但是我努力不讓自己摔落下去，並且打落了飛向我而來的大刀。

哈斯勒在瞬息間快速跑到我身邊，瞄了我一眼就直接跑到我的後面。而跟隨在後面的賈克跑近我之後，就像是用丟擲般地把涅克斯交給我，並喊道：

「會長就拜託你了！」

往後掉頭跑回去。

我把涅克斯放在馬鞍上，然後直接讓傑米妮掉頭。此時，卡爾喊道：

「全部掉頭回去！妮莉亞和溫柴！朝左右散開，開出一條路，讓尼德法老弟走！」

我回頭便看到賈克已經坐在吉西恩背後，而哈斯勒則是坐在杉森背後。我們一行人全都開始往後掉頭跑回去。

「吱！抓住他們！抓住這幾個傢伙！」

妮莉亞隨即用尖銳的高喊聲回應著：

「你們這些混蛋傢伙！想要接近高貴的仕女就得先刷牙！」

妮莉亞將她那支三叉戟的尾端用雙手抓著，像在甩鏈枷似的前後左右甩著。三叉戟的槍身閃閃發光，妮莉亞的身體周圍跟著被劃出了好幾個巨大的圓弧形。相反地，溫柴則是相當吝於出招。他不輕易揮劍，可是只要有半獸人靠近他，他就會一一刺擊牠們。

「Ahn choudar!」

大喊的同時，妮莉亞和溫柴開始往左右推進。那些半獸人則是一面後退，一面因互相碰撞而跌倒。妮莉亞和溫柴兩人往左右推擠時，在他們之間形成了一個空間，卡爾、杉森和吉西恩便立刻跑了出去。接著是我在他們後面開始奔馳。

我們瞬間形成了一個三角形，跟來時的隊形剛好相反。最前面是卡爾，然後是杉森和吉西恩，最後面則是妮莉亞、我和溫柴奔馳著。那些半獸人雖然想要靠過來，但是吉西恩和杉森用非常凶猛的姿勢推擠過去。這使得半獸人剛剛才形成的包圍陣勢都被破壞，我們就如同離了弦的飛箭般向前奔馳。怎麼會這樣？城牆為何看起來如此遙遠呢？難道連東部林地也像溫柴所說的，沙漠一樣會移動嗎？可惡！到底何時才能騎到城那裡？

就在這時，我感覺城牆上面有某樣東西在閃爍著。隨即，城牆上面就開始飛來一些光柱。那些光柱飛過我們頭頂，射中了我們背後的那些半獸人。原來是亞夫奈德使出來的法術！接著，後方開始不斷傳出那些半獸人的慘叫聲。

「吱——！」

卡爾回頭對我們喊道：

「所有人呈一字形排列！」

這一次我總算聽懂是什麼意思了！卡爾早該講得這麼簡單易懂！我緊抓住涅克斯的後頸，快速往左邊奔馳。妮莉亞也跟我轉往同一方向，溫柴則是朝右邊轉了過去。五個騎士現在呈一直線排開，馬頭並排著奔馳，然後卡爾將箭搭在長弓的弦上。不對，卡爾他是想做什麼呀？緊接著我看到卡爾的姿勢，差點就忘記抓緊涅克斯，險些讓他落馬。

卡爾將腰身往後傾，躺在馬上，頭也是盡量往後彎，就朝著後面射出了一箭。咻！吱！吉西恩用難以置信的口吻說道：

「卡爾！你該不會是烏塔克的後代子孫吧？」

卡爾再度坐直之後，喊著：

「對於我的家世，等到進了城之後再解釋，衝吧！呀啊！」

剛才看起來還十分遙遠的城牆，在不知不覺間已經高聳在眼前了。城牆上面的警備隊員搖著手大聲喊叫著：「快！趕快！再跑快一點！再快一點！」然後弓箭手們從城垛上伸出身體，開始不斷射箭。在我們頭上，箭矢如雨般傾瀉而來。那些箭從頭上飛過去時所發出的嗡嗡響聲，居然能讓人聽起來這麼高興！眼前出現木柵欄了。而且我還看到木柵欄後面的城門正慢慢地被打開。現在沒問題了！然而就在此時——

「你們是絕對逃不掉的！」

毛骨悚然，這句話正是我現在最好的寫照。我害怕地回頭看。我看到那隻頭戴黑色頭盔的半獸人從牠旁邊的半獸人手中搶了一把大刀，把手舉到肩後準備投擲的模樣。糟糕！

「嘎啊啊！亨德列——克！」

牠又說這種話！那隻黑半獸人如此高喊著，並且擲出大刀。大刀像一條黑蛇般搖擺著頭部，越過荒地上方飛了過來。嗡嗡嗡嗡！

「咿嘻嘻！」

為何天空會突然跑到地的下面去呢？我的身體重量好像完全消失不見了？砰！我的後腦杓突然受到撞擊，眼前變成一片白色。呃，呃呃！我的臉頰一碰觸到地面，瞬間傳來一股極端痛苦的感覺。我的背被用力碰撞，同時感覺快要無法呼吸了。拜託快點停下來！我一面翻滾，一面在心中大喊著。天和地的位置好像會永遠持續地交換著，不過我最後終究還是停止了翻滾。我聽到半獸人們的高喊聲。呸！我吐出了跌落時跑進嘴裡的灰塵，同時，血和口水也被摻雜著吐了出來。我勉強抬頭看了一下。

「咿嘻嘻，嘻嘻！噗嚕嚕！嘻嘻嘻嘻！」

我不知道那是什麼。那到底是什麼？這隻大塊頭動物倒在地上胡亂蹬著腳，不停湧出血來，到底那是什麼東西？這隻動物一直不斷跺腳想要站起來。為什麼牠會一直站不起來呢？

「呃……呃呃。是、是傑米……妮？」

是嗎？牠是……我的坐騎傑米妮嗎？可是牠為什麼躺在那裡？馬也會躺下嗎？而且牠為什麼流這麼多血呢？呃？這個是……大刀？傑米妮一直想站起來，可是終究還是只能做到搖晃四肢的動作而已。傑米妮怎麼會站不起來啊？

「傑米妮——！呃啊啊啊啊！」

「咿嘻嘻嘻！咿嘻，嘻！噗嚕嚕嚕！」

「呃啊啊！呃啊啊！呃啊啊啊啊啊！」

我用手撐著地面坐起身。可是當我要用腳撐著地面的那一瞬間，腳一滑，我又再砰地跌倒在地。我再度把身體轉過來，搖搖晃地坐了起來。可是雙腳仍然還是不聽使喚，結果我又再次臉頰朝地摔倒下去。咳！我簡直快喘不過氣了。我又再試一次，手臂搖搖晃晃地撐著地面。我又摔倒了。

「嘎啊啊！呼呼呼。咳咳！」

我試著撐起來，可是又倒了下去。我拚命搖晃著身體，揮動手臂。我用雙腳踩住地面，可是卻又往前倒下去。我全身都在掙扎著，我一定要站起來，一定要站起來！我又再一次快速地跌倒在地。

「咿嘻嘻嘻！」

傑米妮，傑米妮！真該死！我一定要站起來才行！砰！這個該死的地面怎麼會這樣子？

「修奇！啊啊！修奇！」

是妮莉亞的哭喊聲夾雜著尖叫聲。傑米妮，傑米妮！我一定會站起來的。所以你也要站起來才行！你這個……混帳東西！這匹欠揍的笨馬！趕快起來！砰。起來啊！牠的身子掙扎著。牠不斷噴出血來。快起來啊！砰。我的嘴裡冒出陣陣熱氣，喉嚨裡則是吸進了非常多的灰塵，簡直快窒息了。我流著眼淚。眼前一片灰濛濛的，耳邊被淚水弄得燙了起來。

快站起來啊啊啊啊！

「嘎啊啊啊啊！呃啊啊啊啊！」

天空一片黑暗。難道已經是晚上了嗎？在黑暗之中有數十隻手臂向我伸過來。這些……是半獸人的手臂嗎？呃！

「嘎啊啊！這個狡猾的人類混蛋！看你能夠……吱！往哪裡逃！」

咳，呃呃。不要……不要再踢了！不要再打了。不要。不要……拜託不要再打了。我叫你們不要再打了！

「混蛋半獸人！不要再打了！呃呃呃啊！」

我站了起來，眼前看到的是那隻戴著黑頭盔的半獸人。我緊抓住這傢伙的鼻梁，使勁地扭轉我的手。那隻半獸人流著血倒了下去。我的舌頭感觸到從嘴唇之間滲進來的鮮血味道。我的整個胃都在翻騰，有一股想要嘔吐的噁心感覺。我的身體往旁邊飛了出去。好像是有東西撞上我的肩膀，我才會被推出去。原來是一把大刀飛射過來，它像是註定一定會出現般地飛過來。咯吱！我的耳邊突然有股涼意。同時又覺得像火燒般熾熱。

我看到掉落在地上的一個耳垂。這是剛剛不久前還在我耳朵上的東西，如今卻掉在地上了。這真的是我的耳朵嗎？原來是長得這副模樣啊。真是神奇！自己應該是看不到自己耳朵的，不是嗎？我沒有辦法看很久。我抓住那隻半獸人的大刀，牠則是睜大眼睛，反抗著不讓我搶走大刀。所以這傢伙就吊在大刀上，我抓著大刀一扭腰，從耳朵流出的血沾到臉頰上，我覺得脖子熱呼呼的。血流過太陽穴，流到眼睛裡。整個世界都變成紅色的。

「吱——！嘎啊！」

「唱歌！快唱歌啊，你們這些傢伙！吱吱？吱吱！我要你們唱吱吱叫的歌！」

半獸人的大刀飛了過來。我無視於腿上的痛苦，扭轉腰身。我閃過了那把大刀，而那隻失去平衡的半獸人手中的那把大刀，就插進牠自己的腦袋瓜上了。噗啊啊。那傢伙戴的頭盔破裂之後在頭和頭盔之間流著鮮血。牠的黃色眼睛滿布著鮮血，接著牠就倒下去了。在我要拔巨劍的時候，另一邊有個傢伙乘機用大刀往下劈向我的肩膀。我搖晃了一下上半身，雙手持著巨劍就直接轉了起來。在我周圍的那些半獸人都被我揮砍出去。我聽到甲衣被劃破的聲音。到處都是半獸人充血的黃眼珠。那些眼珠被血所沾濕。有一隻半獸人的下巴被我砍掉了。那隻半獸人發現到自己無法再閉上嘴巴，便發出淒慘的尖叫聲。

「唱歌啊！」

「嘎啊啊啊！」

「音調不對了！歌詞錯了！應該要吱吱叫才對！」

「呱嗚嗚嗚！」

「不是這樣唱！」

砰！我感覺後腦杓受到撞擊。地面整個往上升起來，隨即，我的腰部、肩膀和大腿都痛楚萬分。好幾個半獸人在踢我的身體，可是牠們所發出的聲音卻令我覺得好陌生。斥罵聲、吼叫聲和尖叫聲越來越小聲之後，我就陷入了一片黑暗之中。

我討厭黑暗。

我的春天是殘酷的悲劇序曲嗎？

花瓣成群飛舞時，我好幸福啊！

「吱！他在說什麼呀？」

夏天是脫下衣服飛向我的女神，
在炎熱的空氣之中，簡直快令我窒息。

「吱！怪物蠟燭匠！他怎麼了？這傢伙現在到底在唸什麼？」

春天美麗過。夏天也快樂過。可是，
我的周圍不知不覺間都是落葉。我站在秋天裡了。
這是誰都會經歷一次的魔法之秋啊。
我騎著朝太陽奔馳的馬，向東奔去。

啪！我被打了一個耳光。

「吱！喂，你到底在說什麼？」

「我跑在黑色泥土上……秋收的田野裡……閃閃發亮的溪流……荒涼的山峰……」

「這傢伙是不是瘋了？吱！他到底怎麼了？」

「寂寞的大地……痛苦的岩丘……我跑了又跑。」

啪！我感到一陣窒息的痛苦，再也無法唱下去。好像有人用長槍的槍桿戳了我的肚子。我的眼皮到底在哪裡？眼皮這傢伙，只要我稍微不注意就會跑得不知去向。

我睜開眼睛，看到一個紅色的胸部。原來這是我的胸部。它簡直被搞得亂七八糟，不堪入目，上面沾著鮮血和泥土，真是可怕到了極點，而且好像被某種紅光照映著，所以才會如此泛紅。我抬頭看看四周圍。

有數百隻的半獸人聚集著。在牠們黑臉上方的天空，正是一片黃昏的景象。

我想要舉起手臂，才發現到自己的身體被綁在一個木頭柱子之類的東西上面。我抬頭看夕陽。在遍布著晚霞的紅色天空裡，雖然太陽像一顆紅色的火球，但並不會讓人覺得刺眼。而在太陽底下，半獸人的頭多得數不清。我看還是抬頭望天空會比較好一點。我的左眼皮好像腫起來了，幾乎快睜不開來，所以眼睛所看到的景象有些不合距離感地模糊不清。我看著西方的紅色天空說話。喉嚨簡直乾得快裂開了。

「各位先生女士……」

半獸人驚訝地看著我。牠們背對著太陽，臉孔是昏暗的。只有牠們白色的牙齒在閃閃發光。乍看之下，牠們的牙齒可真是漂亮啊。

「希望你們去死吧……」

那些半獸人個個張大了嘴巴。用難以置信的表情看我，牠們的臉孔實在是太滑稽了。我無視於嘴唇快要乾裂掉，露出了一個微笑。

「嘿嘿嘿嘿嘿……」

「嘎啊啊！這個混蛋！」

其中一隻半獸人舉起槍桿，刺了我的腹部一下。啪！結果我笑到一半笑不出來。

「咳，咳咳，咳，咳呵！」

我該不會已經被刺穿腸肚了吧？從喉頭裡洩出一股胃酸味。真難過。倒不如吐出來，可能會比較好過一點……我覺得鼻子乾得發癢，喉頭像是燒起來似的痛苦難受，而且整個頭都在暈眩，從肚子裡傳來被撕裂的痛楚。全身同時發出多種痛苦的四重奏。可惡。然後那些半獸人全都開始吵嚷了起來。眼前一團混亂。

「這個傢伙！吱！現在看起來總算比較順眼了！」

「快殺了這個人類！幹嘛留他活口？吱！殺死他！就像那隻發臭的馬一樣！」

發臭的馬……馬？

「咳！是傑米妮？」

那些半獸人驚訝地看著我。那時候傑米妮怎麼了？那隻戴黑頭盔的半獸人所丟出去的大刀……？

「我的馬，咳咳！我的馬……到底怎麼了？」

一直站在那裡看我的那些半獸人先是嘻嘻笑了出來。然後開始對我揶揄起來。

「啊，那匹馬？牠的肉實在是太硬了，呸！吱！」

「咯咯咯！吱吱吱！可以吃就很不錯了。吱！」

有一隻半獸人挺起牠的肚子，打了一個長長的飽嗝。嗝呃呃呃。其他半獸人看到牠那副模樣，都拍手大笑了出來。這些傢伙竟然殺了傑米妮……？把傑米妮殺來吃了？

「呃啊啊啊！傑米妮！傑米……妮咳，嗚咳，咳！」

「傑米妮咳？吱！傑米妮咳？呱哇哇哇哇！」

其中一隻半獸人模仿我的樣子，還裝作一副在哭的模樣。而其他的半獸人則是在一旁笑得快跌倒似的。我真想當場殺了這些傢伙！我全身扭動著，但這只是徒增我的痛苦而已。

「你們這些……該死的混蛋！」

「啊？吱，吱！怎麼了？要不要我把那匹馬全還給你？嘔，嘔！」

那隻半獸人把手伸進嘴裡，裝出一副要吐出東西的樣子，隨即其他的半獸人就都擊掌大笑。

牠們在笑？牠們竟然在笑？牠們竟然還笑得出來！

「這些該死的混蛋，呃啊啊啊！咳呵，咳！把我解開來！……我，我要殺了……你們！」

啪！在我旁邊的一隻半獸人打了我一個耳光。半獸人的粗糙手掌一擦過，我的皮膚好像就起了一陣雞皮疙瘩。

「我們都已經說要全還給你了，吱！你怎麼好像很不高興？吱！」

我只能做的就是無力地垂下頭來。周圍的半獸人笑聲則越來越是高漲。沒想到居然會變成這樣！對不起，傑米妮。傑米妮。這匹笨馬，我對不起你！

此時，突然傳來一個宏亮的聲音，使其他聲音相形之下變得很小聲。

「閉嘴！吱！不要做這種骯髒的行為！吱吱，吱！」

我感到眼角一陣熱燙的感覺。我費力地睜開眼睛，但眼睛裡都是淚水，根本看不清楚前方。我眨了一下眼睛，讓淚水流下，兩頰頓時覺得非常刺痛。可能是因為淚水流進臉頰的傷口的關係。

「吱！咦？怎麼淚流滿面了？這樣看起來又更順眼了，吱！」

我看到那隻在殘酷地嘲笑我的半獸人了。那是一隻比其他半獸人還要來得高大的半獸人，原來就是那隻戴黑頭盔的半獸人。這個混帳東西！是牠丟出大刀的！

「喂……抱歉，可不可以跟我說一下您偉大的名字？」

「吱！人類，我叫亞克敘！亞克敘。」

「啊……是嗎？那麼。咳咳。呼。咳嗯！偉大的亞克敘啊。修奇・尼德法……謹以忠誠與親愛向您建議……您不想變得和其他半獸人一樣高嗎？」

「吱？變得一樣高？」

「我的意思是，將您偉大的腦袋瓜砍下來的話……您覺得如何？」

砰！亞克敘的拳頭直直嵌進了我的臉，使我眼前一片暈眩。在我緊閉的眼皮上方，可能因為有夕陽光線照射下來，所以在暗紅色的黑暗中看到星光閃爍。我的頭是不是已經飛落出去了？

「吱，吱！這一拳，是在稱讚你的勇氣！呱哈哈哈哈。你這小鬼真是大膽！吱！」

「啊……謝了。可是如果你再用一拳稱讚我的話……我就殺了你。」

「死到臨頭還這麼大膽！你這小鬼比起那些腐爛的半獸人，吱！要順眼一百倍。」

「吱！亞克敘！說話小心一點！」

「你閉嘴，吱！」

亞克敘並不像其他半獸人，牠沒有拿著大刀。這傢伙就像人類一樣，在腰際佩帶著一把大寬劍，可是牠現在拔起了那把寬劍，像是要殺了那隻插嘴說話的半獸人似的看著對方。那隻半獸人則是一面噗噗吐出鼻息，一面往後退。牠們這樣子真是令人看了討厭。我又再抬頭看著天空。血紅色的夕陽光碰觸到我垂下來的頭髮，使我的頭髮閃閃發光著。不知是因為流血還是流汗的關係，沾在臉頰上的頭髮使我的臉直發癢。傑米妮。多麼美麗的黃昏啊！在天空中奔馳的時候，別忘了偶爾要想到我。傑米妮。

可是為什麼耳朵會這麼痛呢？啊……因為剛才耳垂被砍下來了。那時候，在和半獸人打鬥的時候。當時我們和半獸人……

其他人呢？

我一下子清醒了過來，環顧四周圍。首先，我發現身體被捆綁在木幹上，完全無法動彈。這些半獸人不但綁住我的手臂，連胸部和腰部也用繩索纏繞著，甚至腳踝也捆綁住。這種綁法幾乎可以說是在捆綁一頭食人魔。我轉頭看左邊，也有另一根木幹立在那裡，有一名男子被捆綁在上面。我突然打了一個寒噤。這不會是屍體吧？不過，我隨即看到他的胸口正在跳動著。

這名男子是涅克斯。

涅克斯也和我一樣，被緊緊捆綁著。不知他是不是昏過去了，或者他只是低著頭？涅克斯被夕陽光直接正面照射，全身都泛著微紅色，不過仔細一看，其實他渾身是血。他的衣服被撕裂，而且沾了血的頭髮都往前垂下。我留意觀察了一下他的手。幸好！涅克斯還戴著ＯＰＧ。那麼我的手應該也是一樣。雖然我們現在不可能弄斷這些繩索，不過，有ＯＰＧ就算很幸運了。然而其他人呢？

我雖然環顧了四周，卻只看到半獸人。那麼其他人一定都進入城門了吧。亞克敘一邊看我，一邊露出笑容。

「對了！吱吱，吱！這是你們狡猾人類的慣用伎倆！吱！你的朋友把你丟下不管就跑掉了！」

「……那是因為我的朋友知道這樣做，會讓我很高興。」

「你會很高興？吱吱！你高興嗎？真的高興嗎？」

咳嗯！這個混蛋！亞克敘竟然用刀柄用力戳了我的胸口，害我一時喘不過氣，連話也說不出來。我劇烈咳嗽，咳到都快從喉頭裡吐出血來。然後我正眼直視著亞克敘那傢伙，說道：

「我建議你，最好……現在殺了我。」

「吱？為什麼？」

「要不然你……會被我殺死。」

我說完之後便立刻咬緊牙關。真是奇怪？為什麼沒有用槍桿捅我或者給我一拳呢？我睜開眼睛看了看亞克敘。牠則是笑著對我說：

「是嗎？吱咯咯咯！咯咯咯！有誰可以永遠活著長生不死呢？」

「什麼意思？」

「如果沒有殺死你，我就能夠，吱，長生，吱咯！不死嗎？咯咯咯！吱！」

這到底算什麼半獸人啊？這簡直就是賀坦特風格的半獸人啊！雖然我很費力才得以睜開眼皮看前方，但還是盡可能睜大眼睛看著亞克敘。這傢伙正在高興地笑著。牠的臉背對著陽光，不過，我還是對於能看到半獸人臉上浮現出如此開朗高興的表情而意外不已。

亞克敘停止咯咯笑之後，嚴肅地說道：

「吱！能夠長生不死的，就只有那偉大的聖者亨德列克，吱吱。除了他以外，有誰能在時間的輪迴裡，吱！自由自在，不受拘束呢？」

什麼意思？呃！我睜大眼睛，感受到一股極大的痛苦。我還來不及說什麼，亞克敘這傢伙就已經高舉著右手臂，喊道：

「亨德列克萬歲！」

可是周圍的那些半獸人並沒有跟著高喊，只是靜靜地看著亞克敘。半獸人真的有可能這麼安靜嗎？牠們的這份安靜好像是在表現出完完全全的敬意。亞克敘對於那些半獸人的沉默，並沒有顯現出任何不高興的臉色，牠把手臂放了下來。

就在這時候，突然傳來一個非常沙啞的聲音。

「雖然不能永遠不死……卻可以永遠死。」

我和亞克敘同時轉過頭去。涅克斯仍舊還是低著頭。但無疑的是，這句話確實是他說的。涅克斯還是低著頭，一動也不動地說：

「所以我們全都……可以像神一樣獲得『永遠』的特質。咳，咳咳。咳嗯！死了之後就是永恆性。」

亞克敘歪著頭，疑惑地看著涅克斯。牠當然聽不懂嘍！

「你好像以為別人……不知道你是在家修行祭司。呼呼。喂……你這是在對我們半獸人傳教嗎？你這個蹩腳的在家修行祭司……」

突然間，涅克斯抬起頭來直視亞克敘，說道：

「亨德列克……還、還沒有獲得永恆性……咳、咳。你剛才說的是這個意思嗎？」

在涅克斯抬起的臉上，兩隻眼睛像火花般閃爍著。對，他問的正好是我十分好奇的問題。我安靜地把原本對涅克斯的不滿壓在喉頭裡，看著亞克敘。亞克敘點了點頭，說道：

「如果你是在問他是不是還沒有死，吱！當然是啊！因為偉大的聖者亨德列克，吱！是絕對不會死的不死之身！」

「為什麼？為什麼他不會死？」

「因為他是偉大的巫師！吱！」

「你有看到嗎？你有看過還活著的，咳！咳咳！亨德列克？咳咳！咳！」

涅克斯無法把一句話好好講完，一直激烈咳嗽個不停。我看到他嘴裡同時吐出了口水和血，不禁一股惻隱之心油然而生。然而涅克斯一面咳嗽著，卻還是一直瞪著亞克敘。亞克敘用不高興的眼神看了看涅克斯，對他說：

「一定要看到才會知道嗎？吱！有些事是不用看到就會知道的，人類啊。吱，吱！如果看著前方想著後方，那麼就連後面的東西也能看得到。」

周圍的半獸人都用讚嘆不已的表情在看著亞克敘，而亞克敘則是得意洋洋地聳了聳肩。牠真是了不起！我實在難以相信這是從半獸人嘴裡講出來的話。不過，牠好像引用錯誤了。原本這句話後面應該還有另外一句話。可是，這傢伙怎麼會知道路坦尼歐大王的話呢？

涅克斯瞪了亞克敘好一陣子，然後就做出失望的表情，低下頭來。他又再咳了幾聲之後，就安靜了下來。這個混帳傢伙在永恆森林裡分裂後，就變得一副呆頭呆腦的樣子。我費力地張開乾渴的嘴唇，說道：

「喂……亞克敘。呼。半獸人為什麼會稱呼亨德列克，呼，為朋友呢？」

亞克敘轉頭看我，仰著鼻子說道：

「對於朋友當然要叫他朋友，吱！要不然要叫什麼？」

「亨德列克是……人類，不是嗎？咳嗯！咳！而且他還幫助路坦尼歐大王，咳咳！殺死了無數的半獸人……？」

我問到一半，感受到一股奇怪的感覺。因為亞克敘驚訝地張大嘴巴，正在展示牠那滿嘴的漂亮牙齒。怎麼了？亞克敘竟然一副完全無法理解的表情，牠看著我說道：

「你在說什麼呀？吱！」

「我有……說錯嗎？」

「吱吱！亨德列克對抗的敵人是，吱！神龍王！不是半獸人！吱！不是半獸人啊！你到底在說什麼呀！吱！跟亨德列克作戰的是，吱吱吱吱！神龍王啊！」

什麼意思啊？我努力想要直視亞克敘。可是亞克敘的身影卻變成兩個、三個了。他說的話是沒錯，可是呢？這個愚笨的半獸人到底是想說什麼呀？我好像又快失去意識了。亞克敘的聲音開始變得很微弱。

「他對我們，吱！施予天大的恩惠，吱！把我們從神龍王那裡，吱！救了出來！如果不是他，我們半獸人怎麼可能存活下來！」

到底是……什麼意思啊？拜託不要一邊搖晃……一邊說話。

我的耳朵實在是疼痛萬分。所以我不知不覺罵出一句髒話，然後睜開眼睛。可是我卻看不到什麼東西，只看得到以黑色為背景的一些紅色圓點。那是一些不斷在晃動著的紅點，我總覺得那就像是在故鄉山丘上所看到的螢火蟲，令人看了頭暈目眩。這使得我又再罵了一句髒話。

「閉上你的嘴巴！」

從黑暗之中傳來了涅克斯的聲音。你現在是在叫我閉嘴嗎？

「你是在叫誰閉嘴啊？」

我轉過頭去，在一片昏暗之中，模糊地看到涅克斯的樣子。我再把眼睛的焦距調了一下，才看到原來周圍不知何時已經變成晚上了，那些半獸人在四處點燃了營火。

他媽的。被綁在這裡半天的時間，我的身體已經不太像是自己的身體，手指和腳趾都已毫無知覺。胸膛是在哪裡，腰部又是在哪裡呢？呃！那麼說來，我被綁著站在這裡半天了嗎？我感覺全身的血液好像都沉到下半身去了。繩索摩擦著我腫脹的雙腿，令我感到一陣痛苦。而且嚴寒的夜風一吹，身體就會一直抖個不停。然而，這只是痛苦的一小部分延伸而已。每次身體一顫抖，繩索就會像在啃我的肉似的，揪痛我的身體。真想死了算了……可惡！我要振作點！我還活著，而且未來我一定還會繼續活下去！

我又再一次將注意力放在眼睛上。

哦，他媽的！我寧願看到的是半獸人的臉孔。

涅克斯這傢伙一直在看我。他那雙像屍體的眼睛正燃燒著陰沉的火焰。我一看到如此毫無表情的臉，就不禁全身顫抖。我不由自主地張開嘴巴說道：

「因為你這傢伙的關係，我才會落到這種地步，我的馬才會變成半獸人的點心。你還想怎麼樣？」

這說話聲音未免也太過沙啞了。這真的是我的聲音嗎？雖然現在比較不會咳嗽了，可是說話的時候還是感覺嘴唇都快破裂了。我很想舔濕自己乾燥嘴唇，可是卻連一滴口水也流不出來。

涅克斯盯著我看了好一陣子，然後又再低下頭。

「神經病小鬼，是你自己要跑來的，想怪誰？」

「你應該要謝謝半獸人才對。」

「什麼意思？」

「我現在確實很想逃離這裡，可是我更想要做的，是想出讓你生不如死的方法。要不是被半獸人層層捆綁著，我早就揍你揍到你想哀求饒命都沒辦法說出來。」

「骯髒的嘴裡只說得出骯髒的話……你為什麼那麼討厭我？」

「你說什麼？」

「愚笨的傢伙，我是在問你為什麼討厭我。」

這傢伙是不是想看人捶胸而死的樣子啊？我原本想大聲喊叫，但還是算了。對了，這傢伙在永恆森林裡失去了自己。我對這混蛋的憤怒好像突然失去了方向。對於連這傢伙自己也記不得的過去行為，我應該責備他嗎？真是的。

「我告訴你吧。事實上，你是我兒子。」

「你在開什麼玩笑啊。」

「是你對我下了詛咒，把我變成這麼年輕的。你不記得了嗎，兒子？」

「……真的嗎？」

「當然是假的。」

「你這個……混蛋！」

我無力地笑了，涅克斯這傢伙也露出了微笑。媽的。這下可好了。我竟然和一個想打死我的傢伙，被捆綁在一群半獸人裡面，開著無聊的玩笑而嘻笑著。沒想到陷入同樣的困境竟能引發這種難得的作用！我笑完之後，環視著四周圍的情況。

我的視力變差了嗎？四周圍只看得到營火。有幾隻半獸人在稍遠的地方坐著聊事情，偶爾朝我這邊瞄一眼，可是卻完全看不到牠們以外的其他半獸人。那些半獸人到底跑到哪裡去了？

我因為環視四周而移動頭部，隨即從耳朵又再傳來疼痛的感覺。我皺起眉頭問涅克斯：

「該死，我真的好痛啊。對了，你到底還記得什麼呢？」

涅克斯只是用空洞的眼神望著前方。我正在煩惱到底是應該用更大的聲音說話，還是應該用慢一點的速度夾雜著罵人的話，並且以有些發火的方式來說的時候，涅克斯開口說道：

「一片空白。」

「什麼？」

「我的記憶……是一片空白。就如我在大迷宮時所說的，我的頭腦裡面完全是空白的。」

我看空白的應該是你這傢伙翻白的眼珠子吧。哼。

「你為什麼要去大迷宮呢？」

涅克斯的頭移動了一下，他正眼直視著我。這傢伙的眼睛還是有一股憎恨的目光，可是也帶有渴望某種東西的情緒。真是的。他好像遺忘了一些憎恨。我看到他失去了自己的五分之三，變成這副狼狽模樣，心中不由得產生了同情心。真是的。

「你說說看。這件事你應該還沒忘記吧？你告訴我之後，說不定我可以幫你。搞不好可以幫你恢復記憶……」

我突然想到，涅克斯會不會真的可以恢復記憶？涅克斯並不是忘卻了記憶，而是記憶整個被消滅掉了。那些記憶已經跟著他死去的其他部分一起永遠消失了。而且能找回的是哪些記憶呢？

涅克斯開始說話，可是他的語調卻很灰心。

「可惡。我再怎麼盯著你看，都無法引出任何情緒。」

「情緒？」

「你一定無法想像，小鬼。看到一個無論怎麼看，都不會讓我產生任何情緒的人，你一定無法體會這種情形。對方的眼神明明顯示他認識我，可是我再怎麼盯著他看，還是想不起來關於這個人的任何事……你是無法體會這種感覺的。這和看到完全陌生的他人是不同的。情緒被傳達過來，眼神也被傳達了，可是我還是想不起任何事情。」

我無話可說，只是靜靜地等著。這是你自己該去承擔的事。沒辦法了。現在的我就連張嘴說話的力氣也沒有。不過，就算我有力氣，恐怕也不會說什麼吧。

涅克斯用一種像是放棄了的口吻，開始說道：

「我是為了找尋神龍王的八星中所剩下的一顆星，才會去大迷宮的。」

「等等，你說什麼？是什麼八星？」

「神龍王的八星……你不知道那個東西嗎？啊，對了。沒有人知道。不過，我是從……」

涅克斯突然把話停住。他的嘴巴微微張開，用沒有聚焦的眼神看著前方。

「我是從……哪裡得知的……？到底是誰呢？」

「是誰告訴你的？哈斯勒？希歐娜？」

涅克斯很快地轉過頭來。他直視著我，說道：

「希歐娜？她是誰？告訴我！她是什麼人？」

我的天啊。這傢伙到底還記得什麼呀？我本想稍微搖搖頭，可是嚇得趕緊停下動作。因為從脖子傳來骨頭快斷了的感覺。這些混蛋半獸人！

「喂。你應該知道你想征服拜索斯的事吧？」

「當然！這個念頭一直在我腦海裡徘徊不去，就連在做夢也揮之不去。可是希歐娜到底是什麼人？」

「希歐娜是傑彭的間諜。她是在幫你的人。」

「傑彭的間諜？為什麼呢？」

「天啊。仔細聽我說，你這個傢伙！傑彭不是和拜索斯在戰爭嗎？如果你推翻了拜索斯，對傑彭而言是件好事，不是嗎？所以傑彭幫你引發叛亂，代價是等你成為國王之後，對傑彭國道歉，發表投降宣言。你懂了嗎？」

涅克斯的眼裡浮現出贊同的目光。他慢慢地說道：

「是嗎？這個計畫不錯。也就是說，要建立一個傀儡政權嘍。」

「沒錯。我所知道的就僅止於此了。因此，我和你是站在相反的立場。」

「是嗎？原來如此。所以你討厭我……那麼，那個叫希歐娜的傑彭間諜是在幫我的人，是嗎？好讓我能夠叛亂成功，嗯，然後建立一個傀儡政權。」

涅克斯彷彿像是要努力記下來似的，把單字一個一個地用心反覆地唸著。可憐的傢伙！他是想把失去的部分再補回來嗎？真是令人憐憫。

「是的。對了，龍之星到底是什麼呀？所謂的八星，和路坦尼歐大王的八星有什麼關係啊？」

涅克斯突然對我露出狡猾的眼神。那種眼神真令人看了不舒服。不過，就是因為這種個性你才會失去記憶。你若想從我這裡得到什麼情報，也得跟我說你所知道的事。

「咳，咳嗯，哼嗯。可……可是那個叫希歐娜的人為什麼沒有和我在一起？在永恆森林裡，和我在一起的就只有哈斯勒、賈克，以及那個叫蕾妮的丫頭。那個人為什麼不在？」

這個傢伙！我可不是一個唯唯諾諾的人。

「你想問我，就得先回答我的問題。」

「你這個臭小子，趕快說！」

「閉嘴！你應該還記得在大迷宮裡的事吧？我可從來沒有怕過你。」怎麼樣？你這樣像要殺人似的瞪著我，又能怎麼樣？你知不知道溫柴是怎麼瞪人的？我用溫柴那種目光瞪著涅克斯。他則是咬牙切齒地從牙縫裡發出聲音：

「我真想殺了你，這個混蛋小鬼！」

「哈，您是說要讓我得到永恆性嗎？」

涅克斯退縮了一下。看來我這個答案說得還真對。你仔細看好，所謂得意洋洋的笑容就是這種模樣。涅克斯一看到我的臉孔，立刻變得一副不高興的表情。我說道：

「八星，以及龍之星，到底是指什麼東西？」

涅克斯以沉鬱的聲音說道：

「你一定聽過路坦尼歐大王的八星吧。」

「這是拜索斯人都知道的故事，不是嗎？」

「不對不對！這是拜索斯人誤傳的故事。」

「什麼意思？」

「咯咯咯……你知道他們的正式名稱是什麼嗎？」

「什麼正式名稱？有這種東西嗎？」

「是的。他們的正式名稱是八星的追尋者——Eight Star Seeker。簡短地說，就被叫做八星了。」

Eight star seeker？後來被簡稱為Eight star？涅克斯繼續說道：

「他們是尋找八星的人。而且他們剛好又是八名騎士，久而久之，這個故事就被遺忘，流傳成八星是這八名騎士。這是你頭一次聽到這件事吧？」

「嗯，是啊。可是原本的八星是指什麼呢？」

涅克斯很快地移動他的頭。

「輪到你說了，小鬼頭！」

他的樣子，簡直就像是公雞要啄蚯蚓之前移動頭部的動作，速度快得令人覺得可怕。可是他的上半身卻一動也不動。真是令人看了反感的傢伙。

「你想要知道什麼？」

「希歐娜那個間諜為什麼沒有和我在一起？」

「呼。據我所知，那個女的跑去拜索斯恩佩暗殺國王陛下。」

涅克斯睜大了他的眼睛。可是他的聲音還是很低沉。

「暗殺國王？」

「這件事在當時應該是個祕密，所以我們都不太清楚這件事。可是你在戴哈帕和我們打鬥的時候，明明希歐娜也和你在一起，不過那之後卻都沒看到希歐娜。而且幾天之後，拜索斯恩佩裡就發生有人滲透進皇宮的一場騷動。所以可以簡單推斷的是，你一定是在戴哈帕和希歐娜分道揚鑣的。」

「戴哈帕？你說的就是那個發生神臨地的都市嗎？我在那裡和你們打鬥過嗎？」

「沒錯……等等！你知道神臨地的事？」

「什麼？嗯，那個我當然知道……我知道？知道？」

涅克斯表情茫然地看著我。雖然他的眼睛向著我，可是幾乎沒有聚焦在我身上。這張不安的臉孔真的是涅克斯・修利哲的臉嗎？把我的ＯＰＧ像是自己東西似的搶走，把擋路的小孩子用馬踩踏而死，將和平的戴哈帕市無緣無故變成神臨地，叫部下到永恆森林去之後卻全讓他們送死的，就是這名男子嗎？

「真是奇怪。神臨地是在傑彭開發出來的技術，可是你說你記得？那麼你還記得和傑彭的合作內容嘍？」

「傑彭？合作？不知道……我不知道。可是我還記得神臨地。對了……那天清晨。我埋了一個基頓的聖徽……等等，我埋聖徽的時候……只有我一個人嗎？不對。當時並不是只有我一個人。我是從某個人手中拿到聖徽的。那並不是我製造的……對了。我還問了那個人有關那個東西的事，問他如何製造出聖徽。可是……可是為什麼要埋基頓的聖徽？一定要埋那個東西才可以嗎？」

「你真的埋了聖徽……而且你還記得神臨地！」

涅克斯像是一個被挨罵的小孩，用可憐的眼神看我。我真快瘋掉了。我覺得我簡直和老師沒有兩樣。杉森要是看到我和涅克斯如此和氣地在談話，一定會昏厥過去。哼。

「喂，為什麼我要埋基頓的聖徽？我，我拿到那個東西，然後就埋下去了！我還詢問要如何準備這種東西。沒錯。我問了！我既然問了，就代表那東西並不是我準備的！是吧？小鬼？」

「請叫我修奇。可惡。埋那個聖徽是在儀式的最後，也就是儀式的證據。證明做過了儀式，那片土地就會變成神臨地。」

「啊，聖徽就像是祭品的功用嗎？」

「沒錯。啊，不對。我對神學不瞭解，所以不知道它是不是像祭品那樣，是對神力的反向支給，還是像圖章那樣只是一種證明的東西。你應該比我還要瞭解才對啊？」

涅克斯用一副仔細思考的表情，問道：

「有沒有其他類似祭品的東西呢？」

「我不是說我不知道嗎？嗯，我所知道的就是這些了。我在某個領地看到希歐娜利用聖徽製造出神臨地。可是有一位比我聰明的人，他說這力量並不是從聖徽上面引發出來的，而是五十個小孩的……什麼東西來著？什麼信仰呢？」

「你是指全信仰？」

「啊，沒錯。全信仰。那是什麼呢？」

涅克斯沉重地解釋著：

「全信仰是指沒有目的性的純粹信仰。小孩子的純真信仰並沒有方向性。如果是大人，就會知道某個固定的神，像艾德布洛伊、卡蘭貝勒或者雷提等神，他們因為瞭解那個神，所以會跟著信仰祂，他們的信仰就有明顯的方向性。可是小孩子們的信仰只是對於可怕且偉大的東西在盲目茫然地跟隨。所以，可以用一句話簡略地說明：如果能利用這股純真的信仰力量，就可以對任何神奉獻這股力量。你想想看，我們可以在小孩子面前指著半獸人，教他們說那是隻巨魔，不是嗎？」

「啊……那麼那種信仰，不對，是全信仰，只要誘導就可以對任何神奉獻出力量，是這個意思嗎？」

「沒錯。而且因為那是種完全盲目且不求任何代價的純粹信仰，所以力量很強烈。可是要誘導出小孩子的全信仰是很困難的事。因為誘導全信仰的……施展者？祭祀者？不管怎麼稱呼，總之那個施行者也必須擁有小孩子的心境。可是你說動用到了五十個小孩？」

「是啊。咦？真奇怪。在戴哈帕好像沒有聽到有小孩失蹤被綁架？而且聽說不只是戴哈帕，伊斯公國到處都有都市發生神臨地那種事……真是奇怪！」

「什麼呀？什麼意思？你是說並沒有動用到小孩子？」

「是的。在卡拉爾領地，有小孩子消失不見。可是伊斯卻沒有那種事發生。」

涅克斯又再仔細地思考了一陣子，然後他輕輕地回答：

「哼，這很簡單。一定是用了傑彭的小孩子。」

「什麼？」

「要綁架五十個小孩是很困難的事。你所說的那個領地，一定是很偏僻的領地吧？」

「沒有錯。」

「可是要在伊斯各地做那種事並不是件易事。所以可想而知，他們一定是動員了傑彭的小孩子。可能儀式也是在傑彭國內進行的。然後那個聖徽是儀式的證據，而且為了標示出現神力的地方，會把它移到伊斯。這種方式比綁架小孩要來得容易多了。這是種很厲害的武器。因為沒有人會懷疑聖徽的力量。」

「喂，慢著，我問你一個問題。那些被動員的小孩子會變成什麼樣子？」

「什麼意思？嗯，這個嘛，我也不太清楚。因為那是全信仰所發展出來的信仰。嗯。他們可能會終生成為懷疑猜忌的人類，很難再對任何東西存有信賴或信仰。有這種人，不是嗎？」

「什麼……天啊！竟然做出這種殘忍的事？」

「那又怎麼樣？在古代的儀式裡，甚至還有把小孩子整個當作祭品奉獻出來的。現在這種方法算是比較溫和的做法了。」

涅克斯甚至還一邊嘻嘻笑著說道。

「你說的不是你的真心話吧？」

「是我的真心話啊。」

「你這個該死混帳假祭司！」

「你說什麼？」

「如果誰也不相信的話，連父母也會不信任，連情人也會不信任，甚至連自己都會不信任。讓別人過這種人生，你卻說是比較溫和的做法？這是該從一個祭司嘴裡說出來的話嗎？」

涅克斯突然猛地移動肩膀，可是繩索卻一動也不動，涅克斯隨即使用和我相同的方法。就是大聲喊叫。

「那又怎麼樣？這個世上有什麼值得相信的？甚至還有人主張萬物皆是虛假、皆是幻象，不是嗎？能夠活著就已經不錯了！難道活著，還要有什麼特別高尚的方法嗎？」

「雖然沒有什麼高尚的方法，但卻有悲慘的方法！那些小孩子有什麼罪，為什麼要讓他們遭受這種悲慘的事情！」

「那是我做的嗎？你給我閉嘴！」

我和涅克斯無言地瞪著對方好一陣子。看來這傢伙的眼神已經處在不正常的狀態。雖然他的嘴巴像是很合理地說出話來，但是內容卻一點也不正常。這會不會是失去了大部分自我之人的症狀啊？還是他原本就是這種人呢？這實在不得而知了。

坐在離我們稍遠處的那些半獸人一看到我們在吵，就立刻大聲喊道：

「吱！你們真吵，人類！你們躺的木柱床鋪好像很舒服的樣子！吱吱！要不要我讓你們更舒服一點啊？」

我想要舒緩我的呼吸，但這真是件困難的事。雖然身體的痛苦也是種痛苦，但是快令人瘋掉的是，和這個傢伙談話時實在是太痛苦了。

「他媽的。好，不管怎樣，在戴哈帕拿聖徽給你的人……應該是希歐娜吧。」

涅克斯又露出高興的表情了。我看到他因為一句話就立刻高興起來，真是不得不同情他。

「希歐娜？是那個間諜拿給我的？」

「剛才不久前我們不是談到了嗎？那是傑彭製造出來的。所以應該是傑彭的間諜希歐娜拿給你的吧。不要問我為什麼她要給你，我所說的全都是猜測的。」

「什麼，可惡！那麼這是不是也有可能不是事實？」

「事實？哼。誰知道事實呢？你剛才不久前不是說過嗎，萬物皆是虛假。」

我冷淡地盯著他看，他的表情立刻變得像是下巴被人揍了一拳。我從來就沒看過有人這麼會變換表情。我也不知不覺地聲音變得比較不那麼堅定了。

「我這樣猜測應該是錯不了。你並沒有準備聖徽，不是嗎？那麼是誰拿給你的？基頓的聖徽是由傑彭開發出來的，所以應該是希歐娜拿給你的。希歐娜和你之間好像有訂了什麼約定吧。」

「約定……訂了約定？什麼樣的約定？」

「啊啊，混帳傢伙！希歐娜為什麼會拿給你那個東西，你難道一點都無法推測嗎？」

涅克斯又再度以白癡般的表情呆呆地看著我。他一定是完全不瞭解我在說什麼。真是令人頭痛！

「喂，所謂的約定，嗯……希歐娜說要幫我建立一個傀儡政權……可是這和伊斯的都市變成神臨地有什麼關係呢？」

「我不知道。現在輪到我了。」

涅克斯的臉上又再浮現出怒氣。你想做出什麼表情都隨便你！

「原本的八星是什麼？路坦尼歐大王為了尋找這八星而集結了八名騎士，是嗎？啊，我先告訴你，要是我覺得你像是在說謊，我也會說謊。只要一有那種感覺，我就會悄悄地對於你的過去說謊。知道了嗎？」

涅克斯咬牙切齒地看著我。我低頭看了一下綁在身上的繩索。

真難過！我竟然變成了這副模樣！而大夥兒現在到底在做什麼？他們說不定正在城裡計畫如何把我救出去。可是克雷布林隊長或安提哥爾市長會答應嗎？卡爾雖然看起來一副很理性的樣子，可是在我看來，他是完全相反的人。他一定是一直在吵著要救出我吧。嗯。我不由得感到很對不起他們。他們來救我當然是很好。可是比起救我，倒不如跑去應付再過幾天就要來臨的克拉德美索甦醒一事會比較好。

今天一整天的時間就這樣浪費掉了。

06

我的腦袋裡一片混亂。雖然我一直在想要怎麼樣才活得下去，老實說，我真的只是在想這些事，所以涅克斯說的話，有一些我並沒有聽到。我記得他說了：

「……也就是說龍、人類、精靈、矮人、半身人、妖精、半獸人……還有一個我不知道。反正用雙足立地生存的生物體之中，會講話的只有八種。會說話、有思想的生物體只有八種。」

咦？他在說什麼呀？

「你幹嘛突然談到生物學呢？」

「你給我閉嘴聽好！嗯……不管是吸血鬼或是獸化人，牠們雖會說話，卻不是生物。不要以為複製怪會說話。牠們只是在模仿生物的模樣。自由地出生，會思考、會表達的知性生物……知道要仰望眾神的生物只有八種。他們是自由自在地出生，自由自在地行走的種族。」

「兔子也自由自在地出生，還可以自由自在地跳來跳去呢。」

涅克斯用一副認為我無藥可救的眼神在看我。不知為何，我覺得自己好像個傻瓜一樣。

「大笨蛋！兔子根本不知道牠自己的自由是什麼，所以也不會對自己的自由感到高興。你不要認為無知等同於自由。所謂自由，是對瞭解自由、並且知道如何追求自由的人來說才有意義。

難道你有看過黃牛為了獲得自由而努力工作的嗎？你如果把黃牛放了，告訴牠『好了，你自由了』，黃牛會因此高興嗎？如果你有腦袋的話，就要拿來思考。不要只是拿來戴頭盔還是戴帽子！」

「啊，這樣的啊？那麼，那八個種族又怎麼樣呢？」

「有著可以決定這八種自由的生物命運的寶石存在。」

「寶石？」

「沒錯……我沒有辦法確認那到底是不是寶石。但是一般人既然稱它們為星星的話，很有可能就是寶石吧。因為人們稱呼它們為八星。這個是在宇宙混沌初開的時候，連優比涅和賀加涅斯的存在與否都還不太清楚的狀況下，在公雞的第一聲啼鳴之前，在清晨朦朧中升起了第一次的新星之時……我說這些廢話幹嘛？反正就是有八顆這種寶石就對了。至於八顆寶石為什麼會存在？是由誰製造出來的嗎？不然難道不是被製造出來，而是自然形成的嗎？這些疑問都沒有人知道。這些所有的關聯細節，從一開始就不曉得了。因為我們還沒有進步到可以理解這些東西存在的原因。因為我們還不夠成熟到可以瞭解它，然後為它存在的意義做說明。」

「要不要我替你拍拍手？」

「給我安靜點。」

「好啊。那你說的那些決定命運的寶石，那些稀世珍寶，它們到底是做什麼用的？」

「決定種族生存滅絕的寶石……那些是可以引導種族的繁榮、思想及心智的寶石。它沒有自我意識，只有決定權和實行權，它只有威力強大無比到可以充分實行其權力的力量。」

「你在說什麼？」

這傢伙終於瘋了。看起來是因為那些半獸人打了他腦袋的關係吧。就算是爐邊故事，也沒有這麼誇張的。

「喂，等一下。你的意思就是說，只要擁有那個了不起的寶石的話，舉例來說，假如我有矮人寶石的話，我跟矮人們說：『你們所有人把左半邊的鬍鬚給剃掉。』那時所有的矮人就會把左半邊的鬍鬚給剃掉嗎？」

「你這個無知又幼稚的小混蛋！不要把每件事都降到你的水準，在那裡嘰嘰喳喳的！你不知道這個是嘲弄眾神的方法中最簡單的嗎？」

「如果說是其他的祭司這樣告誡我，我還會不好意思的。可是像你這種冒牌的在家修行祭司這樣罵我，我可不接受！你才別亂來！像你這種傢伙有什麼資格談神？從一個踏死小孩的混蛋嘴裡說……」

我說出的話好像卡在上顎了。涅克斯白著一張臉，恐懼地看著我。他說：

「什麼？把小孩子……怎麼了？」

「真是的。那是你這傢伙以前的惡行之一啊。你無法置信地發抖也沒關係，我只是在敘述事實。你在騎馬的時候，前方有一名小孩擋在路上，你竟然就這樣踏死他，繼續奔馳下去。」

「這是天大的……」

「天大的謊言，是不是？你愛怎麼想就怎麼想吧！隨你便！」

涅克斯閉上了嘴。他低下了頭，肩膀上上下下不停地抖動著。突然對話一下子暫停了，好像有股涼風在臉頰上抽打一般。我身體又再度感受到被繩子捆綁的痛楚。沒有什麼辦法讓身子暖和些嗎？沒有什麼辦法讓身子停止這種可怖的抽搐嗎？我雖然想要掙脫被綁在後面的手，但是卻連手在什麼方位的感覺都沒有了。我試著找尋大拇指的感覺，終究還是放棄了。我轉過頭看著涅克斯。

涅克斯還是低著頭，默默無語。夜，好像越來越黑了。天上雖然有星光在閃爍，但涅克斯的臉上卻一點光彩也沒有。

「對不起。」

涅克斯沒有回答。

「真是的，我說對不起！不然你要怎麼樣嘛！那是你的罪行啊。我親眼看到的。」

「好了。閉上你的嘴。換我問了。」

一長串的嘆息聲。那個聲音裡，不知道為什麼好像藏了水分在裡面一樣。那傢伙心裡在想什麼呢？他會乾脆接受自己是一個做出那種行徑的人呢，還是會否定以前的那個自己？

「你想問什麼？」

「我為什麼想要消滅拜索斯呢？」

「……如果是一般人的對話，這個問題會讓人笑掉大牙的。但我不會笑你。可是我也沒辦法回答你的問題。」

「為什麼？」

「我也不知道你為什麼要攻擊拜索斯啊。雖然我只記得你說過的一些話。」

「我說了什麼？」

「你好像說你的父親受到了不平等的對待，而你感到忿忿不平之類的話。你好像也認為光憑出身，就決定了一個人生為貴族或王族這件事是不合理的。」

涅克斯點了點頭。

「你說到我的父親。沒錯。我的父親好像是死於非命。」

「嗯……不，等一下？哦，你的父親還沒死呢。」

「你說什麼？你在胡說些什麼！」

「我說你父親沒死。羅內・修利哲伯爵只是成了阿姆塔特的俘虜，還沒有死。」

涅克斯瞪著眼珠子。他有好一會兒想說話，嘴巴在嚅動著，但還是沒有說出來。不久，他才好不容易開口說道：

「喂！修奇！我的父親已經過世了。就算其他事情不記得了，這件事我還記得一清二楚！我記得我父親在我出生前就已經死了。」

「你在說什麼天方夜譚呀？我可是親眼見過你的父親。他來我們村裡的時候就見過了。而且以前的你也知道這件事情啊。我是說分裂之前的你。你怎麼會說你父親是在你出生前就已經死了呢？」

「你說什麼？哦，呃？不是的！我的父親明明就已經先走一步了！我父親是叫羅內・修利哲嗎？反正我記得羅內・修利哲已經死了！」

這傢伙現在是在他殘餘的記憶中製造幻想嗎？難道將記憶的碎片組合在一起後，會產生出一個不合邏輯的新記憶嗎？

「那你倒是說說看，你是怎麼知道你的父親死掉的？如果說你的父親在你出生前就死了，那應該是有人告訴你的才對。那你記得那件事嗎？」

「那是……」

涅克斯再度一臉地茫然。真是的，這害我好像會少活好幾年。怎麼會有這麼難以溝通的對話呢？慢慢地，從涅克斯的嘴裡說出了一些話，哦不，是一些句子。

「死於非命……抑鬱而終……椎心之痛……背叛……就是這些感覺。沒有一個是明明白白的原因。我空白的腦袋裡好像霧茫茫的一片，就跟在霧中看花一樣，什麼東西都很朦朧，連輪廓線也很模糊……我只記得感覺。可是，可是……我的父親已經先走一步了！我是說他過世了！死在兄弟之手……！」

涅克斯對自己說的話，突然嚇了一跳，我當然也非常吃驚。他在說什麼？羅內・修利哲死在兄弟之手？

「喂，喂，我看你一定是大大地產生錯覺了。你父親是有兄弟啦，也就是你的叔叔嘛。你的叔叔是死了，可是你的父親還沒有死啊。」

「我的叔叔？」

「是啊。不會吧，連這個也想不起來嗎？」

「不……我想不起來。我完全想不起來。真是的！」

我吁了一口氣。因為被繩子捆綁住身體，我早就已經處於精神恍惚的狀態了，現在還得應付這個早就瘋掉的傢伙。

「好吧。哇哈哈……這個混蛋繩索！我現在一個一個說給你聽，你可要仔細聽好了。就是……」

「等一下。」

涅克斯突然把聲音壓低了下來。怎麼回事？我閉上了嘴看著他。涅克斯說道：

「你沒聽到這個聲音嗎？」

「什麼……呃？」

我仔細一聽，就聽到了。不曉得是不是隨著風聲所傳來，那是非常地微弱的吵雜聲。是一些令人感覺不祥的吵雜聲音。有尖叫聲，也有叫罵聲？還有一些斷裂的聲音和馬匹的嘶鳴聲。這到底是什麼聲音呢？等一下！那些半獸人去哪裡了？

原來這些半獸人想來個暗夜襲擊啊！

西邊是哪一邊？白天被綁的時候有看到夕陽呢。所以正面就是西邊。這麼說來，卡納丁所在的方向就是我的正前方。我努力地瞪著地平線的方向。過了不久，從地平線升起了細長的火焰。火焰細長得就好像在皮膚上輕輕劃過一刀，那種細細的紅線一般。

「是那群混蛋！」

「偷襲成功了吧。」

「你說什麼？不會的！不會有這種事的。怎麼會偷襲成功呢？」

「小笨蛋。沒成功的話，就不會升起那種火焰了嘛。」

「真是的！可惡！」

在另一邊的半獸人們好像也聽到了這陣騷動的聲音。那群混蛋突然站起來，一邊指著火焰升起的方向，一邊開始在鼓譟起來。混蛋們一面發出狂笑和狂歡的呼聲，一面不知蹦蹦跳跳地往哪裡跑去。真是的！那卡爾呢？杉森呢？還有其他人們在做什麼？怎麼可以容許半獸人在暗夜偷襲呢！

「沒什麼可看的。可以了。」

他在說什麼？我轉頭看了看涅克斯，可是涅克斯那傢伙竟突然向前方倒了下去。匡鏘匡鏘。那傢伙倒地後便一邊抖動，一邊緊抱兩隻手臂。

「怎麼回事？你的繩子呢？」

涅克斯用力地抓住抖動的手臂，彎著膝蓋坐在地上。他猛力地上下甩頭，還露出了微笑說道：

「我做過盜賊，修奇。像這種繩子，我在剛才稍早的時候就已經弄斷了。因為逃不走才一直等到現在。」

「你說什麼？你才不是盜賊。你是盜賊公會會長呢。」

「什麼？不……你的意思是，盜賊公會會長不是小偷……」

涅克斯再度茫然地看著我。原來這傢伙連殘餘的記憶也是七零八落的。

他瞪著眼看著我一會兒，很費力地撐起一邊的膝蓋站起來。但那隻腳馬上就往旁邊滑下去，膝蓋骨受到了嚴重的撞擊。即使膝蓋受創，疼得要命，那傢伙竟然還是一動也不動，自己用手拖著那隻腳，把它拉到前面。他那樣移動手和腳的模樣令人看了十分不安。然後他緊緊抓住剛才被綁著的木頭柱子，使盡所有力氣才站了起來。他雙腿不停地抖動著，好像一副馬上就要跌倒的模樣，但是他幾乎是用整個人抱住木頭柱子，並沒有倒下。他的額頭貼著柱子，開始喘氣。

不久後，他便搖搖晃晃地向我這個方向走來。在他垂下的右手裡拿著一把不曉得剛才藏在哪裡的小刀。他說他是盜賊？不會吧，看他這種身手便知是盜賊公會會長。不，說不定是半獸人的檢查太鬆懈了。反正他很費力地一步一步地向我走來，把左手靠在綁著我的木頭柱子上。那傢伙心情惡劣的臉往我的臉孔正面靠了過來，然後，把那把刀子直直地瞄準我的胸膛。

「你……？」

我後腦杓的頭髮全都豎立了起來。涅克斯陰冷地一笑，便把繩索給切斷了。咚，咚。他連綁在腳上的繩子也全切斷，我還來不及說什麼話，便整個人向前倒下。雖然膝蓋受到重重地撞擊，但是除了緩緩傳來的痛楚之外，什麼感覺也沒有。在倒地而下、腰部碰撞到地面的一瞬間，我趕緊咬緊牙關。可能那個部位是早上被半獸人咬到的地方，傑倫特和杉森雖然有幫我治療，但傷勢尚未痊癒，所以痛到差點要了我的命。

我一倒下，便在地上滾來滾去。雖然有用手去觸摸身體，但是不管是手還是身體都一點感覺也沒有。我好像是在看別人的手，看著自己的手在觸碰東西。除了什麼感覺也沒有的感覺，我什麼感覺也沒有。我就是站不起來。完全感受不到腳上的感覺，如何能站得起來呢？

「站起來。」

你這個混蛋！我什麼都可以忍，就是無法忍受那傢伙竟然那樣地看扁我。我揮動雙手。用力揮動的手雖然用力撞上了木頭柱子，卻一點疼痛的感覺都沒有。我後來就是抓著木頭柱子站起來的。就在費了九牛二虎之力站起來之後，我的腳一下子就往旁邊滑下去，然後又跌倒在地了。嘴巴又撞到了地面，眼睛前面在冒金星。

「呃……呃啊。呵呵，呵呵啊。」

「給我站起來，這個笨蛋。幫助別人……是有限度的。呼呼（喘息聲）。你最後還是得用自己的腳走路啊。不然我不就白幫你了！」

「你、你、你給我閉嘴……我會站起來的！」

「那你就快站起來啊。我現在沒辦法用踹的……讓你站起來……真是太可惜了。哈哈哈。」

這個瘋子。雖然我一直在點頭回他的話，但是我到底要怎麼樣才站得起來呢？從眼眶裡流出的淚水，和臉上風乾的汙垢一起流到了嘴巴裡面。一站起來就跌倒，身體在這種急速地移動中，好像要把胃裡的東西都給倒出來一樣。我好不容易把發抖的手抱在膝蓋上，才用腳站了起來。我抬頭看著涅克斯。真是的！涅克斯正站著靠在木頭柱子上看我，那種眼神就像是看窩在他腳邊的狗一樣。

「不、不要只光站在那裡看，幫、幫幫、幫我一下。」

「你要我幫你？真是太……好笑了。都已經幫你割斷繩子了，現在用你自己的腳……給我站起來！」

「你這個混蛋！」

我再度將手撐在地板上，用力一推，順勢將腰一挺。可是滑動的沙子讓我的腳向後一滑，肚子被重力地撞到了地面。砰砰！

「呵啊！咕嚕，咕嚕！」

我緊緊地抓住肚皮，弓著身子，整個人滾了出去。肚子像是要爆裂開來一樣，同時有股嘔吐之氣竄升到喉頭上來。喉嚨被那股嘔吐之氣整個淹沒，人間至極的苦酸味瀰漫在喉頭間，眼前是一片暈眩。

「咯咯嚕，咯嚕，嚕嚕嚕……咯！」

涅克斯看起來歪歪的。而且有兩個、三個看起來歪歪的涅克斯。我頭好暈，好暈啊。眨了眨眼睛，淚水便被擠了出來。然後我才看到了那個用輕蔑眼神在看我的涅克斯臉孔。那傢伙的嘴唇快速地嚅動了一下。

「呸！」

我感覺有黏稠的液體沾到我臉上之後流了下去。我兩眼發直，不知該怎麼辦才好。我一邊發出像口哨聲的吁吁喘氣聲，一邊驚慌地抬頭看著涅克斯。涅克斯皺著一張臉，說道：

「去死吧！去死好了！你要這樣苟延殘喘地活下去嗎？那跟行屍走肉沒兩樣！倒不如現在就去死算了！」

「你這個乳臭未乾的小子！我從第一眼見到你就沒喜歡過你！」

咦，怎麼回事？我站起來了。我的頭靠在地面上有好長一段時間了，但是腳還是沒有任何感覺，好像一往地面俯視就會頭暈的樣子。這沒道理啊。已經位在這個高度長達十七年的頭，怎麼會到現在才覺得頭暈呢？但是我還來不及感覺到頭暈，手臂用力一揮，上半身就向前飛了出去。

「呃呃啊！」

這傢伙，下巴應該掉了吧？我用額頭去撞涅克斯的下巴，然後就順勢用頭去推他，開始在他身上揮起拳頭來。

「咦呀呀呀呀呀！」

砰砰砰砰砰！我的拳頭上連一點感覺也沒有。但是我仍然用頭去頂著涅克斯的胸部，然後朝著他的腹部猛力揮拳。咦？我的拳頭是怎麼動得起來的？我看著自己在揮動的拳頭，嚇得目瞪口呆。那些揮如雨下的拳頭一打到涅克斯的腹部時，就會聽到他從喉頭發出可怕的呻吟聲。但是他沒有大喊到慘叫的地步。

砰！在我擊出最後一拳後，手便放了下來。我垂著雙手用頭緊靠著涅克斯，如此費力才不至於又跌倒。涅克斯是夾在我和木頭柱子中間，所以不會倒下。

就在這個時候，我看到涅克斯的手要舉起來的模樣。看是看到了，我垂放而下的手臂卻一點力也使不上，動彈不得，只能靠著他站著。

咚咚！涅克斯似乎朝我的後腦杓打了兩拳。雖然他的拳頭並沒有使上力氣，但是我的膝蓋跪了下來。雙手一陣亂揮，我緊抓住涅克斯的腰部。突然間，又有一股像是火燒喉頭般的感覺湧了上來。

「唔呃呃！」

我就這樣跪著，用雙手緊緊抱住涅克斯的腰，然後吐了出來。涅克斯連躲都不能躲，腳上蓋滿了我吐出來的穢物。我聽到了從頭上方傳來的涅克斯的呻吟聲。

「真是精采的報復啊。」

「真是的……呃呃！唔……對不起。」

「可以走嗎？」

「……我死不了的。」

「很好。」

喉頭雖然苦辣得要命，肚子卻是舒暢多了。我呢，連自己都嚇了一跳，竟然就輕快地站了起來。事實上這次死裡逃生，雖然用了較卑劣的手段站了起來，但我這輩子從來沒有這麼愉快過。

涅克斯還是依然靠著柱子站立著，他把頭向旁邊轉過去，歪著頭在看著我。我把嘴擦乾淨了之後，回瞪著他。涅克斯開口說道：

「……肩膀可不可以給我靠一下？」

「咯咯咯……好啊。」

涅克斯面無表情地向我靠過來，我抓起他的右手，把它放在脖子後方，然後左手抱住他的腰。涅克斯這樣子靠在我身上後，才無力地舉起手說道：

「武器……在那裡。現在應該……沒有人在監視了。」

「咕嚕，武器還在嗎？」

「對那些傢伙來說……我們的武器太大了。應該還在那裡。」

「好吧。那走吧。」

我們兩個開始彼此扶著走起路來。不知道那些所謂的半獸人們是不是都跑到卡納丁市去了，在營地裡竟連一隻半獸人也沒瞧見。我們搖搖晃晃地走到那片寂靜無聲的營地。涅克斯剛才所指的方向那邊，到處堆滿了水壺、繩索、盾牌、破掉的頭盔等等的雜物，涅克斯的劍和我的劍也被插在那裡。

我們各自拿回了自己的武器後，便一屁股坐在地上喘著氣。涅克斯背靠著那堆雜物堆上，蒼白的臉上流著冰冷的汗水。看來我剛才打得太用力了。

「你還好嗎？」

「被那樣打了一頓還會好嗎？」

「對不起啦。可是……我們現在要往哪個方向走呢？」

涅克斯沒有回答。他用半躺著的姿勢抬頭看著夜空，喘著快要緩不過來的氣息。

真是不知該如何是好。最好是往卡納丁的方向走才對，但是萬一那些半獸人攻陷了卡納丁的話，我們豈不是辛辛苦苦走到那裡，結果讓那些傢伙打贏仗後還加倍地高興？但是要往其他的都市走……我完全不知道現在這個地方的位置在哪裡。涅克斯知道嗎？

「喂。我說你啊，你知不知道這個地方的位置？」

「我不知道……哈斯勒知道。」

「不要討論不在這裡的人……好嗎。呵嗯。」

「你找找看有沒有馬。」

「你瘋了不成？你的意思是說半獸人會騎馬？」

「……真是的，說不定嘛！找一找！連看都還沒看就……咳！呃咳！」

涅克斯把頭埋在膝蓋裡，咳得很厲害！

「在半獸人的營地裡……找馬？為什麼呢？哎，咳！我看來找獨角獸或是龍算了，你看怎麼樣？」

「你怎麼這麼喜歡耍嘴皮……」

「閉嘴！現在除了這兩隻腳……我們沒有其他可以騎的東西了。所以快給我站起來……好嗎？」

講是這樣講，可是我根本連一點點站起來的力氣也沒有。真的要騎著這兩隻腳跑嗎？要是可以乘風而去的話，要是可以就這樣張開翅膀飛走的話……風？等一下。乘風？

「呃，等一下！你不是知道怎麼叫風之僕人出來嗎？」

我的期待幻滅了，涅克斯用輕蔑的眼神瞪著我說道：

「你……這個乳臭未乾的小子！咳！你要我用現在的身體狀況做祈禱嗎？神力雖然是神的力量，咳！咳。但是用來行使那種神力的東西……是我的身體啊！」

「真是的，需要的時候卻不能使用的力量……要它幹嘛！起來吧。因為我們還有從一出生就得到的禮物……天生的移動工具。」

現在的精神狀況就好像用馬槽在喝酒一樣。一站起身來便頭暈目眩，完全失去了平衡感。我彎下腰，調整一下呼吸。涅克斯面色蒼白地注視著我。我把手伸了出去。

涅克斯一看到我的手，便費力地把手舉了起來。我一把抓起他的手拉他起來。涅克斯果然也是一站起身來，很吃力地花了一段時間在調整呼吸，然後他注視著我說道：

「到什麼時候為止呢？」

「你在說什麼？」

「我是指我們的休戰。我們要休戰到什麼時候？」

「剛才白天的時候來救你……咳，從跑來的時候開始，我就已經永遠休戰了呀。」

涅克斯眼神黯淡地瞪著我說道：

「因為我一個人脫逃是不可能的，所以我才救你。可是我……咳！你這小子為了要幫我……應該不會說謊吧。」

涅克斯瞪著我轉眼便說道：

「等到安全的時候，我就立刻殺了你。知道了嗎？」

「為什麼？」

「你說什麼？」

「你不是說了嗎……你什麼感覺也沒有……所以應該是連對我的憎惡也想不起來……才是啊。就算你沒有任何的憎惡……也想把我給殺了嗎？」

涅克斯一時猶豫了起來。這個瘋掉的傢伙。他那種猶豫的動作便說明一切了。

我稍微調整了一下呼吸說道：

「做你想做的吧。你一想到要殺了我的時候……咳！那就是你這傢伙恢復正常的時候了……到時就沒有永遠的休戰了。現在我要說的話……都說完了。」

「很好。現在要往哪裡走？」

「往那個都市……咳、咳。在這種荒涼的地方要找到馬，就只有那裡了，不是嗎？」

「哼嗯！……沒其他法子了。」

我緊抓著涅克斯的手臂。涅克斯有點害怕，要抽出手臂來，但是我輕輕地拉起他的手臂靠到我的肩膀上來。涅克斯停了下來，定在原地看著我。

「你不走啊？」

「走吧。」

真是黑得要命的夜晚。這不是夜晚，而是叫地獄才對。

黑漆漆的空間似乎永遠沒有盡頭，張開眼看也看不到任何一點星光。難道是因為被半獸人打，又被捆綁了一整天的關係，眼睛才看不清楚嗎？目力所及之處，僅有遠方燃燒著刺眼的火焰光芒。看著那道火光，好似覺得四周都被照亮了起來，我們像是飛蛾撲火般奔向它。

「我們去那裡把火給滅了吧。」

涅克斯沒有回答。他每走一步路，都像是在走他這人生的最後一步路。每當他搖搖晃晃的時候，我就會重心不穩地跌倒在地上。連續幾次臉部撞擊在硬邦邦的土地上，原本不再感覺到任何痛楚的身體竟又重新感受到了痛苦。這傢伙怎麼變得這麼難搞？難不成他從永恆森林一路跑到這裡，才變成這副德行嗎？

「你們……在離開那裡之後，就跑到這裡來了嗎？」

「……」

涅克斯不知道要回答什麼才好。不過他倒是稍微點了點頭的樣子。

「我的天啊。怎麼辦到的？怎麼在三天之內足足跑了四十五萬肘之遠的路程呢？」

涅克斯再度閉上了嘴。但他是人嗎？怎麼可能在三天之內走完那樣的行程呢？就在這個時候，涅克斯的手臂滑了下來，身體向前倒下。

「呵，咳！」

涅克斯一倒下，我也就失去了倚靠的對象，一起倒了下來。砰砰！啊啊！我才在想星星都到哪裡去了，原來就在我的眼前啊？真是的。我倒在涅克斯的身上，一邊摸著重重地撞到地面的臉龐，一邊說道：

「喂，你，沒關係嗎？」

「……給我滾開。」

「好，我讓開了。可是你真的沒有關係嗎？」

「……稍微，稍微歇一下再走吧。」

「歇什麼歇啊。待在這種地方，這種身體狀況一直下去的話，就可以永遠安息了啦。繼續走比較好吧？」

「我走不動了……真是的。」

「你真是！」

這下子可糟了。四方是一望無際的荒野，除了漆黑的暗夜，沒有任何東西可以遮蔽身體的地方。半獸人們的夜間視力良好嗎？果真如此的話，那暗夜這個遮蔽物也沒什麼用了。在這種荒涼的地方，要怎麼樣才躲得起來呢……

樹木？

我慌張地轉過頭去，在眼前出現了一棵巨大的大樹。那是什麼呢？我再仔細一瞧，才確定那是半獸人拖過來的攻城錘。這麼說來，那就是被亞夫奈德破壞掉的……哦？我們已經走了這麼遠了嗎？那離城牆外沒多遠的距離了。當然對現在的我們來說，是遙不可及的距離。

「喂，涅克斯。涅克斯！那裡有個洞，我們就走到那裡吧。在那裡休息一下，一大早再潛進城裡去吧。」

涅克斯雖然沒有回話，不過躺著的他已經費力地舉起手來。我無視於雙腿發軟到快走不動，一鼓作氣把他拉起來。要走到那個被挖掘術所弄出來的坑洞需要……二十步？三十步？

真是的。在一團漆黑裡，一點距離感都沒有了。不，在一望無際的荒野裡，即使是尖尖突起來的東西，靠得很近也感覺不出來的。反正要走到那裡大約要十分鐘。在結束了這地獄般的十分鐘後，我和涅克斯像是掉入了愛人的墳墓般的少女，走進了洞窟裡……這樣形容實在是太過文雅了。要說是走進去的，不如說是掉進去的來得更貼切些。

「咳……咳咳咳！咯！」

涅克斯滾到洞裡，一邊發出了嘶破喉嚨的哀號聲。

「怎麼啦？怎麼會這樣？」

「混蛋……我撞到攻城錘了。」

「是攻城錘還好，沒撞到大刀就萬幸了。」

我挖苦完他之後，便從洞口伸出頭來探視外頭的那片荒野。不知怎地，怎麼覺得自己簡直像隻地鼠一樣。我以自己的視野高度很仔細地觀察那片荒野，但是什麼也沒看到。城牆那一個方向仍然是一片火焰竄升至天空。看來是半獸人們的夜襲成功了吧。因為若光只是拿著火把，是不可能會出現那樣的火光的。那種好像是卡納丁市全城都燒起來的火光。再加上不曉得是不是被城牆擋住的關係，從天空中可以看到那種在半空中突然出現、令人害怕的火光。

那聲響呢？我定下來仔細聽，可以很清楚地分辨出尖叫和槍劍相碰的聲音。這些混蛋。我們的一行人不知道怎麼樣了？

我再次轉過身，往洞裡順著滑進去。雖然這只是個雙腳不使力，只將重心擺在身體上的滑行動作，現在對我來說卻是最方便的方法了。雖然這樣會讓全身上下痛得不得了，眼淚直流不停。黑漆漆的洞裡什麼也看不到。

「喂，涅克斯。我們現在在哪裡？」

「在洞裡啊。」

「啊，謝了。」

涅克斯的聲音是從左前方傳來的。我背靠著洞壁說道：

「睡著的話是不行的，知道了沒？現在天氣冷得要命，這種晚上，在這種地方，帶著這種身體睡著的話，很容易就會喪失體溫的。」

「有你這個多嘴的傢伙在……怎麼可能睡得著？」

「你要謝謝我吧？」

「你這個混蛋小子……」

「你講故事給我聽好了。關於八星的故事。」

涅克斯沒有回答。等著瞧吧，你不過是被我操控的玩偶罷了。

「我說那個希歐娜啊……」

「你說什麼？」

涅克斯真的是可憐到極點地急忙問我。我會不會太殘忍了？

「我聽說她是個很出色的間諜。而且還是個吸血鬼。」

「等一下！你說她是吸血鬼？不是人類嗎？」

「是啊。不是人類，是吸血鬼。」

「我的天啊。是這樣嗎？那個叫希歐娜的……是女的嗎？」

「是女的。」

「是嗎……」

「現在換你回答我的問題了，這就像有一點交換條件的感覺。我問你，什麼是八星？」

「……我不是說過了嗎。它是決定種族生存滅絕的東西。」

「它們沒有自我意識嗎？」

「是的……沒有自我意識，所以跟劍是一樣的。咳！雖然劍可以完全殺死敵人……但並不是由劍本身來選擇……它要殺死的對象。」
「很好。我知道了。那麼誰才可以使用八星呢？有八星主人嗎？」
「好像有。」
「你怎麼知道真的有主人呢？」
涅克斯沒有回答。看不到那傢伙的臉真是感覺不對勁。
「喂，你怎麼知道……」
「你這個大笨蛋！神龍王不就是幾乎可以壓制住所有的種族了嗎？明明知道，還問這種笨問題……呵，咳！咳咳！」
哦？他在說什麼？這和神龍王支配所有種族一事有關聯嗎？
「等一下！什麼呀，這是什麼話？你是說，因為神龍王在三百年前擁有過八星，所以支配了所有的種族……的意思嗎？」
涅克斯繼續乾咳了幾聲，好不容易鎮定下來後說道：
「是啊。你這個腦袋只能拿來當球踢，腦筋一片空白的小子。」
「哦，哦？可是神龍王還是沒辦法支配矮人和精靈啊。」
「可是矮人和精靈也沒辦法壓制住神龍王！你這個笨蛋。我不知道精靈是如何，但是寧可死也不願受支配的矮人對神龍王而言，是無法……咳！」
「無法相信的盟友，卻也是不受牽制的敵人。你要說這個嗎？」
「你……還滿有學識的嘛，真令人意外。」
那是因為從小就接受了賀坦特的讀書人卡爾，無數次傳授的福音。
「是這麼一回事嗎？因為神龍王擁有那八星，所以所有的種族就必須向牠下跪屈服嗎？但如果是這樣的話，為什麼精靈或矮人能不服從呢？」
「精靈是優比涅的幼小孩子，咳，他們原本就是個沒有服從概念的……種族。還有矮人非常固執，要他們服從……也是不可能的。」
「喂。你不是說帶著那個什麼八星來著的東西，就可以決定那個種族的創生滅絕與否嗎？那麼，怎麼不滅絕掉不服從的矮人或精靈呢？」
「因為神龍王比你這種……乳臭未乾的小子要有智慧得多了。」
「雖然你不是要稱讚我，但是我就當作你是在稱讚好了。我當然接受你對我年紀尚輕的稱讚。神龍王很有智慧是什麼意思呢？」
「這世界上不存在沒有任何理由就誕生的種族。所有的萬物是彼此依賴的。這就是世界。」
「聽起來好像是優比涅的話？」
「是啊……要是因為討厭看到蝙蝠，就把所有蝙蝠滅絕掉的話，那麼隔天這個世界上的昆蟲就會快速地增長。那些昆蟲……唔，咳，不曉得會不會把別的動物給滅絕掉。神龍王雖然……知道牠無法使矮人和精靈服從，但因為牠的智慧，咳！並沒有滅絕掉所有的矮人或精靈……只是用牠的力量壓制住他們罷了。」
「我可以理解了。精靈或矮人分明是這世上的一部分，要是他們消失掉的話，不知道這個世界會變成什麼樣子……是這個意思吧？」
「沒錯……」
涅克斯的回答像是嘆了一口氣似的。我為了讓混沌的腦袋清醒些，用雙手猛力搖晃頭部，但是神智依舊不清楚，腦筋一片混亂。
「這件事情……實在是令人無法相信……」

涅克斯根本不管我在喃喃自語什麼，他繼續說道：

「為了要脫離神龍王的支配……路坦尼歐大王決定要奪取那八星……就和神龍王打起仗來了。那個戰爭狂，騎士道的盲信者……還幫自己的屬下取了『八星的追尋者』這種可笑的封號……」

「你說什麼？」

「沒聽到的話就算了！」

「喂，你說路坦尼歐大王是什麼？戰爭狂，騎士道的盲信者？」

「是啊，怎麼？我說錯了嗎？」

「……你要用那種角度看事情的話，也好，隨你高興。那麼在三百年前到底發生了什麼事？神龍王被打敗後，那些星星們淪落到哪裡去了？」

涅克斯再次不做回答。我焦躁不安地大叫一聲：

「喂！你說啊！」

「我不知道……亨德列克失望了之後……那些星星很明顯都被毀了……除了其中的一顆星以外。」

「喂，等一下！你說了這麼多，裡面我一句也沒聽懂！你說亨德列克失望了？星星都被毀了？還說只有一顆星星沒被毀掉？」

涅克斯沒有回答。在黑暗之中，我只聽到呻吟聲和咳嗽聲。

「喂！」

「吵死了，你、你這傢伙……我很累……太、太累了。」

我感到一股恐怖的氣氛。我在黑暗之中摸索著涅克斯的身體，不久後，就摸到了像屍體一樣僵硬冰冷的身體。他不斷地發抖，我一摸他額頭，發現他正在發高燒。

「怎麼回事？身體這麼冰冷，頭怎麼這麼燙？」

「手……放開。頭很痛……」

涅克斯像在說夢話一樣地喃喃自語著。他的眼睛周圍和額頭熱得發燙，但是身體因為冰冷的關係，只不住地顫抖著。真是的，這下子該怎麼辦？沒有毛毯嗎？該起個火嗎？我管不了那麼多，就開始摩擦涅克斯的身體了。

「你醒醒啊！你這傢伙！你是為了要死在這裡才跑來的嗎？你就算死了，我也不會難過的！但是這世上有人會對獨一無二的你死掉感到惋惜的！」

「……你在說我嗎？唔唔唔……涅克斯・修利哲嗎？他……死了。涅克斯的五分之三……永遠消失了。」

「混蛋，那我在這裡按摩的這傢伙是誰？」

「……這個？這一塊……是人類碎片……呃啊！咯啊！為了假裝自己不是殘缺的碎塊……也不知道理由就想要毀滅掉一個國家……也不知道理由就想要把一個瘋小子……給殺死……我是世上最悲慘的……垃圾……」

「還有力氣講話的話就動一下吧！這和死不死沒關係，知道嗎？你死不死掉都和我毫無關係！但是不要死在我面前。我絕不會原諒你！」

「沒有……感情……沒有……記憶……因為必須……殺死……」

這傢伙，我知道他在說什麼了。你這傢伙因為喪失了過去，所以自我也在漸漸喪失當中。我早就知道了啦！

「那你繼續恨我好了！如果一定要這樣你才不會忘了你自己的話，那就隨你的意思恨我吧！

有沒有理由，有那麼重要嗎？」
我雖然全身直冒汗，卻也忍不住地在發抖。但是我沒有停止按摩涅克斯的身體。他僵硬的身體好像比較柔軟了。從嘴裡慢慢吐出一些暖和的氣息同時，視野周圍出現一閃一閃的小光點來。我的太陽穴好似要爆開來，眼皮一直跳。真是個令人難以忘懷的夜晚。
「你快打起精神來！」
「你那張……大嘴，快給我……閉起來。周圍的半獸人……半獸人會跑到這裡來的。」
「哎喲？你現在在擔心我啊？還有那種力氣的話，先擔心你自己吧！我絕對不會讓你死在我面前，你這個混蛋傢伙！我要讓你活下來，然後兩道眼淚直流，哭著向我懺悔！我要讓你恢復所有記憶！你這就算被雷公劈死也罪有應得的傢伙，給我站起來！」
我抓住涅克斯的頸子，然後猛力地前後搖晃。我自己也有些嚇到了，自己竟然還有這種力氣在呢。但是這樣的舉動是理性的嗎？該讓這傢伙就留在這裡好，還是這樣子搖他比較好呢？但是就讓他這樣躺著的話，好像必死無疑。躺在黑暗之中的涅克斯的模樣讓我聯想到了屍體。我不知該怎麼辦，只好猛搖他的身體。真是的，要是傑倫特在這裡的話……咦？
「喂，喂，等一下！你不是祭司嗎？雖然很蹩腳，但也好歹是個祭司不是嗎？你沒法子治療你自己嗎？」
「我不行……這三天裡，體力……消耗得……太多了。拜託……不要再搖了。」
「管你三天還四天，為什麼不行！快點治療！做祈禱！」
「神可以賜與……的東西……原本就是人類所擁有……的東西……」
「別說那麼多廢話，快給我祈禱！我叫你快祈禱！」
「所以……祈禱……是去發現自己……」

「做祈禱！」

「發現自己身上的……珍貴……好黑哦……」

「咳！」

我現在每咳一次，整個胸膛就好像要裂開來一樣，連動一動頭部的力氣都沒有。我束手無策地看著天空。那是一片寬闊的天空。我變成了地上的一小點在望著它。我把天上的每部分和我的臉孔做了聯想。

我的額頭環繞著紫色的雲氣。泥塊和汗水凝固在一起，像一粒粒葡萄一樣懸掛在頭髮上，有一根頭髮黏在左邊眉毛的上方，眼睛看出去，恰好將天空切成兩半。可能是因為左邊的眼睛腫到不能再腫了，用左眼看出去的天空竟是扭曲變形的模樣。左邊升起的星星猶如虛幻的景象。

我的眉間像是罩了一層雲。一直沒瞧見的星星現在看到了一顆。星星一閃一閃地，然後又鑽到雲層裡，消失不見了。

我看著右邊的鼻梁。鼻梁上有著紅色的光暈。看來是從卡納丁那裡升起的火光吧。我走不到那裡，只能在這裡躺著了。我覺得鼻梁上好像也升起了火光一樣。是鼻子著火了嗎？

「咯……咳！咳，咳！」

我全身的肋骨都在大聲抗議似的。因為現在精神比較清醒了，所以更加覺得疼痛。為了讓心情平靜下來，現在唯一能做的，就是去想想別的事情。

所以我試著讓右臉頰不停抽動。結果，在早晨的曙光裡，涅克斯的身影就不斷反覆地出現、消失。

涅克斯動也不動地躺著。

他的身體像是秋收後的稻草人被丟在田裡，僵硬地一動也不能動，洞裡的黑色土塊掉落在他的肩膀和胸前。那是我最後一次讓他平躺在那裡的時候掉下的土塊。他躺著的模樣依然沒變，四肢開開地倒在那裡。一動也不動。

他死了。就在我眼前。我就當他安息前的見證人吧。

「……咳。」

我像是胸口被刀子劃開般痛苦地看著涅克斯的臉。在黑暗中，他那張蒼白的臉看起來很顯眼。

你到底是為了什麼而活呢？你是個喪失了過去、只能過著不完整的現在的迷途羔羊啊。你的現在，是聳立在叫做「過去」的雲層之上的塔。但是你的塔沒有階梯，飄浮在空中。用你的固執和猜測，卻還是無法完成你的過去。如此就倒下的你，到底在想些什麼呢？

屍體會做什麼夢呢？不管怎麼說，他做夢的時間是永遠不會結束了。

我眼前突然浮現了哈斯勒的臉。怎麼回事？這個人的主人現在倒在這裡了。你不要用那種眼神看我。人不是我殺的。他是自己死掉的。而且是我把他拖到這裡來的，還費盡了所有的力氣。可是涅克斯死了。這種情形你能說我什麼嗎？

哈斯勒的臉消失了。真是個永遠都不輕易開口的男子。你大概從出生到現在所講的話加起來，可能比傑米妮一天講的話還少哦？嘿嘿嘿嘿……

傑米妮。妳還在等我嗎？妳在想我嗎？現在的妳應該正在酣甜地熟睡中吧。在平靜的安詳之中熟睡吧。哦，對了！妳現在一定是踢開了被子，把那像小鹿腳的小腿任意地亂擺，兩隻手像是要把整個夜空拉下來抱住似的張開著，然後鼻子還在打鼾吧。妳以前睡覺就是這副德行。那個從前鼻水流下來還會去舔舔它的傑米妮，就是這個樣子。

「嘻，嘻！唔嘿嘿……咳！唔啊啊……哈！」

妳要記得我，傑米妮。妳的愛人，為了要拯救大陸危機，在無名的荒野、無數的山脈，還有在地底下的美麗大迷宮中迷途穿梭過。總而言之，這是很愚蠢的。我應該睡在自己熟悉的床上，欣喜迎接每個早晨，白天用雙手模仿神的工作，等到夕陽餘暉籠罩大地的時候，再來好好地想最令人煩惱的事，也就是晚餐要吃什麼，這樣子活才對嘛。現在這樣一點也不適合我，而且還是躺在東部林地的荒野上等死呢。我真是個沒藥救的傢伙，不是嗎？哈哈哈。請妳幫我轉達給世上的所有女孩，年輕不懂事的那種情人是沒有擔當的，千萬不要和他們交往。

我又看到了涅克斯的臉了。

他的臉上布滿了霜。原來快要天亮了啊。時間常常丟下我，自顧自地向前溜走呢。我獨自停在這裡，難道屬於我的時間都用盡了嗎？

好睏哦。

好睏哦。

「修奇！」

妳也死了嗎？昨天晚上，半獸人夜襲卡納丁市了吧。昨天？什麼是昨天？現在時間對我來說已經沒有任何意義了。不是嗎，妮莉亞？

「修奇！修奇！修奇！」

某個名字被叫了三次的話，那個名字的所有權就會永遠歸那人所有了。我的名字並不是一生下來就是我的。我不會去叫自己的名字。我的名字通常是別人在叫的。沒錯。我一離開，只有名字還會留在你們身旁吧。神龍王錯了，我們不是不死的生命。只有我們的名字是不死的……

「修奇！」

我感到周圍有一股溫暖又安穩的感覺。好溫暖好溫暖。現在連自己身在何方都不知道，喪失了所有的重量感。但是有人正在揉捏我的身體。我終於知道我的身體在哪裡了。這感覺真好。在那裡，再稍微上面一點……在空中晃動的紅髮美麗地甩動著。然後那下面是窄窄的額頭，大大的眼睛，說它是突起又不算太突起的頰骨。真是一張美麗的臉……

「妮莉亞？」

「哦！修奇！醒來了！唔哇哇！」

咳！妮莉亞馬上撲向我，她的胸部強力地壓上我的胸部。妮莉亞緊抱著我，哇哇大哭，不斷地搓著我的雙頰。雖然還不至於到生她氣的地步，但是我快喘不過氣來了。

「我沒……沒辦法呼吸！」

妮莉亞滿臉淚水地抬起頭。但是這並不代表我已經獲得自由了。妮莉亞捏著我的雙頰，讓我來不及呼吸地對著我猛親。

「呃！呃呃！別鬧了！」

「你還活著！你這討人厭的！你活著啊！唔哇！你這討人喜歡的小子！唔哇！」

「是討人厭的，還是討人喜歡的？」

「兩個都是！」

「這是哪裡？萬一這裡不是現實的世界，而是死後的世界，妳就別故意隱藏事實，然後用眼神說著『你猜到啦？』，我希望妳坦白告訴我……」

「你醒了之後，怎麼腦筋變得這麼複雜了！」

這是艾賽韓德大叫大喊的聲音。我把頭往旁邊一撇，果然看到了一張紅通通的、淚流滿面又努力要掩飾的艾賽韓德那張滿是皺紋的臉。後面是把手輕輕搭在艾賽韓德肩膀上的亞夫奈德的臉。

「醒了嗎？太好了。」

此時從亞夫奈德的背後傳來了一聲高喊聲。

「他醒了？修奇醒了嗎？他醒了嗎？」

亞夫奈德被全力跑過來的蕾妮推到一旁去也沒生氣，只是微微笑著。蕾妮低頭看了我一眼，馬上就趴在我蓋的被子上面哭了起來。

「唔哇哇！我多麼擔心啊！你活下來了！你這個壞……不。你活下來太好了。唔哇哇！」

我該怎麼辦？我不好意思地向下看著趴在我胸前的蕾妮那頭紅髮，就抬起了右手。當我慢慢地撫摸著她的頭髮時，蕾妮抬起了她那滿是淚水的臉看著我。

「蕾妮……」

「嗯，修奇。」

「……噗呃……嘻，噗哈哈哈！擦擦眼淚吧！唔嘿嘿嘿！哎喲，羞死人了！」

「什……麼？你這個壞蛋！」

「不、不，不是啦。開玩笑的啦。咯咯咯咯！拜，哦，拜託！把妳的眼淚擦一下。妳的臉，妳的臉！咯啊，哈哈哈哈！」

蕾妮雖然用力地在我胸前揍了兩拳，但還是沒法讓我停止發笑。活下來這件事太令人興奮了。蕾妮打了我之後，又急忙抓著自己的手，蹦蹦跳跳地跑掉，看到她那個樣子，我差點笑到滾下床了。

好不容易忍住不笑，向四周一看，才知道我躺著的地方好像是在某個房間裡面。看起來非常乾淨整潔，不像是旅館的房間。不管是採光良好的窗戶，還是窗簾，甚至是牆壁和柱子的模樣，看起來就像在大宅邸的房間裡一樣。這到底是哪裡呢？我躺著的床旁邊有一張長椅，在那張長椅上，傑倫特正躺在那裡打鼾呢。還有卡爾、杉森、吉西恩、溫柴到哪去了？

「噗哈，哈。稍微冷靜下來了。怎麼回事？在我失去意識的時候發生了什麼事情嗎，妮莉亞？」

妮莉亞一邊擦乾眼淚（她也是看到蕾妮那副模樣而大笑出來，所以蕾妮現在氣得臉頰都鼓起來了）一邊坐到床前。

「嗯。今天早上我們出城的時候，在坑洞裡找到你。我們差點就沒有看到你，因為早晨厚厚的濃霧，再加上你全身上下又像個泥人似的，硬邦邦地躺在坑洞裡。幸好艾賽韓德聽到了你的呻吟聲。」

「啊……謝謝你，艾賽韓德。」

「沒什麼啦。呻吟得那麼大聲，是矮人的話當然聽得到。」

艾賽韓德摸著鬍子說道。這時候我突然想起一件事。

「哦，等一下。那麼這裡是卡納丁城內嗎？」

「是啊。這裡是市長的宅邸。」

「等等，等等！昨天晚上半獸人沒有夜襲卡納丁嗎？」

艾賽韓德突然很殘忍地開始笑了起來。「呃哈哈哈！」而亞夫奈德也露出微笑，說道：

「當然有夜襲我們。那些夜襲的半獸人之中存活下來的，大概只剩不到十個吧。」

「什麼？」

亞夫奈德拉了把椅子過來坐下，開始向我說明昨天下午到晚上之間發生的事。蕾妮和妮莉亞坐在床上，艾賽韓德則坐在地板上，幫著亞夫奈德說明整個事件經過。

07

「修奇還沒有跟上來！」

杉森如此高喊著。他原本想要把馬匹掉過頭去，可是無法緊急停止已經用全速奔馳好一陣子的馬匹。所以一行人是在進到城門裡面之後才停下來的。在城門外面，那些半獸人可怕地逼近著。卡爾咬牙切齒地說道：

「糟糕！警備隊員！把城門關上！趕快！」

杉森用難以置信的表情看了看卡爾。

「不，不行！不要關門！」

杉森想要直接衝出去，可是卡爾很快地擋在他面前。杉森像是要直接推擠過去似的咆哮著：

「我們救了這幾個傢伙，卻要放棄修奇！不，絕對不可以！」

可是卡爾以堅持的表情，冷靜地說：

「現在如果開著城門，卡納丁的市民們會落得什麼下場？」

杉森只好閉上嘴巴。他無力地下了馬匹，然後城門就被關上了。妮莉亞跑向城門，用力敲著已經關上的城門。

「啊啊！我才不管市民會怎樣！現在趕快開城門！快開門！」

警備隊員們個個面帶沉重的表情，不理會妮莉亞，而且依舊沒有打開城門。妮莉亞號啕痛哭著：

「修奇——！啊啊！修奇！」

吉西恩灑著淚水往城牆上面走去；杉森則是一屁股坐在地上，面帶悲痛，茫然地低頭看著地面。溫柴直挺挺地站在稍遠的地方，從地上撿了幾根乾草在擦拭他的劍，但他的手卻在顫抖著。卡爾則是抬起頭一直望著天空。從城門外面雖然傳來了我的高喊聲，但隨即爆出一陣半獸人的歡呼，壓過了我的高喊。妮莉亞一面敲著城門一面發出尖叫，使得抬頭看天空的卡爾忍不住用雙手掩蓋耳朵。

就在這時候，傳來了吉西恩的大喊聲：

「修奇沒有死！」

妮莉亞和杉森表情驚訝地抬頭看城門上面。吉西恩不知何時已經登到城牆上面了，他指著城牆外面，一邊喘氣一邊說道：

「他被那些半獸人抓了起來！可是還沒有被殺死！」

「什麼？」

此時，一行人卻犯了一個無法挽回的錯誤。他們一聽到我還活著的消息，在驚訝之餘全都忘了哈斯勒和賈克的存在，就朝著城牆上面急奔而去了。

「難道……就連卡爾也是？」

「是啊。那時候，就連卡爾先生也趕緊跑上城塔的階梯。你實在應該親眼看看他們的速度。哈哈。」

亞夫奈德一邊笑著，一邊說道，然後艾賽韓德就用手摸著鬍鬚，再說道：

「當時我看著城牆下面，看到卡爾、杉森、吉西恩、溫柴，以及妮莉亞從城牆下面跑上來，我正想大喊，可是已經來不及了。哈斯勒和賈克很快就溜走了。我能做的就只是一直朝著下面大吼大叫。」

亞夫奈德點了點頭，說道：

「沒錯。我聽到艾賽韓德先生大喊『快抓住那兩個傢伙！』就趕緊回頭看，這時他們兩個正往市區方向逃走。警備隊員們雖然想要追，卻還是讓他們逃了。警備隊員們在都市裡到處搜查過，但沒有找到他們的蹤影。」

「哼嗯。那個賈克原本就是個盜賊，應該很會躲藏。而哈斯勒也不是泛泛之輩。」

妮莉亞摸了一下自己的臉頰，說道：

「嗯。我們一聽到你還活著的消息，一時之間都慌了。我不知道該下去追哈斯勒和賈克，還是去城牆上面確定你還活著，當時心裡很混亂。就連卡爾叔叔也是一副猶豫不決的表情。」

「真是的。然後呢，後來怎麼樣了？」

當時卡爾雖然急得跌了一跤，但這並沒有耽誤他多少時間。他朝著天空罵了幾句之後，就已經抵達城牆上面觀察我的情形了。大家看著我和那些半獸人打鬥，全都緊張萬分，天氣雖然寒冷，但還是都緊張得汗流浹背。最後看到我和涅克斯被那些半獸人拖走的時候，卡爾安心地嘆了一口氣，說道：

「他沒有死就好。只要我們救出他就行了。」

他的聲音聽起來好像是要讓自己安心。杉森點了點頭，說道：

「好。現在該怎麼辦呢？」

「我們先想出辦法再說。」

就這樣，大家努力地想辦法，一個下午的時間很快就過去。

在黃昏天色變得朦朧的時候，城門上面的警備隊員發現一枝箭從城外飛來。箭矢上面綁著一封信，於是，那個士兵就將那封信交到作為戰鬥指揮所的野戰帳篷裡。一行人聚在野戰帳篷裡一會兒之後，才和克雷布林隊長一起看了那封信。

克雷布林隊長讀那封信讀到一半，表情變得十分慌張。一行人全都以好奇的表情焦躁地等待，不久，隊長就把信遞給卡爾。

卡爾開始唸出信的內容。

「『我是』……？上面寫著『怪物蠟燭匠』，然後又劃了一條線把它刪掉了。哼嗯。不管怎麼樣，上面是寫著『我是修奇。我逃走。在晚上的時候打開城門，我進去。』」

突然間，作戰指揮所陷入了一片寂靜之中。打破這寂靜的則是傑倫特爆發出來的笑聲。

「噗呵嘻呵嘻哈嘻嘿嘿嘿！」

傑倫特放聲笑出一陣不像人類的笑聲，吉西恩則是敲了溫柴的肩膀好幾下。就連溫柴也稍微轉頭露出苦笑，妮莉亞則是表情呆愣地拿走卡爾手上的信之後，仔細讀了起來。艾賽韓德一點也不顧體面，乾脆就笑得滾到地板上了，不過當時沒有人想要去在乎他。杉森一屁股坐到椅子上，笑得都快喘不過氣，亞夫奈德則是用手撐著桌子，咯咯笑個不停。蕾妮慌張地看了大家之後，小心地問道：

「嗯，嗯，那麼修奇已經逃走了嗎？」

「咯哈哈哈哈！蕾、蕾妮小姐！這個是半、半獸人的傑作啊。哈哈哈哈哈！」

傑倫特坐在椅子上，像是快摔落下去似的說道。蕾妮圓睜著眼睛，看了一下周圍所有人的反應。

「什麼意思……？」

卡爾按著額頭，笑著說：

「呵，呵呵，噗呵呵。半獸人用這種主意……是很不錯的戰略。可是這種……破爛文筆卻是一個很糟糕的錯誤啊。呵呵呵。」

妮莉亞還是一副懷疑的表情看完了信的內容，然後將信拿給杉森。

「杉森，杉森！這不是修奇的字嗎？」

「沒有必要看字跡，咯嘻！好吧，我看、我看一下。咯嘻嘻嘻！哦，我的天啊。這不是修奇的字。不過這個半獸人寫的字，寫得、還滿不錯的……噗哈哈哈！」

「不是修奇寫的嗎？哎呀！我真搞糊塗了。請告訴我這是怎麼一回事。」

蕾妮不知所措的模樣，只是讓周圍的人的笑聲更加大聲而已。蕾妮鼓脹著臉頰，盯著大家看，卡爾這才好不容易一面鎮定下來一面說道：

「那些半獸人想讓我們以為修奇已經逃走了，蕾妮小姐。然後牠們想讓我們在半夜裡打開城門。如果開了城門，半獸人就會立刻衝進來，牠們的想法可能是這樣。這個戰略很不錯。不，應該可以說是很了不起的戰略。只是，只是……」

卡爾指著杉森手中的信，說道：

「這……這種可憐的文筆……哈哈哈！」

克雷布林隊長一直都還笑不出來，那時候他終於爆出了笑聲。至於阿南德則是驚訝地伸出舌頭說道：

「哇啊！這種方法真是狡猾！我簡直不敢相信這是半獸人的頭腦想出來的。」

「那些半獸人要是文筆再好一點，我們豈不就上當了。哈哈哈。」

「不對，應該說如果修奇的文筆再差一點，我們就會上當了，嘻嘻嘻嘻！」

大家就這樣不斷地嘲諷半獸人的計謀。等到大家笑得都沒有力氣再笑的時候，卡爾便開始擬定作戰計畫。

「好。我們在半夜裡把城門打開吧。」

克雷布林隊長很高興地答道：

「是！遵命。您是不是想反過來利用半獸人的戰略？」

「是的。隊長你已經知道我的用意，那我就不多說了。呵呵。請隊長自行分配部隊的位置。至於我們，當然也會幫忙到底。請儘管吩咐。」

「是。」

克雷布林隊長用輕快的動作站起來，就跑向警備隊員們那邊，開始準備相關事宜。

「哇……我的天啊。」

艾賽韓德一聽到我的驚嘆聲，就又再爆笑出來。妮莉亞咯咯笑個不停，亞夫奈德則是笑著說：

「嗯，就是這麼一回事。接下來的事情就簡單了。克雷布林隊長向城門附近的所有居民說明原因之後，在每一戶人家都埋伏了士兵。在阿南德先生和卡爾先生的指揮之下，士兵們各就各位，準備妥當。」

「他也表現得很不錯啊。哈哈哈！」

亞夫奈德一聽到艾賽韓德這麼說，有些不好意思地笑著說道：

「您太過獎了。嗯。我是在城門往市區的大路上稍微幫了忙。可是其他人才是更加辛苦。警備隊員們連晚餐都沒吃，一直挨餓做陷阱。弓箭手也全都爬到屋頂或屋簷上就定位，簡直可以說是準備盛大歡迎。一切就緒之後，再來就簡單了。在半夜裡，聽到有人敲門的時候……哈哈哈！當時的對話真是了不起。」

「了不起？」

「杉森和吉西恩一直在城門旁邊等待。到了半夜很晚的時候，聽到有人敲城門。杉森忍住笑聲，還問了一句『是修奇嗎？』，但沒有聽到回答，而是聽到更大的敲門聲。杉森和吉西恩於是就把城門的橫木拿了下來，並且很快往後退。」

「然後半獸人就硬闖進來了，是嗎？」

「沒錯，你說對了。那些半獸人一邊喊叫著，一邊如波濤般洶湧而來。牠們可能是認為戰略成功了，所以就氣勢磅礴地闖進來。可是在前頭的半獸人一下子就驚慌了起來——因為城裡根本看不到一個人。」

「哼嗯。」

「是的。幾乎是整群半獸人都進城後，牠們才發現到不對勁的地方。可是從後面推擠進來的力量實在太大了，根本無法停住腳步。這時候，在前頭的那些半獸人開始一個個掉進陷阱。而那些埋伏著的警備隊員則是溜到半獸人的後面，封鎖住城門。那些半獸人瘋狂地想抵抗，但是已經氣勢大減。從四面八方的屋頂上面，弓箭手們開始射出火箭，每間房子裡也都衝出了警備隊員。半獸人當然很想衝破包圍陣式，可是警備隊員們對城裡的道路比半獸人還要熟悉。所以套用一句阿南德先生說的話：這就像是在自家後院打鬥。那些半獸人被推往陷阱方向，都陷入了一片混亂……修奇你聽了不要驚訝。艾賽韓德當時負責一條巷道，還砍殺了三十二隻半獸人呢！」

「是三十三隻！」

「艾賽韓德……最後那一隻是吉西恩撂倒的，不是嗎？」

「可是那傢伙還想站起來啊！」

「呼。哈哈，是。我知道了。是三十三隻，修奇。」

「哼嗯。你怎麼還沒有說你那個壯觀的火球呢，亞夫奈德？」

「咦？哈哈。比起其他人的表現，我的實在是不算什麼。安提哥爾市長還告訴我們，私人財產即使損壞也會得到補償，命令不要在意民宅。居民們老早就已搬著貴重的東西到別的地方避難了。所以警備隊員們將半獸人趕到民宅放火，用這種方式也消滅了許多半獸人。火花、喊叫聲、到處揮舞的警備隊員長槍，還有不斷飛射出來，簡直快要覆蓋住夜空的箭矢，以及遍地塌陷下去的陷阱，在這種情勢之下，半獸人當然也就很難再維持士氣了。」

「啊……場面一定很壯觀吧。」

「嗯。到了天亮的時候，攻進卡納丁的半獸人大概只剩下不到十隻活著。那幾隻逃到市區裡，所以卡爾和其他人，以及警備隊員們一起去追捕牠們。我們則出城去找你，結果就在坑洞裡看到你。」

啊。原來是這麼一回事。所以當時我才會看到有火焰直竄天際。我點了點頭，說道：

「是。那麼涅克斯……已經埋起來了嗎？」

「嗯？涅克斯？」

亞夫奈德突然露出一副奇怪的表情。為什麼會這樣呢？

「嗯，我是指在我旁邊的涅克斯屍體。」

「咦？什麼屍體？」

我突然起了一陣雞皮疙瘩。咦？現在亞夫奈德說的是什麼意思？亞夫奈德看了一眼我的臉，然後歪著頭，疑惑地問道：

「我不知道你在說什麼……我們發現你的時候，就只有你一個人在坑洞裡。我不知道你是怎麼逃到那裡的，但你真的很……」

「什麼？怎麼可能？涅克斯怎麼會不在那裡？」

我露出難以置信的表情，向周圍的人解釋那時候的事。昨晚，半獸人為了去夜襲而離開我們之後，我和涅克斯從半獸人的陣地一起逃了出來，逃到一半發現有一個坑洞，然後跌進那個坑洞，最後涅克斯終於撐不下去而死掉，還有我也在那裡等死的事。

「你確定涅克斯真的死了嗎？」

「……我不知道。我認為他已經死了。雖然我無法去確認脈搏或呼吸，可是他那副蒼白的臉，以及一動也不動的身體，讓我以為他已經死了。所以哈斯勒的幻影……？」

我又再度感到一陣毛骨悚然。周圍的一行人用訝異的表情看著我，但是我腦海裡在想著哈斯勒的模樣，根本沒有注意他們。

萬一涅克斯和我所想的不一樣，並沒有死？而其他人又說哈斯勒和賈克逃走了。那麼哈斯勒和賈克有可能等到晚上以後，趁著半獸人和人類之間展開戰鬥的混亂之際，跑到城外去，然後在坑洞發現到我和涅克斯，將涅克斯帶走……這是有可能的事。要是涅克斯已經死了，他們會帶走涅克斯嗎？這是不太可能的事。他們是逃亡者之身，想要帶著一具屍體行走並不是件易事。所以他們會乾脆丟下他，讓卡納丁的人自行把他埋了。這麼說來，涅克斯還活著嘍！

有這個可能性。因為我也還活著，所以涅克斯也有可能還活著。當然，他四天以來跑了四十五萬肘，身體狀態一定非常糟糕，但是怎麼可能會有人要帶著屍體逃跑呢？這種時候我應該要說什麼才好呢？

「真是幸運……」

杉森一直盯著我瞧，然後他輕輕地拍了我的背。

「沒關係。雖然你沒了一隻耳朵，但還是美男子一個。哦，優比涅啊，請原諒我今天又說了假話……嘻嘻嘻。」

杉森一邊胡言亂語，一邊在嘻嘻笑著。我壓抑住想要踢他屁股的欲望，並且露出一副垂頭喪氣的表情。蕾妮在自己肩上圍了一條披肩之後，一邊看著我垂頭喪氣的模樣，一邊說道：

「沒關係。只要把頭髮再留長一點，蓋住耳朵就可以了。嗯……如果你是女孩子，我就會給你這種東西。你要不要圍圍看？」

蕾妮搖晃了一下圍在肩上的披肩。我噗哧笑著搖了搖頭。

「沒關係。我這樣子會不會看起來很可怕？」

「嗯……坦白說，是有那麼一點。可是，你這個樣子看起來比較像是有經歷、有實力的冒險家，有一股特別的魅力哦。」

「是嗎？很好。那麼另一邊的耳朵也幫我切掉吧。」

我無力地說笑，而妮莉亞從我旁邊走過來，伸出她的手，在我原本有耳朵的地方發出了一點聲音。

「聲音有沒有聽得很清楚？」

「是有一點奇怪。這邊好像聚集不到什麼聲音。」

「聚集聲音？什麼意思啊？」

「妮莉亞，妳不知道為什麼會有耳殼嗎？耳殼的功用就是聚集聲音之後，把聲音傳到耳膜。」

「哎喲……你好博學多聞哦，修奇。」

傑倫特為了治療我，耗盡許多力量，他像是昏過去似的睡了一覺之後，現在正一面揉眼睛，一面走下樓梯。他說道：

「我不知道是不是可以讓那隻耳朵再生。要是到首都去，你到大一點的神殿去看看。我聽說大暴風神殿的高階祭司擁有很強大的神力。」

「是，對了！傑倫特，真是謝謝你。」

「（打哈欠～～）別客氣。嗯，坦白說，當時因為你的情況太糟糕了，我原本很擔心無法救活你。可是你竟能這樣好起來，我反而覺得很感激呢。哈哈哈。」

卡爾微笑地站在大門前面，然後突然一面露出開玩笑的表情，一面說道：

「好了，尼德法老弟。你可得要有心理準備。」

「心理準備？」

卡爾仍然一副開玩笑的眼神，笑著把大門打開。門一開，就有陽光毫不留情地湧射進來，令人覺得十分刺眼。接著就傳來了突如其來的高喊聲。

「是修奇・尼德法！」

「怪物蠟燭匠萬歲！」

「以優比涅之名祝福你！怪物蠟燭匠萬歲！」

這一陣喊叫聲簡直令人震耳欲聾。我用難以置信的表情看著前方。

天空一片蔚藍。以晚秋的天空而言，可以算是最為晴朗的天空了。這是一個清爽的午後，彷彿就連凋零的樹枝上也能感覺到有一股激動興奮的生命氣息。甚至好像連風也決定今天不要揚起沙塵的樣子。

在市長大人官邸前面的一片空地上，現在密密麻麻地聚集了許多市民。照理說，這一片不算非常大的空地，是不可能讓卡納丁的市民都聚集到這裡來。但是根據眼前景象，可能所有卡納丁的市民全都已經聚到這裡了。市民們個個都髒兮兮的，而且衣著也很散亂。婦人們就連頭髮也沒整理，隨便散落在肩上；男人們連下巴鬍鬚也沒刮，也是一副沒有整理服裝儀容的模樣。可能是因為昨天白天和晚上對抗半獸人之後，為了要處理後續事情而辛苦到剛才吧。然而，現在聚集在這裡的人們臉上卻一點也看不到疲憊的臉色。他們全都放開嗓子在大喊和唱歌，到處都是尖叫聲和歡呼聲。我聽不清楚他們在喊什麼，只清楚聽到一句話。那句話裡面有我的名字。

「修奇・尼德法萬歲！萬歲！」

「修奇・尼德法！怪物蠟燭匠萬歲！」

我用啼笑皆非的表情回頭看了一下卡爾。雖然很想問他現在到底是什麼情況，可是在如此瘋狂的喊叫聲之中，我實在是說不出任何話來。我表情有些尷尬地舉起手來搖晃了幾下，隨即，市民們就回以熱烈的喊叫聲。

而那些橫擋在市民面前的警備隊員，好像都一副不知如何是好的樣子。許多少女和小姐們大聲喊叫著想要衝過來，這些年輕的警備隊員們要求那些女仕們冷靜一點，可是這似乎是滿殘酷的事。不過警備隊員們還是真心高興地執行任務，而那些少女即使被警備隊員推回去，還是一邊大聲喊叫，一邊不停地笑著。

「尼德法先生！修奇・尼德法！我們愛你！」

「看一下這邊！修奇！修奇！」

哎喲哎喲……看來我大概是快死了吧。雖然現在不是整片大陸上最漂亮的一百個大美女雲集，但不管怎麼樣，這麼多的少女爭相要摸我的衣角，這樣我就算是死了也瞑目。我盡了最大的努力，想讓自己不要露出呆滯的笑容。男人們大多懷著敬意在拍手，並且說道：

「真勇敢！年輕人！是你的氣魄救了我們！」

「我們向你致上最高的敬意！修奇・尼德法萬歲！」

然後……然後是和我同年齡的年輕小伙子，他們全都面帶著腿骨快斷掉似的表情在瞪著我。對不起，朋友們。我也沒辦法呀。不過請不要擔心。我離開之後，各位再去追那些少女們看看吧。只有今天，請原諒我吧。事實上，那些小伙子露出的表情也是敬重多過於仇視和敵意。

安提哥爾市長和克雷布林隊長等人員穿越了這片混亂的人山人海，出現在我們面前。安提哥爾市長被市民熱烈揮舞的拳頭給打中，一面費力地走過來，但還是滿臉的笑容。他走近我，然後站到我面前，我雖然很討厭這樣，但還是不得不用呆愣的表情看他。安提哥爾市長舉起手來，市民們立刻停止喧譁。

在一陣寂靜無聲之中，市民們的眼睛閃閃發亮地在看我們。市長擦拭汗水之後，用嚴肅的聲音說道：

「修奇・尼德法大人。」

「啊？咦？啊，是。安提哥爾市長大人。」

真是討厭……呃。在這群市民們緊閉嘴巴時的寂靜之中，我竟然如此呆愣地答話。市長大人因此笑得更加開朗，但他沉著地說道：

「我們親愛的都市陷於如風中之燭的危機時，誰也沒有料想到烏塔克和查奈爾的事蹟會重現在我們眼前！」

什麼呀？我表情驚慌地看了看市長，可是他繼續說道：

「然而就連烏塔克和查奈爾那番令人無法置信的豐功偉業，也比不上今日站在我們面前的這位修奇・尼德法大人的事蹟。烏塔克和查奈爾是偉大的戰士，然而他們在陷入敵方陣營時，可以互相安慰彼此。可是勇猛的修奇・尼德法大人雖然年紀還輕，卻隻身陷於一千個敵人之中，甘冒著生命危險去欺騙牠們。如果要讚揚這令人驚嘆的事蹟，恐怕將那些獻給八星的所有頌辭加起來都有所不足啊！各位，你們說是不是呢？」

「哇啊啊啊啊！」

市民們的歡呼聲緊接在安提哥爾市長的這番演說詞之後，我感覺自己已經和現實脫離了，可是還是勉強回過神來。這到底是什麼意思啊？我滿是疑惑地看了卡爾，但卡爾卻只是微笑，而且避開我的目光。

「即使是對於戰士們的傳說存疑的人，在今日太陽底下，也不能無視於傳說和詩歌裡的事蹟啊！看啊！在我們眼前，豈不是就有年僅十七歲、隻身獨自擊退了一千個敵人的人！他比起最為傳奇的傳奇還要更加傳奇，卻呈現在我們眼前！這怎能不讓人感到驚訝啊，各位！我們用最高的敬意向他致敬吧，卡納丁的守護者修奇・尼德法萬歲！」

「哇啊啊啊！修奇・尼德法萬歲！卡納丁的守護者萬歲！」

哎呀，我的天啊……應該要有人對現在這個情形負責解釋清楚吧？待會兒我會向你問清楚的，卡爾。現在市民們開始要我演講。

「修奇・尼德法大人！請說句話吧！」

「修奇・尼德法大人！卡納丁的守護者！」

市長一邊微笑，一邊推著我稍微往前站。我幾乎差一點就踉蹌跌倒，好不容易才直起身體，站在市民面前。哇！這個位置實在令人全身發抖。我現在簡直就像是一個人站在巨大的歡呼浪濤之前，幾乎快被席捲而去。人們放聲高喊著，揮舞著手臂，還有拍手鼓掌……不管怎麼樣，他們正在使用各種能用到的讚揚手段。真是一群純樸的人們。我這樣一個小鬼，在街上迎面而過之後走沒三步就會被遺忘，可是他們現在卻不斷給予我這個小鬼熱情的歡呼聲。

我怕自己講到一半會笑出來，所以先鎮定心情，然後才說道：

「各位！雖然各位稱我為卡納丁的守護者，如此光榮的稱號給了不配擁有的人。」

從人群之中傳來了有驚慌意味的喧譁聲。我稍微提高了聲音，喊道：

「真正熱愛這座都市、明日也會如同今日一樣去熱愛、開闢這座都市的各位，你們才是卡納丁的守護者啊！祈願各位保衛的這座都市，各位所愛的這座都市，往後還是會永遠繁榮！卡納丁萬歲！」

隨即，人們就非常滿意地大聲喊叫著：

「哇啊啊啊！卡納丁萬歲！」

「修奇・尼德法萬歲！」

「怪物蠟燭匠萬歲！」

「修奇・尼德法！我們愛你！」

拜託，不要再喊了。不過我還是不管自己內心的想法，面對著似乎會永遠持續下去的歡呼聲，有力地揮手。過了不久之後，市民們像是快要引發暴動似的興奮了起來，將我們一行人扛在他們的肩上，繞行卡納丁的市區一周。

「到底是怎麼一回事呢？」

我們正在市長贈送給我們作為友誼禮物的馬車裡，我癱坐在椅子上，問了這句話。

剛才被卡納丁的市民們扛在肩上繞行市區，雖然真的很風光，但也很累人。我們一結束那場狂亂的遊行之後，便接受安提哥爾市長大人的道別和卡納丁的市民們的熱烈歡呼，才得以隆重地離開卡納丁。雖然市民們的歡呼已經是令人覺得不好意思的事了，但令人意外的是，安提哥爾市長在道別時竟還送了一輛由六匹馬來拉的馬車給我們。天啊，雖然我以前聽過這種馬車，卻是第一次親眼看到綁著六匹馬的馬車。雖說如此，卡納丁的市民們看到馬車上面綁著五匹馬和一頭公牛的模樣，應該也都非常驚訝吧。不管怎麼樣，警備隊員們把堆積如山的補給品放到馬車上之後，我們就很風光地出了卡納丁的城門。

在我對面椅子上坐著看書的卡爾一面放下書本，一面說道：

「我簡單地說……你不覺得這樣對市民們來說是一件令人高興的好事嗎？而且對士兵也很容易解釋。所以我們就編造一個類似克頓山的巨人故事，說你是故意被半獸人抓住之後，引牠們入陷阱，總之就是編了一個這樣的故事，和市長約定好要互相配合。」

「天啊。可是，為什麼要這樣做呢？」

卡爾表情沉著地說道：

「因為他們需要有事情來讓他們喧鬧和高興啊，尼德法老弟。」

「讓他們喧鬧和高興？」

「沒錯。雖然他們把半獸人擊退了，可是事實上這座都市卻一無所獲啊。嗯，半獸人使用過的武器或甲衣之類的東西雖然足以算是戰利品，可是當然還不夠。人們一冷靜下來，想到他們戰死的那些警備隊員，以及遭受半獸人的損害，他們一定會感到非常悲傷。所以需要有件事情讓他們感到高興而歡呼。這是對任何人都不會造成傷害的事，所以是件好事。」

「嗯……但這終究是謊言，不是嗎？」

卡爾你不是還曾因為國王想把你塑造成亨德列克的形象，而大發脾氣嗎？我原本想這樣告訴卡爾，可是這番話一到喉頭就停住了。不過，卡爾對於我喉嚨裡想說什麼話當然很瞭解。

「是啊。我自己也不太情願做這種事。可是安提哥爾市長要求我們這麼做，而且我們好像沒有理由推辭，也就只好答應了。那些市民至少可以一直高興到明天或後天，這樣長的時間，應該就可以充分達成市長大人的安撫動作了。」

「哼嗯。」

這時候，坐在我旁邊的蕾妮突然尖叫了一聲。

「呀啊！妮莉亞姊姊！」

我轉頭一看，從窗口看到妮莉亞倒掛著她的頭。妮莉亞的頭髮也順勢垂散了下來，她說道：

「修奇，這是很令人高興的事啊，不是嗎？而且我們還因此弄到了一輛這樣的馬車。」

「小、小心一點，這馬車正在奔馳耶！」

「咯咯咯……不會有事的。」

妮莉亞又再把身體抬起，坐回車頂上面。哎喲，看得我的壽命都少了好幾歲。從車頂上面傳來了妮莉亞的聲音。

「你覺得呢，溫柴？你是不是也覺得搭馬車旅行比較舒服？既不需要花精神在馬韁上，也不需要去注意馬鐙，只要享受迎面而來的風就行了……這樣才像是在旅行啊。」

隨即，就傳來溫柴的高喊聲：

「喂！杉森！你跟她說，再煩我，我就把她從車頂上面丟出去！」

坐在馬夫位置的杉森隨即用大笑取代傳話。而坐在杉森旁邊的吉西恩則是幫忙答道：

「溫柴希望有趟安靜的馬車旅行，妮莉亞。」

聽到這樣的對話，坐在馬車裡的人都同時露出了微笑。坐在卡爾身旁的艾賽韓德點了點頭，說道：

「是啊。我也比較喜歡坐馬車。其他東西我是不知道，不過這東西我確實是很中意。」

艾賽韓德雙腿盤坐在椅子上，很高興地說道。亞夫奈德笑著對艾賽韓德說：

「我也很喜歡，艾賽韓德。看來矮人和巫師都同樣覺得騎馬很辛苦吧。」

「咯咯咯！」

馬車雖然跑得很快，但是幾乎沒有什麼搖晃。這輛馬車似乎性能很好。現在是五匹馬和一頭公牛在拉著馬車。嗯哼。即使御雷者也在其中，仍然一點都沒有落後。真是匹厲害的公牛。啊，因為牠原本就是一匹馬嘛。不管怎麼樣，這輛馬車由六匹馬拉著，正以可怕的疾馳速度橫越過東部林地。

從窗外看到的地平線，宛如江水般悠悠流去。而看到地平線上升起的一些白雲懶洋洋移動的模樣，不禁令人想打瞌睡。我一面把身體窩在座椅裡，一面開口說道：

「這樣好了。從現在開始，我為大家說一個有趣的故事，以解馬車旅行之悶。」

「有趣的故事？什麼故事呢？我只要一聽故事就會變得很入迷。」

半打瞌睡的傑倫特高興地坐起身。我露出微笑，說道：

「是有關八個種族和八星的故事。」

在馬車裡的人全都露出一副驚訝的表情。我特別注意觀察了艾賽韓德的表情，但他只是面帶事不關己似的疑問。艾賽韓德沒道理要去故作掩飾，所以他應該也是不知道吧。可是，艾賽韓德不是已經活了三百年嗎？真是奇怪耶。

卡爾歪著頭，疑惑地問道：

「這故事我以前好像不曾聽說？趕快說來聽聽吧。尼德法老弟。」

我盡可能注意一句不漏地說給他們聽。我在講故事的時候，馬車裡的每個人都不停在變換表情。亞夫奈德像是眼珠子快迸出來似的緊張著，傑倫特則是氣喘吁吁地在聽著。艾賽韓德一直在嘀咕著這實在是難以置信的故事，卡爾則像是怕忘記自己臉上有哪些東西似的，一直不斷摸著下巴、太陽穴和鼻子等部位。

不知不覺，故事已經講完了。我一看窗外，地平線還是看起來跟剛才一樣，可是雲的模樣卻變了很多。我環視大家的臉孔之後，用一句話結束了這個故事。

「涅克斯所說的就是這麼多了。」

一行人先是緊閉著嘴巴，沉默不語。卡爾用沉重的表情摸了一下眉頭，才費力地開口說道：

「決定命運的寶石……？真是的。而且他還說不知道為什麼會有這個東西？」

「是的。至少涅克斯是這麼說的：『因為我們無法瞭解那個東西，所以就會無法解釋它存在的理由。』」

「是嗎？嗯哼。真是件怪事。那麼說來，那些星星不是優比涅與賀加涅斯所創造的。萬一那些星星是優比涅與賀加涅斯創造的，他就不可能那樣說了。」

「為什麼不可能那樣說呢？」

傑倫特幫忙回答了這句話：

「嗯，那是因為如果那些星星實際存在著，而且是以優比涅與賀加涅斯的力量創造出來的，那就不會沒有原因可以解釋存在的理由了。當然，我們可能無法解釋它們存在的理由，但是在那種情況下，那些星星也和其他事物相同，所以一定會有某種存在的理由。因此沒有必要說我們不知道、無法瞭解。」

我聽完傑倫特的話之後，自己也不知不覺地說道：

「這個世界上沒有物體是毫無理由地誕生出來的……全都是互相依存著。這就是世界。」

蕾妮用糊裡糊塗的表情看我，我則是露出了尷尬的表情。傑倫特彈了一下手指頭，說道：

「對了！這句話很正確。靠著優比涅與賀加涅斯的力量而存在的所有物體之中，沒有一種是毫無理由就誕生的。所以沒有必要說我們不知道理由。因為一定會有理由的。」

「但那是涅克斯告訴我的話。」

「是嗎？嗯。畢竟在家修行祭司也是祭司。」

卡爾露出一個深思熟慮的表情之後，看了看艾賽韓德。

「艾賽韓德，您對於這件事，有何看法嗎？」

艾賽韓德用發怒的表情說道：

「這、真是的，這種話簡直令人難以置信！」

「難以置信嗎？」

「當然啊！難道他說的是真的？他的意思是，雖然神龍王可以滅掉我們所有的矮人，可是為了這個世界的平衡，才放過了我們，難道他是這意思嗎？」

「好像是吧。」

「我可從來沒聽過這種事！當然，對於我們矮人傳承的知識或學問，我無法說什麼，但是這確實是我生平第一次聽到的故事。」

「是嗎……嗯。尼德法老弟，當時涅克斯的身體狀況看起來怎麼樣？」

「他的狀況嗎？當然是和我一樣嘍。不，不對，他應該是比我還要來得疲憊。雖然不知道他是用什麼方法跑來的，但是那些傢伙確實是四天來都在追我們。」

「是嗎？嗯。那麼也就是說，他並不是處於能夠編出縝密謊言的狀態嘍？」

「如果你要這麼問我的話，那麼，是的。而且在我認為，像涅克斯這樣一個記憶不清的人，真的能說得出一番縝密的謊言嗎？」

「然而，也有可能是他記錯了。書也是如此，如果中間部分沒有了，整個故事就會變成完全不同的故事，有很多都是這種情形。」

艾賽韓德一聽到書，就皺起眉頭來了，不過，傑倫特卻歪著頭，疑惑地問道：

「可是從錯誤的記憶裡所講出來的故事，有可能這麼清楚明白嗎？」

「是啊……應該不是他記錯了。嗯。尼德法老弟，所以，對於八星，涅克斯所說可以當作證據的有兩點，第一，是路坦尼歐大王的八星。第二，神龍王對所有種族的統治。是嗎？」

「是的。」

「八星是哪幾個人……」

「是傑洛丁、堪德里、伊爾斯、萊恩伯克、烏塔克、查奈爾、梅達洛、賀滋里。」

卡爾還沒說完，傑倫特就立刻答道。卡爾笑著說：

「是。涅克斯的意思是，八星並不是指這八位騎士嗎？」

「是的。要是他的身體狀況再好一點的話，說不定還可以聽到其他相關的故事。不管怎麼樣，他所說的就是這些了。啊，他還說，由亨德列克很失望的這件事來推測，七顆星應該是已被破壞了。我不知道這是什麼意思。」

「亨德列克很失望……他有失望嗎？對什麼事失望呢？」

「亨德列克有失望的事嗎？他幫助路坦尼歐大王打敗了神龍王，而且建立了拜索斯王國。成就了這些事的人，到底還對什麼失望呢？」

亞夫奈德和傑倫特同時露出陷於苦思的煩惱表情。艾賽韓德露出頭痛的表情之後閉上眼睛，卡爾則是安靜地在沉思著。

我變得無所事事，正想要和蕾妮玩二十關問答遊戲或者成語接龍遊戲的時候，卡爾慢慢地開口說道：

「第一個證據……」

傑倫特和亞夫奈德同時抬起頭。我看他們兩人一定都沒有想出什麼結果。我噗哧笑了一聲之後，對卡爾說道：

「第一個證據？如果是第一個，就是路坦尼歐大王的八星？」

「嗯，是啊。這個稱呼，乍看之下好像沒有錯，其實是一句很奇怪的話。」

「怎麼會奇怪呢？」

「因為，那八星傑洛丁、烏塔克、堪德里、萊恩伯克、查奈爾……還有伊爾斯、賀滋里、梅達洛，雖然說是八個人，但事實上，有九位騎士。」

傑倫特表情慌張地說：

「咦？怎麼會有九位……您的意思是，還包括亨德列克嗎？」

「當然不是。因為亨德列克並不是騎士。可是所有人都忽略了一位騎士。」

「咦？」

馬車裡的人全都變得一副慌張的表情。咦？這裡面真的有騎士不為人知嗎？卡爾沉著地答道：

「路坦尼歐大王本身也是一位騎士，不是嗎？因為就連他自己都自負為騎士中的騎士。」

「啊！對啊！」

亞夫奈德表情呆愣地拍了一下額頭，傑倫特則是彈了一下手指頭。哎呀，我的天啊。沒錯！不管怎麼說，路坦尼歐大王自己就是騎士。為什麼我會沒有想到這個呢？正如同涅克斯所說，路坦尼歐大王是騎士道的篤信者。卡爾沉著地說道：

「所以如果星星是指騎士的話，嚴格說來，應該稱之為九星才正確。因為路坦尼歐大王本身也常把其他騎士當作朋友般對待，不喜歡上司命令、下屬服從的主從關係……這樣正符合了他的個性。」

「我的天啊！原來如此。應該要稱為九星才對。」

這時候，蕾妮用慢條斯理的聲音說道：

「那個，可是一般人都說路坦尼歐大王的八星，不是嗎？」

「是啊，蕾妮小姐。所以都沒有人覺得很奇怪。但是我聽到尼德法老弟的話，再仔細一想，八星的名稱確實令人覺得有些奇怪。或許……是因為八星裡少了路坦尼歐大王，所以才會這樣稱呼，也說不一定。因此才沒有稱為九星，而是以路坦尼歐大王的八星來稱呼。」

「嗯。好像是這樣。聽起來很有道理。所以修奇的話，不對，是涅克斯的話，如果是正確的……就是這樣子嗎？路坦尼歐大王和八位騎士原本說他們這九個人是八星的追尋者，此名稱被訛傳之後，變成是路坦尼歐大王的八星。」

傑倫特用興奮激動的聲音說道。卡爾笑著說：

「是的。但這也有可能是故意穿插進去的話。我的意思是，除了涅克斯說過這種話之外，目前沒有任何證據。」

「不過，這是相當具有真實性的說法。畢竟想到大王的個性……」

亞夫奈德用緊張的語氣說道。卡爾露出微笑，說道：

「還有，第二個證據。神龍王的全種族統治……這個嘛……即使沒有決定種族創生死滅的神祕寶石，還是可以解釋的。以神龍王的強大力量，根本無須贅言，牠一定可以做得到，不是嗎？」

艾賽韓德終於忍不住了，放聲喊道：

「喂！卡爾。現在你好像想把這個可笑的故事當作是事實？」

卡爾先是用慌張的表情看了看艾賽韓德。然而他立刻露出微笑，說道：

「不是的。我現在是在試著分析看看，以判斷是真是假。」

艾賽韓德皺起眉頭，盯著卡爾看。然後他用死心的語氣說：

「唉，那個傢伙的舌頭也未免太厲害了吧。不過，這真的是一番令人笑不出來的話！」

「如果說這很可笑……」

卡爾突然看著窗外。馬車裡的人全都順著卡爾的目光望向窗外。卡爾像是在自言自語似的，說道：

「怎麼會有如此多的雲浮現出來之後，又再消失不見呢？」

「什麼意思？」

艾賽韓德露出一副鼻梁被揍一拳般的表情說道。我慌張地看了地平線。果然又有另外一片雲浮現出來了。卡爾仍舊還是以沉著的聲音說道：

「怎麼會有如此多的泥土呢？為什麼太陽一到晚上就會落下去，時間一到就又再騰升上去呢？到底為什麼會有那麼多的蝴蝶和那麼多的花朵，讓世界如此眼花撩亂呢？為何秋天一到就全都枯萎、消失了？人們為什麼會互相關愛，辛苦撫養終會面臨死亡命運的子孫呢？」

「喂，卡爾？」

「星星又為什麼會如此之多呢？地底下的寶石為何會有這麼多？小鳥們，晚上飛回來的小鳥們，為什麼早晨一到，就灑著沾染在翅膀的露水飛揚而去呢？趕羊的笛子一吹，為什麼就能使那些成群的羊都分散開來呢？」

艾賽韓德張大嘴巴，看了看卡爾。可是卡爾仍然還是把手臂靠在窗戶上，用有些煩悶的表情看著窗外。他又再像吟遊詩人般喃喃自語著：

「無法受到滅亡之祝福的那些神，會不會敬佩我們呢？」

「咦？」

傑倫特覺得不可思議地發出一聲反問。可是卡爾還是無視於此，繼續說道：

「如果要說可笑，還有比萬物、比這個世界還要更可笑的東西嗎？」

在馬車裡面，除了卡爾以外的五個人全都沒有開口說話。卡爾並沒有把臉孔面向任何人，而是不斷望著窗外。我只聽得到車輪的轉動聲音，還有在車頂上煩著溫柴的妮莉亞說話聲細微地傳來。

卡爾突然轉頭，嘻嘻笑著說：

「我想起路坦尼歐大王的話。笨蛋……」

「會看著前方卻想著後面。」

我冷靜地回答，連我自己也嚇了一跳。卡爾還是面帶著那副看起來有點像笨蛋的微笑，說道：

「沒錯，尼德法老弟。那麼凡夫呢？」

「看著前方卻想著後面。」

「賢者呢？」

「看著前方卻想著後面。」

卡爾很高興地笑著，整個人埋坐在椅子上，雙手交叉在胸前。

「對於涅克斯說的話，應該要再多加思考才對。」

卡爾把這句話當作是結束語，然後就沉浸在自己的思索之中了。既然在座有一個人沒入了自我之中，其他人當然也就很難再繼續談下去。所以大家全都緊閉嘴巴，各自鑽進自己的思考之中。

我用無聊的心情，不知不覺地摸著被砍掉的那隻耳朵。嗯。不平整的感覺摸起來真是奇怪。這時候，蕾妮戳了一下我的手肘。

「那個，修奇，那是什麼意思啊？」

「嗯？」

「笨蛋、凡夫、賢者都是看著前方卻想著後面？」

「哈哈哈……」

我突然想到亞克敘那時候的誤用，所以笑了出來。隨即，蕾妮皺起眉頭，我趕緊向她道歉。

「我想到其他的事，才會笑了出來。妳問的……就按照字面解釋就行了。」

「按照字面解釋？」

「就是這樣啊。」

「什麼就是這樣？」

「反正就是這樣。」

蕾妮豎起眉毛，說道：

「你、現在你是在捉弄我嗎？我根本沒有辦法上學，所以……」

「我也是連學校長什麼樣子都不知道的人。妳只要想一下，蕾妮。這種文字遊戲其實沒有什麼特別的。」

蕾妮一面露出不高興的表情，一面答道：

「可是我希望自己也能聽得懂這個文字遊戲。」

「哈哈。是嗎？嗯。一面看著前方，卻想著根本不會追過來的追蹤者，或者想著自己的過去、昨天的失誤，然後跌進了泥沼裡的人，妳會叫這種人為什麼？」

「笨蛋……？」

「沒錯。笨蛋好像相信只要一直拚命思考，過去的錯誤就會被糾正過來。其實，過去是絕對不會改變的，是完全既定的事實。」

「那麼凡夫呢？」

「凡夫其實在某種意味之下也和笨蛋沒有兩樣。不同的是，想到過去的錯誤，能夠在未來不再犯錯，這就是凡夫，只是普通人而已。所謂的凡夫，這種人終究也是因為有過去而存在著。不論是笨蛋還是凡夫，都是過去的時間產物。笨蛋被過去所牽制住，普通人則是從過去學習，不同之處就是在這裡。」

我感受到傑倫特和亞夫奈德他們兩人掩飾著的目光，頓時覺得非常愉快！兩個人全裝出一副沒有在聽的樣子，其實都正在注意聽我講，因為兩個人都不是老練的欺騙者，所以不太懂得如何掩飾自己的行為。咯咯咯咯。蕾妮有好一陣子都是一副苦惱的樣子，然後她才露出疑惑大解的表情，並且問道：

「那麼……賢者呢？」

「賢者是與過去的時間沒有關聯的人，那就是賢者。因為他很賢明，所以即使沒有思考到過去，也能領悟到未來。事實上，這種人是少之又少的。就像亨德列克，應該可以稱之為賢者了吧？不管怎麼樣，這種人就算沒有讀歷史書籍，也能預測未來。因為……他們能想到眼睛所看不見的事物兩面。在這裡，事實上『前方』和『後面』是有其他含義的。嗯，這樣說好了，蕾妮，妳現在是不是正在看著我的前方？」

「是啊。」

「可是萬一妳想到的不是我前方的模樣，而是想著並且看得到妳後面的東西，那妳就是賢者了。」

「啊……是嗎？」

「是的。」

蕾妮噘起嘴唇，露出沉浸在思索之中的表情。我轉過頭去，便看到正閉著眼睛的卡爾臉孔，他的嘴唇兩端悄悄地往上揚得好高，我看了之後，為了避免爆笑出來，把雙手埋在大腿之間，互相緊緊握住。嘿嘿嘿！

在車頂上面，夜鷹不斷在煩著間諜，馬車載著沉於思索的六個人，由兩個戰士在駕車，就這樣快速地奔馳而去。它朝著太陽落下的方向，夜晚的故鄉疾馳而去。不過，卻是奔向最可怕的那條龍的早晨。

第12篇

不祥的預言

敬告只因為生在世上這個理由就必須死亡的生物。約定好的休息——死亡，正來到門外等著我們。今天你的手正握著這本書，就等於已經準備好要籠絡悠久的時間之流。讓過去、現在、未來都在你面前消失吧。你已經是脫離時間的存在物……

——摘自《在風雅高尚的肯頓市長馬雷斯．朱伯烈的資助下所出版，身為可信賴的拜索斯公民且任職肯頓史官之賢明的阿普西林克．多洛梅涅，告拜索斯國民既神祕又具價值的話語》一書，多洛梅涅著，七七〇年。第一冊十頁。

01

坐在馬夫座位的杉森轉過頭來。不曉得他要幹嘛，原來他舉起了手指向左邊的方向說道：

「又是那群傢伙！」

我往杉森所指的方向看過去。我把手放在額頭上觀看，大約距此地左方九千肘之遠的山坡上有幾個突起的小黑點。在這廣大的荒野裡看那種小黑點，只能隱隱約約看到。我看著和我一起坐在車頂的溫柴，溫柴往山坡方向看去，點了點頭。我的視線再度回到前方，忍不住抱怨道：

「真是的。想要攻擊我們的話就儘管來攻擊啊，不然就偷偷跟在後面就好了嘛。他們那種樣子到底算什麼呀？處在讓人一目了然的位置上，也不會躲起來，也不跟過來。」

杉森一臉不悅地揮動著皮鞭，本來是緩緩前行的馬兒們突然接收到命令，有些驚慌，差點亂掉隊伍，但是牠們有御雷者在最前方帶隊，御雷者馬上就把馬車隊形一絲不紊地拉了回來。對牠們這些沒有受過拉車訓練的馬匹來說，可以做到這樣子，已經算是相當厲害了。

溫柴繼續剛剛在做的事，也就是又開始用刀子削木塊。但是剛剛馬車突然加速跑了起來，原本放在他兩腿中間的木塊碎片便順著風勢飛走了。溫柴在馬車極度搖晃之中，竟然還可以穩穩地拿住刀子沒有滑落掉，真是厲害啊。手法之高明真是罕見。

溫柴自言自語地說道：

「這些傢伙。他們是怎樣抓到那些野馬的？」

趴在我的前面，一面不停地晃著雙腳，一面觀看著溫柴那高明手藝的妮莉亞，索然無味地回答道：

「那些傢伙反而比傑彭的間諜更有可能和女生說話哦？」

溫柴摸著木塊的手突然停了下來。他不耐煩地看著妮莉亞，妮莉亞用趴著的姿勢，托著下巴，眼睛向上瞪著溫柴。

溫柴再度低下了頭，看著木塊說道：

「修奇。你幫我告訴她，這一點都不好笑。」

這一次我沒有幫他傳話。煩都煩死人了。我以為到車頂上有什麼好玩的事才爬上來，沒想到卻被他們兩個夾在中間，累死人了。妮莉亞轉過身，也沒得到我的允許就靠在我的大腿上，躺著看天空。她說道：

「我們和他們距離多遠啊，修奇？」

「大約九千肘吧。他們正沿著山頂稜線朝著和我們一樣的方向跑來呢。」

「那麼他們的意思是，希望我們看得到他們嘍？」

「好像是。」

妮莉亞因為頭髮在空中亂飛，不得不一邊眨著眼睛一邊說話，她說道：

「溫柴呀溫柴，那些傢伙有帶行李嗎？」

溫柴放下了刀子，往妮莉亞的方向用力瞪了一眼。但是妮莉亞一說完話，早就用她的雙手蓋住眼睛了。她用手蓋著眼睛，還邊吐出舌頭說道：

「看不到，怎麼樣？隨便你瞪吧。嘿嘿嘿嘿……」

溫柴笑了一笑，再度拿起刀子，一邊看著鑽洞的木塊，一邊大聲地回答道：

「跟她說行李只有武器和幾個小包袱而已！」

我還沒傳話前妮莉亞就搶著說了：

「啊，這樣啊？有小包袱。他們在哪裡買了旅行用品嗎？」

溫柴開始喀喀磨著牙。所以我很快地接著回答道：

「我們已經經過了一、兩個小村莊了嘛。那些傢伙們一直跟在我們後面，大概是在那些村莊的某個店裡買的吧。」

「嗯，原來如此。但是他們要跟到什麼時候呢？我是說，雖然和我們離得遠遠的，但是他們一直待在確定會被我們看到的地方徘徊呢。」

「是啊，很奇怪。涅克斯要的東西是蕾妮。他雖然想殺了我們，但是那是情緒的問題，如果要說他這樣做有什麼意義的話，大概就是要從我們這裡綁走蕾妮吧？」

「沒錯。沒錯。」

妮莉亞閉著眼睛回答。我再度瞪著左方那些遠遠看起來很渺小的小點，說道：

「那麼他們應該偷偷地跟來才對啊。他們到底在想什麼呢？溫柴？」

「什麼？」

溫柴的視線停在木塊上，連移都沒移開就回答了。我本來打算再說一次之時，眼睛卻被溫柴的手藝給迷惑住了。嘻啊！真有兩下子。怎麼有辦法在晃動的馬車上，這樣子削木塊呢？雖然這樣子看起來一點也不像溫柴，他如此輕輕鬆鬆地展現著自己的手藝，手每動一下，蘊藏在木塊裡的雕刻品就一點一滴地浮現出來。但是……那到底是什麼東西呢？現在怎麼看也看不出來是個什麼東西。

「有人叫我的話再告訴我。」

溫柴又低下了頭，不再抬起來，我則是過了一段時間才想到他是在對我講話。

「啊，你或許猜得出，那些傢伙為什麼做這種異常的事吧？」

溫柴沒回答我的問題，而是把剛才拿在手上的刀子咻地一丟，插在車頂上。然後把剛才削的木塊放到大衣裡，突然間身體一躍而起，跳到了馬車的旁邊去。

「呃啊！溫柴！」

從下面，也就是馬車裡傳來了慘叫聲。但是溫柴只不過是抓住車頂的最前方，然後用上半身倒插的方式掛在馬車旁。哎喲，還以為他掉下去了！溫柴用這個極不便的姿勢向馬車裡喊道：

「喂，矮人。給我菸。」

下面馬上就傳來了艾賽韓德發怒的聲音。

「你、你這混蛋！你應該被放在卡里斯・紐曼的鐵砧和鎯頭間敲打個三個月又十天！我還以為你會掉下去，你差點就掉下去了呀！」

「就是要這樣往下掉，才知道你那個矮短的身體在馬車裡滾到哪去了嘛。給我菸啦。」

馬車突然一下子搖晃得很厲害。車頂以下同時傳來了瞬間迸出的尖叫聲。「呃啊！艾賽韓德！忍住啊！」「那、那個斧頭！那斧頭！這是馬車裡面！」「呃啊啊啊！德菲力神啊！」「好痛！呃，呃啊！痛死了！」馬車像是要翻車一般地天搖地動之後，過了一會兒溫柴便面無表情地又爬了上來。他的嘴裡叼著菸斗，手裡還拿著菸草。妮莉亞躺著捧腹大笑。

溫柴小心地背著風，不讓菸灰飛掉，擦拭著菸斗。他一把菸斗放到嘴裡後，才一副突然領悟到自己少了一樣什麼東西的表情。我告訴他少掉的東西是什麼。

「你在想，這個東西要怎麼點火吧？」

溫柴嘴唇上下嚅動著，再度把菸斗拿在手裡。那時候妮莉亞拔出了自己的匕首丟給了溫柴。溫柴訝異地看著妮莉亞，妮莉亞精神抖擻地說道：

「看看那個刀柄的地方，有一個發火裝置。你是個間諜，不需要我再說明什麼了吧？」

啊，真是。就是啊，妮莉亞的匕首裡有一個那種裝置。溫柴茫然地看著妮莉亞丟來的匕首一會兒，笨拙地開始使用。不久之後，看到他還在想匕首的刀把要怎麼轉回來的時候，菸斗的火就已經成功地點著了。他看著匕首一會兒，然後恍然大悟般地把它交給我：

「幫我還給她。嗯，還有跟她說謝謝。」

這真的是……我一副快氣炸的表情，把手伸出來，但是卻有一隻比我更快的手。妮莉亞馬上把手伸了出來。她拿回匕首後，便用一隻眼睛眨了一下，溫柴則是乾咳了幾聲，好像第一次抽菸的人一樣。

溫柴背靠著綁在車頂後面的行李上，開始抽起菸斗。從他嘴裡吐出的煙馬上就隨風飄散在馬車的後方了。

「那些傢伙的行為，只能當作他們在示威吧。」

「示威？」

「沒錯。不可掉以輕心，他們隨時會攻過來。不過哪有這種示威法呢？現在從他們那裡完全感受不到任何殺氣。」

「你說感受不到殺氣……那你的意思是，他們並不打算要殺我們嘍？」

「也不是。殺氣是在當場要殺人的時候才感受得到。」

「啊，這樣啊。」

妮莉亞為了要聽仔細些，把身體向旁邊靠躺著。溫柴故意裝作沒看見妮莉亞，繼續說道：

「現在那些傢伙還沒想要殺我們。我是說現在。但是在內心裡，也有可能是想殺了我們的。但是想法不會由氣表現出來，心裡面的想法或思想等，在轉變為實際的行動之前，也就是說在內面與外面相接觸的時候，才會散發出氣來。」

他在說什麼呀？跟半獸人跑去數小麥穀粒一樣莫名其妙。我一臉茫然地看著溫柴，溫柴用平穩的語調繼續解釋。他說道：

「簡單地說，內在的力量要向外面發洩的時候，身體周圍的氣就會被向外推出來，這樣子想比較容易理解吧。不要再跟你閒聊了。總之那些人還沒有要攻擊的意思，所以只能認為他們是在示威吧。」

「嗯。那麼為什麼要那樣子示威呢？」

「他們是在叫我們。」

「叫我們？」

「叫我們，為了要持續地讓我們分心。這不過是開始罷了。」

「告訴他們隨他們的便吧。對不對，溫柴？你有沒有辦法大聲叫，讓他們那邊都聽到？」

「太遠了。」

「嗯。算了，反正今天晚上就會到達拜索斯恩佩了，他們就沒辦法一直跟下去了吧。要在首都附近徘徊並跟著我們可不是件易事。」

「那就是今天下午嘍。」

「什麼？」

「沒事。」

溫柴熄了菸斗，菸灰全飛到了空中。他很順手地把菸斗和菸草放到口袋裡，然後再次拿起刀子和木塊。我再度轉頭望向涅克斯一行人的方向。

真是一群不簡單的傢伙。

他們不知死活地拚命追逐，而且手腕也很高明。他們是怎麼抓到野馬的？聽說到了冬天，原本在北部大陸活蹦亂跳的馬都會向南方遷移。大概就是這樣子才抓到那些南下的野馬吧。但是要怎麼馴服牠們？還有涅克斯的情況要恢復應該也需要一段時間，但他們卻可以一直這樣緊跟在我們屁股後面跑。不……應該說，他是超越在我們之前吧？

「他們向前跑了呢？」

杉森讓我停止了思考。在那遠方的山坡上快速移動的小黑點，突然加快速度向前奔來。在那麼遠的距離還可以看到他們移動的樣子。看來他們是以驚人的速度在前進。三個黑點就這樣顯眼地在前方不斷移動。坐在杉森旁不知在嚷嚷什麼的吉西恩，看到了這幅景象，也不禁大聲感嘆出來：

「那就是風之子，野馬啊！啊啊！但是我的御雷者，你可是比牠們還有更大的屁股……喂，別鬧了！你這應該被丟進熔礦爐裡去的傢伙！」

吉西恩美麗的讚嘆卻被無禮的魔法劍妨害了。此時，馬車旁的窗戶裡突然探出了卡爾的頭來。卡爾什麼也看不到，但還是假裝好像看得很清楚，把手放在額頭上說道：「他們跑在我們前面嗎，尼德法老弟？」

「是的，卡爾。」

「嗯，那要小心了。那些傢伙要是拖延了我們的時間，我們就只剩下今天下午了。也不知道他們會在前面的路上設下什麼可怕的陷阱。」

「卡爾，如果是你的話，會怎麼樣只用三個人來圍堵奔馳的馬車呢？」
「我要想想看才能回答。」
卡爾只丟下這句話，又鑽回馬車裡。我望著前方消失不見的黑點們。現在黑點們已經跑到很前面了。我眼睛瞇起來一看，他們的後面揚起的塵土看起來像雲層一般。我確定他們是以驚人的速度在奔馳。
那個嚇人的速度是野馬的速度，還是涅克斯造成的速度？
我突然想到，如果我是涅克斯本人的話，也會對這問題感到很難回答。不知在何時，涅克斯一行人已經完全消失不見了。

我們緊張了好一會兒，卻什麼事也沒發生。但是即使沒發生什麼事，我們卻還是感覺似乎將碰到什麼可怕的事。在那整個下午，為了防備涅克斯的襲擊，我們緊張得到肩膀都僵硬掉，但是直到天上的雲散發出紫色光輝的時候，也還沒有發生任何事情。現在肩膀痛得要命。
而且待在馬車頂上絕不是個好主意。在覆蓋上一整天下來從荒野吹拂過來的塵土後，現在就算我的身體隨便一動，也會抖落像雲層般厚的灰塵下來。我沮喪地拍打那些塵埃。啪啪。
「咳，咳！沒法呼吸了。快停。」
「停什麼停呢。妮莉亞也快抖一抖吧，妳的紅髮已經變成一頭灰髮了。」
「在睡前洗一下就可以了嘛。」
「那是有可能的呢。前面就是拜索斯恩佩。」

「到了嗎？在哪裡？哇！」

妮莉亞用一副在車頂也不怕掉下來的動作，蹦地跳了起來。我抖一抖肩膀，看著前方越來越近的拜索斯恩佩。下面的傑倫特幾乎用整個上半身擠到窗外，一邊揮手，一邊大喊著：

「咦呀呀呀！拜索斯恩佩！我傑倫特來了！走過了又遠又長的路，歷經無數冒險與災難，我終於來了！」

拜託……進城前千萬不要做這種事情。傑倫特的另一邊窗戶則是蕾妮伸出了身體，可是蕾妮卻是什麼話也沒說，只一逕地瞪著大眼。我俯視著蕾妮的頭頂說道：

「怎麼樣，蕾妮？」

蕾妮一下子抬頭看了我，然後又再次望向拜索斯恩佩，緩緩地呼吸，慢慢說道：

「太……怎麼說呢。我不知道該怎麼說，現在除了『好大啊』，沒有其他的想法。」

我點了點頭。

從山坡上向下俯視拜索斯恩佩，對第二次觀賞它的我來說，也還是覺得相當壯觀。無數山峰和閃閃發光的塔，美麗的建築物與神殿，沒有盡頭地排成一列的大道，好似一直延伸到地平線的盡頭。環繞這壯觀都市的城牆高度雖很驚人，但是因為周圍那些不是普通長的綿延長路，使它看起來較為低矮。

我為了要找到大暴風神殿的位置，頭伸來伸去好一會兒，即使明明知道它是在靠城牆外側的地方。宮殿是在靠近都市中央之處，到底在哪呢？我往都市中央瞄了好久，才突然驚覺我的方向全看錯了。拜索斯恩佩應該是在比我現在看到的還更遠的地方，所以現在看到的，與其說是中央的部分，不如說是城的外環吧。在夕陽餘暉照耀下，鋪上一層朦朧黃金光芒的護城河，就像是叫做拜索斯恩佩的美女秀髮般，沿著地平線披散著它的金色髮絲。真是美麗的都市啊。

「那，那個是什麼？都市起火了嗎？」

蕾妮驚慌地說道。我在那時才看到了拜索斯恩佩點起街燈的模樣。沿著大道慢慢地一閃一閃地亮起來的街燈，最後像是形成了一道星河。華麗的燈光沿著大道排成整列，縱橫延伸的火光燃燒著，令人大概到死也忘不了眼前的這幅景象吧。連我也激動莫名地哽咽說道：

「那個……是路燈。」

通過城門的時間有些許被拖延，因為傑倫特和蕾妮是外國人。但是傑倫特一直保持微笑，所以也就讓城門警備隊員放鬆了他那嚴肅的表情。蕾妮呢，則沒有成功地引起城門警備隊員們的關心。就算我是警備隊員，也不會對這種小女孩投以什麼疑心的眼神吧。再加上吉西恩對警備隊員們說了幾句話，他們就嚇得驚慌失措。我們在有禮貌地拒絕城警備隊長要引領我們入城的好意之後，才開始往市內前進。一進了城門，已經是晚餐時間，眼前映入了更為喧譁的拜索斯恩佩的模樣。

傑倫特不知是不是在發神經，馬車一進到城內，他便用手指著每個方向說：

「呃哇！修奇！那燈柱，那個燈柱！」

「是路燈！」

「啊，這樣啊。路燈。那路燈是每天都有巫師來點亮嗎？」

「那是永遠點著的，白天用蓋子蓋著。還有拜託你稍微小聲一點……」

「天啊！看看那棟建築物的高度！二層，四層……五層耶！怎麼會有五層高的建築物呢！德菲力啊，在天底下竟有這種東西存在啊！呃啊！卡爾，卡～～爾！那個是什麼？那個，在山坡上的，那、那個！」

卡爾很小聲地回答：「那是大暴風神殿。」

馬車裡的人們可不可以放我們一馬啊？在車頂上的我、妮莉亞和溫柴根本沒有可以躲避市民眼光的地方。我對四周傳來的眼神回以悲痛的表情。我做出了那種表情後，行人們以為我們是在運送癲癇患者，才投以同情我們處境的神色。但是並沒有很多行人投射目光在我們身上。

妮莉亞茫然地坐在車頂，懶懶地看著四周。然後她突然一轉頭，往我這一看，說道：

「很奇怪吧？」

「嗯。」

確實有點奇怪。四周太安靜了。上次來的時候，好像是因為什麼雙月節慶的關係，街上很熱鬧。但是即使撇除這個因素，現在這個樣子也實在太安靜了。走在路上的人潮和我印象中比起來，好像還不到五分之一的樣子。上次來的時候，那些令人賞心悅目的小姐們都跑哪去了呢？而且在巷子裡聽得到的唱歌聲和笑聲怎麼都消失不見了？像我們這樣騷動的一行人，乘著六匹馬拉的車子，應該是個值得觀賞的景點啊？怎麼市民們對我們似乎毫不關心？

不……不是這樣的。他們不是不關心我們，是不曉得要如何關心我們。在路上行走的人們當中，有很多人的那種眼神，不管在哪裡你一看就可以認出他們。有的人好像是第一次看到般，失魂似的看著路燈，有的人表情是整個人被這壯觀的市容給震懾住了。再仔細一看，有些人是長途旅行跋涉之後疲憊不堪。我還看見有父母帶個大包包，或行李包裹，緊抓著小孩子的手在路上行走著。那些孩子們全身上下積了一層又一層的塵土，疲累地像在夢遊般地行走。很肯定他們不是拜索斯恩佩的市民。這些人是從哪裡來的人？又為什麼要來到首都呢？

我看著溫柴問道：

「溫柴，你們離開的時候就是這個樣子了嗎？」

溫柴皺著一張臉看看四周，冷冷地回道：

「不是。」

「那麼拜索斯恩佩是突然間變成這麼冷清嗎？」

「戰爭的關係。」

妮莉亞點點頭說道：

「看來戰爭終於開始波及到首都了。長期戰爭下，一直以來很安全的首都，這一次也被捲入戰爭暴風圈，無法倖免了。」

「開始打仗了呀。」

傑倫特和蕾妮雖然在專心地觀賞市內景致，我卻是非常不安。到國境，不，到戰爭前線的距離還有十萬八千里的首都，竟也遭受到戰爭的波及？所有商業行為中斷，年輕人都送去戰場的戰爭景況，竟也開始吞噬著這座巨大都市的偉大景觀了？

夜晚時分，星星成群地在路燈上方佔據黑暗夜空時，獨角獸旅店的馬夫終於用再也忍不住要尖叫的聲音來歡迎我們。

「天啊！這、這、這次是六頭馬車啊！」

傑倫特雖然對這奇怪的歡迎詞感到有些訝異，但我們並沒有多做什麼說明。馬夫向旅館內高聲喊叫：

「老闆！老闆！您出來一下！保證讓您嚇一跳！」

「什麼事呀，這傢伙。幹嘛那樣亂吼亂叫的。」

旅館老闆黎特德一邊用綁在肚子前面的圍裙擦手，一面走了出來。吉西恩用愉快的聲音向他打招呼：

「喲！好久不見啦。老闆先生！」

黎特德先生彈起來似的向後退了一下，然後後腦杓便撞到了建築物的牆壁上。所以這次的久違重逢，是從對黎特德先生的後腦杓深表哀悼之意開始。

「您還好嗎？」

「我的天呀！你們回來了啊！這個又是什麼，怎麼有這種六頭馬車？你們下一次會騎獨角獸還是龍來呢？真是壯觀的馬車呢！沒有精靈馬夫了嗎？啊，就像年紀大的長輩們所說，如果看過三家未婚小姐生孩子的話，天底下就沒什麼會讓人驚訝的事了。大家快請進。我的天呀！一聽到你們回來，這附近就會聚集來一群喜愛打聽消息的傢伙！我們還對那晚的故事津津樂道不已呢。用餐、酒、床、浴室、化妝室，你們要先用哪一種服務呢？」

吉西恩很愉悅地回答：

「被問到這些問題的客人們，大多是怎麼回答的呢？」

「一般只會回答前面兩種。但是也有那種青著一張臉，用低沉的聲音說指定要第五種服務的客人。哇哈哈！」

我注意到亞夫奈德鐵青著一張臉，面色很差，所以我幫亞夫奈德向黎特德先生說有人要第五種服務。亞夫奈德不好意思地說道：

「不，我要的是第三種。因為坐馬車的關係，我的頭很暈。」

看亞夫奈德蹣跚的模樣，艾賽韓德有些擔心想去扶著他。身材又高又沒有長什麼肉，看起來更為高瘦的亞夫奈德在短小精壯的艾賽韓德扶助下走進旅館的模樣，讓旅館裡的男僕和女侍們看了都微笑起來。

不久後，蕾妮和妮莉亞像是相信時間不會在浴室裡溜走一樣，雙雙跑進浴室就不出來了。我們小心地脫掉沾滿灰塵的衣服，大略清洗一下臉和腳便下來大廳。

大廳很安靜，卡爾擔心地看了看大廳四周之後，才對著拿著酒杯走來的黎特德說道：

「客人好像不多啊。」

「別提了。在這種時候會外出旅行的人，可以說是少之又少。這傢伙！這盤不是那邊的！啊，對不起。最近我也碰到一堆煩人的事，真是的。我開旅館維持生計到現在已超過三十年，像今年這麼不景氣倒是第一次碰到。」

「是戰爭的關係嗎？」

「不是的，各位到底是到哪兒去旅行了呢？」

黎特德先生把酒杯一個個分給我們，再把一根柴火放進壁爐，用火鉗翻了翻壁爐裡面，讓空氣流通起來。然後他點起菸斗，和我們一起坐在桌子旁邊。大廳裡幾乎看不到其他客人們的影子，所以這個主人也就任意地放鬆他的姿態了。

黎特德先生吐出帶些藍色的菸霧，飄向空中，他用死氣沉沉的聲音說道：

「從來沒有這麼亂過。什麼嘛……雖然發生這些事，有些人會很高興吧。但是我說啊，現在對於認為早上起床，白天辛勤工作，晚上喝杯小酒幫助入睡是生活常態的人來說，是非常辛苦的時期。」

「是戰爭擴大的關係嗎？」

黎特德先生先摸了摸鼻梁，壓低聲音，用平靜的態度說道：

「你們在路上應該有看到那些難民吧？」

難民？啊，那些奇怪的旅行者們。那些人是難民嗎？卡爾點點頭說道：

「是的。我們看到了一些旅途勞頓的人們。原來如此，那些人是難民啊。」

「南部林地現在完全是一片焦土。這是我從去南部林地旅行回來的人口中聽到的，在那裡，若是坐在大馬路上，不一會兒就可以看到一百名左右的難民。聽說難民多到綿延不絕。」

吉西恩瞪大了眼說道：

「有那麼嚴重嗎？」

「別提了。我覺得最近這個都市的人口好像增加了兩倍。我想各位是在晚上到來，所以沒看到，到了白天，你們再去城門附近的什麼地方看看，會讓你們難以置信的。有一堆不曉得從哪裡來的人，一波又一波地聚集而來。」

吉西恩磨著牙，像在呻吟般地說道：

「怎麼會……不，怎麼會這麼突然？」

「這真是……開戰都那麼久了。怎麼會突然才產生出一堆難民呢？真是無法理解啊。」

卡爾也擔心地說道。接著黎特德先生便看了看四周，緩緩地說道：

「這件事是大家都知道的祕密，卻是千真萬確的事實。」

「是什麼事情？」

「聽說在戰爭前線的基果雷德不見了。」

黎特德暫時先停下了話題。他好像是要給我們充分的時間去反映我們的驚訝。不過我們並不怎麼驚訝，只是默默地點點頭，反而讓黎特德嚇了一跳。卡爾說道：

「我們知道這件事情。」

「什麼？不，難道你們是從戰爭前線回來的嗎？」

「不是，是在旅途中偶然聽到的。」

「這樣嗎。反正現在的戰爭前線是停滯不前的，不是，應該說沒有向後撤退，但是據說要守住現在的陣線，也是相當危急了。所以在南部林地的氣氛很是凝重。那裡的人民逃走當然是有道理的。」

「嗯，這樣子啊。但是從有這麼多難民看來，應該是前線大幅撤退導致的吧？你說陣線很危急，就表示到目前為止還沒有嚴重到撤退的地步嘍？」

「是的。這麼說也沒錯。」

「那就奇怪了。若光是單純就戰爭情況惡化的理由來看，人民也沒有理由要那樣子逃難啊……畢竟就算是快要完全戰敗，反正平民也不需要打仗。難道是有關於傑彭人會格殺勿論的傳言流散開來了嗎？」

黎特德搖搖頭說道：

「不是，不是。若單只是戰線敗退，那倒還好。聽說有一些奇怪的傳聞，但不是格殺勿論的問題。那些傢伙會那麼紳士嗎？各位別嚇到了。」

溫柴眨了眨眼睛看著黎特德。但是黎特德先生因為過度興奮，沒有發現到他的目光。旅館老闆用低沉卻有力的聲音說道：

「傑彭人們……招來了惡魔！」

「惡魔？」

溫柴眨了眨眼睛。我們一臉不解地看著黎特德先生，不曉得他在說什麼，而他的聲音又降得更低了。他用可怕的聲調，幾乎是自言自語地說道：

「沒錯，是可怕的惡魔。深紅色的身軀，有一條鐵鍊般的尾巴，全身像蟲一樣會蜷縮在一起的惡魔。這隻惡魔在沒有雲和星星的漆黑夜半，偷偷飛到了拜索斯軍隊的陣營。沒錯。有些眼力好的士兵當然目擊到牠了。然後那隻惡魔便明目張膽地居住在拜索斯軍營，聽說牠還留下了自己的暗號。到了隔天早上，太陽突然變成一道火光，那些昨天還活蹦亂跳的士兵們便都癱了下來，倒地不起。聽說連從軍的祭司也得了這種病倒下。這到底是什麼怪異的事啊？」

黎特德先生用「這次你們一定會嚇到吧！」的表情環視著我們大家的臉，但可惜的是，我們這次還是沒有被嚇到，只是嘆了一口長長的氣（溫柴則是苦笑了一下）。大概他說的那些眼力好的士兵大部分是站哨兵，很容易因不明原因打盹的士兵，或是夢遊症很厲害的士兵，又或者是很會打哈欠的士兵吧。真是的。看來那些傑彭混蛋把疾病武器，也就是那種奪取神之權能所製造出的人類武器，拿到實際戰場上運用了吧。吉西恩悲痛地說道：

「蘇凱倫・泰利吉大人是什麼時候說過這件事的……看來還沒找出對策來。真是的！在貴族院裡又綠又美的松樹啊。閉嘴！現在不是開玩笑的時候！真是的。建議文件要是送進了貴族院，在那些文件在長徽之前是不會有任何裁決出來的。那些人簡直像一群沒有感覺、慢慢地老化的傢伙。」

卡爾吁了一口氣說道：

「這聽起來也不像是實際上會發生的事情。既然他們被稱作內閣，應該會想出對策。」

黎特德慌張地看看這個人，看看那個人，然後說道：

「那個，你們現在在說什麼啊？」

「啊，沒什麼。對了，那個惡魔的故事，大多數的市民都知道了嗎？」

「什麼？啊，只要是市民都有耳朵吧。那是從在診療所出入的婦人們，以及皇宮內侍的嘴裡慢慢地流傳出來的故事，也有從難民的嘴裡聽到的。事實上還有這種傳言，不是嗎？拜索斯恩佩的市民裡，有的人猜得出來國王內衣穿了幾天。」

吉西恩一臉訝異地往下看著自己的褲子，所以我努力地忍住不發出笑聲來。咕嚕咕嚕喝酒的傑倫特隨口說道：

「這樣下去會民心渙散的。」

卡爾點了點頭。

「沒錯。黎特德先生？」

「啊，是啊。真不是普通的亂。盜賊公會裡發生了叛變事件，小偷們的屍體一具具懸掛在絞刑臺上，戰爭前線的基果雷德逃走了，傑彭人們招來了惡魔，再加上難民一批批蜂擁而來，還有……比這些事情更可怕的事情呢。」

黎特德努力地做出相當悲壯的表情之後，再用跟他的臉相應的語調說道（當然我們是一臉猶疑地聽著）：

「神龍王復活了！」

「噗啊！」

艾賽韓德的反應終於滿足了黎特德。因為黎特德雖然還在說東說西……臉上卻露出相當惡劣卻又沉醉其中的表情。艾賽韓德剛才喝的啤酒沾濕了鬍子，嘴巴大開說道：

「喂！這是怎麼回事？」

「是真的，大家都在談論這件事情。沉睡在褐色山脈的神龍王甦醒了。神龍王沒多久便會醒來，將路坦尼歐大王的國家撕成碎片。」

褐色山脈的……神龍王？啊，是克拉德美索吧。所謂流言真是讓人束手無策。黎特德看到我們又再度嘆了一口氣，不禁滿臉訝異，然後他轉為憤怒說道：

「喂，你們以為我是捏造虛有故事的人嗎？」

「不是，不是的。但是我們無法相信啊。」

「可是這是真的！各位等一下抽個空到市區去晃一晃，就會知道我現在說的話還太過冷靜了呢。雖然聽起來像是瘋子所說的流言，但是有人說，神龍王要帶九百九十九隻龍一起把拜索斯整個給翻過來的日子已經不遠了。你們在哪裡聽說了這件事嗎？」

卡爾突然眨了眨眼睛。他尖銳地看著吉西恩，露出好似要問什麼話的眼神，吉西恩也尖銳地看著自己身體的上上下下，擔心地回答道：

「我臉上沾到什麼了嗎？」

卡爾像洩了氣的皮球般吁了一口氣。呃呃。真是個無聊的王子。卡爾搖了搖頭說道：

「有人在散布流言。」

「什麼？散布流言……不，怎麼會，這群混蛋！」

吉西恩砰的一聲拍了桌子，讓黎特德嚇了一跳。溫柴拿出菸斗，默默地點著頭說道：「那些傢伙們看來相當忙碌地在過日子呢。」

我注意到溫柴說的「那些傢伙」這一點。我雖然仔細地觀察了他的臉孔，但是他的臉上並沒有浮現出讓人能猜到他現在心裡在想什麼的表情。杉森慌張地輪流看著這三個人，所以我替他們做了說明：

「這種荒唐的流言會傳開的原因，是傑彭間諜到處在散布不實傳言。他們要使民心崩潰。」

「唔啊！原來是這樣啊，修奇！」

反應雖有點奇怪，不過傑倫特還是做出了這種反應。杉森則是不說一句話，只是啪的一聲把手拍在額頭上。這會很痛耶。黎特德先生驚訝地看著我，然後再看看卡爾。他說道：

「什麼？間、間諜？」

「是的。傑彭的間諜們正在拜索斯恩佩活動。事實上，間諜們出現在敵國首都也沒什麼好大驚小怪的。而且那些流言好像有那麼一點根據呢。真是的。」

我停止說話。剛才提到那些士兵站哨，其實並沒有一邊打盹，或夢遊或打哈欠，而是因為他們是傑彭間諜偽裝成的士兵。真是「真是的！」。

吉西恩激動地突然站起來說道：

「不管怎麼樣絕對不行。我現在馬上就要去宮裡。」

「啊，是的。您要在那裡過夜嗎？」

「不是。我去談一談事情再回來跟各位報告。嗯，卡爾，你要不要和我一道去？」

「什麼？嗯。這麼看來，我應該去對伊斯公國使節之事謝罪才對。我知道了。一起去吧。其他人打算怎麼樣？」

雖然其他的人都說想要攤開四肢好好休息，但是傑倫特是用一臉懇求的表情望著卡爾，所以最後他也跟著一起離開了旅館。這一切事情都在眨眼之間就完成了，黎特德則是手上拿著早已熄掉的菸斗，一臉茫然地看著我們。

溫柴再次點起菸斗，把菸草丟給艾賽韓德，說道：

「晚上吃什麼？」

直到我們吃完晚餐，旅館裡都沒有進來任何一位客人。看來首都的情況真的不太好，只看到幾個衣衫襤褸、一毛錢也沒有的難民偶爾探顆頭進來。黎特德讓我們看到他雖然不是壞人，但也不是個聖人。他皺著眉頭趕走那些難民，有時有錢付旅館費的他會招待，但絕不可能免費供人住宿。杉森看在眼裡，起了性子說道：

「喂，真是的！看了都煩！」

然後杉森馬上手伸進口袋，拿了一顆小寶石給黎特德。黎特德訝異地看著杉森，聳了聳肩膀說道：

「這個足以付你們今天一整晚吧？向有錢的人收錢，沒錢的人就算了吧。應該不會有損失的吧？」

損失？那顆寶石足以租下這棟旅館一個月呢。黎特德張大嘴巴地向杉森鞠躬，杉森則一臉不好意思。我微笑道：

「不可惜嗎？」

「一點也不可惜。」

這就是杉森・費西佛。哈哈哈！

艾賽韓德為了那位早早就在床上頭暈目眩的亞夫奈德，放了一堆食物在盤子裡，然後再拿起一瓶酒直奔二樓。好不容易洗完澡的蕾妮無聲無息地進了自己的房間，妮莉亞則是拿著酒杯，把腳擱在桌子上，和我們一副德行。我、杉森、妮莉亞還有溫柴獨佔了獨角獸旅店的寬廣大廳，坐著聊天。妮莉亞從嘴邊放下了酒杯，說道：

「卡……杉森，那是真的嗎？」

我忙著看從妮莉亞沒擦乾的頭髮上流下的水珠一滴滴掉到酒杯裡，而沒有回答她。妮莉亞只用椅子兩根後腳作為平衡，坐著摸自己發紅的耳垂，然後看著杉森。杉森也不管她，只是喝著酒。妮莉亞微微一笑，又對杉森說道

「首都已經亂成一團了嗎？」

「聽說是。」

「其他的不知道，只有基果雷德從戰場上撤退的這件事還有其可信度。」

然後杉森張開了手掌，嚴肅地點了點頭說道：

「沒錯。怎麼想都想不通托爾曼・哈修泰爾為什麼要放了基果雷德。溫柴雖然說托爾曼想當克拉德美索的龍魂使，但這可以相信嗎？」

「要不要去找侯爵問問看？」

「要是問得出來就好了。」

溫柴對妮莉亞和杉森的對話似乎一點也不感興趣，只是一手拿著從早上就在把玩的木塊，用刀子開始雕刻。他的刀子每發出銀色光芒，就會聽到嘎喳嘎喳的聲音，木屑便掉到桌子上。杉森一邊看著他工作，一邊問道：

「喂。我有點意見。雖然有那種可能性，但是不是還有很多疑點呢？」

「所以你要我怎麼樣？」

溫柴頭也不抬地緩緩回答。杉森有些慌忙地說道：

「不是要怎麼樣啦，只是希望跟你一起討論嘛。」

「我沒興趣，別找我。」

「你怎麼這麼冷冰冰的。喂，你那個到底是什麼？」

溫柴沒有回答，杉森只好聳聳肩膀。此時我看到妮莉亞一臉憂心地看著天花板。她邊看邊說：

「修奇。」

「是。」

「這件事結束後會變成什麼樣？」

「什麼？」

「我是說啊，如果我們把事情都圓滿解決了的話……會變成什麼樣子？我們的未來會變成什麼樣子？」

「未來？我和名叫未來的那位朋友關係很疏遠哦。」

「那你會變成什麼樣子？」

我舉起了酒杯，一邊喝著酒一邊聽著周圍人們的呼吸聲，壁爐裡柴火爆裂的聲音，還有溫柴手裡嘎喳嘎喳的聲音。

「我想想。去褐色山脈。見克拉德美索，完成牠和蕾妮的誓約，然後回到家鄉。有了神龍王給的寶石，可以拿給阿姆塔特贖身用……找回那些被當作人質的人們。」

「然後大家就幸福快樂地過日子了嗎？」

這個問題好像要喝一口酒之後才可以回答。所以我喝了一大口酒才說：

「要那樣子是很難的。因為我們捲入的事件太大了，要用以前生活的方式過明天的日子是很難的。反正從在床上睜眼起，到回床上閉上眼睛為止，無論發生了什麼事，我們都不會再覺得奇怪了，不是嗎？」

「是嗎？」

「是啊……首先是傑彭的事情。我是說這場戰爭。雖然我不是全盤瞭解，但是因為至少知道它其中的一部分，所以會繼續想到關於這場戰爭的事。我會煩惱拜索斯可否繼續維持和平。以現在來說，拜索斯還是相當危險啊。」

「還有呢？」

「涅克斯的事情。涅克斯在蕾妮成為克拉德美索的龍魂使之後，會真的放棄一切嗎？那個人的心裡只剩下對拜索斯的恨……那個人，以他的全體人格為重心，所剩下的就是恨了。嗯……好像是這樣。愛或恨兩者都是可以彼此引發出來的反應，然後透過這種反應才可以找回自己。」

「你在說什麼？」

「是亨德列克說的。所謂『我』並不是個單數。對所有人沒有了任何感情、任何關係的人，和死人是一樣的。那種感情和關係是以記憶這個名字儲存在愛人的心裡，不是嗎？不過，好像也可以把它叫做個性。」

妮莉亞瞪著大大的眼睛看著我，點點頭說道：

「好像懂了。嗯，然後呢？」

「不過涅克斯失去了那個東西。嗯……我想起了永恆森林。傳說進入永恆森林的話，自己會消失不見。但是沒有進入森林的那些人，也喪失了記憶吧？我要說說關於那些人的記憶。在永恆森林裡，『自我』會消失的。從這裡就可以瞭解：我們身體裡面的那個我，和在其他人心裡的那個我全部合起來，才是我們的本身，不是嗎？像亨德列克說的一樣。」

「那麼這和涅克斯有什麼關係？」

「啊……也就是說我們活著這件事，是和其他的人脈絡相連、息息相關。如果要說具代表性的關係，那就是愛與恨。可是愛與恨這兩者中間，更快速、更容易建立的關係是恨。愛對個人主義的人而言是很難建立的，但是恨呢？很容易的。」

「所以呢？」

「涅克斯為了找回自我，產生恨意是更容易的方式。」

「因為所有人都恨他，所以反過來恨所有人，涅克斯想找回的是這種自我嗎？」

「這都只是我自己的想法而已。」

妮莉亞靜靜地看著酒杯。她突然嘻嘻笑了一下，把手指放到啤酒泡泡裡稍微攪拌一下，再把沾到手指上的泡泡放到嘴巴裡舔。抽出了手指後，她像是在喃喃自語地說道：

「我們能做些什麼呢？」

「什麼？」

「對於世界加諸在人生中的阻礙，我們可以做些什麼嗎？」

「一笑置之嘍。」

「什麼？」

「我說笑一笑就算了。」

「……這樣啊。」

杉森大口大口地喝著啤酒，開始用鼻音哼起歌來。溫柴還在削木塊，我則在看著蠟燭上的火苗。嘎吱，門一打開，進來了一張陌生的臉孔。

「什麼嘛！原來今天做不了什麼生意啊。」

走進來的男子穿著一件像大袋子的外套，戴著垂到耳朵的帽子，衣衫襤褸，肩膀上卻背著一個超級大的木箱。他在入口的地方抖動身體，灰塵啪啪地揚起。是旅館客人嗎？旅館主人黎特德走向那名男子說道：

「歡迎光臨！」

「給我一個房間。多少錢？」

「你一個人嗎？那麼單人房加上供餐，一天一賽爾。」

男子拿起超大尺寸的外套，開始在口袋裡翻找。抓了一把銅錢出來的男子把帽子脫下，夾在腋下，開始數錢。他一脫下帽子，便露出了幾乎禿到頭頂的前額。所以他才要戴帽子吧。數著銅錢的男子一臉慌張的同時，黎特德臉上也浮起了笑容。其實他有錢沒錢根本都沒關係嘛。杉森已經把今天晚上的旅館全包下，免費開放了。所以黎特德才會那樣笑吧。

無所事事的我茫然地看著那名男子。但是那名男子好像發現我的目光了。他看了我一下，突然對著黎特德豎起一根手指頭。

「請稍等一下。」

然後男子也沒等黎特德的回答，馬上往我們桌子方向走來。我們訝異地看著他的時候，男子把背上的黑色木箱砰一聲重重放到地上，然後兩手像在變魔術一樣地打開，說道：

「想想看！」

「什麼？想什麼？」

杉森糊裡糊塗地應答，然後那名男子馬上接著說道：

「可以預見未來是多麼可怕的命運啊！但是我，塔羅大師安帕靈以服務萬人的精神，知道如何將肩膀上背負著的宿命之重輕輕放下的方法。（偷瞄了一下妮莉亞）美麗的小姐在煩惱今年春天可否遇見良人吧。還有（對杉森眨了眨眼）勇猛的戰士在猜想何時才能威名遠播吧。但是覆蓋了未來的帳幕，如同早晨的濃霧，又重又厚，所有一切都渺茫而無法看見。但是不用擔心！各位在今晚遇見了一生難得的機會，各位雖然並沒有在等待著任何人，但是在這裡，安帕靈來尋找各位了！」

黎特德開始抓頭皮，杉森卻很有興趣地說道：

「是算命的嗎？」

「胡說！不要把我這帶有可預見未來的高尚身軀之使命者，和算命的人相提並論。說起我安帕靈，就是優比涅和賀加涅斯的女兒——時間——的仇家。使各位脫離會影響未來的人生阻礙的代價，只要二十分賽爾，你們相信嗎？」

這次換我笑著說道：

「那就算算看吧。看看我們會不會讓安帕靈先生算命，還是不會？」

「你出二十分賽爾，我就算啊。」

高招哦？我一邊笑一邊從口袋裡拿出十分賽爾的銅錢兩枚放到桌子上。然後安帕靈先生就拉了把椅子過來，抓起桌子上的銅錢，使它彈起來。但是在銅錢掉下來之前，安帕靈先生用很快速的手勢，突然將兩手一攤。咦，銅錢跑哪去了？杉森用一副似乎要喊出「哇！」的表情看著安帕靈。我眨了眨眼說道：

「現在請您算看看吧。」

「什麼意思啊？」

「咦？我是指『我們會不會讓您幫我們算命』啊。」

「當然會嘍。這不是已經給我錢在算了嗎？哈哈哈！」

我拍了一下額頭。天啊。安帕靈先生笑笑地說道：

「來吧，總而言之，我是不會做出那種侵吞一點小錢的卑劣行為的。等我一下吧。」

02

安帕靈先生伸手到懷裡，拿出了畫有花花綠綠圖案的一疊紙牌。他立刻以令人眼花撩亂的手勢開始洗牌。就連黎特德先生也露出興趣濃厚的表情，坐到我們這一桌來。安帕靈先生仔細把紙牌洗好之後，疊成一疊，牌面朝下放在桌上。

「您是用紙牌占卜嗎？我是頭一次看人用紙牌占卜。」

「是嗎？請用左手切牌。」

「切牌？」

妮莉亞說道：

「意思就是拿起一小疊，放到旁邊去。」

我按照他說的做了。安帕靈先生隨即把原本那一疊放到我拿在旁邊的另一疊紙牌上，然後開始喃喃自語說了一些話。他唸了一些我們聽不懂的話之後，拿起紙牌，開始一張一張地牌面朝下發牌。首先他把三張排成一列，再來是兩張。然後是放了四張，再來是兩張，總共放了十一張。他每放下一張，就喃喃自語著聽不懂的話，用認真專注的動作放下紙牌。最後把另一張放在比較遠的地方，分開放著。

「好。這是很嚴肅的。這關係到一個少年的未來，所以請大家保持安靜。你叫什麼名字呢？」

「修奇。修奇‧尼德法。」

「很好，修奇。前面這三張會顯示你的過去。你翻開來看看。啊，等等，翻牌的方向也是很重要的。你要往左右翻，還是往上下翻，都要考慮清楚再翻。當然，你只能用左手翻牌。」

我用左手把放在我面前的三張牌給翻了過來。一次是往左右翻，其他兩次則是往上下翻，結果桌上分別出現的是：長得很滑稽的小丑、奔馳在荒野之中的戰車、孔武有力的大力士。最後的大力士圖案是顛倒過來的。

安帕靈先生露出有趣的表情，看著紙牌。

「小丑、戰車和力量……力量呈相反方向，而且是第三張？哎呀！你是不是女朋友很多？」

「咦？」

「哇哈哈哈！」

我面帶著糊裡糊塗的表情，看了一眼正在瘋狂笑著的杉森。他一面敲著桌子，一面說道：

「哇哈哈！您真有本事，說得很準！」

妮莉亞也在捧腹大笑著，安帕靈先生則是露出微笑，說道：

「在你這個年紀是沒關係的。因為你的個性容易被誘惑，所以才會有很多女朋友，會比較煩惱，不過你的命中註定只有一個女人纏著你，所以完全不用擔心。有這麼多的女朋友都沒有用，但還是要小心一點比較好。雖然你的個性對每件事都很積極，可是只有一點，就是你很容易對女性屈服。你一定要意志力堅強，不要被迷住了！」

砰！杉森笑到後來就從椅子上摔下去了。杉森蹣跚地站起來，但還是一直在笑，簡直笑到快發瘋的狀態，好不容易才勉強站了起來。

「咳嘻，呵嘻嘻嘻！」

妮莉亞則是笑到眼淚都流出來了，我看到她笑成那副模樣，用不高興的語氣說道：

「我還沒有對女人屈服過。那麼下面兩張是什麼？」

「這個嗎？這會顯示出你的現在。你也必須很專注地翻牌。」

我的現在？我來看看。我這次是兩張都往左右翻開。杉森和妮莉亞已經不再笑了，在他們注視之下，出現的是一個新月的圖案，不過地面是在上頭，所以由此可知是顛倒過來了。還有另一張也是顛倒的，是一個男子的圖案，那個男子穿著像禮服之類的衣服。安帕靈先生的眼睛閃爍著光芒，說道：

「哎呀，現在你的旅行目的幾乎已經快達成了！可是卻出現了顛倒的高階祭司？可以達成你旅行目的的最重要人物，現在卻不在你身邊。」

「是的。而且加上第二點……如果找不到那個人，那麼幾乎快成功的旅行說不定會因此而失敗。那個人握有你旅行的鑰匙啊。」

「最重要的人物不在我身邊？」

哎呀，我心裡不禁打了一個寒顫。我想想看。如今已經回到拜索斯恩佩，只要安全抵達褐色山脈，我的旅行就差不多結束了。要給阿姆塔特的寶石早已經準備妥當……嗯，沒有任何事需要擔心了。可是他卻說最重要的人物不在我身邊？最重要的人……是蕾妮吧。可是蕾妮現在好好地睡在二樓。妮莉亞疑惑地歪著頭，杉森則是表情困惑地說道：

「安帕靈先生，我朋友的旅行目的算起來是和我的一樣。嗯，我們是同行的夥伴。可是我們現在已經和重要的人在一起了啊？」

「哈哈哈！大部分的沉痛失敗，都會找上那些自認為已經準備得完全沒有瑕疵的人。明明你們現在還沒有遇到最重要的人，啊，有可能你們已經見過了，卻不知情而放他走，沒有注意到他。不管怎麼樣，你們應該要盡快找到這個人。以現在而言，成功的可能性越高，失敗的可能性也越大。也就是說，其他所有的條件都已經備齊了，就只有這個人，你們還沒有備好。」

「真傷腦筋……那麼，可以知道這個人是什麼人嗎？」

安帕靈先生一聽到我的問題，指著第三列的紙牌。

「我們來看你的未來吧。」

我翻開了第三列的四張紙牌。出現的是怎麼看都像是國王的男子、顛倒過來的兩個戀人、看起來像是車輪的某種輪子，以及一個長得很醜的惡魔。安帕靈先生歪著頭看了看紙牌，妮莉亞隨即開玩笑地笑著說：

「未來會怎麼樣呢？修奇會不會變成我的兒子呢？」

「啊！妮莉亞，拜託！」

「又不會怎麼樣。反正也沒辦法看出不會有這種好運，不是嗎？」

溫柴看到我們互相爭吵的模樣，嘆了一口氣，又開始削起木塊。他的表情彷彿是就算世上所有人都在占卜，他還是要自己一個人削他的木頭。安帕靈先生摸了摸下巴，說道：

「首先，你會見到那位重要人物的可能性很高。放心吧。」

「是嗎？太好了。」

「可是啊……見到那個人的時候，你的選擇會變得很重要。」

「選擇？」

「是的。他現在正要來找你，你們一定會見面的。可是要看你的選擇如何，才能受到他的幫助，否則他反而會妨礙到你。你的強大行動力，以及困擾你的運勢可以說是不相上下。目前優比涅與賀加涅斯已經對現在的你鬆手了。」

「咦？你的意思是，我被優比涅與賀加涅斯丟棄了嗎？」

「不，不是的，小伙子。普通人並不能都得到優比涅與賀加涅斯的幫忙。祂們兩者會直接介入的，是類似像那種非常重要的英雄所發生的事件，哈哈哈！你這個小伙子。你怎麼會認為優比涅與賀加涅斯會隨便介入人類的事情呢？」

「啊……是這種意思嗎？」

安帕靈先生正眼直視著我，點了點頭。

「是啊。你現在是站在非常重要的抉擇叉路上。雖然那個幫助你的貴人現在還沒準備好，可是在未來，他會待在你的身旁。到時候所有一切就會準備就緒。而且到那時候，優比涅與賀加涅斯也會對你放手。你必須完全用自己的力量和智慧，來做好那個重要的選擇。」

因為安帕靈的認真口吻，使得在座的人都變得鴉雀無聲，簡直靜到連燭油滴下來的聲音也聽得到。這時候，安帕靈先生哈哈大笑著說：

「哈哈哈，你不用擔心！你命中註定的那個女子，她的運很好。託她的福，你應該會很好運的。」

我應該要笑嗎？傑米妮，有人說妳的運勢很好。哈哈哈。啊！我竟然不知不覺認為傑米妮就是我命中註定的女人！杉森大笑著，不斷拍著我的肩膀，說道：

「小子！呵哈哈哈！你一定很高興吧？託傑米妮的福，你的運氣就變好了！」

我並不想把杉森那隻拍著我肩膀的手甩開，只想把它緊咬十分鐘就好。我會滿懷著對杉森的友情，把他的手骨咬碎。呃呃呃！

妮莉亞開心地笑著說道：

「那麼剩下的兩張是什麼呢？還有那邊那一張呢？」

「啊，妳是指這個嗎？請等一下。好，修奇？剩下的兩張也請打開吧。可是，這一次不是兩張都翻開來，只能選一張翻開來。知道了嗎？」

「只能選一張嗎？哪一張好呢？」

「就是要你從中選擇啊。必須從兩張裡面選出一張之後，再翻開來。當然，方向也要決定好之後再翻。」

呵，這可真傷腦筋耶。我要不要閉上眼睛仔細思考看看呢？唉，又不是什麼大不了的事，只不過是紙牌占卜而已嘛。我翻開了右邊那一張。桌上出現的紙牌是一頭撂倒高塔的龍的圖案。被龍攻擊的高塔有一半都塌了。哎呀，竟然是崩塌的高塔。我瞄了一眼紙牌之後，看著安帕靈先生。他微笑著說道：

「是高塔！哈哈。」

「您怎麼了？」

「恭喜你。這表示我給你的建議會是很正確的。」

「是嗎？」

「沒錯。從現在開始，我給你建議。因為你被兩個人左右了你所有的事，所以，第一，有一個女子已經得到了你的愛。這是既定的事實了。那個女子把你抓得緊緊的，所以別想掙脫了，乖乖地接受吧。（我像是要把地面弄塌下去似的嘆了一大口氣）第二，你現在這次冒險是由一個會幫助你的貴人……某個鑰匙保管者在負責任。要找到他並沒有問題，可是到時候你必須好好考慮。第三，我的建議是對你有益處的。因為這張牌正顯示出我的預言有多少價值。」

「啊，謝謝您。可是……為什麼要我從兩張裡面選擇一張呢？」

「這個嘛，另一張是只有給特別的人才可以翻開來看的牌。可是你並不需要。」

「是嗎？可是我很好奇耶。」

「哈哈。有些事物是可以知道的，但有些事物是不可以知道的啊。對你而言，你是不能看這張牌的。」

「那麼，那邊那張分開來放著的牌是什麼呢？」

我指著放在稍遠位置的那張牌。安帕靈先生嘻嘻笑著把紙牌收起來。

「那也是祕密。當然，你是不可以知道的。」

「真是的……」

此時，妮莉亞走到前面來。她拿出兩個銅板放著，眨了一下眼睛，說道：

「也請幫我占卜吧。」

安帕靈先生嘻嘻笑著，只拿起其中一個銅板，並且說道：

「我很樂意幫妳占卜。這一個銅板拿走吧。美女一向都是我的弱點啊。」

妮莉亞歡呼著拿走了一個銅板，杉森則是露出心裡不舒服的表情，結果被妮莉亞擰了一下。

安帕靈先生和剛才的順序一樣，把十一張牌排好之後，也放了一張在稍遠的位置。

妮莉亞表情興致勃勃地說道：

「啊，我的心跳撲通撲通的，好緊張。那個，第一個要看的是我的過去嗎？」

「哈哈，請翻開紙牌吧。」

妮莉亞翻開的紙牌是顛倒過來的力量、車輪、上下顛倒的高塔。安帕靈先生笑著說道：

「妳好像對妳以前做的職業沒什麼興趣哦？」

「咦？」

「小姐以前做的事，是連妳自己也不是很喜歡做的事。換別種職業會比較好。而且那既不合妳的性向，也不合妳的個性，不過最重要的大問題是……」

「大問題？」

妮莉亞非常緊張地問道。隨即，安帕靈先生也以認真的口吻說道：

「妳的本領不夠好。」

這一次是我和杉森在捧腹大笑。

「咯咯咯咯！」

妮莉亞張大嘴巴一直看著安帕靈先生，我看到她那副臉孔之後，真是快笑瘋了。

「嗚嘿嘿嘿嘿！大叔你說得很準哦！」

「什麼啊！喂！修奇！」

「哦，拜，拜託……呵哈哈！不，不要再擰我了。呵咯咯咯！」

「這……哼！再怎麼說，我在此地也是非常有名的呀！」

儘管妮莉亞尖銳地抗議，安帕靈先生還是自顧自地說道：

「可能只有小姐妳自己這樣想吧。哈哈哈。」

「是大叔你算得不準。好了，第二個是看現在，是吧？」

妮莉亞用生氣的動作很快地翻了第二列的紙牌。出現的是反過來的小丑和星星圖案的紙牌。星星……路坦尼歐大王的八星？安帕靈先生說的卻和我的胡思亂想毫無關聯，他說道：

「哼嗯，妳對於幫助妳的人會很珍惜，很不錯的待人方法。妳應該要繼續保有這種態度。」

「咦？啊，是……什麼？」

妮莉亞像是很驚慌似的做出了很奇怪的回答。安帕靈先生嘻嘻笑著說：

「可能是因為和這個少年一起旅行才會這樣。妳現在繼續保持這樣，就會有令妳滿意的結果。可是小姐妳的旅行還沒有結束，而且會有一些好人在妳的身旁周圍。」

「好人……是嗎？」

「是的。哈哈。」

妮莉亞露出仔細思索的表情。然後她突然笑了出來，並且指著第三列。

「這代表的是我的未來嗎？」

安帕靈先生帶著微笑的神情，點了點頭。妮莉亞緊握一下手指頭之後又攤開，小心翼翼地把紙牌翻開來。她好像非常聚精會神，就連頭髮垂到鼻子在搔癢了，她還是一副毫無感覺的模樣。出現的是顛倒過來的高階祭司、顛倒的惡魔、穿著一件看起來像苦行僧舊衣服的祭司，以及一對戀人的圖案。安帕靈先生拍了一下手掌。

「真厲害！」

「咦？什麼？是好的預兆嗎？」

儘管妮莉亞焦急地問，安帕靈先生還是一面點頭，一面繼續看紙牌。就在妮莉亞按捺不住地想說話的時候，安帕靈先生說道：

「抓住那個男人！」

「什麼？」

「妳要好好抓住那個男子。沒有必要在心裡產生矛盾。那個男人是妳天生註定的緣分。妳不需要再煩惱一些沒用的東西，而且沒必要和妳自己相比較。終究那個男人一定會是小姐妳的。那個男人應該比這個小伙子還要更加吸引妳吧？」

「什麼……您到底是在說什麼呢？」

「不知道嗎？真是令人頭痛，妳好像還不知道的樣子。沒關係。嗯，未來原本就是這樣。我的意思是，一天早晨醒來睜開眼睛，在妳枕邊，妳會看到一個在過去妳一定連想都想不到的男人，然後妳會對他說：『趕快起床吧，老公！』，不管怎麼樣，妳有一個確定的男人會出現，而且絕對不可以放棄這個男人。絕對不必拿自己和那個男人比較，認為自己配不上他，或者認為『他不可能會愛上像我這種女人……』。這是很笨的想法。」

妮莉亞聽完安帕靈先生的這番話之後，整個臉都漲紅了。妮莉亞輕輕地點頭，就在這時候！哦，真是的。杉森開口說道：

「先生，那個可憐的男人到底是誰，有辦法占卜出來嗎？」

看來杉森被擰的手背可能整晚都會疼痛不已，而且痛到眼淚把枕頭都濕透。妮莉亞指著最後一列的那兩張紙牌，說道：

「我是不是也應該要選一張？」

安帕靈先生還在看著杉森手背上的嚴重傷口，一時還沒辦法回答。所以妮莉亞不等安帕靈先生應話，就選了一張紙牌，並且翻開來。出現的是脖子被吊起來的男子圖案。

妮莉亞一看到這紙牌，嚇得退縮了一下。被絞首的男子？我不禁聯想到那些引發叛變之後，被押上絞刑臺的盜賊公會成員們。安帕靈先生茫然地看了一下紙牌，便煩惱地說道：

「小姐的牌很特別。照理說這張紙牌很少用到。」

「咦？」

安帕靈先生不說二話地把分開放著的那張紙牌拿近身邊。他先是撫摸了一下紙牌背面，然後說道：

「這紙牌事實上是我的紙牌。如果是蹩腳的占卜家，可能會裝成一副精通命運的樣子，可是事實上，看人的命運並不是單方面的關係，應該是預言者和其對象之間的問題。『我』並不是單數，不是嗎？」

咦？這不是亨德列克說過的話嗎？我驚訝之餘正要說話的時候，安帕靈先生已安靜地翻開那張所謂「他自己的紙牌」。出現的是一個看起來應該是女王的女子圖案，但卻是顛倒過來的。

安帕靈先生的眉毛跳動了一下。妮莉亞看到反過來的女王圖案之後，稍微笑著說道：

「哇，是女王耶……？」

可是儘管妮莉亞用開心的聲音說了，安帕靈先生的臉色還是變得暗沉。安帕靈先生雙手握著，開始折他的手指頭。然後，他深吸了一大口氣，說道：

「請翻開最後一張牌吧。」

「咦？」

安帕靈先生指著第四列還沒有翻開的那張牌。妮莉亞用驚慌的眼神看了看那張牌，一點也不想伸出手的樣子，她對安帕靈先生說道：

「為什麼呢？你剛才不是叫修奇從兩張之中選出一張而已嗎？」

「妳的命運怎麼可能和別人一樣！趕快翻開來！」

安帕靈先生的聲音雖然不是很大聲，卻存有一股強硬的力量。妮莉亞用不高興的眼神看了安帕靈先生一眼，小心地伸出手來。她的手就像是要去碰一條蛇或者蟲子屍體之類的東西，慢吞吞地接近那張牌。就在這時候——

「妳不要碰那張牌。」

妮莉亞的手一下子縮了回來。在座的所有人都把目光集中到一個方向去。在那裡，可以看到溫柴還是在削著木塊。我比較驚訝的不是溫柴說的內容，而是對於他跟妮莉亞說話的這件事實感到驚訝不已。此時，溫柴的嘴唇又開始動了。

「最後一張隱藏的紙牌是天機。不要碰那張牌。」

第二次了！溫柴竟然對妮莉亞講了兩次話！當然他還是把視線固定在木塊上，態度像是沒有在對任何人說話的樣子，但是這話分明是對妮莉亞說的。妮莉亞彷彿像碰到很燙的東西，雙手握在胸前，看了一眼那張牌面朝下的紙牌，又看了一眼溫柴。她正要開口的時候，令我驚訝的是，她的聲音竟然像呼吸聲一樣輕。她說道：

「溫柴……那張牌是不能碰的牌嗎？」

溫柴靜靜地把木塊放在桌上，還把手上的小刀刺到桌上，發出了「啪！」的一聲。黎特德先生隨即皺起眉頭，但是溫柴不管這個，只是抬頭望著安帕靈先生。他靜靜開口說話的時候，我又再嚇了一跳。

「Sfrumn forghseer. Ne brai can-fabul ren jian pnahe?」

在座每個人的目光，這一次全都很快地轉向安帕靈先生。而且安帕靈先生嚇得臉色發青地開口的時候，我這時已經驚訝不起來了。套句黎特德先生說過的話：「看過三戶人家的未婚姑娘生小孩，那其他事就沒什麼好驚訝的了。」

「Ren...Savnak.」

「Ahn choudar, sfrumn forghseer. Pnahe un kmaru.」

安帕靈先生用我們聽得懂的話回答：

「對不起。那麼，祝各位有個美好的夜晚。」

安帕靈先生立刻動作迅速地站起來。我們驚訝地看著他，不過他急忙站起來之後，又再背起木箱子。正當他要收拾桌上的紙牌時——

「請不要碰紙牌！」

安帕靈先生的手被別人從半空中抓住，而抓住安帕靈先生的手的人正是妮莉亞。她緊抓住他的手腕，盯著溫柴看。可是她的嘴唇卻正在笑著。

「喂，我想知道是怎麼一回事。而且，我都已經付錢了，先生您應該要占卜到底吧。不是嗎？」

妮莉亞很和善地對安帕靈先生眨了眨一邊眼睛。可是安帕靈先生面露為難的表情，說道：

「小姐，剛才是我的錯，我跟妳道歉。我的意思是，這牌和剛才那個少年一樣，是不需要看的牌。」

「我不管這麼多。不過你應該說了理由之後再走吧。」

「理由？沒有什麼理由。這牌並沒有任何用處！」

妮莉亞像是小貓似的把眼睛瞇成一直線，直盯著安帕靈先生瞧，而安帕靈先生看到妮莉亞的那種眼神之後，愣怔了一下。不過，就在他要強行拿走那張牌之前，妮莉亞的手就已經先移動了。妮莉亞用另一隻手很快地翻開最後那一張紙牌。

「咦？這是什麼圖案？」

呈現在桌上的是個魔法師。

這是任誰看了都會認為是魔法師的男子圖案。男子用令人生畏的目光，眼睛稍微傾斜地看著，而且緊抓著手中的木杖，簡直快要將它折斷似的。妮莉亞面帶感興趣的表情，說道：

「是魔法師耶！哇！真的好像里奇蒙哦。這代表什麼意思……？」

妮莉亞並沒有把話說完。為什麼會這樣？我隨著妮莉亞的目光，看到安帕靈先生那副被嚇得臉色發青的臉孔。安帕靈先生結結巴巴地說：

「啊，這是一張好牌。」

「真的是好牌嗎？」

難道是壞牌？他帶著這種臉孔說話，就算是告訴別人生了兒子的消息，也可能會被聽成是父親去世的消息吧？可是安帕靈先生一直猛點頭，並且說：

「嗯，很好。真的很好啊。這牌原本就是只能說到此的牌。」

安帕靈先生一面如此說道，一面很快地想把手扯開。妮莉亞在無意識之中鬆了他的手，雖然想再抓住，但是安帕靈先生用非常迅速的動作收走了紙牌。接著，他立刻把紙牌放進口袋，轉過身去。咦？他現在就要走了嗎？

可是安帕靈先生無法走很遠。因為杉森不知何時已經拔出長劍，擋在他面前了。杉森嘻嘻笑著用長劍拍打左手掌，並且說道：

「幹嘛這麼急著走呢？你不是想要睡在這間旅館嗎？」

安帕靈先生嚇得臉色發青。

「為、為什麼要這樣子呢？」

「嗯，杉森。你怎麼拔出劍來呢？」

杉森連看都不看我這邊，只是把視線固定在安帕靈先生身上，並說道：

「您應該解釋清楚之後再走吧。」

「那、那張牌原本就不能再解釋什麼了！」

杉森優雅地搖了搖頭。沒想到這個人竟然也做得出這種優雅的動作呢！

「不是不是。我對你這種三腳貓功夫的紙牌占卜毫無興趣。只是我的耳朵確實很清楚聽到了，你竟然是個會說傑彭語的算命師……這當然是很可疑的事嘍。作為一個算命的，這個職業還不錯。既可以隨心所欲地到處行動，無論到什麼地方，即使露臉也不會被懷疑，這種職業當然很不錯。而且可以趁著占卜的時候悄悄散布一些謠言，所以這種職業真的不錯。這雖然是我的想法，不過我覺得最近這座都市常會吹起在沙漠裡才會吹的風。而且謠言也未免太多了。您覺得如何呢？會預知未來的塔羅大師安帕靈先生。」

我也猛然踢開椅子，拔出了巨劍。妮莉亞不知從什麼地方拿出一把匕首，擋在黎特德先生的面前。

「老闆大叔，你一定要在我後面躲好！」

黎特德先生果然很老練，不愧為旅館老闆，他以迅速的動作躲在妮莉亞的身後。安帕靈則是被嚇得臉色發青，他看了我們每個人，手慢慢地舉了起來。

「等一下，各位……」

「不要亂動！否則我說不定會一劍砍下去！」

安帕靈先生一聽到杉森的高喊聲，手在半空中停了下來。他用發抖的膝蓋勉強站著，萬一他這是在演戲，那我真覺得傑彭的間諜教育實在是太了不起了。我還是接著說道：

「你應該知道剛才杉森說的是什麼意思吧？你只要動嘴巴，說清楚這是怎麼一回事。絕對不可以有其他的動作！」

可是安帕靈先生好像就是無法動他的嘴巴。他的嘴巴像是想要說話似的嚅動著，可是終究還是沒有辦法說出話來。此時，溫柴說道：

「把武器放下，讓他走吧。」

「什麼？」

溫柴的態度看起來像是不怎麼在意，他冷冰冰地說道：

「那個男子如果是間諜，我會第一個看出來。他只不過是個普通的流浪算命仙。他會說傑彭語，而且就連紙牌解釋也是用傑彭式的，由此看來，他可能是去過傑彭吧。但他並不是傑彭人。他的口音完全不像。」

口音？說到口音，沒錯，他說傑彭語的時候，和溫柴說的有種不一樣的感覺。因為他說的雖然是傑彭語，卻有一股很重的拜索斯腔調。然而，那或許是個人的口音問題，不是嗎？杉森一直盯著安帕靈先生，說道：

「你確定？」

溫柴也是同樣死命盯著杉森，說道：

「如果我說確定，你就會相信了嗎？」

「我會相信。」

杉森很快地回答，速度比我所想的，還有我想可能也比溫柴所想的還要來得更快。我的意思是，杉森很快就說他會相信。可是就連溫柴原本也是間諜，杉森竟然會如此相信他。溫柴低聲地說：

「我確定。」

杉森慢慢地收起劍來。安帕靈先生面帶著一副極想一屁股坐到地上的表情看著杉森，就在杉森的長劍完全收回劍鞘裡並且發出噹的一聲時，他立刻開始奔跑起來。

「哇啊啊啊！」

安帕靈先生頭也不回地往大門方向跑出去，他像疾風般消失的時候，被推開的門扉又再猛烈向後彈回來，發出了轟然巨響。砰！

「嗯，真是的……我連想道歉都沒辦法了。」

杉森看著被用力關上的門，說了這句話。妮莉亞嘻嘻笑了出來，她指著杉森對我說：

「這個人原本就這樣子嗎？是不是不管什麼話，他都會很容易相信？」

「是有那麼一點這種傾向。」

「笨蛋就是這樣。」

「妳說什麼？」

妮莉亞對杉森伸出舌頭之後，把倒下去的椅子扶正，坐了下來，並且把安帕靈先生掉落的帽子撿起來。

「在這種天氣裡，不戴帽子到處跑的話一定會很冷的。」

妮莉亞把帽子丟擲到桌上之後，開始看著溫柴。溫柴不知何時又開始在削木塊了，妮莉亞像要望穿他似的看個不停。

妮莉亞有好長一段時間都一動也不動地看著溫柴，結果溫柴突然大聲吼叫出聲音。

「修奇！你問她，為什麼要這個樣子！」

「為什麼不能看最後那一張牌？」

「你跟她說，要是她有時間花在沒有用處的事情上，就上去把頭塞到枕頭裡睡覺！」

「為什麼不能看最後那一張牌？」

「好煩……！」

「為什麼不能看最後那一張牌？」

溫柴再也不大吼大叫了，只是用生氣的動作削著木塊。木片猛烈地向四方彈迸出去，然而妮莉亞還是用兩手支著她那張固執的臉孔，一直盯著溫柴。我和杉森互相對望一眼，聳了聳肩之後就上二樓去了。在我們上樓時，從背後又再傳來妮莉亞的聲音。

「為什麼不能看最後那一張牌？」

我睜開眼睛時，已經是半夜時分了。好久以來第一次睡在舒服的床鋪上，我原本以為可以一覺到天亮，結果睡到半夜就醒了。床鋪太舒服好像也是個問題。

我在床上呆呆地坐著，想想我到底是在什麼地方。

其實，一睜開眼睛就會去想自己是在什麼地方，這種習慣是很可笑的事。如果不是出門在外的人，恐怕完全無法理解這種苦悶。可是如果每天都在不同的地方睡覺，在陌生的地方睜開眼睛，那種人從夢的世界回到現實的世界時，每次都需要仔細想一下自己身在何處。而最近的我就是這樣。從睡夢中醒來，一定會立即想這個問題：我在什麼地方呢？

現在我是在拜索斯恩佩的獨角獸旅店二樓客房。

接下來，我會想一下醒過來的理由。這個嘛……是因為我喝了好久沒喝到的啤酒之後，現在想去上廁所的信號從身體下面傳來。嘿嘿嘿。

我上了廁所，身體變輕之後，就聽到杉森傳出很大的磨牙聲。我要再睡回床鋪之前，感到一股奇異的感覺，回頭一看，映入眼簾的是只有在拜索斯恩佩才看得到的夜景。街燈的光芒經由窗戶透了進來。紅色的光線像霧般散布開來，稀釋掉黑暗，外面……好像下雨了？

我走近窗戶。

嘩啦啦啦。路上被畫出許多圓圈狀的波紋。在屋頂上面則是濺起一片很稀薄的白色水珠之霧。那些雨滴好像是在黑暗的長途旅行裡，在快要打瞌睡的時候，流進了路燈燈光照映著的紅色範圍內，它們一下子猛然驚醒，扭動身子。那瞬間的閃爍簡直美得令人看了惋惜。在路燈下，有無數的雨滴正在開著舞會。舞會的主題是與重力對話。哈哈哈哈！

真是美極了。咦？可是溫柴到哪裡去了？

我把放在桌上的提燈點了火。提燈的燈光一亮起來，杉森便不安地翻身，所以我用一隻手遮住燈光，走到外面去。我走下樓梯之後，看到從大廳透出一道淡紅色的光線。進到大廳一看，溫柴正穿著一件單薄的襯衫，一面顫抖著手，一面削木頭。在這寒冷的夜裡，他怎麼會穿那麼少呢？不過，我一看到他身旁，就知道他的外衣跑到哪去了。他的外衣正覆蓋在妮莉亞背上。

妮莉亞趴在桌上睡著了，她唸唸有詞地說著：

「嗯，為什麼不能……最後那一張牌？」

哎喲，我的天啊。有個空杯子滾落在她臉旁。她好像喝了不少酒。溫柴像是很厭煩地看著睡著的妮莉亞，他打了一個寒噤，然後他這時才發現我下來大廳了。他用非常沙啞的聲音，說道：

「你起來了呀。」

「啊啊啊啊哈（打哈欠～～）。為什麼你還不去睡呢？」

「有個女的拿走我的衣服之後，就不起來了，不是嗎？」

溫柴像是火冒三丈似的說道。我則是聳了聳肩，說道：

「是她拿走的嗎？」

看起來好像不是吧？沒錯，確實跟我想的一樣。溫柴從鼻子呼出一口氣，說道：

「她這樣醉醺醺睡在這裡，等於是在喊著叫我要給她衣服，不是嗎？」

「把她叫醒，送她到房裡去，不就好了？」

亞的背。

「怎麼叫醒她？」

如果搖她的身體，或者在耳邊對她說……好像沒辦法這樣做，所以該怎麼叫醒她呢？我搖了搖頭，走近妮莉亞。然後像是要溫柴好好看著似的，把手整個張開給他看，然後輕輕敲了敲妮莉亞的背。

「嗯……真是的。好睏哦……我不要吃飯。」

「不是要妳吃飯，是要妳上去睡在床上。」

「床上？上去？」

妮莉亞雖然抬起頭，但好像還是一副搞不清楚狀況的樣子。她用呆愣的目光環視了一下周圍，然後慢騰騰地爬到桌子上面之後，蜷縮著身體躺在桌子上。接著，溫柴的外衣彷彿就像是被子似的，被她拉到肩頭。

「不、不是這樣啦！天啊，妮莉亞！」

溫柴冷冰冰地說道：

「要是我，就會把她扛起來丟到床上再回來。」

像丟艾賽韓德那樣丟嗎？我先是皺著眉頭看了看溫柴，然後又再次搖醒了妮莉亞。

「哎呀，真是的……不要這樣啦。」

「趕快起來，上去妳的房間睡吧！」

妮莉亞這會兒坐在桌子上，環視了一下周圍。她用浮腫的臉孔看了看四周，好像察覺到自己坐著，周圍的東西卻是低得奇怪。她把腦袋輕輕地晃了晃，用雙手抓住我的肩膀。我莫名其妙地按照妮莉亞叫我做的，轉身過去背向著妮莉亞。

「背我吧。」

我的天啊……我的背部感覺到妮莉亞整個人都趴了上去。妮莉亞的兩隻手臂下垂，讓我背著她，所以我必須把腰往前彎才能避免讓她摔下去。我背起她之後，看了一下溫柴，溫柴正露出他白色的牙齒。有什麼這麼可笑呢？

我默默地走向二樓。她整天坐在馬車上面，一定也累了，再加上喝了幾杯啤酒……啊，嗯，其實馬車旅行本身也是滿累人的事。妮莉亞整個人癱在我背上，好幾次都快掉下來，我好不容易才走到妮莉亞的房間前面，我一打開房門——

「哎呀！是修奇……嗎？」

躺在房裡的蕾妮看到我之後，嚇了一大跳。啊，對了，我應該先敲門才對。我把頭轉過去，指著背在背上的妮莉亞，蕾妮正想把桌上的蠟燭點燃的時候——

「不，不要點了。我讓她躺下就要出去了。」

就在蕾妮的注視之下，妮莉亞彷彿像是我的女兒似的，乖乖地任我放下，任我幫她蓋被子。和蕾妮道晚安之後，我一面關上房門，一面嗤嗤地笑了出來。傑米妮，我們如果生了女兒，會不會生一個像妮莉亞的女兒……呃哇啊啊啊！乒乒乓乓，砰！哎喲！我的屁股啊。

「……看來你對於下樓梯還不是很熟練哦！」

我在溫柴冰冷的批評之下起身站好。嗯。好像應該多加練習如何下樓梯才行。哼。這都是我在胡思亂想才遭受到的懲罰。我不但屁股痠痛，兩腿也很疼痛，只好先不回去臥房，坐在椅子上。這時，從樓上突然傳來一聲宏亮的喊叫聲。

「什麼事？」

在大聲喊叫的，正是連甲衣也來不及穿上、拿著長劍衝下來的杉森。杉森急忙下樓梯，用半夢半醒的臉孔看了看我們兩個人。他立刻把一根手指豎在嘴巴前面，說道：

「噓！剛才我有聽到可疑的聲音。好像有人闖進來。趕快拿好武器！」

呃呃呃。我決定先不要管他了。所以我泰然自若地坐著，並且對溫柴問道：

「啊啊哈（打哈欠～～）。現在大概幾點呢？」

「已經過了半夜十二點。」

「你一直都在這裡嗎？卡爾、吉西恩和傑倫特一直都沒有回來嗎？」

「他們還沒有回來。我說我會在這裡等他們回來，結果連老闆也進去睡了。」

「啊，是嗎？嗯……下雨了，說不定他們會在皇宮睡覺，明天早上才回來吧。」

「可能是吧。」

杉森變得一副慌張的臉色，但整個人仍然處在警戒狀態，盯著四周圍看。我應該要說出事實才行。

「剛才那是我發出來的聲音。」

「真是的！」

杉森打了一下我的頭頂，以此報復我妨礙他的睡眠。然後他把長劍丟在桌上，就坐下來了。

「所以說，卡爾和其他人都還沒有回來嘍？我應該要在這裡稍微等看看才對。」

溫柴所削的木塊如今已經削出某種程度的形狀了。那看起來像是一隻蜷縮著的動物，但看起來也像是個蜷縮著的人。雖然不知道那是什麼，但或許是因為木雕的關係，所以不採用複雜的動作，而是以蜷縮的模樣來表現。那是什麼動物，或者是什麼人呢？

「最後那一張牌有什麼意義呢？」

溫柴停下小刀的動作，瞄了我一眼。杉森雙手交叉在胸前，看著溫柴，而我也跟著他做出雙手交叉在胸前的動作，並且說道：

「請用和氣的態度，在你能解釋的範圍之內，解釋給我們聽。萬一超過能夠心平氣和地說出來的範圍，是個很大的祕密，那麼不說也沒關係。」

溫柴一面繼續削木頭，一面說話。可能因為現在開始在做細部雕刻，所以小刀的動作變得比較輕而且細膩。溫柴一面繼續削木頭，一面說道：

「紙牌本身是在任何國家都可以看得到的東西。可是占卜術士把自己的紙牌分開放著，這是傑彭式的做法。剛才那個流浪漢可能是流浪到傑彭過。但他不是傑彭土生土長的人，因為他的口音很生硬。」

「哼嗯。」

「如果要正確地使用傑彭式占卜，魔法師或者女王等牌必須拿掉，放進其他的紙牌，可是意義則是大致相通。而且紙牌並不是最重要的。事實上，不管是用紙牌或者在任何紙上寫字都無所謂。預知能力並不是從紙牌上呈現出來的，而是由占卜術士呈現出來。」

杉森微笑著說道：

「是嗎？溫柴你以前也做過這種職業嗎？」

「我是經歷過游牧生活。沙漠的夜是很無聊的。因此古老的故事和那種占卜是在度過無聊夜晚時的最佳娛樂。」

「啊哈。」

「不管怎麼樣，一開始看的是顯示出過去經歷的三張牌，然後是顯示現在的兩張牌，還有剩下的，是顯示即將到來的未來四張牌，這你們已經都知道了。」

「可是，為什麼不是同樣都三張呢？」

「我也不是知道得很清楚，可是我知道這有一大堆複雜的含義在裡面。過去的三張代表的是被遺忘的事、記得的事、既沒有遺忘也沒有記得的事。現在的兩張代表的是一個人的外表與內心。未來的四張則是代表所希望的事、不希望的事、雖然不希望卻一定要做的事、雖然希望卻無法達成的事，好像就是這樣。」

「啊哈？那麼最後那兩張呢？」

「那是用來判斷預言的行為對問事者人生的影響。被選到的紙牌代表的，是預言是否有用、是否沒用，或者會不會因為預言而有大轉變等等。那張牌的意義相當複雜。」

「我的情況是不是出現有用？」

「沒錯。不，應該解釋為沒有不好的事，會比較恰當。」

「可是妮莉亞呢？」

「我也不太知道……不過，她翻開了自己的紙牌，由此看來，透過預言的行為可能會發生很重大的影響。那個蹩腳的占卜術士想要忽略那次的占卜，就好像預言不會有任何影響，但事實上預言是預知人生的重大事件。因為這是預知未來的事，而且又很少會出現如此大的事件。因此，對其影響也要考慮進去才行。而最後那一張紙牌就會顯示出這影響。」

杉森表情訝異地說道：

「可是既然會帶來很大的影響，為什麼不讓人知道呢？」

「因為問題是在於會影響到誰。」

「什麼意思？」

溫柴把桌上的木屑集中在一起，丟到壁爐去，繼續說道：

「那個奸惡的傢伙。那個占卜術士的牌是女王，如果是傑彭式的，就不會出現女王……咳嗯。總之，在普通的情況下，女王的含義是帶有愛情的禮物、寬容、家庭的和平等好的含義。可是剛才是顛倒過來的。而且是那個占卜術士的牌。在這種情況下，代表的是無情的選擇、無法挽救的決定。聽說國王的決定是有挽回的餘地，但女王的決定卻是永遠不能改變的。」

「啊？」

「女人比男人更多情，但也可以說是更無情。」

溫柴一笑也不笑地用僵硬的表情說了這句話。呵，真是的。其他人我是不知道，不過這句話從溫柴的嘴裡說出來，所以聽起來有點可笑。溫柴表情沉著地說道：

「如果出現那種牌，就必須放棄預言。因為那種行為的危險性太高了。占卜術士必須要減輕人們對未來的不安，給予希望才對。可是那可惡的傢伙害怕自己會蒙受到預言的副作用，所以想要叫妮莉亞翻牌。可是預言的副作用，其實是占卜術士應該要負責承擔的部分。」

「副作用？是什、什麼呢？會很嚴重嗎？」

「反正就是有副作用。這東西要花很長的時間才能解釋清楚。」

「哼嗯。那麼最後那張魔法師有什麼樣的含義呢？我是指妮莉亞翻開的那張。」

溫柴先是繼續削木塊，並不做回答。我轉過頭去看著敲打窗邊的雨滴。嗒嗒，嗒，嗒。溫柴的說話聲摻雜著雨聲傳到我們耳邊。

「魔法師原本是代表新的經驗、機會、幸運等含義。至少端正的魔法師是如此。」

「然後呢？剛才那張牌並不是顛倒過來的，不是嗎？」

「可是在那種情況下……卻意味著那個預言是完全錯誤的。因為魔法師是欺騙優比涅與賀加涅斯的秤星。」

「所以預言錯誤了嗎？」

「不，如果只是錯誤倒還好。因為那只是預言錯誤。可是既然魔法師介入了，未來就會任意發展了。會發生原本不可能發生的事，甚至當事人還會懷疑，怎麼會有這種事發生在自己的人生裡。這是預言這種行為所造成的。」

「咦？」

我驚訝地張開嘴巴，看著溫柴，可是溫柴並沒有將視線轉向我。他冷淡地說道：

「所以那個叫安帕靈的傢伙會被嚇得臉色發青。因為這也是會影響到他的。預言會影響到占卜術士和當事者，當然不是絕對單方面的。」

「喂，好，等等。那麼，也就是說，這並不一定只會發生非常不好的事，是嗎？」

溫柴聽到杉森的困惑聲音，還是面無表情地答道：

「不。當然不能說一定是不好的。因為也有可能會很幸運到懷疑自己怎麼會這麼幸運。不管怎麼樣，以占卜術士的觀點來看，那是因為做出沒有用的預言，才變成令人頭痛的狀態。」

「是嗎？因為無法知道是幸運還是不幸嗎？」

溫柴用疲憊的聲音說道：

「是的。魔法師這種人原本就是這樣啊。我們無法知道他們的頭腦裡到底有什麼想法，而且他們還擁有會給周圍重大影響的力量。可是，修奇。」

「咦？」

「那種占卜術不用那麼信。那只是顯示出某種含義的方式，對於不相信的人來說，是沒有任何用處的。因為對我而言會有各種不同的含義……我是因為看到他那種蹩腳方法之後才火冒三丈，並不是因為相信那個才發火的。」

「啊……是。因為那是你故鄉的占卜方法？」

「嗯，也可以這麼說吧……」

溫柴把語尾拖長。我靜靜地等待，過了不久，溫柴用冷靜的聲音繼續說道：

「為了要讓未來完全是個禮物，所以我們收到了另一個不同的大禮物——我們會死，而且不知道何時會死。說不定擁有不死之命運的神會羨慕我們吧。」

哎呀？我好像從卡爾那裡聽過類似的話耶？溫柴一看到我的驚訝表情，噗哧笑著說：

「這應該是亨德列克說過的話，好像是吧。」

「是嗎？」

雨勢越來越強了。不停地敲打著屋頂的雨滴聲變得很大聲。嗒噹，嗒噹，嗒噹。杉森專注地思考了起來，說道：

「亨德列克的故事在傑彭也好像很有名，是嗎？」

「是的。再怎麼說，他是曾和最強的對手對決過的人。」

「你是指神龍王？」

「嗯。」

溫柴因為漸漸把注意力集中在雕刻細部的作業，所以用模糊的聲音回答。我為了不要妨礙到他，稍微退後了一點。啤酒桶是放在哪裡呢？啊，在那裡。

「你要不要喝啤酒？杉森？」

「不。你不睡覺，要喝酒啊？」

「給我一杯。」

「我想要等到卡爾和其他人回來。」

「是嗎？」

嘎吱。我講到一半，門突然被打開來。會不會是去皇宮的那些人？原來不是。開門進來的原來是安帕靈先生。他一進來，看到我們就僵住了。杉森嘻嘻笑著說：
「您又來啦？太好了。剛才我還來不及道歉，您就走了。」
「嗯……剛才我忘了把帽子拿走。」
安帕靈先生全身都被雨淋得濕漉漉的，特別是他的頭，還濕得閃閃發光呢。我環視了四周，發現在牆上的掛鉤上掛著他的帽子。我拿著帽子，一走近他，安帕靈先生便立刻伸出手來。可是此時杉森從我的手中拿走了帽子，並且說道：
「先生，您不是連旅館住宿費也沒有嗎？為了對剛才的事表示道歉，我想幫您付今天的住宿費。您就睡在這間旅館吧。」
安帕靈先生表情驚訝地看了看杉森，說道：
「是嗎？是真的嗎？」
看來他一定是去找過所有旅館和旅社了。杉森點頭之後，大聲喊叫呼喚黎特德先生出來。過了不久，黎特德先生穿著輕便的服裝，一面打哈欠一面走出來。
「請給這位先生一個房間。我們為了表示道歉，要幫他付旅館費用……剛才給您的寶石應該夠吧？」
「啊哈（打哈欠～～）。是這樣嗎？當然夠。先生，請跟我來。您要不要吃晚餐？」
安帕靈先生表情慌張地點了點頭。隨即，黎特德先生也點頭，說道：
「請跟我來。請先到房間把行李放好，再下來吃東西吧。但是現在這個時間我只能準備簡單的餐點。」
「啊，什麼都可以，只要能充當晚飯的就行。嗯，這位親切的戰士，真是謝謝你。」
「沒什麼，請別客氣。還有，我的名字叫杉森・費西佛。」

安帕靈先生用高興的表情，正想要再說些什麼的時候，他的目光和溫柴相迎視。安帕靈先生趕緊轉過頭去，就跟著黎特德先生上樓去了。

03

一陣子之後，安帕靈將濕衣服換掉，開始吃他遲來的晚餐（也許稱作宵夜更正確）。不管怎樣，他吃過了飯，嘛著嘴走向我跟溫柴坐的那張桌子。他雖然覺得很難開口，但一杯啤酒下肚之後，就輕鬆地說起話來了。

「啊，說起來我塔羅大師安帕靈這個人，常常因為別人的情義而感動！我之所以無法放棄現在這種生活，其實也是因為人的關係。若是翻過那座山頭，有誰住在那裡呢？今晚在旅館裡會碰到什麼樣的旅客呢？我滿腦子都是這些事，所以腳一點也停不下來。哈哈哈！」

安帕靈拿起啤酒杯猛灌，停了好一陣子才繼續說：

「但是我還是得為你做些事，我不喜歡無緣無故受人恩惠。哎，費西佛先生，你有沒有什麼想要的東西？幸運符怎麼樣啊？海格摩尼亞的女巫從村裡帶來的符我有一個。我也有只生長在紅色沙漠裡的毒蛇尾巴！這在長途旅行中是很有用的東西，從毒蛇尾巴中湧出的強大力量可以將怪物趕走。而且我還有稀少珍貴的食人魔皮，如果你想要的話，我可以特別算你便宜……」

食人魔皮？我想那一定是豬或羊的皮吧。安帕靈哪那麼厲害，能夠宰掉食人魔？杉森的表情看起來似乎開始有點動心，於是我先插嘴說：

「哈哈……杉森對那些東西沒什麼興趣的。反而是我想要拜託你一件事，可以嗎？」
「是嗎？說說看吧。」
「喂！我什麼時候說我沒興……嗚！」
我將杉森的嘴摀住，連忙說：
「明天妮莉亞起床之後，能不能請你用你所能說出最棒的詞句來稱讚她？就說最後那張牌好得不得了。但這樣等於我拜託你說謊了，可以嗎？」
安帕靈挖了挖鼻孔，一面看著我，然後馬上開始哈哈大笑。
「這個嘛，你們不但讓我今晚有地方住，還給我上了一課！你說的是對的。」
「咦？」
安帕靈用嚴肅的表情將手上的鼻屎彈開，說：
「所謂看到未來這回事，其實只要將人對未來的不安感減少就可以了，到底準不準根本不重要。這真是件可恥的事！到了這把年紀，還得跟年紀小小的後輩學習！當然先賢也曾經說過，到了八十歲，還是有可以向八歲小孩學習的東西。嗯，我知道了。你別擔心。」
「啊，你願意這麼做嗎？太感謝了。那就拜託你了。」
「我不是說要你別擔心嗎？」
安帕靈這麼說完，就瞄了沉默地坐在一旁、只知不斷削木頭削到煩的溫柴一眼。他乾咳了幾聲，然後說：
「可是啊，剛才費西佛先生差點誤認我是間諜，但你們到底為什麼要跟那個傑彭人一道走呢？啊，我不是懷疑你們，只是搞不好路上很多人會因為那一位戰士而感到困惑吧。」
「那也是沒辦法的事。因為溫柴真的是傑彭間諜。」

「啊，果然……你說啥？」

安帕靈點了一下頭，突然眼睛睜得大大地望著我們。溫柴噗哧笑了出來，杉森也微笑著對他解釋：

「哈哈哈。他本來是間諜，可是已經投誠了。他曾經立下解救國王的大功，而且有國王的哥哥吉西恩王子在為他的所作所為負責，所以沒關係的。」

安帕靈用無法相信的表情輪番看著我們幾個人，我則是用輕鬆愉快的心情看著他的表情。嗯哼。安帕靈現在應該會認為我們是不得了的冒險家吧？要是他知道我們一行人中包括拜索斯的王子、矮人的敲打者和傑彭間諜，再加上龍魂使，那他的表情會變成什麼樣子？我並不像安帕靈是個預言家，但至少能預言他將會大吃一驚吧。

「你說他救過國王陛下？不，各位大爺參見過國王陛下？」

怎麼突然變成「各位大爺」了？這種語氣變化方式還真稀奇啊。杉森帶著得意的表情，但用謙遜的語氣說：

「咦？啊，偶爾會見一見。現在我們一行人中，也有幾位前去晉見國王陛下，所以我們才會等到這個時候。大概是因為下雨，所以他們來得慢了一些。」

安帕靈現在望著我們的表情不只是驚訝，甚至還帶著些許的敬畏。哈哈哈。可是安帕靈突然又用誠懇的表情說：

「是嗎？那麼……不，嗯……這個該怎麼說好呢？」

「你要說什麼？請直說。」

「呵，真是的。首先，能不能請你們先答應我，絕對不要誤會我，也不要生氣？」

杉森一臉困惑。我插嘴說：

「那就請你說得不要讓我們誤會，不要讓我們生氣好了。說話的主控權不都在安帕靈先生自己手上嗎？」

「啊，這麼說也沒錯。我剛才的要求很可笑。嗯，就是這個。我看到了未來。」

「啊，應該是吧。大部分的人觀察現在就已經很忙了，你這職業可還真累啊。我真心想鼓勵你……」

「不是，不是！請先聽我說。」

「啊，請說吧。」

然而之後安帕靈就開始在那邊摸摸酒杯握把、拉拉袖子地拖時間。他到底想說些什麼呢？我想他大概要說的，就像今天傍晚跟黎特德聊天時聽到的一樣，說我們做的事很了不得，但進行的又是很辛苦的冒險之類的話吧。

安帕靈總算開口了。

「我說啊……我前幾天主要都在南部林地遊走。那裡現在可真是一片混亂。」

「是嗎？嗯，我們都聽到一些風聲了。」

「沒錯。但只聽到風聲是不夠的。你們應該要去看看，那些農夫將裝滿秋收穀物的倉庫放火燒掉的樣子。」

我不得不訝異得目瞪口呆。不管誰看到我跟杉森，一定都會以為我們大概是因為獨角獸旅店裡突然長出了兩座礦山，才會這麼驚訝吧。我好不容易才說出話來。

「放火？農夫？燒穀物？」

這種話跟巨魔去學算術一樣莫名其妙，跟矮人把寶石敲碎一樣可笑。農夫放火燒穀物？連溫柴都突然把小刀跟木塊放了下來，然後雙手抱胸，專心聽安帕靈講的話。安帕靈手舞足蹈地說：

「戰線指揮官開始想到最糟的狀況。如果再這樣下去，搞不好南部林地會一舉被佔領，那穀物倉庫不就成為傑彭軍的兵糧站了嗎？當然燒倉庫的農夫，心情就猶如燒自己的孩子一樣。如果是平常，就算在戰爭狀態下，也不會發生這種事。但南部林地那些純樸的農民還是不得不擔心。你們有沒有聽過傑彭人將惡魔召來的事情？」

杉森的臉一下子整個皺了起來。我的表情大概也差不多吧。

「是的，有聽過。可惡……就是因為這件事，使得南部林地的農夫陷入恐懼嗎？」

「聽說是這樣。所以軍隊裡頭發出損害賠償證書，並且鼓勵農夫們快去避難。」

「損害賠償證書？那是什麼？聽都沒聽過。」

「是嗎？嗯，那很簡單。就是未來由政府負責賠償田地被破壞與穀物的損失，政府要求他們先離開南部林地。那張證書還真是項傑作，損害賠償的期限是無限期。換句話說，就是根本不知道政府什麼時候會賠償。修奇你如果是農夫，應該會叫政府別開玩笑了吧？但就是有這樣親眼看到還是無法相信的現象發生了。由於不知道惡魔什麼時候會衝進來，所以農夫根本還沒收到賠償證書，就急急忙忙把自己家燒掉，開始準備避難了。」

天啊……真是地獄。南部林地似乎陷在比我們所想像還要嚴重的恐怖當中。我伸出了舌頭。嘖嘖！

傑彭的那種武器除了具誘發疾病的可怕破壞力之外，似乎還發揮了讓人陷入恐怖這種更可怕的附加效果。我茫然地想像著卡爾一行人，他們喊著一些跟皇城的豪宅大院氣氛完全不合的辱罵之言那副光景。雖然是突如其來的想法，但仔細想想，好像也不會有什麼錯。卡爾大概會露出一副像是要抓住尼西恩陛下頭髮的樣子，手一面顫抖著一面這麼說：「什麼？叫他們去避難？發賠償證書？真是可笑！就算有人生病，也沒關係的！只要派人去調查都市中心，將聖徽回收，那麼整個儀式都會變成無效的！只要派幾個健康的人出去調查一個晚上就行了！為什麼不發公文出去呢？」

對啊，他們為什麼不發公文出來呢？那武器雖可怕，但並不是完全沒辦法解決啊。應該將清楚說明事態的公文發到各都市各領地去，讓大家得知現況……啊……可惡！根本沒有時間可以讓人充分理解。南部林地大部分都是農田，跟其他地方比起來，人口分布是比較分散的！如果有人住得像我們故鄉西部林地一樣分散的話，那就應該是南部林地了。真是讓人頭痛的地方！

萬一我們在伊斯經歷的神臨地，是實際應用前的最後實驗，那麼來算一下：那時是十一月十二日，也不過兩個禮拜前。時間過得太匆促了。由於拜索斯與傑彭戰爭最為緊迫的時刻我們正在旅行，所以我們的時間感會和實際的時間感混淆。可惡。卡爾比我有智慧得多，大概不會把兩種時間感搞混吧。尼西恩陛下的頭髮應該絕對是安全的（而且誰會那麼大膽？就算不是卡爾，如果是吉西恩跑去抓住國王頭髮，這種可能性也應該考慮進去）。

在一瞬間我想了這麼多的事情，最後用沉鬱的表情望著安帕靈。

「南部林地恐怕跟地獄沒兩樣。」

「形容得很對，修奇。真的很像地獄。但是看到了那種場面，我真的會懷疑這個國家的運勢現在到底變得如何。」

杉森用驚訝的表情說：

「這個國家的運勢？」

「沒錯，拜索斯的運勢。我實在很好奇，所以就為拜索斯的運勢做了一次占卜。我選了一座適合的岩山，進去花了一晚上，讓心整個空下來，然後在日出的時刻進行占卜。」

「啊……對國家也可以占卜嗎？」

「不是，不是，那太難了。我還沒到那種程度。所以我大致卜了拜索斯王家的命運。雖然用的不是很正統的方法，其他占卜術士看了可能會說我詐欺，但是我是為了自己而進行預言，絕對不會使用騙術。結果最後我不得不前來拜索斯恩佩。我本來還在想，來到這裡之後又能做什麼，有誰會相信我的話呢？可是我還是忍不住要來。但……令人驚訝的是，我居然碰上了認識陛下的人！這真是可笑至極的事。能看到未來的我，現在卻因為命運的奇妙而驚訝不已！」

我看著搖曳的燭火好一陣子。我不知道為什麼害怕提出問題，所以也不敢看安帕靈。杉森也一副迷迷糊糊的樣子，緊閉著嘴巴。但最後還是他開口問了：

「拜索斯王家會怎麼樣呢？」

「這個……如果這件事傳了出去，我可能會因為不忠之罪，而不知落得什麼下場。所以你們嘴上一定要小心。」

「知道啦。到底會怎麼樣？」

「你真的不會隨便講出去吧？」

安帕靈講完這句話，還是猶豫了好一陣子。就在我再也無法忍受的那一刻，安帕靈終於開口了。

「就一個家族來說，拜索斯完蛋了。」

我再度望著燭火。現在剛過午夜，外面的雨滴越來越小了。在這種寒冷的天氣裡淋到雨的話，反而會覺得溫暖。雖然很難解釋清楚，但感覺就是那樣。當然那不是我的感覺，而是擁有全天下特異獨一感官的傑米妮的感覺。小時候只要一下雨，傑米妮就會高興得不知如何是好。如果問她為什麼要淋雨，她就會回答：「因為很溫暖。」拜託，天底下哪有這種傻瓜？淋成落湯雞之後，第二天鐵定感冒，鼻涕流個不停，還說什麼溫暖呢。

吉西恩難道不會抓著弟弟的頭髮在那邊搖嗎？如果沒有端雅劍在旁邊，吉西恩還算是個溫文儒雅的人，所以應該不會做那種事吧。尼西恩陛下的頭髮應該還是一樣安全。啊，可惡，我剛沒想到那個人。傑倫特？不會吧。我現在想的是尼西恩陛下本人。搞不好尼西恩陛下現在抓著自己的頭髮在生氣呢。「皇兄！請你責備這愚昧的弟弟吧！可憐的百姓，那些可憐的百姓……！呃啊啊啊！」有這種可能性。非常有這種可能性。

他居然說拜索斯家族完蛋了？

不是拜索斯王國，而是拜索斯家族。說到拜索斯家族，那不就是拜索斯王家嗎？他說王家完蛋了？

這玩笑開太大了。杉森臉上一陣青一陣紅，正瞪著安帕靈。我噗哧笑了出來，說：

「真有趣。」

我的回答一定讓安帕靈很失望吧。安帕靈搖了搖頭，用慌張的表情望著我。溫柴不知什麼時候又拿起他的木塊跟小刀了。沙，沙。我則是靜靜地望著喝乾的啤酒杯底泡沫。要再喝一杯嗎？不，還是算了。明天還得騎馬趕路呢。現在離克拉德美索甦醒只剩下不到兩天了。亞夫奈德當初說大約是一個月，所以也不能說正確的日期就在兩天後。搞不好一個星期後牠才會醒來，也說不定牠已經醒了。啊，我猜牠大概還沒醒吧。看看今晚聽到那傳聞的威力，如果克拉德美索已經醒了，那拜索斯恩佩應該已經混亂到發生暴動了吧。

還是不喝的好。我們應該盡力趕路。卡爾一行人大概會在拜索斯恩佩過夜之後再趕過來。

「看吧。我不是說你們不會相信？」

安帕靈的聲音中夾雜著厭煩。但是我泰然自若地說：

「不，我相信。也許千年萬年之後，不，搞不好不到一百年之內就會發生了。不管如何，拜索斯家族總有一天會完蛋的。」

杉森聽到我的話，開始嗤嗤地笑。安帕靈有點生氣了。

「我才不會把這種當然之事當作預言來說！」

「是嗎？你敢說到目前為止，你的預言一次都沒錯過？」

我好像聽到安帕靈的嘴一下子僵住的聲音。我用不確定這些話是從腦袋裡還是肚子裡出來（肚子裡出來，意思是酒氣造成的醉話）的態度說：

「你聽聽看，安帕靈先生。我們剛才對這個問題已經做過一些討論了，所謂預言，只要讓人減低對未來的不安感，給人能夠面對未來的希望就行了。安帕靈你所說的這種預言，是沒有任何用處的。」

「沒有任何……用處？」

「是的。什麼用都沒有。嗯，這雖然是我自己的想法，但所謂預言，好像是造成矛盾的基礎。」

「這是什麼意思？」

的確。這句話連我自己都無法正確地理解，但是這麼說好像也不是錯的。我所經歷的一些事，所見過的一些人，並不是昔日過去就算的一些日常瑣事。杉森的眼神變得很奇妙。

「預言說的雖然是未來，但實現的時刻是現在。就算是針對未來的事，但若嚴密地分析，那麼預言跟其他事物一樣，都是屬於現在的。」

「你到底在說什麼？」

「簡單來說，若是你相信預言，這件事就到此為止了；若是無法相信或不願相信，那這件事也一樣就到此為止。原諒我這麼說，但一般人都只會相信好事，因為會得到滿足感。他們只是為了滿足感才相信的。若是讓他們不舒服的預言，他們是不會相信的。不管怎麼說，他們都還是活在現在。」

「厲害。」

說出這句話的不是在削木頭的溫柴，也不是訝異到閉不上嘴的安帕靈，而是開門進來的吉西恩。

卡爾與傑倫特跟在吉西恩的背後，所有人都被雨淋得渾身濕漉漉。吉西恩腰上的端雅劍發出很大的嗡嗡聲，安帕靈的眼睛一下子張得大大的。吉西恩將黏在臉上的頭髮撥開，另一隻手抓住劍柄，用疲倦的聲音說：

「安靜。我有話要說。」

端雅劍的聲音消失了。吉西恩進到房裡，安帕靈一副椅子不穩的樣子，全身僵硬地看著他。傑倫特環顧了一下四周，發現了掛在衣架上的毛巾，就開始擦起臉來，卡爾則是沉靜地坐在桌前。吉西恩將視線固定在安帕靈身上，說：

「很對不起，我剛才在外面聽到你們說的話了。雖然我這樣有些無禮，但是聽到有人說我們家族完蛋了，這也是沒辦法的事。」

「我們……家族？」

「我叫吉西恩・拜索斯。這些人是我同行的夥伴，我是拜索斯的王子。雖說是王子，但我從宮中出來也很久了，所以，沒什麼了不起的。」

唰！安帕靈連忙從椅子上站起來，發出「啪！」的一聲，一邊膝蓋跪了下去。吉西恩接過傑倫特遞過去的毛巾，一面擦頭髮一面坐下。

「請起來，先生。在這種冷天裡跪在地上是很痛苦的事。」

「殿、殿下，請原諒小的不忠之罪……」

「不忠？沒這回事。」

「咦？」

「請起來吧。我的想法跟修奇不久之前講的差不多。我不會相信你所說的話，所以也不會因為我所不相信的話而生氣。」

吉西恩沉著無比地說。他現在的樣子就像隻落水狗，而且用毛巾將頭整個蓋住，正在狂暴地擦頭髮。但剛聽別人說自己家族要滅亡的人，是沒辦法故作高尚態度的。卡爾微笑了，傑倫特也笑著坐到桌前。

「你不需要一直跪在那邊。請起來坐吧，要不然就請上去休息。因為時間已經晚了。」

安帕靈一臉迷糊地仰望著吉西恩，但吉西恩的視線已經從他身上移開，在那邊擦著頭跟手臂。安帕靈猶豫了一下，還是站了起來，大概是想道聲晚安，但還是不知道該說些什麼，嘴裡咕噥了一陣，就跑上樓去了。

安帕靈上階梯的聲音非常響，因為他腳步很急。他今晚真的能睡得著嗎？他會不會在想，居然進到這種旅館，自己到底瘋了沒有？哈哈哈。卡爾望了一下安帕靈消失的樓梯那個方向，然後將頭轉向吉西恩。

「沒關係嗎？」

「沒關係。」

「知道了。尼德法老弟？其他人全都睡了吧？」

我聽到卡爾的問題，才感覺到大家不想再談安帕靈所說的預言。所以我擺出一副事不關己的表情點了點頭，然後望向傑倫特。

「怎麼樣？跟你想的一樣棒嗎？」

傑倫特不知何時已經裝滿了三杯啤酒，遞給卡爾跟吉西恩一人一杯，然後說：

「真的無法用言語形容！哈，那可真是……說來可笑，如果要談到對皇城的感想，我會拿去跟神龍王的大迷宮做比較。」

「大迷宮？嘻嘻。這句話最好不要被艾賽韓德聽到。但是拿去跟大迷宮比，不是有些誇張嗎？皇城雖然是座很壯觀的城，但怎麼可以拿去跟大迷宮……」

「很壯觀的城？你說只是很壯觀的城？拜託！那宮殿可是懷有讚美神之心的！因為有花！修奇你在大迷宮的哪裡看到活生生綻放的美呢？」

「啊……是沒有。」

傑倫特猛地拿起啤酒杯拚命灌，很多都流到衣服上了，他擦了一下下巴。

「嗝！夜雨下在那花壇上的景象，我大概一輩子也忘不了。呼。那是德菲力的庇佑啊。在我到達宮城的那一刻下起了夜雨。這不就是必要時的小小幸運嗎！」

「哈哈，真恭喜你了。」

但我認為就算當時沒下雨，傑倫特也一定會感謝德菲力賜給他一個大晴天吧，呵呵。我將頭從聖職者的模範身上轉開，望了下卡爾。卡爾看來很疲倦，用右手的拇指跟食指按著兩眼之間的部位。

「你們見到陛下了嗎，卡爾？」

卡爾一面揉他的眼睛一面說：

「嗯？啊，見到了。我們聽到了不是很好的消息。」

「是不是有誰抓住他的頭髮……啊，不是。我隨便亂說的。」

卡爾用慌張的表情看著我。呃。大概我跟安帕靈講話的時候喝了太多啤酒。卡爾的臉皺成一團，說：

「南部林地現在好像幾乎陷入了恐慌。」

杉森的臉整個皺成了一團。他點了點頭。

「我們已經聽到傳聞了。剛才那個算命的好像是從南部林地過來的。」

「是嗎？嗯。那裡有很多農家。拜索斯的糧食產量有一半以上是出自那裡，所以也可以稱作拜索斯的糧倉。尼西恩陛下那表情就像是睡一覺起來，卻看到倉庫全空了的人一樣。」

看到倉庫全空掉的人。嗯。如果他還能做出那種表情，那他的頭髮應該是安全的……我怎麼一直這個樣子？卡爾帶著一副倦容說：

「幸好現在是十一月下旬。徵稅的馬車應該已經運送完畢了，所以政府保有的糧食應該還夠。但是農人可能得放棄種大麥。這將是個殘酷的冬天。搞不好隨之而來的也是殘酷的春天。由於神臨地的傳聞，民心已經浮動到了極點……雖然是祕密，但尼西恩陛下好像已經開始對叛亂的危險有所偵察了。」

「叛亂？可惡。說起來，在艱困的時候要大家合作這件事，不管到哪裡都只是說說而已。叛亂或暴動為什麼都一定要在最艱困的時候發生？」

「說得好，費西佛老弟。答案應該不用說了。無論如何，現在對尼西恩陛下最重要的事，是找到能夠代替基果雷德的戰力。因為一切都是起因於這件事。當然還剩下神臨地的問題，但對方一定要這麼做，我們也只有承受的份。然而基果雷德留下的戰力空缺是很嚴重的問題。因為這是我們這邊的問題。」

我噗哧笑了出來，說：

「國王沒有詛咒哈修泰爾家族嗎？」

吉西恩苦笑了一下，卡爾點了點頭。

「你很清楚嘛，尼德法老弟。」

「哈修泰爾家族有沒有說什麼？」

「這個嘛……這是所有狀況中最可笑的局面，哈修泰爾侯爵居然正式宣布跟托爾曼・哈修泰爾斷絕關係。」

「斷絕關係？你是說托爾曼被逐出家門嗎？」

「沒錯。侯爵說跟基果雷德解除契約，是托爾曼個人的行為。龍跟龍魂使的關係對我們其他人而言，有很多難以瞭解的部分。他說托爾曼覺得基果雷德很可憐，看到牠一面在前線作戰還要一面養育幼龍，所以就解除契約將牠放了。」

雖然我已經喝多了，但現在非得再喝一杯不可。我裝滿了啤酒杯，然後「砰！」的一聲將杯子放到桌上，同時低聲說：

「這可能有兩種解釋吧？」

「說吧。讓我嚐嚐身為指導者的喜悅滋味吧。」

吉西恩、杉森還有傑倫特都用一副開始好奇的表情看著我。而溫柴也停下了削木頭的動作，對我表達敬意。那表示他會專心聆聽。我調整了一下呼吸，然後說：

「我一定會讓你滿意的。第一種解釋，托爾曼・哈修泰爾真的是天下無雙的笨蛋。可是他到底幾歲了？」

「十五歲。」

「那他真的很蠢。他應該知道如果放走基果雷德，拜索斯軍一定會死傷慘重。只因為可憐就把牠放走，真的是很愚蠢。」

「第二種解釋呢？」

「他應該是受了哈修泰爾侯爵的指示才這麼做。也就是說，溫柴的假設是對的。」

「很好。真是厲害。如果這兩個裡頭要你選一個呢？」

「那很簡單。只要瞭解一件事就行了。現在托爾曼是由哪裡管轄呢？」

卡爾用感覺奇特的表情說：

「正式的說法是……什麼修道院呢？啊，應該是亞美昂斯修道院。那是信奉劍與破壞的雷提的修道院，位在南部林地。他在那座修道院中接受保護。據說托爾曼・哈修泰爾放掉基果雷德之後，從前線逃走，跑進了那間修道院。可是那間雷提修道院的院長是哈修泰爾侯爵妻子的弟弟，也就是小舅。」

「那麼托爾曼還是在哈修泰爾侯爵的掌握之中嘍？」

「沒錯。」

「國王沒有向修道院長要求將他引渡出來嗎？」

「修道院……所謂神殿是干涉起來很麻煩的地方。有一次侯爵不是曾經說過嗎？傳統上統治權必須尊重神權所管轄的境地。當然反過來說也是一樣。因為聖職者侍奉的是神，所以嚴格地說起來沒有服從國王的義務，但在自尊心的範圍內會對國王表示尊重與愛。」

傑倫特似乎同意卡爾的話，點了點頭，但是我卻搖著頭說：

「這很困難。簡單來說，雙方都不能太過分地干涉對方吧？雖然會彼此牽制，但不會到傷害對方自尊心的程度吧？」

卡爾點點頭說：

「因為他們服從的對象不同。」

杉森用驚訝的表情說：

「即使如此，托爾曼犯的是重罪，難道不能要求神殿把他交出來嗎？」

「不能直接這麼做，費西佛老弟。那孩子要求神殿的庇護之後才進去，這種狀況下修道院是不會將要求神庇護的孩子交給他們本身並不服從的地上君王的。」

「啊……這可真是……」

「而國王也不能隨便侵犯神權所及的領域。如果用這種方式侵害到神權，所有神殿都不會坐視不管，其他神殿也會激烈地起來抗議。如此一來，整個狀況就會變成『尋求神懷抱的少年被地上的君王給奪去』。如果是在平時，可以靠著暗地裡的圓滑交涉解決這件事，但現在是戰時，國王不可能跟神殿對立，進一步刺激已經不安的民心。」

默默在一旁聽著的吉西恩忍了很久似的說：

「該死！這個哈修泰爾侯爵，肚子裡有十條陰險蝮蛇的老頭，我真不知該拿他怎麼辦才好。應該把他褲子扒下來鞭打，再用蠟油……抱歉。你這傢伙！說話像個仕女，有格調一點好不好？」

溫柴苦笑了一下之後，看著卡爾說：

「也就是說，哈修泰爾侯爵對克拉德美索非常垂涎，甚至不惜冒犯國王的意思，也要把托爾曼抽調出來。」

「沒錯。溫柴的假定如果是錯的，不就太好了？可惜好像是對的。」

杉森帶著仔細思考的表情開始說：

「嗯，那麼，我把目前為止的說法整理一下，請各位評斷一下對不對。所以哈修泰爾侯爵將基果雷德放走，就是要讓傑彭併吞拜索斯，之後利用已成自由之身的托爾曼・哈修泰爾跟克拉德美索締結契約，對嗎？如果事情變成這樣，那麼擁有龍魂使的家族就算把這個國家交到傑彭手中，也一樣能夠繼續享有榮華富貴……而且傑彭也不可能隨便對待將基果雷德弄走、幫了他們大忙的哈修泰爾侯爵。這可以說是一石二鳥之計吧？」

「非常正確，費西佛老弟。」

「我真想把這頭老狐狸給……！」

杉森嘴裡咬著長劍，一副馬上要殺去哈修泰爾侯爵宅邸的樣子。我胡思亂想了一下，認為杉森很適合把長劍咬在嘴裡，接著對卡爾說：

「不能讓侯爵找到蕾妮的理由是什麼？」

「咦？」

「是因為哈修泰爾侯爵有這種叛逆之心……所以大暴風神殿的高階祭司對於讓哈修泰爾侯爵掌握過分強大的力量這件事有所戒心吧？所以不讓侯爵，而是讓我們去尋找蕾妮……之後的結果很明顯了吧？」

卡爾呆呆地看著我的臉。我看著啤酒杯中破裂的泡沫，一面說：

「蕾妮得跟克拉德美索一同上戰場吧？代替基果雷德的位置。」

卡爾露出默默陷入沉思的表情，吉西恩跟杉森則是張大了嘴，輪流看著我跟卡爾的臉龐。溫柴一副跟其他人都無關的樣子，望著天，陷入了煩惱當中。不，不是望著天，而是天花板。傑倫特則是相反地低下頭，表情像是在專心禱告些什麼。

卡爾非常慢非常慢地喝了一口啤酒，然後說：

「侯爵當然……懷有叛逆之心。不，這是很簡單就能想出的問題。過了三百年之後，哈修泰爾家族對拜索斯王家的價值正在一天天降低。所以想到要換主人是很自然的。」

我靜靜等待卡爾的下一句話。現在是卡爾非說話不可的時刻。

「大概對侯爵而言，這也是最終的計畫吧。他第一個計畫我們也都很清楚，就是重新創造龍魂使的血統，讓家族能繼續享受榮華富貴。只要能繼續不斷產生龍魂使，哈修泰爾家族的榮華富貴就永遠不會斷絕。但這件事並不像說起來那麼簡單。因為要違抗神龍王定下的東西是件很困難的事。」

卡爾再次長長嘆了口氣，這段期間杉森跟吉西恩都呼吸了五次以上。不知是不是因為酒的關係，牆上的燭光似乎正在搖晃。我靜靜地等待卡爾往下說。

「所以……他就成了失去主人信賴之後，將主人丟給野狼，期待因為這件功勞而換得主人骨頭來啃的獵犬……這種行為雖然醜惡，但也是可以想像的事。」

吉西恩給人牙齒間似乎要噴出火花來的錯覺。我不確定他咬牙切齒的嘴裡有沒有噴出火花，但他眼中確確實實迸出了火花來。如果現在跑去問溫柴，大概會聽到他回答「吉西恩發出對哈修泰爾侯爵的強烈殺氣」。卡爾用堅決的表情說：

「沒錯，尼德法老弟。那天高階祭司是這麼說的：『如果讓侯爵找到紅髮少女，那她結婚的新房就會搭在傑彭了。』」

喀啦！這是誰的牙齒？雖然我不知道是誰的，但是一定有人的牙齒斷了。應該是吉西恩或杉森其中一個人。吉西恩用哭笑不得的表情說：

「這意思是要把蕾妮當成禮物送給傑彭嗎？把自己的女兒送去？」

「說起來是很難相信，但如果這麼做，哈修泰爾侯爵就可以跟傑彭王家搭上關係。傑彭雖然沒有所謂國王，但這不是重點。而且……這個新娘的嫁妝將會豐厚到前所未聞，就是拜索斯整個國家。」

「喔，這真是，我的天哪！」

「沒錯……我們也許可以從好的角度去想想看？哈修泰爾侯爵等於是為自己女兒找到一國之君當女婿。不，應該是兩國之君。也就是傑彭跟拜索斯這兩個國家。我想沒人會拒絕這樣的新娘吧？身為龍魂使，有克拉德美索這頭恐怖的龍跟著，嫁妝還是一個國家。這新娘的身價還真高。那麼新娘的爸爸再怎麼目中無人，也不會有人敢說話吧。」

卡爾說起來，就像提到村中姑娘出嫁一樣輕鬆。擺出一副啼笑皆非表情的吉西恩終於喊了出來：

「真是可惡到了極點！一定要把哈修泰爾侯爵給抓起來！既然他已經沒有基果雷德了，我們也沒必要再繼續看他的臉色！這是叛變！」

「你有證據嗎？」

「證據？還需要證據嗎？我知道了。我們就先把他的頭給砍下來，慢慢地從裡面找證據！」

「吉西恩……」

「該死，聽著，這麼可惡的事我還是第一次聽到！這個國家給了他們一家多少恩惠，但卻成為背叛主人的獵犬？而且還要將花十幾年才找到的女兒，嫁給面都沒見過的沙漠之王？」

「這一切都只是假設。當然高階祭司是靠著許多情報跟現況才這麼說，但我們還是沒有明確的證據。我們似乎不能隨便下判斷。」

「嗚！」

吉西恩咆哮似的大喊，用力地捶向桌子。酒杯都開始搖，燭火也激烈地晃動。我默默地看著這一幕，然後說：

「卡爾。」

「嗯？尼德法老弟？」

「你不希望蕾妮發生這種事，那你打算對蕾妮做些什麼？」

「什麼意思？」

「你不希望蕾妮落入哈修泰爾侯爵的計畫……那你打算對她做些什麼？你的想法跟我有些不太一樣。我期待著蕾妮將克拉德美索鎮定下來之後，能夠回到戴哈帕港，她真正父親的身邊，但這可能嗎？」

杉森露出慌張的表情。卡爾陰沉著臉，說：

「不管怎麼樣……前線因為基果雷德留下了一個巨大的弱點……」

我根本不想聽卡爾這種結結巴巴的話。我打斷他，插嘴問道：

「這麼說來，蕾妮必須跟克拉德美索一同上戰場，是嗎？」

卡爾沒有回答。連燭火都小了下來，令人難受的沉默時間來臨。我討厭這種沉默。

「我就趁著幾分醉意，把心中的話都說出來好了，我堅決反對任何違反蕾妮本身意志的決定。蕾妮是在不知道這一切的情況下離家跟我們過來。因為蕾妮很信賴的爸爸對她說，大陸陷入了危機，要她跟我們一道走，她才跟我們來的。哈哈哈。我大概真的是醉了，才會說這些大家都知道的事吧。」

「尼德法老弟，你說的我們都很清楚。」

「你說你很清楚？那我就不必擔心了。完全！都不用擔心。」

「喂！尼德法老弟……」

磅！我從椅子上起身的動作大概太粗魯了些。椅子向後面滾開，撞到一張桌子，卡爾將嘴閉了起來。我真討厭周圍的人用這種方式看著我。

「很對不起，我太睏了，沒辦法再聽下去。酒氣都上來了。各位晚安。」

然後我就頭也不回地跑上臥房去了。砰砰砰砰！我不知道自己是怎麼跑上階梯的，但不知不覺間我就已經站在房門的前面了。我突然看著左邊的房間。

蕾妮跟妮莉亞正在那間房中熟睡著。我腦海中浮現蕾妮的臉龐，然後是鯨魚墳墓，那間用鯨魚骨裝飾的帥氣酒吧。

我打開房門，跳到床上去。瞬間刺激的酒氣都湧上來了。嗯……睡一覺再起來喝的酒似乎讓人更容易醉。

雨下了一整晚，我的夢中也下著雨。

「妳為什麼要淋雨？」

「因為在雨中很溫暖。」

這是身體已經長大的傑米妮，但是臉龐還是七、八歲時的臉。我並不覺得有任何怪異之處。

十七歲的身體像七、八歲的時候一樣蹦蹦跳跳的，似乎連臉蛋也要這麼稚嫩才合適。

「妳淋雨不冷嗎？」

「嗯嗯，如果淋了雨，再跑到沒有雨的地方，那當然會冷。但是現在很溫暖。」

「溫柴指著這種情況，說是水母。」

「那是吃的嗎？」

「我不知道。我沒問過可不可以吃。」

四周是溫柴的沙漠，所以雨滴的顏色也是紫色的。沙漠中的紫雨（Purple rain in desert）……聽起來像是某首歌的歌名。稍遠處有駱駝跟蠍子在對不滿足的少年說話。但響尾蛇在哪裡呢？

沙沙沙……我聽到蛇尾巴的響聲。

「傑米妮！附近有響尾蛇！」

「只有聲音而已，沒關係。」

牠打算怎麼樣，為什麼只發出這麼美妙的聲音呢？真是可惡。我用不平穩的腳步走向傑米妮。傑米妮雖然蹦蹦跳跳，但用我緩慢的腳步，還是足以接近她。

唰，唰。

我低頭一看，乾掉的沙跟著我的腳步飛散而去。四周正下著紫雨。

「蕾妮會成為沙漠的女王吧？」

這是傑米妮提出的問題。

不知不覺間，她的臉變成了妮莉亞的臉。雖然一樣是紅髮，但臉卻是妮莉亞的臉。嗯，現在的臉跟身體才配。我搖了搖頭。

「如果港口的少女嫁到沙漠去……應該會乾死吧。這麼多的沙子，會將港口少女體內所有的水分榨乾的。少女雖然可以哭，但所有的眼淚都會消失在沙中。」

妮莉亞的臉現在變成了蕾妮的臉。雖然一樣是紅髮。

蕾妮用淒然的表情望著天空。遠處的海霧正湧過來。海鷗的鳴叫聲也傳了過來。天空變成淺灰色。她望著空中說：

「是這樣嗎？我知道了。我們一起走吧。但是我絕對不要跟爸爸分開，我一定會再回來這裡的。」

「我們會尊重妳的意思。」

這不是我說的。但是我也想這麼說。

克拉德美索吐出了氣息。

霧和海鷗的叫聲，還有灰色的天空都萎縮了。剩下的是乾燥的灰塵堆跟沙子。紅色的太陽滾燙地升起。紫雨都消失了，克拉德美索的頭上出現了哈修泰爾侯爵的臉龐。

「要聽爸爸的話才對。」

「我一定會回到這裡的。」

「要聽爸爸的話才對。」

「我一定會回到這裡的。」

「要聽媽媽的話才對。」

她說什麼？等一下。她剛說了什麼？

「要聽媽媽的話才對！快起來，修奇！」

「怎麼回事！妮莉亞沒有一點漂亮少女的野心嗎？居然說自己是媽媽！妳不覺得如此想要這麼令人討厭的兒子這件事，是值得再次思考的問題嗎？」

「那傢伙要起來的時候，老是會說一些有的沒的！」

艾賽韓德的抱怨傳來同時，天也亮了。（卡里斯・紐曼啊！）我認為自己已經醒得差不多了，想將腿伸到床底下，才發現自己只醒來一半。所以我將腿伸到空中，再次跌回床上。妮莉亞捧腹開始笑了起來。

「快起床！你這個早熟的酒鬼。我們得快點出發！你難道要等到褐色山脈自己跑來找你嗎？不起來的話，我就用水潑你！」

「床會弄濕耶！」

「有什麼關係。我們馬上就走了，也不會再用到床了吧，對不對？」

這句話應該讓黎特德先生聽聽看。啊嗚！

我一面伸懶腰，一面環顧四周。從窗戶看到冬天早晨的太陽才剛升起，所以明亮的光線從窗戶投射到對面的牆上。我看不見身邊妮莉亞的臉跟腿，只看到胸部跟手臂。當然後面艾賽韓德的臉看得很清楚。真是怪異的構圖！我打了個寒噤，一面從床上起來。我半睡半醒地走著，撞到牆壁之後，為了安撫周圍的視線，所以開始拚命親吻牆壁。

「睡得好嗎，牆啊？」

怎麼周圍的視線好像變得更怪了？嗯。我好像什麼事都沒發生似的，用快活的聲音說：

「其他人都起來了嗎？」

「當然啊。所有人都起來洗過臉，穿好衣服，連行李都整理好了。還沒做的事只剩吃早餐，以及跟牆壁來個晨吻……這件事非做不可嗎？」

「這對精神健康還有皮膚美容都是不錯的。」

妮莉亞親吻了牆壁一下，然後我們都捧腹大笑。艾賽韓德雖然用看到兩個瘋子的視線看著我們，但是我們只是笑著整理行李。

整理完之後，我們到了樓下，發現其他人已經都聚集坐在餐桌前了。杉森從早上看起來就很忙，這是由於昨天因著杉森的恩惠得以住進這家旅館的難民，都湧到他四周來。杉森跟他們打過招呼，將頭向後搖了搖，就一手抓起長劍，另一手抓起吉西恩，跑到後院去了。所以獨角獸旅店的早晨，就在打鬥的喊聲跟刀劍碰擊的聲音當中平靜地開始了。真是個美麗的早晨。

坐在食堂中，廚房傳出的香味簡直要把我的魂都給勾走了，我看著卡爾。卡爾大概是昨晚沒睡好，眼眶深陷，但面容還是一派安詳。那來看看我昨晚播下的種子，到了今天會開什麼花？

卡爾看看跟妮莉亞一起走進來的蕾妮。

「啊，蕾妮小姐，睡得好嗎？」

聽到溫暖的招呼聲，精神為之一振也是很不錯的經驗。我看了看溫柴，他正用泰然的表情看著雜誌。那是從哪弄來的？啊，大概是從大廳拿來的吧。傑倫特正茫然地望著天花板。蕾妮發現了我們之後，就溫柔地對我們打了聲招呼。

「嗯。各位昨晚都過得好嗎？啊，杉森哥哥、吉西恩，還有亞夫奈德呢？」

咦，說得對，亞夫奈德跑哪去了？傑倫特微笑說：

「前面提到的那兩個人，現在用練武的名義跑去製造騷亂了，後面那個人正在記憶法術。因為早上起得晚，所以可能還要花一些時間。」

艾賽韓德聽了立刻對傑倫特說：

「可是你怎麼不用做晨禱？」

「咦？哈哈！我活著就是種祈禱。我帶著歡喜的心用早飯，知道這是神所賜下的恩惠，也知道要感謝神，這就是禱告了。」

「真是種讓自己輕鬆的理論。哈哈哈！」

亞夫奈德的聲音傳來，他帶著有些疲倦但愉快的表情下樓。早餐同時也被送了出來。我們把製造騷亂那兩個人叫了進來，吃完飯之後，我們拜託黎特德幫忙做路上要吃的東西，接著就都跑進大廳，享受餐後的休息。因為馬上要出發趕路，能夠悠閒片刻也好。

卡爾啜飲著咖啡說：

「蕾妮小姐，還有欽柏先生，才剛進首都就要走，真是對你們過意不去。」

正在進行遲來晨禱的傑倫特（雖然看起來像是因為畢竟應該要晨禱，所以趁著吃過飯隨便禱告一下充數）用愉悅的表情說：

「不會的，哈哈哈。又不是永遠不會回來了。畢竟現在有緊急的事，可不能貪心。」

蕾妮也微笑說：

「等到去褐色山脈見過那頭龍之後再說吧。回程也會經過這條路吧？那時應該有很多時間吧？」

我心裡發出撲通一聲。我毫不懷疑地相信卡爾的心臟也會發出相同的聲音吧。卡爾拿起了咖啡杯（也就是有效地遮住自己臉之後）說：

「是的。應該有很多時間。」

「嗯……那到時候我們再慢慢參觀不就好了？現在要趁那頭龍起來之前趕快過去，所以很急，但回來的時候我想要慢慢參觀。聽說傑倫特也參觀過宮殿裡面了？」

「啊，真是很棒的一晚！」

「你應該把我叫起來，也帶我去的。嗯，嗯。回來的時候應該可以去參觀宮殿吧，卡爾叔叔？」

「啊，是的，當然。應該是可以。」

卡爾高高舉起咖啡杯說。我心中懷著有些殘忍的算計說：

「到時候我負責讓妳參觀首都，蕾妮。」

「真的嗎？那拜託你了！」

蕾妮燦爛地笑著說，同時卡爾開始探索咖啡杯中的世界，吉西恩開始仔細觀察牆壁塗料的質感跟色澤。呃。為什麼他們都把眼神轉開？這時杉森開口了：

「那個，蕾妮。」

「怎麼了，杉森哥哥？」

啊！我忘了一個人。他是對事情有強大的推動力，且擁有不亞於推動力的愚蠢，兩者可相互輝映的戰士！……可惡！

「蕾妮妳還記得吧？就是那頭藍龍基果雷德。」

「咦？是的。當然還記得。怎麼了？」

杉森無視我埋怨的眼神，乾咳了幾下，然後繼續說：

「那頭藍龍原來是在我們國家前線作戰的龍。」

「是的，我知道。」

「可是因為那頭藍龍跑掉了，拜索斯現在陷入了危險的狀態。妳也看到今天早上廚房裡的那些難民了吧？現在我們的前線正被大幅地往後推，所以南方不斷有難民出現。」

「是的……狀況好像很糟糕。」

蕾妮露出帶著一些歉意，但是不懂自己為什麼要這麼說的表情，將頭歪著。杉森搔了搔頭，瞄了卡爾一眼，卡爾立刻用死心的聲音說：

「妳要不要幫助我們國家？」

「卡爾！」

蕾妮聽到我的喊聲，吃驚得差點打翻裝水的杯子。

卡爾對著我搖了搖頭，說：

「你靜靜地聽就好。我只是要確認蕾妮小姐的意思。你不會希望蕾妮小姐完全不表達出自己的意願吧，尼德法老弟？」

04

我凝視卡爾的臉孔之後，就只是坐在我的座位上。蕾妮用不安的表情環視著我們每個人，我實在不想看到她那種表情。卡爾沉著地說道：

「正如剛才費西佛老弟所說的，現在我們國家拜索斯是處於失去了基果雷德這頭強而有力的龍的狀態，所以和傑彭的戰爭才會陷入非常艱困的處境之中。可是，如果我們的旅行順利結束的話，我們會有克拉德美索這頭新的龍，而且是有龍魂使相伴的龍。」

蕾妮呆望著卡爾一陣子之後，突然害怕地說道：

「現在……你們要的是克拉德美索，而不是基果雷德這條龍，是嗎？因為基果雷德逃走了，所以要以克拉德美索來代替牠？」

「是的。」

「那麼……那麼我會變成什麼樣子呢？我就沒辦法回到我爸爸身邊了嗎？」

卡爾臉色暗沉地說道：

「因為蕾妮小姐必須在克拉德美索和我們拜索斯之間做聯繫……這樣妳就得繼續留在我們身邊才可以。」

「我不要！」

蕾妮突然站了起來。在大廳裡的人全都望向我們這邊，但蕾妮並不在意他們的目光，她說道：

「我不要！您以前並沒有這樣說過啊！」

「蕾妮小姐，當時我沒有預想到基果雷德會跑掉。」

「不管發生什麼事，約定就是約定啊！之前不是說好，只要成為那頭龍的龍魂使，我就可以回到我爸身邊了，不是嗎？」

卡爾不再說話，而只是不斷擺出一副憂鬱的表情。這使得蕾妮看了之後露出更是感到不安的模樣。

「難道……難道你們打算就這樣把我關起來嗎？我獨自一個人是回不去的，所以只要不帶我回去，我就無法回去，所以……」

「蕾妮小姐。」

吉西恩開口說話了。他表情嚴肅地看著蕾妮，說道：

「請坐到妳的位子上吧。我們絕對不會做出違反妳意願的事，也不會控制妳的人身自由。我甚至可以用我的名譽發誓。」

與其說是這番話的內容，倒不如說是他這般嚴肅的態度，使這個十幾歲的少女開始有了正面的反應。像吉西恩這種人，每次只要他想要，都能動用到他王子的威嚴，真是方便啊。蕾妮雖然還是面帶著不安的表情，卻靜靜地坐下來了。吉西恩稍微喘了一口氣之後，說道：

「這樣好不好？蕾妮小姐如果願意為了我們國家，一起和克拉德美索參與戰爭的話，我們會把妳的父親帶來這個地方。」

蕾妮表情驚慌地說道：

「把我爸……帶來這裡？」

「拜索斯王族將會以國家恩人的身分來對待妳的父親，盡量給予最優渥的待遇。蕾妮小姐可以和妳的父親住在這個都市裡，過著想要多富裕就有多富裕的生活。」

「什麼？要讓我和我爸一起住在拜索斯恩佩？」

「是的，沒錯。現在我當場能告訴妳的只有物質上的東西，但是萬一妳想要土地或財產的話，我當然也可以提供給妳。即使妳想要爵位，也是可能做到的。因為妳是國家的恩人，所以一切功臣的待遇都是有可能的。」

「啊？」

蕾妮的表情看起來像是無法理解吉西恩在說什麼。不知為何，我就是不喜歡吉西恩的這番話。當然吉西恩說的這番話很合理，我並不認為他是在說謊。可是，可是港口的少女……可惡。這當然不是我所能干涉的事。

「我不要。」

哦，我的天啊！蕾妮用非常肯定的表情表示了拒絕，然後吉西恩的表情就變得看起來像是被擊中致命要害的戰士。妮莉亞面帶驚訝的表情，說道：

「蕾妮！妳說什麼？妳居然要拒絕這種從天而降的好運？」

蕾妮聳了聳肩，說道：

「我不要留在拜索斯，妮莉亞姊姊。這裡是姊姊妳的國家，並不是我的國家啊。或許妳會覺得我是在拒絕從天而降的好運，可是不管到這世上任何地方，都沒有比我的房間、我的床還要舒服的地方。而且對於可以使喚女侍、在巨大豪宅裡用那些金光閃閃的餐具吃飯，這些事我都不感興趣。我也不想被稱為高貴仕女，不想要看起來高高在上。那並不是伊斯人的做法，也不是行船人的作風。當然，我雖不是個行船人，卻也是聞著鹹海風長大的丫頭，我會成為一個像伊斯女子那樣的女人，在港口等待消失在地平線的船員回航。」

妮莉亞驚訝地張大嘴巴，一直盯著蕾妮看，使蕾妮都被看得臉紅了起來。雖然傑倫特露出一副特別感動的臉孔，但我的臉孔也不輸他。我當然也會很感動啊！而且卡爾那種做法，根本不算是賀坦特式的作風。因為我們國家的煩惱應該由我們國家來解決才對，而蕾妮並不是我們國家的人啊。她是港口的少女！哈哈哈哈！

不過，我搞不清楚這樣一來到底是該高興還是悲傷。現在我們國家因為沒有基果雷德，處於十分危急的狀態，而且哈修泰爾侯爵還準備要拿我們整個國家去獻給傑彭。只要有了克拉德美索，這些危機就會如同呵口氣就熄滅的蠟燭般，輕輕地消失不見。呃呃呃。

吉西恩正確地指出了這一點。

「蕾妮小姐……我國正面臨到很嚴重的危機。而只有蕾妮小姐可以幫助我們國家解圍。」

啊啊！這是在喚起她的同情心嗎？蕾妮的臉色變得很黯淡。

「這個國家真的這麼危險嗎？」

「是的。我現在並不是單純地在要求妳幫我們打勝仗。其實，戰爭的勝利應該是引發戰爭者的責任。而我現在說的，是關係到這國家的存亡，所以才要請求蕾妮小姐幫忙。看在這國家的善良老百姓以及無辜小孩的份上，請答應我們吧。」

我看這一定是端雅劍講出來的臺詞。雖然它常惡作劇，但也是很乖的魔法劍，很會幫它的主人。蕾妮現在是一副不知所措的表情。如果我是蕾妮，在王子的請託之下，而且還是那麼有威嚴卻又懇切的請求之下，恐怕我也會沒辦法無情地加以拒絕。真是傷腦筋。

此時卡爾說道：

「你說這關係到國家的存亡，這話好像是有些誇張。」

吉西恩猛然轉過頭去看卡爾。卡爾表情沉著地說道：

「缺少基果雷德的確造成了很大的影響，但還不至於會威脅到這個國家的存亡。吉西恩，說話請盡量不要誇張。請不要讓蕾妮小姐覺得很有負擔。」

卡爾萬歲！現在這樣才像你啊！雖然我沒有什麼合理的理由，不過，我確實是不喜歡讓蕾妮去做那種事。這會不會單純只是因為她還是個小女生呢？這個嘛……我也不知道。或許也是因為她讓我想到傑米妮，我才會這樣子吧。然而我也並不全然只是因為這個理由。蕾妮原本和她的父親一起幸福地住在戴哈帕港，可是由於我們的請託才因此離開她幸福的家，跟著我們出來。我們不但無法對她報答什麼，還漸漸加重她的負擔，以基本做人的道理而言，我就已經很討厭這個樣子了！

吉西恩表情為難地說道：

「卡爾……」

可是卡爾卻面帶堅決的態度。

「我國還沒有到那種地步。我們拜索斯國傳承了最為優秀的魔法傳統，光之塔到現在都還沒有參戰呢。」

「光之……塔？」

「是的。巫師公會的成員們即使是在戰爭的動亂之中，還是能夠繼續做研究活動。可是他們如果有必要表達出自己的處世態度時，而且如果是以王室之名請託的話，他們應該是不會拒絕伸出援手的。有他們的力量在，如果還提到拜索斯的存亡危機，這個嘛，可以說是對巫師們的一大侮辱，不是嗎？」

卡爾態度沉著，講到最後甚至還露出微笑地說道。吉西恩嘆了一口氣，說道：

「您說得很對。我真是慚愧。我為了要把一個幼小的少女拉進戰爭裡，竟然這麼努力滔滔不絕地講了這麼多。」

「你剛才那樣滔滔不絕……不，沒事。」

卡爾露出一個彆扭的笑容，吉西恩則是臉紅了。咯咯，沒錯。剛才吉西恩會如此滔滔不絕並不是因為他自己，而是端雅劍的傑作。蕾妮表情訝異地看著卡爾，卡爾則是冷靜地說道：

「蕾妮小姐，我們徒然地說了一些不濟事的話，混亂了妳的心，真是對不起。我們國家並沒有那麼危險。因此蕾妮小姐不需要為了我們，而做妳不想做的事。萬一蕾妮小姐想要吉西恩所說的那種待遇，可以接受吉西恩的請求。可是如果妳不想要那種待遇，不必帶有任何負擔感，就算拒絕也沒有關係。請蕾妮小姐照妳自己的意思去做吧。而且不管妳下了什麼決定，我們都不會有任何不滿的。」

蕾妮表情有些內疚地聽完卡爾的話之後，用小心翼翼的口吻問道：

「嗯，嗯，那麼這個國家並沒有那麼危險嗎？是真的嗎？」

「是真的。要不然，妳要不要問看看亞夫奈德先生？」

亞夫奈德一直都只是在一旁安靜聽著，他聽到這句話，驚慌地抬頭。卡爾面帶著平靜的微笑，說道：

「光之塔會不會連拜索斯要滅亡了也不參戰呢？」

「咦？啊，嗯，應該不會這樣子。雖然光之塔並不是屬於拜索斯國的公共團體，而且它是無國籍之分的團體，可是它從拜索斯政府那邊拿到相當多的補助款，這是事實。嗯，不管怎麼說，所以……簡單地說，掛有亨德列克肖像的光之塔，是不可能對拜索斯置之不理的。我不認為光之塔會不願參戰。」

吉西恩的臉上浮現出了希望。卡爾點了點頭，說道：

「那麼我想請問，光之塔如果參戰了，能不能補救缺少基果雷德所造成的損失呢？」

從亞夫奈德的臉上閃爍著自尊心的光芒。他挺起胸膛，用昂然的姿態說道：

「能不能補救缺少基果雷德所造成的損失？哈哈哈。您可以拿這句話去光之塔問看看。當然，現在並非是大法師亨德列克或者彩虹的索羅奇的時代，而且光之塔幾位高明的高手因為瘋迷於魔法，對國家之間的戰爭或世事都毫不關心，這是事實。但如果是去詢問能不能取代基果雷德的位置，光之塔的高手們一定會為之大大震怒。而且在那些震怒的高手面前，即使是基果雷德自己去詢問，恐怕也得要小心言詞才行。這一點我就連在基果雷德面前也能很有自信地說出來。」

卡爾點頭表示他知道了，然後他望著吉西恩。

「我很想勸您把剛才那番滔滔不絕的功夫，用在能夠對自己的事負責任的那些成人身上。」

吉西恩嘻嘻笑著說道：

「我會在心裡頭深深接受您的勸告。可是，蕾妮小姐。」

「咦？啊？」

「對於我所提議的事，根本沒有值得考慮的……不是的！請妳好好考慮看看。我認為那並不是很差的條件。就算接受了那個提議，也不是要妳直接去打鬥。龍魂使是不用做任何事的，所以蕾妮小姐對於前線那些像野狼般的士兵的歡呼……對不起。這個混蛋！是，不管怎麼樣，蕾妮小姐會很安全的。而且這樣對令尊也很好。」

像他這樣說，就會讓人聽得比較不反感了。因為這是他身為一個憂國憂民的王子當然會說出口的話。只不過，由於端雅劍從中妨礙，所以這番話的格調顯得有些低俗，但是克拉德美索藉由蕾妮從中幫忙，來保衛拜索斯，這當然是身為一個王子的人所希求的事。蕾妮雖然搖了搖頭，可是吉西恩更加迅速地說道：

「妳不必馬上回答。請妳考慮看看。如果很為難的話，等到這所有事情結束之後，回到故鄉和令尊商量也不遲，我可以等到那個時候。」

蕾妮的表情更加高興了。

「嗯，真的可以這樣子嗎？」

「當然可以。」

「謝謝。是。真的……非常感謝！」

由於我們一行人的人數很多，餐盒的數量也就需要很多，很佔空間。不過因為是裝在馬車上，所以空間完全不成問題。在獨角獸旅店外面，不知何時已經聚集了附近很多無事可做的人。他們因為聽到曾經在獨角獸旅店和飛天的恐怖騎士打鬥過的冒險家們回來了，才聚集在這裡。我們一走到外面，聚集的人群就立刻安靜下來。然後突然從人群裡傳來了喊叫聲。

「請問一下！聽說各位是要去褐色山脈殺神龍王，是嗎？」

呵！這真是令人啼笑皆非的謠言啊！我們一行人爆出一陣哈哈大笑，然後傑倫特很快地應話。

「是的！有沒有什麼話要我轉告神龍王？在殺死牠之前，我一定會告訴牠！可是我們無法講很久！因為我們打算在一眨眼間就把神龍王收拾掉。」

「哇啊啊！」的喊叫聲與拍手聲同時爆發了出來。我用哭笑不得的表情看著傑倫特，低聲地問他：

「祭司也可以說謊嗎？」

「這可以讓大家開心啊！」

呃，我實在是無話可說了。我搖了搖頭，把裝有餐盒的籃子拿上馬車。那些群眾一看到我用一隻手拿著三個大大的餐籃，好像就完全相信傑倫特的話了。其中一個人甚至還走向傑倫特，請求一件很荒唐的事。他請傑倫特帶回一片神龍王的鱗片給他當作紀念品。這些人難道是剛從三百年前路坦尼歐大王與神龍王打鬥的那個時代裡跳脫出來的人嗎？他們居然相信如此荒謬的話。啊，應該說，不相信祭司所講的話的人，說不定更奇怪吧。可是這種一般常理，其實是對德菲力的祭司傑倫特・欽柏完全不適用啊。要是神龍王聽到傑倫特說的話，可能會非常後悔在大迷宮饒了他一命呢！

就在傑倫特製造有關我們一行人的荒誕無稽傳說時，我們已經準備就緒了。艾賽韓德對於自己身高不夠、無法抓住傑倫特的脖子把他拉走的事，露出了非常惋惜的表情，所以他只好拉住傑倫特的衣角。

「喂！你不出發嗎？」

「啊，是。當然要出發嘍。阿曼達！保重身體！寇特拉德先生，沙米爾先生，你們也是！哈哈哈！希德克理先生！安德希爾先生！」

呵呵，真是的。他居然在這麼短的時間裡就交了這麼多的朋友。傑倫特此外還喊了很多人的名字，聚集的群眾全都對傑倫特熱烈地道別。所以，我們就在他們盛大的歡送（與其說是對我們，倒不如說是對傑倫特）之下出發了。天啊。一群小孩子們甚至還跟在馬車後面跑著歡呼呢！

杉森咯咯笑著說道：

「我們必須先往市場方向去，要怎麼走才行呢？」

如果我們一到達褐色山脈，克拉德美索就醒來，是最好不過的事，但是也有可能必須在那裡等上好幾天，或者也可能需要花幾天的時間來尋找克拉德美索的巢穴。所以我們決定準備一個星期要用的糧食。這麼多人一個星期要吃的糧食當然是非常可觀的數量。吉西恩點了點頭，說道：

「交給我來帶路吧。由我來負責駕車到那裡去。」

吉西恩抓住馬轡之後，馬車立刻開始發出車輪轉動的啪嗒聲，我們就出發了。我今天選擇坐在馬車頂，因為我想要好好地觀賞市區風景。而妮莉亞和溫柴也和昨天一樣坐在車頂上。他們這麼愛爭吵，竟然還會經常坐在一起。難道爭吵有這麼好玩嗎？

此時有一個男子從獨角獸旅店跑出來，他只穿著一件長褲，手上拿著上衣在揮搖個不停。

「各位！喂，等等！停一下！哎呀，真是的，怎麼這麼早就出發了！」

早晨的陽光照映到他的頭上，光亮刺眼地反射著，這個人正是安帕靈先生。吉西恩趕緊停住馬車。不只是我們，就連在一旁的群眾都用驚訝的眼神看著他，安帕靈先生就這樣跑來，用手撐著馬車，而且還氣喘吁吁的。接著他看到在一旁的人群對他指指點點或者撇過頭去咯咯笑的模樣，他才倉皇地穿了上衣。

「哎呀，您為什麼如此著急呢？您有什麼事嗎？」

卡爾一面開車門，一面用慌張的語氣說道。安帕靈先生不只臉頰泛紅，就連額頭和頭頂也都變得紅通通的，然後他朝著車頂慌張地說道：

「啊，嗯，小姐？紅髮小姐！」

因為妮莉亞撇過頭去，所以我跟她說：

「他的衣服都穿上去了，妳把頭轉回來吧。」

妮莉亞這時候才轉頭看下面。

「您有什麼事嗎？」

「在妳離開之前，我有句話一定要跟妳說。是關於昨天妳翻開的那張牌。」

「咦？啊，那張牌？」

「是的！那張牌顯示的是最好的運勢。正如那位先生所說，這是洩露天機的事，可是我還是要告訴妳。真是的，像小姐這樣的美女，我就算因為洩露天機而遭天打雷劈也沒關係啊。小姐，妳未來會有意想不到的好運！」

哎喲……我的媽呀。我一面轉過頭去，不讓妮莉亞看到我的臉，一面啼笑皆非地皺著臉，而溫柴看到我的那副表情，就噗哧笑了出來。妮莉亞半是驚訝半是高興，總之是用我很少聽到的那種語氣，她說道：

「啊，咦？啊，是嗎？是真的嗎？啊，謝謝！您竟然為了這件事這麼急著跑出來，啊，真是謝謝！」

「不客氣！哇哈哈！妳要走了嗎？那妳此行就是去尋找幸運！打開心房迎接吹來的風吧！會有最大的幸運乘著風吹向妳的！妳正走向幸福之路！」

吉西恩微笑著，又再揪起韁繩。

「呀啊！」

馬車又再出發了。妮莉亞還是一直向後面搖手。

「謝謝！謝謝您，安帕靈先生！也祝您的旅行一路愉快！」

「哈哈哈！祝妳旅途愉快！」

我笑著搖了搖頭。妮莉亞坐下來之後，雙膝併攏著，抱著膝蓋咯咯笑了起來。哼嗯。看來真的是拜託對了。溫柴對我露出覺得有趣的微笑，然後就開始削木塊。妮莉亞後來還是一個人繼續咯咯地笑了好一陣子。

過了不久之後，馬車已經駛離獨角獸旅店，來到市中心了。嗯。市區裡確實是有很多值得觀看的東西。幸好我是坐在車頂上。

雖然聽說有難民湧進首都，到處散布著各種不祥的前線消息和謠傳，可是拜索斯恩佩還是不愧為三百年來堅定保有繁榮的首都大城。雖然現在是冷颼颼的初冬天氣，但街道上還是有很多人來來往往。他們大部分是忙著吃早餐和忙著早上事務的人。賣牛奶的人推著牛奶車高喊著，並且傳來了噹噹的鈴鐺聲。我還看到一些勤勞的姑娘們拿著大大的洗衣籃，準備去送洗好的衣服。還有一些年輕學生，他們腋下夾著大大的書本，準備要去學校或私塾，快步地行走著。這些學生之中有的還是一副不高興的酒醉臉孔，可能是因為煩惱如何在軍隊與學校之間做抉擇，而選擇先喝酒再說吧。而腋下夾著犁田工具和餐盒，要去工作場所的那些勞工們則是踩著愉快的腳步。賣麵包的人在街道旁排成一列，正在高聲誘惑著那些勞工們呢！賣麵包的婦人們搖著幾乎粗得像隻健壯的大胳臂的麵包，大聲喊叫著，在她們紅潤的臉龐上根本感覺不到戰爭的黯淡憂鬱氣氛。

「蜂蜜麵包！蜂蜜麵包！只要吃一口就能整天很有力氣的蜂蜜麵包喲！」

「學生們，快來買哦！有香甜的杏仁麵包喲！只要你吃一口胡蘿蔔麵包，寒氣就會跑到十里之外喲！」

嗯。看來賣麵包的人也是根據傳統和習慣而有一定的嚴格規矩。他們在叫賣的時候，像那些以塊頭取勝的巨大麵包，主要是以勞工為其顧客；而外形可愛的麵包則是以能夠慢慢化在嘴裡的那種味道作為武器，似乎主要是以那些剛開始長出一點鬍子、但還乳臭未乾的學生為其顧客。

我一面咯咯笑著，一面觀看這幅景象，突然間有一個戴著藍色頭巾的小少女出現在我眼簾。那個少女好像也是出來賣麵包，她的手臂上掛著一個大籃子。但或許是因為害羞的緣故，她既沒有走上前去，也沒有高喊著向客人兜售。我看她像是下定決心要開口了，卻又立刻紅著臉低下頭去，看起來很可愛。這時，剛好在前面有其他好幾輛馬車駛過來並停了下來，所以我們馬車開始慢慢地前進，我乘機很快地把身體往旁邊伸出去，喊道：

「小姐！那邊那個圍著頭巾的小姐！妳是在賣麵包嗎？」

那個少女被這突如其來的幸運給嚇了一跳，先是目瞪口呆地看著我，然後舉起右手指著自己的胸口，像是在說「是在叫我嗎？」。我嘻嘻笑著點了點頭。

「妳要不要把那些麵包給我，把我的錢買走？」

「咦？啊，是？餅乾……您要吃嗎？」

吉西恩回頭看了一下後面，隨即讓馬車慢慢前進。王子大人，您有口福了。可是不是麵包，而是餅乾耶？其實餅乾也不錯！畢竟我剛才不久前才吃完早餐，吃得很飽。那個少女跟在馬車旁邊慌張地走著，我用一隻手緊抓著車頂的邊緣，以防跌下去，然後用另一隻手一面翻找口袋一面大喊：

「連同那個籃子賣給我吧！反正我們是要做長途旅行的！多少錢呢？」

那個少女一走近，我才發現她的衣服到處都沾著灰塵和泥土。現在還只是早上而已，衣服怎麼會這麼髒呢？而且不論我怎麼看都像是旅行的服裝。她穿著厚厚的外套，還穿著木鞋。那個少女用急促的腳步一面跟著馬車走，一面氣喘吁吁地說道：

「連、連同籃子嗎？啊，這，這每個一分賽爾……」

「那麼連同籃子，兩賽爾應該夠吧？」

「咦？啊，那樣太多、多了！」

「不是不夠吧？那就好了！把裙子拉起來！」

「什麼？裙子……？」

那個少女表情慌張地不知所措了一會兒，才好不容易聽懂我的話。我把兩個銅板往下丟，那個少女則是拉起裙子，接住了銅板。很好！然後那個少女用雙手高高舉起籃子，我很輕易就把它勾了上來。在附近走著的人們全都停下來觀看，有的露出微笑，有的拍手叫好。那個少女站在原地氣喘吁吁地看了一眼銅錢，然後才突然大聲喊叫著：

「謝謝！真是謝謝您！」

「天氣很冷，趕快回去吧！」

我咯咯笑著，又再坐回車頂。妮莉亞噗哧笑著，把手伸到籃子裡，並且說道：

「這樣你就心動了？你真的很容易對女孩子心軟哦。」

「別這樣說。人家可是難民啊。」

「嗯？」

我又再回頭看了一眼那個少女，但是已經不見那個少女的蹤影了。

「看來真的有難民湧進首都了。我看她不但穿著襤褸的旅行服裝，而且也還不太會賣東西，可能才剛到拜索斯恩佩不久吧。所以才想試著做那種生意。」

「是這樣嗎？嗯……可是你未免也給太多了。那個女孩子如果因此期待每天都有那種好運氣，那可怎麼辦？」

「期待那種事，會很傻嗎？庇佑純潔少女與精靈的卡蘭貝勒，每天會將一個像我這樣的幸運少年送到那個少女身邊，來回應她這股傻勁的。」

一直在雕刻木塊的溫柴聽到我的話，噗哧笑了出來。不過，他一看到妮莉亞拿起一塊餅乾，往上丟了之後用嘴巴直接接起來的模樣，就一面嘀咕著一面皺起眉頭。妮莉亞看到溫柴那副表情，兩邊臉頰便立刻脹得鼓鼓的。她想說話，可是嘴裡塞著餅乾，根本無法說出話來。我咯咯笑著把籃子拿給馬夫座位上的人。

「杉森？你要不要吃？」

「餅乾？我不想吃。」

「不，我不是問餅乾，是指籃子啦。」

「嘎啊！」

籃子盤旋在車頂和馬夫座位之間，所以我透過車窗把籃子遞給了馬車裡的人。雖然馬車裡面傳來了傑倫特的歡呼聲，但不久之後傑倫特用啼笑皆非的聲音喊道：

「艾賽韓德！你拿走那麼多餅乾，叫我們怎麼辦啊！」

這時候，我們已經抵達市場了。

市場的氣氛也確實讓人感受到這是首都的市場。在這裡如果有買不到的東西，那可能是世界上不存在的東西吧。各式各樣的水果和食物整齊排列著，令人看了垂涎三尺。而且還有一個男的喊著跳樓大拍賣，用很低廉的價格來誘惑客人的腳步。雖然我無法確定，但那個男的可能明天，甚至後天也會繼續說自己是最後一天做生意，要去跳樓了吧，哈哈哈。在他旁邊有另一個男的技高一籌，叫賣著說今天要出清貨物，打算要回故鄉去了。那個男的故鄉應該就是拜索斯恩佩吧。溫柴的表情看起來像是沉浸於思念中，看著某個布匹商人在揮搖著的布匹。

「你為什麼露出那種暗沉的表情呢？」
「暗沉……唉。因為我看到棉布了。」
「棉布？你是指用棉花製造出來的布嗎？」
「你知道的倒不少。棉花是被炎熱的陽光曬著長大的植物。我從沒想到會在這北部地方看到這種布。」
「啊哈。」
溫柴用柔和的目光看著那棉布，還用彷彿要睡著了的低沉聲音說道：
「新年一到，我們會用那種布做成Guavrawn來穿……傑彭的未婚小姐全都很嫻淑，絕對不會出門在外拋頭露面。但是人們看到繡在Guavrawn上的刺繡，就可以看出這個小姐的手藝和人品了。通常我們都會說，某戶人家的小姐所做的針線活兒很性急，或者某戶人家的小姐所做的針線活兒很溫馨，用這種方式來形容。」
「針線活兒……很溫馨？」
「反正就是有這種形容語句。我也不太懂。」
可是，我真的搞不懂耶。在我們家，拿著針線常常刺到手指頭的人正是我啊。如果不拿針線縫縫補補，衣服常常根本沒有辦法穿，所以我是迫不得已才做針線活兒的，但是再怎麼樣也不會覺得針線活兒很溫馨啊？呵，真是奇怪。
「傑彭的未婚小姐們會用Guavrawn的手藝來誇示自己，所以到了年底，就會常發生一種事。漂亮的色線會全都賣光，然後針線活兒手藝很好的那些婦人家就會受到盛情款待，每一戶都爭相邀請。」
「啊哈？她們一定很厲害嘍？不對，等等！那麼那些未婚小姐是由已婚婦人幫忙做針線活兒的嗎？」

溫柴表情訝異地看了我一眼，就噗哧笑著說：

「男人不能干涉閨房裡的事。所以針線活兒是由未婚小姐做的，還是由那些已婚婦人做的，是只有她們兩個人才知道的祕密。」

「啊？」

「不過，據我所知，大部分都是由婦人指導，由未婚小姐親手做針線活兒。婦人們在邀請的時候也會這麼說：『我們家愚笨的女孩子手藝笨拙，如果她見識到夫人的靈敏手藝，必能啟發開導其愚鈍，夫人如能親臨我們的寒舍，我們必當感激不盡。』你可不要露出不知道我在說什麼的表情。我說的可是拜索斯語啊。不管怎麼樣，針線活兒是未婚小姐的自尊心所在，假使真的可以看出是誰的手藝，而說出對她懷疑的話，那會是非常無禮的行為。有關於Guavrawn刺繡，流傳著很多有趣的故事。有一個故事講到一對離散的情人，靠著刺繡手藝來重新團聚在一起，還有一個故事是說，有一隻螞蟻為了一個手受傷的小姐而代替她刺繡的故事。」

「哇啊！講給我聽吧！」

「我沒有什麼心情講故事。而且我們有事要做，不是嗎？」

有事要做？到市場買東西？哼。這時候，妮莉亞說道：

「嘿……連臉孔都沒看到，也不知道是真的還是假的，就只以刺繡手藝來挑女孩子，傑彭男人未免也太可憐了。」

隨即，溫柴的眼裡就好像快噴出猛烈的火焰。這實在是變化得太突然了，不但是我，就連妮莉亞也一時驚訝地說不出話來，只能看著溫柴。溫柴像是要把妮莉亞給吞噬掉地瞪了她一眼，接著就轉過頭去，用壓抑的語氣說道：

「修奇，你跟她說，刺繡是那些未婚小姐的高貴品德。那比起美麗的容貌或者令人眼花撩亂的身材還要來得更加高貴。」

「他這麼說了。」

「什麼？那個也算是種品德嗎？」

「修奇，你跟她說，自己不會的東西就給予鄙視的人，是再笨不過的笨蛋。」

這次我連要傳話的空檔也沒有。因為妮莉亞已經尖銳地回話了。

「什麼啊？你說誰不會呀？那種穿針引線、在一塊布上刺來刺去的事，誰不會呀！」

溫柴撇過去的側面臉孔浮現出了微笑。那是一個含有相當輕蔑意味的笑。溫柴不再說任何話，然而光是看他那副陰險的笑，就等於是聽他講了數十句的話。妮莉亞的臉色變得一陣青一陣紅的。

「你現在是認為我死都不可能會刺繡嗎？」

「你跟她說，為了要證明她並不是死都不可能會刺繡，她不必因此而去死。」

溫柴的答話雖然很平靜，但是妮莉亞更加豎起她的眉毛。

「是嗎？你真的這麼認為嗎？你等著瞧吧！」

等著瞧什麼呢？妮莉亞突然翻找著綁在馬車上面的那堆行李，因為馬兒們都被綁在馬車上了，所以沒用到馬鞍。她把那些馬鞍翻找出來，並說道：

「修奇！針和線在哪裡？」

「呃。妳難道想在這上面刺繡？還有，妳是想縫什麼呢？」

妮莉亞隨即轉過頭去，一直盯著我看。她的嘴角悄悄地上揚，同時我感到一股冰冷的感覺。

「不，不可以！」

「有什麼不可以的？我只撕你一點的袖子，我會很靈巧地把它天衣無縫地縫回去。」

「不可以！請不要過來！啊！放開我！」

呃。這種情況真的有點奇怪耶。此刻這番話明明不是我講出來的話呀。我和妮莉亞都呆呆地同時看向同一個方向，那裡竟然有一個少女被幾名健壯的男子抓住手腕拖著走。要拉那個少女走的男子總共三個人，全都體格非常魁梧，而且還佩帶著劍。那個少女雖然想要反抗，可是根本不可能反抗得了。在他們旁邊的一些商人或市場客人都只是驚訝地往後退，根本沒有勇氣幫助少女。我立刻從車頂跳下來。砰！哎喲，我的腳掌好痛啊！從我身後傳來了妮莉亞的聲音：

「好，為少女著想的幸運少年，又再一次要出……已經去了？」

先不要拔劍吧。我想先搞清楚是怎麼一回事再行動。隨便亂說話或胡亂行動是不行的。我以迅捷的步伐走向那幾名男子之後，鄭重地開口說道：

「請問，你們一次也沒談過戀愛嗎？」

我這樣問很慎重了吧？哈哈哈！緊抓住少女的那名男子沒空回頭，可是其他兩名男子則是用啼笑皆非的眼神看了看我。其中比較靠近我的一個鬍鬚仔說道：

「你說什麼？」

「我一看就知道你們護送女伴的技巧很差。」

在一旁圍觀的其中幾個人爆笑了出來。鬍鬚仔啼笑皆非地看了我一眼，嘻嘻笑著說：

「你這傢伙可真是好笑。這不是小鬼你管得著的事，滾蛋！」

正當我還想再說一句話的時候，我看到鬍鬚仔後面被拉著的那個少女的臉孔了。咦？她的臉孔，我好像似曾見過？是在哪裡呢？此時，我後面傳來了我早就料到會有的聲音。

「如果是小鬼管不了的事，那我可不可以管啊？」

我並沒有回頭看。因為我想盡情看那個鬍鬚仔發現杉森時圓睜的眼睛。鬍鬚仔皺起眉頭，說道：

「不要平白無故介入別人的事！有些事你可以插手管，有些事是你不能插手管的。」

接著就又有另外的聲音從我背後傳來了。啊，可是這個聲音最好還是不要出現比較好！

「我到現在為止，挺身而出的時候從不需要人答應。因為我很沒教養……喂，你這傢伙！」

我就知道會這樣。我看到在旁邊圍觀的人爆笑了出來，我正在煩惱該怎麼做才能看起來是和吉西恩不同夥的。鬍鬚仔的表情看起來像是在苦惱不知該生氣還是爆笑，而這時候，杉森和吉西恩都各自站到了我的左右兩邊。嗯，好。這樣看起來像是修奇和他的兩顆星。呵哈哈！這時候，第三顆星一面走來，一面說道：

「咦？這個少女……是艾波琳・哈修泰爾？」

我一聽到卡爾的聲音，這才想到她是誰。沒錯，他說對了！是艾波琳小姐。她不就是迪特律希的姊姊？她曾經到獨角獸旅店找過我們。可是這個少女在這裡做什麼呢？

鬍鬚仔露出驚慌的表情，說道：

「咦，你們幾個傢伙怎麼會認識我們家小姐？」

小姐？吉西恩歪著頭，疑惑地問道：

「你們……是哈修泰爾家的僕人嗎？」

吉西恩一說完這句話，不只是鬍鬚仔，就連另兩名男子也全都露出難以置信的表情。可是那個鬍鬚仔好像是慎重行事的人，他看了一眼吉西恩的臉孔之後，歪著頭問道：

「是沒有錯，可是敢問各位是什麼人呢？」

咯咯。他突然語氣變得很有禮貌了。看來他們幾個人真的是哈修泰爾家的下人吧。吉西恩雙手交叉在胸前，斜視著鬍鬚仔的臉。吉西恩把手交叉之後，端雅劍隨即好像覺得很沒趣地嗡嗡作響了起來，而鬍鬚仔一聽到那個聲音，臉色卻開始大變。鬍鬚仔面帶蒼白的臉孔，正要努力把喉嚨裡要說的話吐出來的時候，吉西恩先開口了。

「我是吉西恩・拜索斯。」

「殿下！」

三名男子井然有序地跪了下來。啪啪啪啪！任誰看了都會以為這是他們練習很久的動作。在一旁圍觀的那些人可能因為市場的吵嚷聲，沒能聽清楚吉西恩說的話，所以他們個個都表情訝異地看著那幾個跪下來的男子。

他一跪下來，吉西恩就露出很厭煩的表情。那些男子跪下來之後，艾波琳雖然可以自由行動，但她還是不知所措地看著吉西恩。吉西恩搖了搖頭，說道：

「請全都站起來吧。」

「請、請原諒我們的……」

「我不是叫你們起來嗎？」

那些男子一聽到吉西恩富有威嚴的話之後，全都馬上站起來。卡爾往前站出來，說道：

「各位既然是哈修泰爾家的人，為何在這種市集之地強拉著艾波琳小姐呢？這實在是令人費解。」

此時，艾波琳往前跑了出來。那些男子雖然想抓她，可是在這種意外的情況下，他們無法動手。艾波琳像是要跌倒似的跪在吉西恩前面，緊抓住吉西恩的腿。吉西恩表情慌張地低頭看的時候，她用急促的聲音說道：

「您是那位王子大人吧？離開皇宮之後在外流浪的吉西恩王子大人，是吧？而您則是那個領地的……迪特律希去的那個領地的全權代理人，是嗎？」

吉西恩和卡爾愣著點了點頭。艾波琳隨即說道：

「請救救我吧！請不要讓這些人把我帶走！拜託，王子大人！」

在旁邊圍觀的人一聽到「王子」兩個字都驚訝地張大著眼睛。可是我對於艾波琳的話更是驚訝不已。沒想到竟然有貴族小姐想逃避自家的僕人？鬍鬚仔的眼睛裡好像有一道閃光在瞬間掠過，他說道：

「殿下，我是在哈修泰爾家服務的沙姆爾‧德萊伽。這是哈修泰爾家的家務事，殿下您可以不用管。」

吉西恩到現在還是面帶著驚慌的表情，他看了一下艾波琳，又看了一下沙姆爾先生，如此反覆地看著他們兩人。艾波琳拉住吉西恩的腿，喊道：

「我不要！我絕對不要回去那個家！我不是哈修泰爾家的人！這怎麼會是哈修泰爾家的家務事呢？這實在太說不過去了！」

「小姐！」

沙姆爾用強硬的語調說道。此時，吉西恩舉起手來阻止沙姆爾再說下去，並且扶起艾波琳。艾波琳抽泣著站了起來，吉西恩原本還想再說些什麼，可是他轉過頭去，說道：

「妮莉亞，艾波琳小姐先拜託妳了。」

妮莉亞早已經下了馬車。她往前走過去摟抱住艾波琳，吉西恩則是擋在她前面。沙姆爾的臉色開始變得很凶悍。

「殿下！」

「誰是主人啊？」

「咦？」

「你是主人，還是這個小姐是主人？我從沒聽過下面的人可以強制上面的人。這件事情，套用一句你說的話，這是哈修泰爾家的家務事，我可以不用管，但是這種下令上從的事，我實在看不過去。不僅因為我是身為負責監督國家所有禮法的王室成員，而且也因為我是一個有責任拿著劍保護弱者的騎士，所以我應該插手管這件事。」

沙姆爾的臉上浮現出為難的臉色。另外兩名男子也和他一樣，同時露出一副僵硬的表情，往前站出去，我和杉森也一下子站到吉西恩的旁邊。可是吉西恩張開雙臂，像是要推我們回去，並且往前站了出去。

「你說啊！誰是主人啊？」

沙姆爾用凶悍的眼神迎視吉西恩，說道：

「殿下，當然我是艾波琳小姐的下人。但我是奉了哈修泰爾侯爵的命令，帶小姐回去。所以我的意思就是侯爵大人的意思。難道殿下您會認為，父親是女兒的下人嗎？」

這一次，吉西恩的嘴巴僵住了，他說不出話來。真、真是的。這樣下去不行。此時，卡爾很快地接著開口：

「請問，我可以說一句話嗎？」

沙姆爾翻了一個白眼，然後瞪著卡爾，但是不說任何一句話。卡爾迎視著他，說道：

「吉西恩殿下一點也沒有想要干涉哈修泰爾侯爵家的家庭問題，但是三個像暴徒的男人自稱是侯爵的下人，而且還強拉著艾波琳小姐，這種場面令人看了不得不管。殿下當然不能隨便相信你們說的話吧？所以，殿下的意思是，要直接把艾波琳小姐交給侯爵大人才能放心。因為殿下平常就對侯爵懷有信賴與情分，所以採取這樣的動作也是當然之事。」

呵哈！卡爾真是酷斃了！沙姆爾張大嘴巴看著卡爾，可是卡爾不停歇地說道：

「因此，殿下將會保護艾波琳小姐。可是由於我們的行程很趕，現在無法直接去見侯爵大人，將艾波琳小姐送回去。雖然這樣對侯爵很抱歉，但是請轉告他，拜索斯的王子吉西恩・拜索斯殿下在保護著艾波琳小姐。當然哈修泰爾侯爵大人是對拜索斯的王室懷有深切信賴與尊敬之人，所以應該會深信吉西恩殿下會如同父親般，以真摯的親情照顧艾波琳小姐。啊，當然，我們忙碌的行程一結束，便會讓艾波琳小姐回到侯爵身邊。如果艾波琳小姐願意的話，當然可以更早回去。可是這全都是看艾波琳小姐的意思。既然侯爵大人不在這裡，殿下會以艾波琳小姐的意思為優先考慮。即使是侯爵，也應該會認為如此處理乃是當然之事。」

沙姆爾完全啞口無言。他結結巴巴地想要說話，可是卡爾一點也沒耽擱時間，繼續說道：

「那麼，就有勞您轉告一聲了。」

卡爾一面如此說道，一面迅速對妮莉亞使眼色。妮莉亞面帶微笑，依舊摟抱著艾波琳，往馬車走過去。在一眨眼的時間裡，演出一齣將人拐跑的戲碼，沙姆爾卻無法說出任何話來，只能眼睜睜地看著這幅光景。直到妮莉亞開了車門，沙姆爾這才好不容易開口說道：

「等、等一下！這到底是……嗯？」

沙姆爾的話突然中斷，而且他的眼睛急遽變大之後又再變細。怎麼一回事？我回頭一看，坐在馬車裡的蕾妮稍微探出了頭。他是因為看到蕾妮而嚇了一跳嗎？呃啊！真是的，可惡！

「他媽的！」

「修奇，你怎麼了？」

杉森雖然這麼問，可是我根本沒空回答他。至於沙姆爾呢？果然，他忽然對吉西恩行禮。

「殿下您的話，實在是非常言之有理。艾波琳小姐就拜託您了。」

沙姆爾如此無視於一些禮法地說完之後，就在吉西恩要說話之前往後退去。他直接率領另外兩名男子很快地走掉，這使得吉西恩和卡爾只能面帶錯愕的表情，看著他們離去的背影。沙姆爾看起來就像是不再對艾波琳存有任何關心。可惡！這個人現在應該是想要馬上跑去告訴哈修泰爾侯爵有關蕾妮的事吧。

「這什麼跟什麼呀，那個人是怎麼了？他未免也放棄得太快了吧？」

吉西恩笑著說道。啊啊。當然不是這樣啊，王子大人。

侯爵很快就會知道現在蕾妮和我們在一起的事。雖然他不知道蕾妮這個名字，可是至少他會知道我們和一個紅髮的十幾歲少女在一起，大概能輕易猜出蕾妮就是他的女兒。那麼，他會採取什麼行動呢？

05

「你說沙姆爾有看到蕾妮？」

卡爾擔憂地問道。他仔細想了一下之後，說道：

「可是侯爵現在應該無法馬上採取什麼行動，因為這裡有王子大人在。我們現在應該要做的是，在最短時間內到市場買完東西之後出發。我們快點吧！」

我們幾個戰士立刻像是尾巴著了火的貓，開始迅速採買東西。我想今天可能是這個市場商人們非常幸運的日子，因為我們在匆忙之下根本沒有和他們討價還價，而且連找錢都沒有拿就走了。杉森甚至還在買麵粉的時候拿出寶石，讓那個食品小販嚇了一大跳。哎喲，他這樣揮霍用錢，從大迷宮裡拿出來的寶物一定很快就會用盡。不過，幸好我們之中有人是那種就算明天是世界末日，今天也要在市場裡殺價的人。

「請別開玩笑了！一磅要五十分賽爾？這種有腥味的肉，如果我給你三十分賽爾以上，我爺爺一定會從墳墓裡跳出來的。算我三十分賽爾吧，好不好？那邊的那些我會全部買下來，你算便宜一點吧！」

雖然我們匆忙到處去買東西，急急忙忙搬運，隨便丟錢就走，但是因為有妮莉亞跟著我們到處跑來跑去，讓我們結帳時不至於多花錢，因而在我們買完東西的時候才能勉強維持沒有破產的地步。馬車上面裝滿了行李之後，杉森、吉西恩和溫柴急忙把一大袋的麵粉和一大堆的蔬菜搬到馬車上，累得氣喘吁吁的。但我們一刻也不停息就出發了。呀啊！

這一回我是坐在馬車裡。在馬車裡，卡爾對艾波琳問東問西的，艾波琳面帶回想的表情答道：

「是，嗯。迪特律希失蹤之後，我很難再忍受下去了。我原本每天晚上都會去見迪特律希，睡覺之前可以和他講話講一、兩個小時，所以我那時候在那個家裡沒有哭……可以忍受下去。可是迪特律希一直都沒有回來，所以我再也受不了那個家裡那些冷冰冰的人。雖然沒有什麼改變，但是在那個沒有迪特律希的家裡，我再也……」

「是嗎？嗯……你們姊弟的感情真好。」

啊啊。原來是這麼一回事！他們這對姊弟被認養到陌生的侯爵家，除了互相可以安慰之外，好像沒有人會安慰他們，或者聽他們的心聲。蕾妮圓睜著眼睛看了一下艾波琳的衣服之後，又低頭看了自己的衣服，然後稍微嘟了一下嘴巴。嗯，我突然有股奇怪的感覺。哈修泰爾侯爵的親生女兒和養女都在這裡，可是由衣著打扮來看，我覺得艾波琳看起來像是親生女兒，而蕾妮則像是養女。嘿。因為艾波琳現在是穿著在侯爵宅邸裡穿的那種華麗衣服。只是，看起來就是那種被水沾濕之後隨便讓它乾掉的衣服！

艾波琳雖然是一副悲傷的臉孔，但她用堅決的表情說道：

「迪特律希再怎麼說，也是卡賽普萊的龍魂使。雖然侯爵並不真心喜愛他，但還是會關心他。然而，我是跟著迪特律希的麻煩累贅。侯爵不想看到我，而我剛好又這樣逃走，他的心裡應該會非常高興。」

卡爾搖了搖頭，說道：

「啊，是這樣子嗎？可是剛才不久前，那些下人不是還來找妳，要把妳帶回去嗎？」

突然間，艾波琳握緊她的小拳頭，情緒激昂地說：

「那當然是因為面子問題！」

「咦？」

「因為面子問題！這我也知道，因為慕琳老師跟我說過。慕琳老師，嗯，就是小孩子們的家庭教師。慕琳老師都跟我說了！如果把我趕走了，因為外面會傳言哈修泰爾侯爵家殘忍地趕走沒有用處的養女，所以即使他厭惡我，也不會趕走我！」

慕琳老師好像是會對小孩子直言直語的那種個性的人。卡爾聽到艾波琳的話，像是同意似的點頭，說道：

「啊，是。嗯，所以……妳打算怎麼辦？不想回侯爵家了嗎，哈修泰爾小姐？」

「我的姓不是哈修泰爾！」

艾波琳的高喊聲，像是有尖細的東西刺進身體般傳來。卡爾慌張地對她道歉。

「啊，是。真是對不起。」

艾波琳看起來像是要更加確信自己的話，她用力點頭，並且說：

「是的！我的姓不是哈修泰爾！我不需要那個家的任何東西。名字、食物、衣服，我什麼都不要！」

亞夫奈德驚訝地圓睜著眼睛，看著這個小女孩激動地大喊大叫。卡爾用尷尬的語氣說道：

「是……那麼，艾波琳小姐，以後妳打算怎麼辦？妳離開了侯爵家……雖然不知道妳是怎麼想的，可是這個世界並不如想像中那樣簡單。像艾波琳小姐這種年齡的少女，幾乎沒有工作可以給妳做。」

艾波琳緊閉起嘴巴。她突然間用不安的眼神看著馬車裡的人。大家全都面帶著溫和的表情，但艾波琳卻只是表情害怕地畏縮了一下。她剛才一直激動不已的臉色都到哪去了呢？

艾波琳把雙手伸到衣角口袋裡，說道：

「我……我不怕。昨天下午我坐在庭院裡讀書的時候，侯爵大人從我身旁經過。我正想要向他行禮，可是他皺眉頭看我，一句話也不說就走了。就是在那個時候，我再也無法忍受下去了。所以，我就直接跑進房裡換了衣服就逃出侯爵家。昨晚我藏匿在馬市，睡在馬吃剩下的乾草堆裡。下雨了……草堆很潮濕，而且又厚又重。我在草堆裡想了很多，但我不認為我會無法吃苦。我可以忍受，我就這樣在草堆裡對自己講了好多遍。對，我可以忍受得了。」

啊，所以她的衣服才會是這副模樣。卡爾用同情的目光說道：

「妳一定吃了不少苦吧。可是……」

艾波琳像是不想再聽下去似的猛搖頭，然後問我們：

「請問各位是要到哪裡去？」

「啊？哦，我們要前往褐色山脈。」

「各位沒有要回故鄉嗎？那裡……賀、賀？」

「妳是說賀坦特？我們當然要回去。褐色山脈的事情結束之後就要回去。」

「那麼，請帶我去。我想去找迪特律希。」

卡爾表情沉重地看著艾波琳，可是艾波琳昂然地說：

「我有錢。足夠旅行去找迪特律希。」

她一面如此說道，一面從懷裡拿出厚厚捲著的手巾。一打開手巾，裡面有寶石和幾樣首飾，還有一些金幣。哼嗯。這是從侯爵家帶出來的嗎？她剛才還說不需要那個家的任何東西，看來需要的時候也是有可能會屈服的。

我因為進去過大迷宮，所以在我看來，與其說這看起來是具有價值的寶石，倒不如說這些只夠拿來稍微炫耀。而且這種炫耀如果隨便打開來給別人看，可能當場就會成為被丟進某個溪谷的屍體。哎呀，這個丫頭到底是在何種想法之下離開侯爵家的啊？她遇到我們真的是很幸運。要是遇到不肖的人，豈不是完蛋了？卡爾臉色黯淡地看了一眼那些寶石之後，搖著手說道：

「全都放回口袋吧。寶物是不能護身的，妳到底打算如何旅行呢？」

「咦？啊，您是說這樣很危險嗎？我有想過要僱用武士。」

啊啊……她好像很喜歡古代故事，像是「僱用流浪武士，與他兩人祕密旅行的小仕女」這類的故事情節。哈哈哈，真是的。卡爾即使聽到她這麼說，也還是沒有笑出來。他只是溫和地說：

「武士？這個嘛，這不是什麼不好的想法，但也不是什麼好的想法。如果小姐很幸運的話，說不定會遇到好人，但是選錯人的話，可能在某條山路上，武士會突然變成強盜，這也是有可能的事。像小姐妳既沒有家，也沒有神殿收留妳，確實是在到處流浪的少女，壞人當然不會放過這種對象。」

艾波琳的表情變得很沮喪，可是她還是倔強地說道：

「考慮太多就會難以付諸行動。有時應該把自己託付給命運，勇往直前地行動。」

艾波琳強硬地抬著頭，說出不適合她這個年齡的處世方式，八成是從不適合她看的書籍裡學到的。卡爾不停搔著額頭，用疲倦的聲音說：

「小姐，妳沒有其他親戚嗎？沒有可以依託的地方嗎？」

「啊？那個……」

卡爾沉著地說：
「萬一沒有的話，就沒辦法了。我會把妳帶回侯爵家。」
「什麼？我不要！」
「這是沒有辦法的事。妳說在侯爵家受到蔑視？我很同情妳。可是如果就這樣讓妳在外面遊蕩，妳會有性命的危險。小姐妳有辦法保護自己嗎？我不能明明知道還去犯錯。」
我點了點頭。沒錯，艾波琳至少在侯爵家可以豐衣足食。嗯，這跟蕾妮成為龍魂使的豐衣足食是有點不一樣。蕾妮在戴哈帕有父親，有一個家，可是艾波琳的情形是……
「我不要！我不想要回去那個家。我真的不要！請帶我去找、找我爸爸。好不好？拜託你！」
「什麼？」
原來艾波琳也和蕾妮一樣！她的爸爸？艾波琳用力地點頭，卡爾表情訝異地問她：
「令尊……是指哈修泰爾侯爵大人嗎？」
「我是說我的親生父親！請帶我去找我的親生父親。卡爾大叔，您是很好心的人，是吧？這些我全都給您，拜託請帶我去找我爸爸。」
艾波琳連同手巾都伸給卡爾了，可是卡爾搖了搖手，拒絕那些東西。
「我不是叫妳把它收起來嗎？不過，妳的親生父親還活著嗎？」
「是的。」
「他在哪裡呢？」
「那個……」
「艾波琳小姐？」

「我也不知道。」

「啊？」

艾波琳結結巴巴地開始說：

「我媽媽死了之後……爸爸每天每天喝酒。他真的非常傷心難過，然後……然後就把迪特律希和我一起交給哈修泰爾家族。他把迪特律希交給他們的條件是連我也一起帶去那裡。啊，他並不是因為不喜歡我才這樣做。絕對不是那樣。我爸爸認為迪特律希和我全都可以在侯爵家過得很好……他是這樣想的。侯爵說要給他錢，可是爸爸謝絕之後，就把我們交給他們。」

卡爾面帶慈愛的表情，說道：

「是嗎？可是妳不知道他在哪裡嗎？」

「我們離開的時候……我爸爸也賣掉房子，離開了那個地方。」

哎呀，天啊。這豈不是連活著還是死了都不確定嗎？卡爾一面嘆氣，一面說道：

「妳親生父親的姓名叫什麼呢？」

「格蘭・哈斯勒。他姓哈斯勒。他曾經當過皇宮守備隊員。」

艾波琳看到馬車裡的人全都一副快迸出眼珠子的表情在看著她，好像嚇了一大跳。卡爾先是用拳頭掩住嘴巴，過了一會兒，他低沉但急促地說：

「妳是指涅克斯・修利哲身邊的哈斯勒嗎？」

艾波琳一副覺得莫名其妙的表情。

「咦？嗯，您是說常常跟在涅克斯先生身旁的那位沉默寡言的馬夫嗎？他的名字也是哈斯勒嗎？」

傑倫特長長地吁了一口氣。卡爾點了點頭，用安心的語氣說：

「啊，原來是同名不同人。是。那個馬夫的名字也叫哈斯勒。真是巧合。」

呵，還可真是巧合啊！卡爾如今用更加鎮靜的聲音說道：

「那麼令尊在什麼地方，妳完全不知道嗎？既然如此，我該怎麼帶妳去找令尊呢？」

艾波琳一副就要哭出來的表情。卡爾像是很為難地搖了搖頭，又再問道：

「那麼妳認不認識妳父親的朋友，或者，嗯，知道他消息的人？」

「嗯……我不知道。我、我實在不知道。因為我爸爸不太喜歡交朋友。」

「這樣事情很難進行下去，真是叫人著急。」

確實是很叫人著急。她討厭她養父，又不知道親生父親在哪裡，那麼叫我們該怎麼辦才好？我在心裡面開始懷疑，這個世上是否有那種重人情的武士，會受僱陪這個小少女一起旅行放浪於大陸，尋找她失去的父親和弟弟？此時，亞夫奈德小心翼翼地開口說道：

「那個……我覺得，好像有人可以問看看。」

「咦？你是指有關艾波琳小姐親生父親的事嗎？」

「是的，就在離此不遠的地方。」

「你是說王子大人有事找我嗎？啊，殿下！」

「好久不見了，亞夫奈德大人。請起來吧。」

皇宮守備隊長喬那丹・亞夫奈德一邊起身，一邊面帶高興的表情。然後他環視我們每個人，目光在亞夫奈德身上停留了一下。亞夫奈德稍微點了點頭，喬那丹則是露出溫馨的微笑。不過，喬那丹並沒有對亞夫奈德特別說什麼，而是攤開手臂，說道：

「我不知道有這麼多客人來找我。請趕快坐下吧。哎呀，位子不夠。哈哈。」

我們一起擠著坐在曾經進來過一次的守備隊長室裡。這間房間很寬敞，沙發也很大，可是我們人數實在是太多了。十一人之多的人數，光是要找位子坐下來，也花了不少時間。在我們感覺寬敞的守備隊長室變得有些窄小之際，時間就已稍微流逝了一些，然後大家一坐定位子，吉西恩就笑著說：

「亞夫奈德大人，我應該先問候大人然後談論一些時事，做一個有禮的王子，其實只是莫名其妙的謠傳……可惡。是，我是很希望聽到他人說我是個有禮的人，可是因為沒有時間，只好先省略了。」

喬那丹笑著說道：

「哈哈。雖然這是我個人的想法，不過，我覺得王子大人已經沒有必要為了聽到他人說你是有禮的王子，而特別努力。」

「真的嗎？」

「因為在這個世界上，有些事是再怎麼努力也行不通的。」

喬那丹連笑都沒有笑，靜靜地說完這句話，而艾賽韓德則是爆笑了出來。其他人的笑聲好不容易慢慢變小之後，吉西恩搔著自己的頭，說道：

「今天來找您是因為有事想請教您。卡爾？」

「啊，是。那個，亞夫奈德大人，請問您做守備隊長的工作很久了嗎？」

「當然是的，賀坦特大人。嗯，因為那是在開始照顧那個傢伙的時候。」

那個傢伙指的是亞夫奈德。亞夫奈德露出一個平靜的微笑，喬那丹也露出了微笑，說道：

「我帶著這個傢伙生活，需要一個安定的工作場所，因此進來當皇宮守備隊長。因為一般巫師們不喜歡被工作所束縛，所以我很輕易就得到了這個工作。那時候，我只是想暫時做這個工作，沒想到不知不覺間這傢伙已經……大到可以稱為頂尖魔法師。我心滿意足了。」

「老師！」

亞夫奈德尖叫般說道，我則是尷尬地露出微笑。喬那丹微笑著說道：

「怎麼了？我覺得這是很好的綽號啊。哈哈哈！啊，對了。您應該知道皇宮守備隊長代代都是由巫師來擔任吧？」

「啊，是。那是為了要保有『亨德列克守護著皇宮』的這層意義。」

「您知道得很清楚，賀坦特大人。不過，您為何問我這個問題呢？」

「請問您還記得隊員之中有一個叫格蘭·哈斯勒的人嗎？」

卡爾一提出這個問題，艾波琳馬上表情變得很緊張。喬那丹摸著他的下巴，沉浸於思索之中。

「格蘭·哈斯勒？哈斯勒……啊，原來你是指熱劍（Hot Sword）格蘭。是的，我記起來了。」

「啊！那是我爸爸的綽號！熱劍格蘭！」

喬那丹聽到艾波琳的大喊聲，驚訝地圓睜著眼睛。

「是。可是這位小姐是……？」

卡爾先是露出苦惱的表情，然後很快地說道：

「這一位是哈修泰爾家族的養女……親生父親正是格蘭·哈斯勒先生。」

喬那丹突然瞬間閃現一個特別的眼神，但他沒有說什麼，只是點頭說道：

「啊，是嗎。」

「不過，他為什麼叫做熱劍呢？這是什麼意思呢？」

喬那丹合起他的雙手，直豎在嘴巴前面之後，笑著說：

「那是很久以前的事了，可是我還是記憶猶新啊。那個人用劍非常地猛烈。皇宮守備隊員之間每天都會比武練劍，可是熱劍格蘭他卻幾乎不比武。這是因為根本就沒有隊員可以承受得了格蘭的招式。練習就更不用做了，因為怕在比武時發生對方受傷的事，所以基於安全上的理由，他是不用比武和練劍的。啊，您去問那些資深的隊員，相信一定有很多人會告訴你們有關他的傳說。」

卡爾用小心翼翼的語氣說道：

「那麼，您是否還記得那個人為什麼會辭了守備隊員的工作呢？」

「這個我就不太清楚了。不過我記得的是，他妻子死了之後，只是每天失魂落魄地過日子，然後便突然辭了守備隊員的工作。」

艾波琳表情緊張地注意聽到這裡之後，頭整個垂了下來。卡爾面帶焦急的表情，說道：

「有沒有辦法可以聯絡得到他呢？有沒有人是和他很熟的朋友？這位艾波琳小姐現在很急著想找自己的親生父親。」

「是嗎？呵，真是的。那個人不太喜歡交朋友。因為他個性沉默寡言，不善交際。而且這實在是太久之前的事了，還記得他的守備隊員應該不太多吧。」

「是嗎。」

卡爾面帶著遺憾的表情，看了一下艾波琳。艾波琳的表情很沮喪，她把頭垂得更低，一行人看到她這副模樣，全都閉上嘴巴不說話。就在這時候，吉西恩突然在這一片寂靜之中站了起來，說道：

「艾波琳小姐。先去換一下衣服再說吧。」

「咦？換衣服？」

「是的。衣服濕了對身體不太好，而且也不方便活動。請跟我來。我去找我妹妹幫妳換衣服吧。啊，蕾妮小姐？蕾妮小姐要不要也一起去？妮莉亞也想要去的話……」

妮莉亞謝絕了。艾波琳低頭看了一眼自己身上的衣服，便點了點頭。

「謝謝您，殿下。那麼……」

「我也……可以一起去嗎？」

「當然嘍。請趕快跟我來。」

蕾妮也臉色微紅地站了起來。可是為什麼突然間變成這樣啊？現在衣服有那麼重要嗎？卡爾表情訝異地看了一下吉西恩，可是吉西恩很快地說：

「各位請在這裡等一下，一邊等可以一邊期待，等一下兩位小姐會用什麼模樣出現。哈哈哈！」

不知為何，我總覺得這不太像吉西恩！可是吉西恩帶著艾波琳和蕾妮很快地走出去了。房門一被關起來，艾賽韓德便嘀咕著：

「嗯，又不是衣服被刮破，只是有一點髒而已，幹嘛換什麼衣服。大家都得趕路啊！」

隨即，喬那丹便微笑了一下。他朝著艾賽韓德行了一個注目禮道歉，並且說道：

「矮人的敲打者，請不要責怪王子大人的行為。事實上，是我拜託王子大人這麼做的。」

「咦？」

卡爾用驚訝的語氣問的時候，亞夫奈德微笑著說道：

「原來您用了傳訊術，老師。」

「是的。你滿厲害的，猜得很準。啊，我向王子大人傳了一些話，所以王子大人才會帶艾波琳小姐出去。他是怕艾波琳小姐會起疑心，所以連蕾妮小姐也一起帶出去。」

「什麼……有什麼話是不能讓艾波琳小姐聽的嗎？」

「是的，賀坦特大人。我有祕密要說。幾年前，熱劍格蘭曾經來找過我。」

卡爾雖然表情驚訝，但並沒有說什麼話，就只是等喬那丹繼續說下去。喬那丹叉攏雙手的手指頭，先是沉默了一下，接著，他把叉攏著的雙手支撐下巴，閉上眼睛，一副沉浸於深思的表情。

然後他又再睜開眼睛，說出來的卻是很令人出乎意料的話。

「艾波琳小姐的弟弟迪特律希擁有龍魂使的資質，是吧。非哈修泰爾家族的其他血統裡誕生出龍魂使，這是很稀有的例子，但並非完全不可能的事。」

這算什麼啊？又不是很了不起的新聞！

「而且哈修泰爾侯爵把擁有龍魂使資質的小孩子們收養在一起。基果雷德的龍魂使托爾曼也是這種情形。他們都是被收養為養子。」

我聽到這些早已知道的事情之後，變得有些急躁。我一面忍耐喬那丹的緩慢語氣，一面等他說完。可是喬那丹的語氣卻越來越慢。

「可是迪特律希的情形呢，他擁有無法以養子來收養的條件。他的親生父親確實還活著，而且是皇宮守備隊員，是家世很不錯的家庭。以戰士而言，他的父親可以算是最高級的戰士吧。」

「是嗎？」

「是的。剛才各位有聽到我說格蘭的妻子死了，是吧？格蘭的妻子，嗯，也就是艾波琳和迪特律希的母親，她的名字是瑪格麗吧。雖然我沒有親眼看過她，可是我聽說她是一位美麗、高尚而且又很慈祥的女人。」

啊，是這樣子的嗎？我感覺無精打采地稍微轉過頭去。可是此刻我的眼睛所看到的卡爾模樣真是太誇張了。他非常專注地聽著，而且還把拳頭握緊到發白。那副模樣彷彿，彷彿……正當我在尋找可以適當形容他模樣的話時，他用非常符合他神情姿態的極度不安語氣說道：

「難道……她是意外死亡的嗎？」

喬那丹點了點頭，說道：

「某個風和日麗的日子，她去市場買東西，然後就在大馬路上被幾個怪漢給亂刀刺死。人當場死亡，犯人並沒有抓到。」

「他媽的！」

卡爾用凶惡的語氣說道。杉森看著頭頂火冒三丈的卡爾，露出糊裡糊塗的表情，但是喬那丹搖了搖頭，說道：

「他的妻子一死，格蘭就每天喝酒，也常常沒去做守備隊員的工作。他總是醉醺醺的，如果沒有醉，就是在喝酒，甚至還曾經在喝了酒之後毆打其他守備隊員，製造出很大的事端。當時我什麼都不知道，以為他只是因為妻子死掉而自暴自棄、惹出事端來，我也沒有重重處罰他。就連格蘭說他不想做守備隊員的工作之時，我看他這樣自暴自棄、糟蹋他的人生，看得我很不以為然，所以也沒有問清楚事情真相就答應他了。然後格蘭就把艾波琳和迪特律希交給哈修泰爾侯爵，之後就離開了首都。然而，幾年前他來找了我。」

卡爾面帶著一副沮喪的表情。他到底怎麼了？雖然我想問他，可是卡爾現在好像不容我去問他這種問題。卡爾看著喬那丹，繼續追問著：

「他說了……什麼呢？」

喬那丹先是嘆了一口氣，然後說道：

「熱劍格蘭為了不讓別人看到，是偷偷來找我的，他來拜託我做一件事。雖然這是在拜託以前的上司，但也是因為我的巫師身分而拜託我。」

「是什麼樣的請求呢？是魔法嗎？」

「是的。熱劍格蘭拜託我幫他易容，改換掉自己的臉孔。」

「易容？」

「是的。他雖然一直懇求我，但是我不答應。而且我還懷疑他易容是不是因為在哪裡惹了事，所以要他說出可以讓人信服的原因，我才要答應。格蘭立刻一副非常為難的表情，可是最後還是開口說了。他說是因為想去看迪特律希和艾波琳。」

卡爾表情沉鬱地點了點頭。什麼啊？因為想去看他的兒女？傑倫特像是覺得可笑似的看了一眼喬那丹，然後笑著說：

「哈哈哈！如果他想看他們，直接去找他們就可以看到了，不是嗎？太令人啼笑皆非了吧！嗯，他把自己的兒女交付給別人，雖然對不起小孩子，但是這樣一來就要易容，我實在是無法理解！」

卡爾用難過的聲音說道：

「欽柏先生……因為這關係到格蘭・哈斯勒的性命安危。」

「什麼？關係到性命安危？」

傑倫特驚訝地張大嘴巴，喬那丹則是點了點頭。

「沒錯，格蘭當時受到脅迫。我是指脅迫要他交出迪特律希。而且侯爵為了令他恐懼，殺了他的妻子，實在是非常狠毒的手段。」

這簡直是晴天霹靂啊！真是令人無法相信。我無法相信這番話！不可能的！妮莉亞臉色發青地捂住嘴巴，下巴顫抖著。就連亞夫奈德的眼睛也散發出濃濃的肅殺之氣。除了卡爾以外，我們一行人現在才開始感受到那股冰冷的恐懼感。那是，不對。那是不可能的！

喬那丹的低沉聲音甚至讓人感覺很可怕。

「是的，沒有錯。哈修泰爾侯爵為了擁有迪特律希，當然有威脅過格蘭。當時的格蘭一定是不想屈服，可是妻子的死使他不得不如此。那時候，他流到心裡頭的眼淚應該是血淚吧。而且即使是想遠遠地看他兒女，也有可能會因此送命，所以他才決定要易容。」

「那個禽獸……」

傑倫特大聲喘息著說道，可是我連話也說不出口。艾賽韓德也是一副快氣炸、說不出話來的表情，他像是要把腰帶扣環捏碎似的緊抓著。杉森用難以置信的表情說道：

「是真的嗎？他真的做出那種醜陋的事！」

「是的，費西佛大人。」

「不，我實在無法相信！天啊！那實在是太不像話了！為了把一個小孩拿來當自己兒子，就殺死他的父母？」

喬那丹面帶陰鬱的表情，氣鼓鼓地說道：

「我也跟你們一樣，當時跟他說我無法相信。隨即格蘭就苦澀地笑了。我是生平第一次看到那麼可怕的笑容。」

杉森像是吐出火似的大喊著：

「那麼！那麼隊長大人你為什麼要不聲不響的？為什麼不舉發哈修泰爾侯爵的罪行？格蘭既

然已經說了證詞，那麼就是確實的事了！難道……難道你是在愛惜性命嗎？」

喬那丹用像是再也無法忍受的語氣，喊道：

「喂，費西佛大人！你以為我是會那樣魯莽行動的人嗎？當然不是！你以為格蘭在自己妻子死掉的情況下，會沒想到要這麼做嗎？格蘭就是覺悟到無法用法律或正義之名來處罰侯爵，甚至想過要直接親手殺了他。但是那根本是不可能的事！而且他不得不擔心兒女的安危啊！」

「可惡，這個豬狗不如的東西！」

砰！杉森像是要打壞桌子般捶了下去。我覺得手上有一股奇怪的感覺，低頭一看，我弄壞沙發邊緣的地方了。我舉起顫抖的手一看，緊握著的拳頭裡，正抓著從沙發撕下來的一塊皮革。單純一個攤開手掌的動作卻覺得非常地困難。緊抓著的皮革被捏得皺皺的，就這樣掉了下去。皮革被撕下時，一起撕下來的棉花和碎布飄搖地落下去。我凝視著掉到下面散落在地上的沙發碎片，漸漸感覺頭昏眼花。

喬那丹背靠著沙發，擦拭臉上的汗。他環視我們每個人，然後露出摻雜著自嘲意味的微笑，說道：

「這是很可笑的事……對，我無話可說。我沒有自信敢說我當時在那種情況下盡了最大的力量幫助格蘭。可能因為我也怕哈修泰爾侯爵吧。可是，當時我真的想不出任何辦法啊。」

卡爾用非常沙啞的聲音說：

「我相信您所說的話。」

「謝謝。唉，雖然俗話常說：『罪與罰不會一起同行。』可是這種情形真的令人看了非常無可奈何，有罪之人竟然沒有受到懲罰，而受害者不但失去妻子，而且還被奪走兒女，甚至連自己的性命都受威脅。如果他敢隨便開口，不但沒有證據可以將哈修泰爾侯爵定罪，而且也無法知道又會再發生什麼事。所以格蘭那時候才會離開首都啊。可是，他怎麼樣也無法將兒女的形影從自己腦海裡抹掉。」

「所以他才會要求易容。他是為了能夠在遠處盡情地看他的子女。」

卡爾的聲音非常地沙啞，沙啞到我都快聽不懂他在說什麼。不，也可能是因為我太過激動而幾乎無法聽懂他的話。喬那丹點了點頭，說道：

「當時我哭了……」

「啊？」

喬那丹把自己送到遙遠過去的某個時間裡，用緩慢的語調說了之後，亞夫奈德看著老師那副臉孔，露出像是重複感受到那股悲傷的表情。

「我緊抓住格蘭……這是我長大懂事，把我的愛奉獻給瑪那之後，第一次掉眼淚。他反而還安慰我。呵呵呵。在他最為難過的時候，我不瞭解他，只是個知道了他的悲傷之後，也無法幫他做任何事的瞎眼上司，他卻回過頭來安慰我。」

「您心裡一定……很悲痛吧。」

喬那丹呆愣地看著前方一陣子之後，終於靜靜地回到了現實。我擔心他現在會不會在奉獻愛情給瑪那之後又第二次流淚，但是喬那丹並沒有哭。相反地，他用理性而且堅硬的語調繼續說著：

「我決定聽從他的願望，雖然這不是件容易的事。臨時性的易容是利用幻象就可以輕鬆做到的法術，可是永遠的易容卻不是那麼簡單的。各種實驗我都試過，而且動用了所有手段，最後才得以易容成功。」

卡爾點了點頭。喬那丹繼續用無力的語氣說：

「可是他的聲音卻沒有辦法換掉。所以原本就很沉默寡言的熱劍格蘭就更加不開口說話了。因為他怕聲音會揭露他的原形。」

天啊！我們一行人全都面帶著被當頭棒喝的表情。卡爾咬著下嘴唇，說道：

「那麼說來，涅克斯・修利哲的……？」

喬那丹表情驚訝地點了點頭。

「原來您認識他？」

「我知道他的名字叫哈斯勒，我和那個人碰過幾次面。」

「是嗎？啊，各位揭發了涅克斯・修利哲的叛變，所以當然認識他。是，沒錯。涅克斯・修利哲的心腹哈斯勒正是熱劍格蘭，格蘭・哈斯勒。」

窗外的花草完全無視於季節的變化，正美麗地綻放著花朵。即使是在初冬冷颼颼的天氣裡，黛美公主的巧手還是讓它們展現出美麗之處。

可是現在這個房間裡，卻不存在美麗這種東西。

「這件事到目前為止，是我和格蘭兩個人之間的祕密。我看到各位和艾波琳小姐一起來找我的時候，實在是嚇了一大跳。可是這樣反而是件好事也說不定。」

「好事？」

「我要拜託您，賀坦特大人。如果找到艾波琳小姐的親生父親，請讓她脫離哈修泰爾侯爵的掌控。哈修泰爾侯爵對她並不怎麼關心。因為龍魂使是迪特律希而不是她。」

「她……已經從哈修泰爾宅邸逃跑出來了。所以我們才會遇到她。」

「是嗎？那不就更好了！您可以帶她到一個清靜的修道院之類的地方嗎？像大暴風神殿這種地方也很好。」

「您是說修道院？」

「是的。我目前沒有辦法可以聯絡格蘭。那個笨傢伙偏偏把涅克斯・修利哲這種豺狼奉為主人，所以現在他一出現，就會被拉往絞刑臺。可是，他如果知道艾波琳離開哈修泰爾宅邸了，無論如何他都會來找我。那麼我就會跟他說。」

「說什麼呢？」

「我會跟他說艾波琳在什麼地方，那麼格蘭就可以帶著艾波琳到某個地方平靜地過日子。他的不幸就會如同是他責任之外的事，現在他應該要去重新找回太久沒有享受過的幸福了。」

卡爾用沉鬱的眼神看著喬那丹，從他的嘴裡突然講出令人意外的話。

「他是叛亂者的手下，不是嗎？」

「咦？」

「我說他是叛亂者的手下。因為他是涅克斯・修利哲最親近的心腹。可是亞夫奈德大人是皇宮守備隊長。如果他來找您，應該要把他逮捕起來，不是嗎？」

喬那丹面帶著一副受到打擊的臉孔，與卡爾對視著。然後，隊長激烈地搖頭說道：

「他並沒有罪！有罪的是那個涅克斯・修利哲！格蘭是按照良心在侍奉他。我相信他是這樣做的！」

卡爾看起來稍微高興了一點。

「你好像很信任他。」

「我很信任他！」

喬那丹簡短並且強烈地說道。過了一會兒，他用更加溫柔且沉著的聲音，靜靜地說：

「我瞭解他的痛苦，瞭解他的悲傷。不，應該說我認為我瞭解。為了格蘭，我什麼事都願意做，這是我的真心話。事實上，迪特律希失蹤之後，我有好幾次都決心要去找哈修泰爾侯爵。我的意思是，我要去把艾波琳要回來。可是我沒有正當的理由，所以躊躇著一直拖到現在。」

「我知道了。現在我好像也可以信任格蘭・哈斯勒了。」

卡爾如此說完之後，便立刻從座位上站了起來。不只是喬那丹，就連我們其他人也全都用驚訝的眼神看他。在我們的注視之下，他說道：

「我們會保護艾波琳小姐。找到安全的好地方時，找到艾波琳小姐可以安心待著的地方時，我會通知您的。我們還要忙著趕路，現在必須要走了。」

「咦？啊，是。那麼就謝謝您了。」

「請別客氣，那我們先告辭了。」

卡爾伸出手來，從座位上站起來的喬那丹一看到他的手，也伸出手來和他握手。卡爾一面和他握手，一面說：

「對哈修泰爾侯爵知道得越多，就越感到一股沸騰的敵意。」

喬那丹點了點頭，說道：

「優比涅的秤雖然很長，但賀加涅斯的秤錘卻很重。哈修泰爾所放置的重量太過沉重了，我會在他的最後一刻抬頭看他的眼睛來取笑他。但現在我想到他，就只能忍耐了。」

喬那丹突然表明的猛烈敵意使我們個個緊閉嘴巴，不敢開口說話。

06

「艾波琳小姐，妳這樣穿很好看。」

「啊，從現在開始，請叫我艾波琳就可以了。」

「是嗎？哈哈。我知道了，艾波琳。」

「那我看起來怎麼樣？修奇？」

「妳有男朋友嗎？如果沒有的話，我來追求妳好了。」

蕾妮笑著舉起了拳頭，我裝作一副要閃躲的樣子，咯咯笑了出來。艾波琳和蕾妮現在全都穿著黛美公主準備的衣服，出現在我們面前，可是到底為什麼黛美公主會有這種衣服呢？兩個人全都看起來像是為了準備旅行，而穿著厚厚的襯衫加上長褲，還有夾克和外套，而且還戴了圍巾和手套呢。她們這樣穿雖然看起來很溫暖，但是怎麼看都不太像是公主的衣服。吉西恩則是解答了我的疑問。

「這些衣服啊，事實上是我以前穿過的衣服。」

「什麼？」

「我小時候就是穿這種衣服偷翻過圍牆的。這一件是我九歲時穿的，而這一件是我十四歲時穿的衣服。沒想到黛美到現在都還保存著這些衣服。」

哦，這麼久以前的衣服竟然還是如此乾淨？看來黛美公主照料東西的技巧，真的已經到了令人嘆為觀止的地步。艾波琳和蕾妮各自用驚訝的眼神低頭看著自己身上的衣服。吉西恩噗哧笑著說：

「讓妳們穿我穿過的衣服，真是對不起了，小姐們。下次我會各買一套衣服送給妳們，現在就忍耐一點，先上馬車吧。時候已經不早嘍。」

吉西恩伸出手來，表現出要攙扶蕾妮的樣子，蕾妮則是笑著握住吉西恩的手，上了馬車。卡爾轉身對艾波琳說：

「艾波琳小姐，妳真的從此不再回去哈修泰爾家了嗎？」

艾波琳表情堅定地點了點頭。卡爾嘆了一口氣，說道：

「那麼，好，請妳先暫時跟我們一起同行吧。」

「真的可以嗎？謝謝您！」

艾波琳立刻跑向卡爾，像是想在他臉頰親一下的表情。可是卡爾搖了搖頭，說道：

「不。不必這樣謝我。我會找一個小姐可以安心過生活的地方。妳只能跟我們同行到找到那個地方為止。」

艾波琳面帶一副不知該怎麼回答的表情，凝視著卡爾。卡爾微笑地說道：

「我並不是覺得妳很麻煩才這麼做，而是因為我們此行要做的事很危險。而且小姐既不能知道我們的目的，也跟這件事毫無關係。所以我認為直到我們事情結束為止，應該讓妳待在某個安全的地方比較好。」

「是……光是您收留我的這件事，我就很感激了。」

卡爾點了點頭，說道：

「而且在旅行途中，我也會繼續探聽妳親生父親的消息。那麼說不定我們還會帶著令尊的消息去找妳呢。」

「什麼？您真的會幫我探聽嗎？」

「是的。」

「真的……我跟您沒有任何交情……真的是太感激您了。」

卡爾看著艾波琳，微微對她露出笑容，說道：

「請當作這是對於我忘了妳弟弟那件事的謝罪。」

「不，那是……」

「不用再說了。雖然談話要長談比較好，但大部分的情況下還是行動快速最重要。妳要是贊成我的提議，我想我們現在就出發吧。」

「啊，是。那個……真的非常感謝您。」

卡爾微笑著，模仿吉西恩的模樣，也伸出手來。艾波琳看了，開心地笑著握住卡爾的手之後上了馬車，其餘的人也跟著全都上了馬車。

我們就在皇宮內侍部長里菲・特瓦里森先生的熱烈歡送之下準備離開皇宮。

「啊啊啊！吉西恩王子大人！我已經準備好餐點了！您一口飯也不吃就要離開了嗎？如果您下次還要再這樣，就請不要再來了！請不要再讓我這個老臣的心裡難過！王子大人您雖然可以想來就來，想走就走，但是貴族院和國王陛下一定會責怪我的！」

吉西恩溫馨地高喊著：

「下次我一定會買個禮物送給您的！」

我爬上馬車車頂，而在車頂下面，妮莉亞、蕾妮和艾波琳坐在一起，三個人有說有笑的。主要都是妮莉亞在講話，可能她是想要讓艾波琳心情好轉吧。而妮莉亞下去坐在馬車裡面，取而代之的，是卡爾坐到了馬夫的座位上。卡爾在馬夫位子上坐著，一副像是在深思什麼的模樣。

我雖然不想妨礙他思考，但最後還是忍不住開口了。

「卡爾，你打算怎麼做呢？」

卡爾回過頭來，抬頭看一眼在車頂上的我。

「什麼意思啊，尼德法老弟？」

「我是指艾波琳。你打算幫她找暫時居留的地方嗎？」

「這個嘛，我是有考慮過大暴風神殿。但因為它是在首都，並不怎麼恰當。那裡雖然不是侯爵勢力所及之處，但畢竟距離實在是太近了。最好是找個離首都有段距離的地方。」

「我們現在是要去褐色山脈，不是嗎？我們要趕著去見克拉德美索，可是途中有時間可以去找嗎？」

「我也不知道。我想是很困難。」

「那麼，你是想在克拉德美索的事情結束之前，繼續帶著艾波琳嗎？」

「這也是有可能的事。」

吉西恩開始用訝異的眼神看卡爾。於是，卡爾才簡短地告訴他有關喬那丹先生的事。過了一會兒之後，吉西恩面帶蒼白的臉色，像是在呻吟似的說道：

「這麼說來，哈修泰爾侯爵為了要搶奪迪特律希，不但殺死了他的母親，還把他的父親弄得和廢人沒有兩樣，是這樣嗎？」

卡爾用眼角瞄了一下馬車後方，說道：

「是的。」

吉西恩彷彿像失去生命的物體跌落下去似的，無力地靠到椅背上。他仰望天空，並用沙啞的聲音說道：

「這個人，我到底該怎麼處理才好……他犯下的罪行實在是太多了，可是卻沒有受到任何的處罰。我實在無法放任他不管。」

卡爾並沒有回答吉西恩的話，而是說了一句不相干的話。

「我很好奇一件事。」

「您是指什麼事？」

「涅克斯和哈修泰爾為什麼會反目成仇呢？」

「咦？」

卡爾像是在慢慢回想過去的語氣，他說道：

「您還記得那個時候嗎？我們從哈修泰爾侯爵的宅邸裡偷走祕密文件時，侯爵是怎麼解釋他為什麼會有那份文件的？他說他知道涅克斯有叛變的意圖之後，為了阻撓他而逮捕了帶著文件的使節，把那東西搶了過去。」

「是的，他是這麼說的。」

「這實在很奇怪。涅克斯可以說是一隻狼，而哈修泰爾侯爵應該稱為是一隻豺。如果涅克斯暴露出他的意圖並且付諸行動，那麼侯爵會是那種暗自訂定叛變計謀，在內心獨自竊笑的人。當然，涅克斯那種意圖的惡性確實是太過分了，可是哈修泰爾有必要因為這樣就阻止涅克斯嗎？我實在是很懷疑。俗語說，禿鷹和野狗乃為同類，不是嗎？」

沒錯，禿鷹和野狗會一起吃屍體。吉西恩繼續抬頭看天空，用悲傷的語氣說道：

「這個嘛……在我看來，這應該像是兩隻豺狼在打鬥爭奪之中，使一塊名叫拜索斯的肉塊殘破不堪。」

「殿下。」

吉西恩現在像是再也沒力氣發怒似的，整個人癱在那裡，喃喃自語地說道：

「涅克斯的情形反而比較好。因為雖然他還是存有陰險的野心在覬覦克拉德美索，但是他已經被各位的恩澤德惠給打敗了。而且到目前為止，各位和我都還能壓制住他。可是那隻名叫哈修泰爾的豺就好像是有四隻眼睛的精明傢伙。那個傢伙……他放了基果雷德，是為了要削弱拜索斯的戰鬥力，而且他利用托爾曼這個手段，同樣也是在覬覦克拉德美索。可是他不管到哪裡，都沒有被抓到過把柄。這傢伙就像是個不想要蒙受任何危險負擔的小惡霸。他比真的惡霸還要來得更加陰險、寡廉鮮恥。」

「其實並非如此。」

「什麼？」

溫柴說道。吉西恩回頭看他，而我也看著溫柴。溫柴一副泰然自若的樣子在雕刻木塊。吉西恩大吃一驚地看著溫柴，說道：

「你的意思是，哈修泰爾不是惡霸嗎？」

「不。我指的是關於托爾曼的事。」

吉西恩一副莫名其妙的表情。

「托爾曼？」

「是的，沒錯。哈修泰爾侯爵雖然是在覬覦克拉德美索，但並不是利用托爾曼。因為托爾曼是一張令人不安的牌。和他比起來，蕾妮可以說是第一等的好牌。」

怎麼突然間像是賭徒在講的話呢？吉西恩歪著頭，原本想要開口，然而溫柴還是只低頭看著手上拿著的小刀和木塊，並且說道：

「有人在監視著我們。在左邊那個巷口……你們應該不會呆到抬頭看吧？」

我突然感到毛骨悚然，甚至覺得衣領貼近脖子的感覺很陌生。我靜靜地把巨劍從背上拿下來，放在腳的前面，因為坐在車頂上面比較不容易拔劍。然後我假裝伸懶腰，同時「呆呆地」看著左邊巷口。溫柴雖然對我咋舌，但已經太慢了。

糟糕！我和那個人四目相交了！

在巷口有一個男的，面帶著無心的表情，用一副好像只是在看過往人潮的目光，正注視著我們。他看著五匹馬加上一頭公牛的馬車，那種目光看起來很適當而且找不出任何破綻。而且那種目光在我們周圍多得是，根本不會覺得異常。可是那個男子的眼睛和我的眼睛對視的那一刻，他悄悄地把目光轉移，這樣的目光迴避，使我心裡不禁震了一下。

卡爾把雙手交叉放在胸前，看著旁邊建築物接雨水的水桶裡還一直有水滴不停地滴落，他用低沉的聲音說道：

「看來侯爵已經從沙姆爾那裡得知消息了。」

因為昨晚下過雨，路上積了水，吉西恩很感興趣地看著一灘積水，同樣也是用漫不經心的語調開始說道：

「他們會如何出現在我們眼前呢？」

「應該不會在大路上做出魯莽的行為。那麼，他們會不會在城外攻擊我們呢？」

「如果真是那樣，就太好了。我現在很想看到鮮血。」

吉西恩很簡短但殘酷地說道。卡爾稍微低下頭來，表示出他的驚慌感，說道：

「殿下？」
「請叫我吉西恩。我只是說出我的心情而已。」
「……是。」
卡爾和吉西恩的談話一結束，杉森就故意像是很自然似的催促馬匹，揮著韁繩。
「呀啊，馬兒們，旅行都還沒開始呢，怎麼就這樣懶散了？」
杉森說完這句話之後，坐在馬夫位置的三個男人又再陷入安靜的沉默之中，就連車頂上的溫柴也用同樣的態度在雕刻木頭。
早上的陽光炎熱地直射而下。沙啦，沙啦。木屑隨著溫柴的手勢動作，乘著風飛揚而去。可惡。我為什麼會如此鎮定不下來呢？我不知不覺地又再看了一眼那個男子之後，趕緊轉移視線。在我轉移視線的前一刻，站在巷口的那個男子已經走進巷道裡面，消失不見了。

馬車疾馳著駛過拜索斯恩佩的白晝，過了一會兒之後，便已到達城門。恩佩河上那座橋梁一出現，就能開始直接感受到從荒野之中吹拂而來的風，可是有東西把我的目光整個牽引過去了，使得我不太能感受到風的寒冷。妮莉亞一面把頭探出馬車窗口，一面說道：

「是什麼事這麼吵雜……？我的媽呀？怎麼會有這麼多人？」

皇城河的那座橋上正在發生一個小規模的壅塞現象。從四方湧來的人全都想要進入拜索斯恩佩，所以現在橋梁的入口處一陣混亂。哨站警備隊員們全都出動聚集在那裡，在檢查要進入拜索斯恩佩的人，可是人員好像還是不夠，因而無法快速進行檢查。就在這時，不斷增加的人潮之中傳來了高喊聲和不耐煩的命令聲，偶爾還聽得到斥罵的聲音。這些令人不安的噪音裡也有小嬰兒的哭聲，還有努力想要安撫嬰兒哭泣的母親聲音。在地平線的另一頭，可以看到那些應該是昨晚徹夜走路過來的人們身影，一點一點地連成一線。他們全都是和家人或親友四、五個人，或者七、八個人湊成一群地走來。雖然看到有人用牛車載著家人過來，可是大部分都是背著沉重的行李，用兩隻腳費力走過來的人。

「天啊……是難民們。」

卡爾用無力的聲音說道。而吉西恩就只是露出脖子被勒的表情，什麼話也說不出口，只是像牛一樣眨了眨他的眼睛，看著這幅景象。

可能是因為警備隊員光要檢查進城的人就已快顧不及了，所以對於要出城的人不太注意。只有一個警備隊員在負責我們的事，他問不到兩、三句就讓我們通過了。因為我們的大馬車要過橋，橋樑必須暫時禁止通行，所以那些難民們都往旁邊退去，他們安靜地，同時因為寒冷而顫抖著在等待。杉森很快把馬車駛離橋梁之後，那些因寒冷而受凍的難民們就用緩慢的腳步又再走回警備隊員的前面。暫時的寂靜就這麼消失不見了，橋梁入口處又繼續充斥著好像永遠不會停止的吵雜噪音。

吉西恩勉強開口，對杉森說：

「請你……暫時停一下馬車吧。」

「是。」

杉森把馬車停在距離橋梁稍遠的路邊。吉西恩隨即從馬夫座位上跳下來，往前走了幾步之後，看著在橋梁上喧譁的人群。雖然我坐在車頂上所能看到的就只有他的背影而已，但是大概可以猜得出他的表情。我把視線從他的背轉移到至今還在繼續增加的難民隊伍上。其實那還不足以用隊伍來形容。不過，他們一群一群的，加起來人數非常多，警備隊員們都不得不神經緊繃起來盤查那些難民，所以才會拖延時間。

吉西恩突然往前走去。

他想做什麼呢？我跳下馬車跟在他後面。而溫柴也緊跟在我背後跳了下來，坐在馬夫位置上的卡爾也跟著下來了。然而，吉西恩並沒有往後看，就直接走了過去。他停下腳步之後，環視每一個警備隊員，然後向其中一個警備隊員問道：

「誰是指揮的人呢？」

警備隊員先是用奇怪的眼神看了看吉西恩。可是他正在盤查一家的難民，所以也沒說什麼，就把手指往後指著一個方向。在那裡，有一個額頭深深劃了好幾道皺紋的中年士兵，他也在盤查著另一群人。

「你們是從哪裡來的？總人數是幾個人？領主的證明文件你應該有吧？沒有？真是的！把名字、性別和年齡全都告訴我。還有你們每個人的特徵。沒有人帶武器嗎？你問我為什麼要盤查這麼多東西？問得好！因為我也在好奇這個問題！真是的。你們以為我們喜歡看各位在寒冷的天氣裡杵在這裡嗎？還不是因為怕有逃兵或間諜藏在人群裡！我也是辛苦得要死啊！」

吉西恩一聽完這番話，就無法再往前走去，他轉身往回走，讓我們看到他那副愁眉苦臉的表情。卡爾很擔心地問他：

「您怎麼了，吉西恩？」

吉西恩搖了搖頭，說道：

「啊，我原本是想去問他們是不是可以簡化盤查，以縮短時間。你看，難民們在如此寒冷的天氣裡這樣等待，所以我才想去問他們。可是好像沒有必要問了。因為那個士兵其實也不喜歡這麼做啊。」

卡爾看著要湧進首都的人潮。我也隨著他的目光，看到那些受寒冷和疲倦折磨的人們。這些難民和一般的旅行者不同，他們很多都帶了小孩和老弱的人，走過艱辛的避難之路，個個疲勞得不成樣子。甚至有一個男子還在路旁讓快要臨盆的太太躺著，正在安慰他太太。那個太太可能因為感覺陣痛，正在呻吟著。而在她旁邊還有一個緊閉著嘴巴的大嬸，帶著一個哼哼唧唧地哭鬧著的女兒，那個大嬸不管女兒在哭鬧，走近那個快要臨盆的產婦身邊，和那個男子照顧起那名產婦。而女兒一看到媽媽離開，就哭得更加大聲，別的小孩聽到她的哭聲之後，也跟著哭了起來。有幾個男子忍不住開始喊叫，而那些小孩的媽媽們則是緊抱著號啕大哭的子女。我甚至還看到其中有一個大嬸喊叫著詛咒國王的名字。吉西恩的表情變得越來越是悲痛。

卡爾打了一個寒噤，說道：

「要是不能簡化盤查的手續，那麼可以幫我問他們其他的事嗎？」

「什麼？」

不久之後，哨站警備隊長在半信半疑之下答允，我們立刻在附近撿了許多雜草和樹枝，做成一個看起來像螞蟻窩的柴堆。妮莉亞利用她自己的短劍，在柴堆上把火點著之後，便立刻升起了一陣微弱的煙霧和小小的火焰。

難民們的表情看起來像是在問「這幾個傢伙到底是在玩什麼火」，可是就在這一瞬間，亞夫奈德成功地完全吸引住了所有難民的注意力。因為他一面汗流浹背，一面揮著手大吼大叫個不停，就連那些因為天氣寒冷而凶悍地在盤查的人，也不得不回過頭來看他。然後，亞夫奈德一唸完咒語，原本連水壺的水都燒不開的小火焰，一下子就竄升為十肘大的火焰。而且可能因為太熱的關係，甚至連十肘之內的距離都無法靠近。難民們表情驚訝地看著這火焰，而我們一行之中的蕾妮和艾波琳也都張大嘴巴，忘神地看著。不管怎麼樣，難民們立即圍到那個火堆周圍，開始驅趕寒氣。

亞夫奈德拍了拍手上的灰塵之後，一面擦拭額頭上的汗水，一面說道：

「這火焰可能無法維持很久。」

「沒關係。因為太陽再升高一點之後，溫度就會回升了。」

亞夫奈德這才高興地笑了一下，然後叫警備隊員們繼續不斷把乾草和樹枝丟到火堆裡，接著他就趕緊避開那些表達謝意的難民，跑回馬車那邊去。吉西恩這才露出了比較開心的表情，上了馬車。

一直照顧著產婦的傑倫特和妮莉亞這時也在最後上了馬車，然後我們就開始背對那個神奇的火堆，奔馳離去。溫柴剛剛就已經把一直在雕刻著的木塊丟在一旁，開始抽著菸斗（菸斗是剛才點燃火焰時點著的）。馬車開始啪嗒啪嗒地動起來之後，他把菸霧吹向天空，噗哧笑著說：

「我發現到很可笑的一件事。」

「咦？」

溫柴又再叼著菸斗，然後用不怎麼清楚的發音說道：

「你們這一行人好像非常喜歡停下來中斷行程。」

「咦？啊……哈哈哈。」

溫柴把菸斗拿在手上，一面把菸斗嘴兒靠到牙齒上發出嗒嗒的碰撞聲，一面開始列舉給我聽。

「據我所知，你們一行人在卡拉爾領地也曾經隨意停下來（嗒），在卡納丁也任意停下來過（嗒）。今天早上因為艾波琳的緣故而拖長時間（嗒），剛才不久前因為難民的關係而停下來

（嗒）。」

「你這樣一直舉例，現在請說說結論吧。」

「這個嘛……我現在下結論：你們是屬於屁股比較重的那種人。你覺得怎麼樣？」

卡爾像是要喚起我們的注意力似的，乾咳了好幾聲之後，低沉而且快速地說道：

「很感謝你指出這個重點，溫柴先生。不管怎麼樣，急迫的事就是急迫的事。今天是十一月二十六日……剛好是在一個月前，十月二十七日我們在大暴風神殿聽到了那番話。我是指克拉德美索大約還剩一個月就會完全甦醒的事。這雖然是無法確知日期的事，但如果是按照預先推算的日子，就是明天了。費西佛老弟？我們從褐色山脈到拜索斯恩佩來的時候，花了兩天的時間，對嗎？」

「是的。」

「可是我們只知道克拉德美索在褐色山脈，並不知道其正確的位置，不是嗎？」

我插嘴說道。卡爾很快地點頭，對我們說：

「沒錯。是啊，不過這個問題我們可以慢慢再去擔心，現在我們目前必須要擔心的有三個問題。」

卡爾在吉西恩和我的注視之下，抬頭看著那條一直在靠近，然而卻永遠不會來到我們身邊的地平線，說道：

「第一個問題，我們是否能夠在克拉德美索完全甦醒之前找到牠？第二，失去蹤影的涅克斯一行人，應該會在我們出了拜索斯恩佩之後襲擊我們，我們該如何甩掉他們？第三，哈修泰爾侯爵現在也開始行動了，這是可以確定的事，我們該如何阻止他妨礙我們呢？」

「就只有這些嗎？」

「這些還不夠嗎？尼德法老弟，你不要開玩笑了。這些還只是短期的問題。如果講到中長期的問題，會更加令人頭痛。由於哈修泰爾侯爵的陰謀，使拜索斯的軍事戰鬥力被減弱，還有關於對付傑彭使用疾病武器的對策。目前雖然我只舉出這兩個問題，可是它們都是非同小可的大問題啊。」

「就只有這些嗎？」

「嗯？當然這以外還有很多。就拿今天早上發生的艾波琳小姐的問題來說……」

「還有呢？」

卡爾這時才察覺到我指的是什麼事。他嘻嘻笑著說道：

「我們必須在今年年底之前回到西部林地我們的故鄉，到無盡溪谷去見阿姆塔特。」

我嘿嘿笑了出來。既然都說出口了，那麼卡爾最好說阿姆塔特的事應該是擺在這所有事情中的第一優先位置。不過，這實在是太過奢求了，我有些不好意思說出口，所以決定這樣就算滿意了。可是吉西恩好像覺得還不滿意。

「那應該算是各位旅行的目的吧。」

「是的。」

「那麼……卡爾您在其他所有事情都還未完成的情況下，也打算在年底前出發前往西部林地嗎？」

卡爾看了一眼吉西恩，靜靜地說道：

「是的。因為這是交到我手中的事、需要我親手做的事、必須我親手完成的事，我應該要去做才對。」

吉西恩凝視著前方。他也和卡爾一樣，看著那條永遠一直靠近但絕對到達不了的地平線，然後稍微嘆了一口氣，說道：

「我不知道該如何跟您說，可是我……我想把拜託過蕾妮的事直接對您說。」

卡爾靜靜地笑著說：

「吉西恩，我瞭解你的心情，但我是賀坦特村的讀書人。而車頂上的這個少年是賀坦特村的蠟燭匠候補，現在拉著搭載我們所有人的馬車韁繩的那個青年，則是賀坦特村的警備隊長。」

「如果沒有了國家，就連賀坦特也不會存在。」

「即使沒有了賀坦特，我也不會消失不見。相反地，如果沒有了我，就不會有賀坦特。因為賀坦特是我的賀坦特，拜索斯是我的拜索斯。」

「……你不能給我希望嗎？」

「這個嘛……請從我的話裡找希望吧。」

這個……這到底是什麼樣的問答，怎麼會是這副模樣呢？我想吉西恩恐怕無法回話了。然而，吉西恩卻露出暗沉的微笑，說道：

「呼！那我當然會寄望拜索斯的卡爾，而不是賀坦特的卡爾。」

「謝謝您。」

然後談話就停住了。啊？真是一段怪異的對話內容。

馬車朝著地平線，開始劃起一道直線來。五匹馬加上一頭公牛，正朝著一望無際的田野盡情奔馳著。在一個月前，我們以相反的方向奔馳過這條路。那時候還一邊望著兩個月亮同時升起的模樣。啊！那麼今天會升起一個滿月和一個半圓月嘍？今晚會升起什麼月亮好像不怎麼重要。只要活著能看得到月亮，不管是升起半圓月還是升起滿月，或者升起一個看起來像是被老鼠偷咬一口的煎餅形狀月亮，都應該要無條件懷著感謝之心才對。

「魔法飛……哎呀！」

亞夫奈德還沒有唸完咒語，就往旁邊跌了下去。他掉下去了！哎呀，糟糕！

「亞夫奈德！」

我抓住亞夫奈德的手臂，用力拉了一下。結果因為拉得太過急促，導致力量沒有控制好。於是跌落到馬車車身的亞夫奈德整個人飛到半空中，就這樣在空中繞了半圈之後才落到車頂上。亞夫奈德就好像是夏天被石頭打中的青蛙般，四肢攤開趴在車頂上。我為了不讓他就這樣滾來滾去，用膝蓋壓著他的背，喊道：

「你可以不用對我說謝謝！」

我即使一面這樣說，心裡卻不認為他會感謝我。果然，他喊出了完全不相干的話。

「呃啊啊啊！修奇，左邊！」

亞夫奈德用壓抑的聲音喊道。左邊？我趕緊轉頭看旁邊。我看到在飛馳著的馬車旁邊有一匹馬齊頭並進。嗒嗒嗒嗒！馬鬃猛烈地飛揚著，而坐在馬鞍上的蒙面戰士一直試著想要往車窗伸手進去。在車頂下方傳來了蕾妮的尖叫聲。

「嘎啊啊！手不要過來！快放開！呃啊啊啊！爸爸啊！」

我把巨劍往上高舉。我原本想要用劍鞘直接揮砍下去，可是就在舉起手臂的那一瞬間，我的身體卻失去平衡。為了不讓自己往下掉落，我必須用雙手扶著車頂才行。就在下一瞬間，車門突然被打開來。

「呃啊啊啊！」

原本想要拉住馬車不放的那個蒙面男子，就這樣跌落下去了。落馬的男子在霎時間被我們遠遠地拋在腦後。嘎吱嘎吱！車門不斷搖晃著，剛才踢開門的艾賽韓德則是努力試著想把車門拉回來。可是就在此時，有另外一名蒙面男子猛然騎著馬奔來。那名男子把劍高舉到肩上。

「修奇！抓住我！」

妮莉亞往車頂縱身一跳。就在她因為滑了一下而快掉下去的前一刻，我緊抓住她背後的腰帶。她往車頂上面伸出肩膀，雙手抓著三叉戟，把三叉戟往旁邊大力揮動。嗡嗡嗡嗡！剛才原本想要攻擊艾賽韓德的那個戰士，為了躲避妮莉亞的三叉戟而遠離了馬車。我轉過身子，爬向亞夫奈德，喊道：「亞夫奈德！你趕快施法術吧！快點！」

雖然我拜託他趕快施法，但這是不可能做到的。因為現在馬車正在全速奔馳著，所以車頂一直胡亂晃動個不停。我的牙齒上下碰撞，簡直都快散了。話都說不好了，更何況是施法唸咒語？亞夫奈德搖了搖頭，說道：

「不行，不可能的，哇啊啊！」

砰砰！車輪好像撞到東西了，所以整個馬車都往上騰浮起來。

「嗚哦嗚，可——惡——！」

我因為撞擊的力道，整個人都騰到半空中，而且差點就從車頂彈出去。我的手胡亂掙扎著抓住一條繩索。那是綁車頂上面行李用的繩索。在我抓住繩索的那一瞬間，又是一陣晃動。我感到眼冒金星，但還是趕緊拉住騰在半空中的亞夫奈德的肩膀。然後亞夫奈德又再重重地碰撞到車頂上。

「呃呃！」

此時，傳來了溫柴吃力的呻吟聲。

「咿……咿咿咿咿！」

「天啊，溫柴！」

溫柴的頭朝馬車右緣的旁邊露了出來。他把手腕勾在車頂邊緣，懸吊在馬車車身上。馬車瘋狂地搖晃著，溫柴好像隨時都有可能會掉下去。從馬車裡面傳來了傑倫特的尖叫聲。

「呃啊啊！溫柴先生！等等，我把門打開……」

「不行！不要開門！」

因為如果現在開門，溫柴就會直接被門推出去而掉落到地上。我連想都不想，就蜷曲了起來，用腳踝勾著繩索，直接讓身體彈了出去。啪！肚子撞到車頂，簡直快喘不過氣來了。可是我伸出去的手摸到溫柴的手背了。

「行了！我抓到你了！」

就在這時候，我看到在溫柴背後有一個靠近車身的戰士。那名戰士一手抓著韁繩，另一隻手拔起他背後的劍。他就要直接劈砍懸吊在車身上的溫柴了。

「不行！」

我毫不留情地將溫柴往上拉起。啪！那一瞬間，溫柴用腳踢了馬車側面一下，竄了上來。溫柴落在車頂上，而那個戰士揮出去的劍則是刺進了馬車的車身。

「嘎啊啊啊！」

從馬車裡面傳來了艾波琳尖銳的叫聲。可是劍一刺進馬車就卡在那裡，戰士的手腕往後用力拔劍。

「啊啊！」

那個戰士沒有拔出劍來，他往旁邊騎去，遠離了馬車。那把劍就這樣插在馬車的車身上。

「抓緊了！」

這一次，有杉森的警告聲告訴我們車輪會撞到石頭。砰！我以為車輪要碎裂開了。我們的雙腳都騰浮在半空中，但各自都有用手抓住東西，才沒有跌落下去。馬車像是快翻覆似的往旁邊傾斜之後，好不容易才又保持平衡地奔馳著。咿嘻嘻嘻！

「杉森！你以為馬車是煎餅啊！可千萬不要翻過去啊！」

坐在馬夫位置的杉森像閃電般猛揮馬鞭，並且對我說道：

「這句話你去跟那些傢伙說！他們這樣跑過來，就像是湧向煎餅的小螞蟻，不是嗎？」

雖然已經有幾個傢伙掉落到地上，可是陸陸續續有相當多的戰士騎馬奔馳過來。幸好他們好像沒有會騎射的戰士，所以沒有射出箭來。可是那些戰士們全速奔馳而來，好不容易拉開的距離就又無情地縮短了。溫柴突然縱身一跳，抓住並且提起亞夫奈德的領口。膝蓋跪著緊抓住繩索的亞夫奈德突然被抓住領口，立刻眼神驚訝地看著溫柴。溫柴非常冷冰冰地說道：「亞夫奈德，你這個沒用的傢伙！現在我們需要巫師啊！」

真是的，他應該要求可以要求的事才對啊！這種情況下怎麼會叫他施法呢？亞夫奈德茫然地看著溫柴，溫柴則是咬牙切齒。溫柴想再勸他施法的時候，戰士們已經又再跑到我們馬車旁邊了。妮莉亞用力喊道：

「呀啊啊啊！去死吧，你們這些傢伙！」

三叉戟可怕地揮擊出去，可是戰士們立刻遠離馬車，並列地奔馳在馬車旁邊。於是，三叉戟徒然地在空中揮了個空，妮莉亞甚至還差一點就跌落到馬車旁邊。那些傢伙隨即跑到我們前面。然後他們往旁邊瞄去，用眼睛丈量距離。他們居然想要跳到馬夫的座位！

「你、你是叫沙姆爾吧！」

吉西恩丟下盾牌，用一隻手抓著馬車的拐角，站了起來。靠過來的那個戰士也是只用一手拉著韁繩，用另一隻手把蒙面的布巾猛然拉下來。露出來的果然就是名叫沙姆爾那個人的臉。他丟開布巾之後，拔出長劍，並且迎面揮來，喊道：

「沒錯！吉西恩，給你瞧瞧我沙姆爾的厲害！」

「你的遺言未免也太粗暴了！」

吉西恩以凶猛的氣勢揮出端雅劍，那股氣勢讓人感覺他好像要從馬車旁邊跳出去。鏘鏘鏘！沙姆爾所揮擊出去的劍和端雅劍相碰撞，並且發出像是閃電擊中岩石般的聲音。兩把劍迸彈出火花之後，原本靠近馬車的沙姆爾便顫抖著手臂，又再遠離馬車了。可是吉西恩的身體也失去了平衡，一屁股跌回馬夫座位。此時，終於簡潔地傳來了我們等待的聲音。

「Fireball!!」（火球術！）

轟隆隆！一個火球丟向馬車後面。靠近馬車的戰士們為了閃避這飛來的火焰之球，紛紛失去平衡。接著火球落在他們之間。砰！猛烈的火像暴風般吹襲，他們的馬匹紛紛滾落在地上。

「噗嚕嘻嘻！」

坐在馬匹上的戰士們身體著了火，彷彿像隻火鳥般彈飛了上去。火鳥的飛躍動作很短暫，不久之後，那些戰士就已經臉朝地面跌落下去了。

「呃啊啊啊！」

他們一下子就忘了碰撞到地上的衝擊力，拚命翻滾著，因為想要把身上的火給熄滅掉。

「哇啊啊！真不愧是頂尖魔法師！」

我轉頭一看，亞夫奈德把腳塞進行李堆裡，固定住自己的身體。然後他把上半身靠在溫柴的背上。

「天下無難事，只怕有心人！」

溫柴嘻嘻笑著說道。亞夫奈德則是勉強點了點頭。我轉頭一看旁邊，沙姆爾面帶恐懼的表情，正在抬頭看亞夫奈德。亞夫奈德把手轉過去指著沙姆爾，隨即，沙姆爾便嚇得遠離馬車了。

可是，朝馬車靠過來的蒙面戰士好像永遠不斷繼續出現似的。到目前為止，我們已經擊退的至少有六、七個人，可是卻還有這兩倍之多的人數正在追我們。可能是因為他們全都是輕裝的戰士，而且馬匹也全都非常精良，所以能夠以可怕的快速度奔馳。疾馳而來的戰士們又再度接近馬車旁邊。現在我已經厭倦了！而且沙姆爾那個傢伙又再度面帶凶惡的表情靠近馬車旁邊。可是他既不是要跳上車頂，也不是要跳到馬夫座位，這一次他是想破壞車輪。鏗鏘！他的劍一面碰擊車輪，一面像是碰觸到轉動的磨刀石般，發出震盪聲。啪啪啪啪！

「真是的，再這樣下去不行！」

妮莉亞趕緊用三叉戟刺擊出去。沙姆爾因此又再遠離馬車，可是立刻又再接近，想要刺擊後車輪。其他蒙面的戰士們一看到他的動作，也轉到相反方向，想要攻擊另一邊的車輪。萬一這幾個傢伙把劍卡在輪輻就完蛋了！此時，亞夫奈德大喊著：

「修奇！麵粉！」

什麼？麵粉？啊，對了！我粗暴地把手伸到車頂那堆行李裡，拿出一大袋麵粉。麵粉一袋是多少錢呢？現在可是等同我們性命的價值啊！我把布袋高舉，同時，溫柴的手像閃電般劃過。啪啊啊！布袋一被切開，霎時之間麵粉袋就變輕了。而且馬車後面隨即形成一團像雲般的麵粉雲霧。

「呃啊啊啊！」

想破壞車輪的沙姆爾滿臉麵粉，他想用手臂揮開，於是就落馬了。他彷彿像是裹著白粉的炸雞般滾落到地上。我抓著麵粉袋的尾端，左右一直搖晃。從奔馳的馬車上面灑落下去的麵粉變成一片巨大的霧，阻擋住蒙面戰士們的視野。奔馳而來的馬匹們也嘶鳴著，急著快減低速度，戰士們則是開始破口大罵。我焦急地大吼大叫著：

「呃啊啊啊！我們沒有胡椒粉嗎？芥末呢？」

妮莉亞放聲笑了出來。

「嘎哈哈哈！」

戰士們不得不閃避那片麵粉雲霧，往旁邊迴避。於是距離又再度拉遠，亞夫奈德便能夠有更充裕的時間施法。

「Itching!」（發癢術！）

「咿嘻嘻嘻！」

最靠近馬車的那匹馬突然像發瘋似的開始胡蹦亂跳。牠像匹野馬般亂跳，坐在上面的人無法控制牠，就被甩出去了。而馬匹還是一下子抬起前腳，一下子踢後腿，一直不斷胡蹦亂跳。銜著馬嚼子的馬嘴裡突然冒出了泡沫。跟在後面奔馳的其他戰士們，也因為那匹馬發狂而受到妨礙。戰士們驚慌地想要走避到旁邊去，可是其中一個人卻被發狂的馬後腿踢了一腳。接連好幾匹馬都碰撞在一起，戰士們都一個個被甩飛了出去。呃啊啊啊！

「咦？那匹馬為什麼會變成那副模樣呢？」

我驚訝地問道。而亞夫奈德則是面帶著有些不好意思的表情，說道：

「因為我讓牠的馬鞍下面非常癢。」

妮莉亞現在站在車頂上大笑，笑到我以為她就要跌下去了。

「嘎哈，咿哈哈哈哈！」

即使那些戰士們暫時減慢了速度，杉森還是不停地鞭策馬匹。公牛和馬兒們如疾風般奔馳，那些戰士們的身影現在離我們非常遙遠了。

過了一會兒之後，那些戰士們不再追我們而停了下來。可能是因為他們負傷的人太多了。妮莉亞在車頂上跪著膝蓋，用兩隻手臂高舉三叉戟，並且大喊大叫著。

「咿呀呀呀呀呀！」

「Uoz-Halishmaaaa!」

溫柴也同時高舉長劍，一邊揮舞一邊叫出怪聲。亞夫奈德驚訝地望著兩個人，而兩個人也驚訝地互望著彼此。我噗哧笑了出來，朝著後面喊道：

「回去問問看侯爵吧！問他失敗的部下會受到什麼樣的處罰！」

「你剛才說他們是侯爵的部下嗎？」

艾波琳用難以置信的語氣問道。我想要轉頭去看艾波琳，結果差點就鬆手。

「喂，喂！你們這幾個傢伙！想害死誰啊！」

「混蛋！修奇！不要不出力氣！呃，呃呃！」

我一聽到艾賽韓德害怕的高喊聲和杉森的尖叫聲，嚇得趕緊又再抬起了馬車。嘎吱！馬車又再被抬起來，在旁邊和我一起抬馬車的吉西恩和杉森張大嘴巴嘀咕著，說壽命因此減少了好幾歲。嘿嘿。他們怎麼還有力氣嘀咕呢？真是的。

艾賽韓德現在是在馬車下面，檢查後輪的輪軸和滾柱。剛才不久前追我們的那些哈修泰爾侯爵的戰士，其中一個攻擊了後車輪之後，馬車好像有些故障，在奔馳的時候一直不斷有嘎吱嘎吱的響聲，而且馬車還歪了一邊。所以我們暫時停下來，一邊吃午餐，順便修理馬車。

我們把前輪牢牢地固定，不讓它滾動之後，我、吉西恩、杉森和溫柴扶著馬車後面。因為可以扶的位置就只有那裡而已。亞夫奈德使用法術讓馬車稍微變輕之後，四個人抬起馬車的後面，艾賽韓德則是在祈禱卡里斯・紐曼庇護之後爬進了馬車下面。然後我們就變成了支撐桿，必須呆呆地站在那裡。

四方全都是看得到地平線的平原，所以待在這裡令我心中一直感到不安。這裡似乎是那種連風想要吹襲一次，都必須有相當的心理準備才可以吹拂的地方。褐色山脈已經在我們的前方稍微露出形影了，但還只是像一個細微的小斑點浮現於地平線上，而且在它上方因為有巨大的雲團，所以山脈看起來像是被壓在下面。把馬車停在如此荒涼的平原之中，而且為了讓矮人的敲打者爬進馬車下面檢查輪軸，我們必須抬起馬車一直站在這裡，那麼自然會精神比較渙散一點，不是嗎？

「難道他們是來追我回去的？我實在是無法、無法相信。侯爵為、為了要把我找回去而出動那些戰士？不可能的！」

在艾波琳驚慌的聲音之後，卡爾接著便低沉地答道：

「不是的。雖然這樣說對艾波琳小姐很抱歉，但侯爵其實是在對付我們一行人。艾波琳小姐遇到的，其實是帶來麻煩多於幫助的人啊。」

「咦？可是……各位為什麼會被侯爵……」

艾波琳說話說到一半便停住了。然後傳來了一句耳朵為之一震的話。

「是因為蕾妮姊姊？」

艾波琳用驚慌的語氣說道，可是我必須把臉頰貼在車身上，用這種姿勢抬馬車。哎喲，我真想聽下去。幸好艾波琳繼續說話了。

「是蕾妮姊姊？要不然，是因為妮莉亞姊姊？天啊！侯爵在找的那個紅髮少女是……？」

「是蕾妮小姐。」

「原來如此！所以侯爵的部下才會追過來！」

很好。艾波琳，妳猜得很準。哈修泰爾侯爵追我們是為了要搶奪蕾妮。此時，蕾妮的驚慌聲音緊接著傳來。

「那麼，那個……我的……嗯，我的……」

「是妳的父親。啊，應該說，是妳的親生父親。」

「是真的嗎？嗯……可是他為什麼要使用暴力……啊，那個，為什麼他要派這種拿刀劍的人來……？他想要強行把我帶走……是這樣嗎？」

蕾妮的聲音裡透露出她的驚慌失措。我真想看卡爾現在的表情，看看那個必須從父親身邊帶女兒逃走的讀書人到底有何表情。呃呃。看來我的興趣好像不怎麼正當。可是令我驚訝的是，卡爾竟然很明快地回答了。

「因為哈修泰爾侯爵也必須要有龍魂使。」

「什麼？那麼……和各位是一樣的嗎？」

「是的，可是目的卻不相同。我們是希望蕾妮能夠鎮定住克拉德美索，然後會讓妳按照自己的意思回戴哈帕港。可是侯爵可能會主張他作為父親的養育權，所以妳和克拉德美索會被納入他的手中。」

我的天啊！卡爾居然這麼直接地說出口了！突然間，馬車因為吉西恩和杉森一時鬆手，所以稍微往下降了一點。我和艾賽韓德火冒三丈地罵了他們之後，他們兩人才又再繼續抬馬車。嘎嘎嘎嘎。馬車被抬起的時候，前輪的地方傳來像呻吟聲的不吉利噪音。因為馬車的重量全都是前輪在承受，才會這個樣子。

「是真的嗎？啊，但你不是說他是我父親嗎？」

蕾妮難以置信地說道。對於她的問話，艾波琳幫卡爾回答了。

「侯爵是個壞人。」

「艾波琳？」

「啊，姊姊，嗯，雖然妳是侯爵的女兒，嗯……雖然這樣說對妳很抱歉，但該說的我就是要說。侯爵根本不會和迪特律希或托爾曼以外的小孩子一起吃飯，連一句話也不會跟我們說。如果靠近他的房間或辦公的地方，他就會很可怕地發火。比起侯爵，傭人或者家庭教師反而比較和氣地對待我們。侯爵連我的名字都記不得，對我們一點也不關心。我不知道該不該說這種話。我、我真的很怕他。可是，很抱歉，侯爵並不是因為姊姊妳是他的女兒才找妳。卡爾叔叔說的這番話是正確的。」

「他不是因為我是……他的女兒？是真的嗎，卡爾叔叔？」

卡爾的回答聲音過了一會兒才傳來。

「如果是為了找女兒，不只不會派出那些拿刀劍的人，而且我們也不需要這樣逃跑。」

「啊……」

蕾妮的呻吟聲簡短地結束之後，就再也沒有聽到任何說話聲了。我只聽到另一頭在準備午餐的傑倫特和妮莉亞的低語聲。蕾妮現在是什麼表情呢？此時，從下面傳來艾賽韓德的高喊。

「嗯，亞夫奈德！進來幫我一下！不需要什麼大修理就可以修好。」

亞夫奈德用躊躇的動作準備進去，他對著抬馬車的四個人無力地笑著說道：

「哈哈。各位有人平常就對我頗具好感吧？」

幸好並不是什麼大故障。輪軸和輪子連接的部分有點鬆掉了，不過，在艾賽韓德的技術和亞夫奈德的魔法作用之下，修理工作順利地完成。我們聽到艾賽韓德說馬車現在安全了，都完全相信他。因為艾賽韓德自己也要坐這輛馬車，他當然一定會仔細修理嘍。哈哈哈。

「各位抬馬車真是辛苦了。請用餐吧。」

我們一聽到傑倫特生氣勃勃的大叫聲，扮演支撐桿角色的四個人都一面擦汗，一面走去吃午餐。在冬天裡流汗之後，覺得有些冷。卡爾面帶抱歉的表情，說道：

「啊，很抱歉，各位要吃快一點。剛才追我們的那些傢伙說不定會再出現。」

「是，好的。」

我塞了一塊麵包在嘴裡，然後環視四周圍。

四周是茫茫的一片平原，每次風一吹，疏疏落落殘留著的冬季雜草就會吹起口哨。那些小草都枯乾了，但還沒有被風拔出地面，風一吹便發出一陣特殊的聲音。

我的目光到處游移著，移到馬車的地方，就立刻看到坐在馬夫座位上的蕾妮。

我因為要吃飯而坐在地上，用這種姿勢抬頭看，馬車……彷彿像是被擱在地平線上的東西。長長的地平線和在它上面的小馬車，以及在馬車上面坐著的小小蕾妮。在她的頭上，則是一大片無限寬廣的天空。

她好像吃不下飯的樣子。在蕾妮的旁邊，是妮莉亞背靠在馬車車身上。妮莉亞一面低頭看著自己的腳，一面不知在喃喃地說些什麼，像是在對蕾妮說話的樣子。蕾妮只是靜靜地看著前方，偶爾才開口回話。可是兩個人的聲音都太小了，我根本完全聽不到。你也試著在杉森或艾賽韓德的旁邊吃飯吧，看看到底能聽得到什麼。而且我現在還是夾在他們兩人中間吃飯呢！

溫柴不知何時已經吃完午餐了，站起來看著後面。他一直看著東方地平線看了好一陣子，直到卡爾用不安的語氣問他：

「溫柴，請問你看得到追蹤者嗎？」

「大約半小時的距離……正朝我們奔馳過來。」

如果是半小時的距離，天啊！就應該有四、五萬肘。溫柴的眼睛半閉著，凝視東邊的地平線，說道：

「由揚起的塵土大小來看，他們可能是和負傷者一起，要不然就是又有補充人員。大概有二十個人吧？」

卡爾表情僵硬地站起身來，說道：

「趕緊動身吧。」

07

馬車的車輪以飛快的速度轉動，彷彿就快鑽進地面似的疾馳著。不對，是好像要往地上騰空飛了起來。我把目光從車輪轉移到前方。前方是一片無限寬廣的天空，而天空則是正在熊熊燃燒著，像是冬夜裡從壁爐內的柴棍上映照出來的紅光。

我轉頭看後面。溫柴全身泛紅地靠在行李堆上，正在雕刻木塊。而他的後面則是一道無限拉長的馬車影子。東方天空已經暗到變成暗藍色，但是平原還是被映照得紅紅的，現在看起來地面比天空還要更加明亮。而在這明亮的地上，影子長長地延伸出去，看起來有些怪異。這時候傳來了杉森的聲音。

「怎麼辦才好？太陽下山之前應該到不了梅德萊嶺。」

「你說的不是理所當然的事嗎？」

杉森一聽到我這句摻雜責怪意味的話，嘻嘻笑了出來。太陽下山之前當然到不了梅德萊嶺。因為現在太陽已經開始下山了。我們正在朝著西邊奔馳著，在我們前方是這一整天不停逃跑的太陽，現在它終於結束了長長的一天旅程，慢慢沉到褐色山脈後面去了。卡爾為了躲避火紅的太陽光，把手舉到眉毛上方。可是這樣好像沒有什麼效果。因為太陽是從正面照過來的。卡爾用這個姿勢看了一會兒之後，對杉森說：

「那邊……被陽光照射、閃閃發光的那個東西，是尼爾・德路卡峰嗎？」

「是的。可是在平原上，遠處的東西會看起來很近。雖然看起來很近，但還是需要奔馳一、兩個小時才可以到達。」

「哼嗯。太陽馬上就要下山了，我們是不是應該為宿營做準備了？」

「可是如果再加快速度，太陽下山之後的三個小時以內，應該就可以進到梅德萊嶺了。今晚的月光應該會很亮，所以大約八點或九點的時候，說不定就會找到梅德萊嶺騎警們所住的棚屋。這樣一來，就不用花時間去準備睡覺的地方，應該比較不會那麼累。」

卡爾仔細想了一下之後，點頭說道：

「那就這麼辦吧。只好麻煩梅德萊嶺的騎警隊員們了。然後我們稍微闔眼睡一覺之後，明天清晨出發就行了。」

「是，遵命。好，對不起了，你們再辛苦一點吧！」

杉森對那些慢慢走著休息的馬兒們道歉之後，就立刻開始鞭策牠們。馬兒們開始往前直直奔馳了起來，馬車則是跟著劇烈地晃動起來。我們乘坐的馬車，就這樣朝著即將落下的那顆血紅色太陽奔馳了起來。嗯。不管怎麼樣，今天晚上應該可以睡得到床鋪了吧？太好了。當我聽到溫柴的低沉喊叫聲，則是在快速出發的下一秒鐘。

「右前方，你看！」

什麼呀？我照溫柴所說的看著右前方。為了要看前方，我必須和卡爾一樣，把手放在額頭上。右前方是丘陵地形，可是在那遠遠的山頂上出現了一、兩個小黑點。這些背對著夕陽的身影黑黑的，而且看起來很巨大。總共有三個身影。

「是什麼人呢？會不會是難民？」

溫柴搖了搖頭，此時我的眼睛也看到了從那些身影所發出來的閃光。那些身影拿著某種會閃爍的東西，而且塊頭並不是真的那麼大，而是人騎在馬上。

「那是反射光啊。」

「原來是劍！」

就在這時候，那些身影沿著山丘開始跑了下來。他們跑著跑著就進到山丘的陰影之中，不見人影了。可是過了不久，他們的身影又從山丘下面出現了。他們全都騎著馬，手裡拿著閃閃發光的劍。我心裡頭開始出現一股不祥的推測！溫柴用他驚人的視力證實了我的推測。

「原來是涅克斯！」

「該死！嗯，所以，因此！」

在杉森思考著該如何罵出更多斥罵的話時，卡爾沉著地說道：

「讓馬車停下來，費西佛老弟。」

結果杉森終究還是沒有把哽在喉嚨要斥罵的話講出來，而是急忙拉住馬韁，並且趕緊拉起馬夫座位旁邊的煞車器。受到煞車器作用的輪子傳來了可怕的吱吱煞車聲，馬兒們紛紛嘻嘻地打著響鼻聲，並且停下步伐。嘻嘻嘻嘻嘻！馬車奔跑了好一陣子之後突然停住，在地面刮出煞車痕，因此揚起了非常多的塵土和小石子。突然間，整個車體往旁邊像要翻覆似的大幅度傾斜搖晃，同時從馬車裡面傳出了好幾個人的尖叫聲。

「德菲力啊！事實上這是我初次見到您啊。我叫傑倫特・欽柏……」

可是馬車好不容易沒有翻覆，往旁邊大大扭過去，緊急煞住了。吱嘎嘎！鑽進耳朵的激烈噪音突然停止之後，馬車便已停了下來。

在馬車後面，四個車輪撥開地面的土，怪異地劃出刮過的弧線。現在馬車用側面迎向奔跑過來的那三個人。吉西恩和杉森跳下了馬車，卡爾則是用敏捷的動作爬到車頂上。我和溫柴一面往下跳，一面聽到卡爾的聲音。

「頂尖魔法師，請你出來吧。」

馬車的車門猛然被打開，亞夫奈德跳了出來。他一看到奔跑過來的三個人，皺起眉頭，並且打量距離和方向。偏偏他們是從我們正面直接衝過來，背對著紅色的夕陽。亞夫奈德因為逆光而瞇起眼睛準備要開始施法，可是在車頂上跪著一邊膝蓋蹲伏的卡爾制止了他。

「不，先不要攻擊。除非他們是笨蛋，不然他們應該不會正面攻擊過來。或許他們是要來跟我們談話的。」

溫柴凶悍地說道：

「他們都拔劍出來了！」

衝過來的那三個人背後，是火紅的太陽熊熊照射過來。他們朝著我們這邊垂下巨大的影子，踩著那影子奔跑過來，而且手上拿著的劍受到背後陽光的照映，發出令人不寒而慄的閃光。可是卡爾卻慎重地說道：

「不，等到確定他們有攻擊的意圖再行動吧。如果不是要自殺，怎麼會用這種根本不是我們對手的戰力來攻擊呢？」

不知是夕陽的關係，還是激動的關係，總之杉森的臉都漲紅了，他用難以置信的表情說道：

「他們不是我們的對手？這個，卡爾，請不要讓我懷疑您好像已經有老年癡呆症了。要不要我提醒您，他們全都擁有和修奇一樣的怪力？」

大夥兒全都回頭看杉森，驚訝地圓睜著眼睛，這其實是很悲哀的一件事。可是卡爾甚至還嘻嘻笑著說：

「你放心吧，我還沒有得到那種病。而且就算他們擁有多強的怪力，這樣衝過來一定會被攻擊的。因為他們沒有巫師……」

卡爾說到一半突然停住了。卡爾的表情看起來像是忘記了什麼事的樣子，呆呆地望著直衝過來的涅克斯一行人。卡爾在馬車上面的車頂，背對著灰藍色的天空，黃昏的紅色光芒正面直射著他。卡爾的這副模樣不知為何，看起來讓人覺得很孤獨。就在我這麼想的那一瞬間，車門突然被打開，同時傑倫特像跌落般跳了下來。傑倫特就快往前滾的時候，被溫柴及時扶住，他才勉強讓身體維持平衡。他抓著溫柴的手臂，然後喊道：

「我感覺到一股邪惡的氣息！」

「不可能的！現在是白天，希歐娜怎麼可能會出來！」

在我大喊的那一刻，卡爾忽然回神過來，舉起弓和箭。可是希歐娜不可能會在白天出來行動啊！然而亞夫奈德卻咬牙切齒地喊道：

「可是白天正在遠離我們。」

太陽在這一刻下山了。我感覺到殘餘的光線在剎那間消失，從東邊蔓延出來的黑暗一下子逼近我們的頭頂上面。

夜已經來臨了。

「原來他們是先跑來和希歐娜會合。」

溫柴冷靜地說出所有人都已經猜到的事，使他看起來有些奇怪。可是溫柴立刻開始往前跑出去，同時，吉西恩和杉森也跑了出去。亞夫奈德皺起眉頭，並露出牙齒開始唸咒語。可是卡爾的堅決聲音突然響起。

「請停下來！稍微、稍微再等一下！」

「卡爾！」

亞夫奈德的高喊聲簡直近乎尖叫。他搖了搖頭，想要再開始唸咒語，可是朝我們衝過來的那幾個人已經非常接近我們，近到可以看見臉孔的程度。

在前頭的人是涅克斯・修利哲。背對著太陽的他，臉孔是黑色的。他把劍拿在旁邊，用另一隻手抓住轠繩，猛烈地奔馳過來。可是他後面的哈斯勒和賈克並沒有拔出劍來。

卡爾雖然舉著弓箭，但沒有射箭。他只是沉著地說：

「所有人請到馬車後面。」

「咦？」

「請站到馬車後面。那麼他們就會不得不停止猛攻了。」

「我們應該要跑出去制止才對！馬車如果遭到攻擊，就等於腳被捆綁住了！」

卡爾的紅色臉孔左右搖晃了幾下。卡爾從車頂下到馬夫座位，再直接下了馬車。我慌亂地看了一眼直衝過來的三個身影，又再看了一眼沉著地移動腳步的卡爾，如此反覆地看來看去，心裡不由得有股奇怪的感覺。卡爾走過我們身旁，直接往前走去。奔馳而來的身影很快地變大，可是卡爾用眼角看了一下溫柴，並且沉著地說道：

「請叫他們停下來。」

溫柴拿長劍牢牢地直豎在胸前，深深地吸了一口氣。周圍的其他人全都很快地遮住耳朵。

「停下來——！」

並沒有回音迴盪著。因為四周都是平坦的平原，溫柴大喊聲的尾音急速地消失了。不過急衝而來的那幾個傢伙分明是有聽到。吉西恩喃喃地說道：

「已經警告過了。現在他們應該要自行停下來才行。」

令人意外地，涅克斯一行人的速度漸漸開始減緩了。但可能是因為他們是以全速奔馳過來，不容易停下來，所以涅克斯急速拉住韁繩。涅克斯騎的那匹馬用力提起前腿之後停了下來，而他後面的兩個人也同樣停了下來。不過，涅克斯和卡爾的距離只剩不到十肘遠。

涅克斯先花了一點時間來安撫馬。他騎的那匹馬走來走去，一時無法鎮定下來。可是涅克斯沉著地拉住韁繩，撫摸著馬鬃。他低沉但快速地反覆說道：

「鎮定些，鎮定些。你做得很好，真的跑得很好。現在你該鎮定下來了。」

我感到一股奇異的感覺。涅克斯背對著西方，他的臉黑到幾乎連五官都看不清了，可是他的臉卻看起來令人覺得很溫馨。在這一刻，涅克斯不僅是對於他的兩個同伴，對於站在他前方的幾個敵人也一點都不關心。他只關心自己騎的那匹馬。

杉森好像也感受到那股感覺了。他抬頭看涅克斯，然後疑惑地歪著頭，接著像是要看穿涅克斯的身影似的一直凝視著。卡爾直挺挺地站著，一直抬頭看著涅克斯。他慢慢地張開嘴巴。

「好久不見了。涅克斯。」

馬匹現在已經鎮定下來了，涅克斯原本一隻手抓住馬韁，他把馬韁往旁邊放下之後，低頭看了看卡爾。他的臉仍然還是黑漆漆的，所以無法看出他的表情。雖然我對於他另一手拿的劍耿耿於懷，可是卡爾卻連看也不看一眼那把劍。卡爾繼續用像是對一星期沒碰面的鄰居小孩說話的語氣，說道：

「最近過得好嗎？」

涅克斯的答話顯得有些延遲。他用沙啞的聲音慢慢地答話。

「並不怎麼……我不知道完全被分裂的男人要怎麼做才能過得好。不管怎麼樣，在我覺得呢，被分裂好像也不錯。」

我覺得世界好像在背叛我。我以為只有自己才有這種感覺，所以轉頭看旁邊的人。杉森和吉西恩的表情看起來像是聽到家裡失火，但在翻找殘留的建築物時發現後院有金礦。

卡爾冷靜地說道：

「是。你還是沒有改變你的想法嗎？我相信你應該有充分的時間思考了。」

涅克斯這一次也是用疲憊但冷靜的語氣回答。

「思考……對我而言是種折磨。從一個想法很自然地跳到另一個想法……我不再有任何單純的愉悅……每當有一個想法浮現，緊接著出現的巨大空虛只會使我陷入瘋狂而已。」

卡爾點了點頭。接著，卡爾像是用燒熱的小刀切牛油似的，率直地問他：

「你打算和這個世界一起毀滅嗎？」

涅克斯的回答又再度有些延遲。他說話的時候，哈斯勒一動也不動地騎在馬上，賈克則是不斷用眼角瞄妮莉亞。可是希歐娜到哪裡去了呢？

涅克斯說道：

「有一件事你說對了。在大迷宮，你說我的憎恨是無意義的。那股憎恨之心是屬於過去的涅克斯之物，而現在的我和過去的涅克斯沒有關係。你說得沒錯。在我內心的憎恨是屬於他人的。而且將他人的憎恨之心繼續裝在自己的心中……這種事太累了。」

卡爾微笑了一下。涅克斯看到他的笑容，便用稍微更柔和的語氣說道：

「你應該早就知道了吧？所以我衝過來，你還是不做攻擊。」

我實在不曉得該做何表情。是該笑呢？還是該哭呢？卡爾依然平靜地在說話，可是卻看起來很是特別。不，應該說，不知為何卡爾和涅克斯全都看起來像是住在比傑彭還要更南方的人。要不然，就是從還沒有開化的西方過來的人。

「……其實剛才我沒有自信。如果是自我的基礎只剩下一點的人，會用兩種方法來處理它。要不就是背負著自我，要不就是丟棄自我。」

涅克斯並沒有說話，卡爾慢慢地解釋他這番話。

「我想過了。我想要試著站在你的立場去思考。我是拜索斯的卡爾、賀坦特的卡爾、我兄長所尊敬的弟弟卡爾、這個尼德法老弟的忘年之交卡爾。如果我一個身分也不剩的時候，我已經試著想過，自己到底該怎麼做才行。」

涅克斯帶著疲憊的聲音說道：

「你會怎麼做呢？」

卡爾搖了搖頭。

「說實話，我無法想像自己要如何行動。我無法成為像你這樣的人。不，這世上說不定只有你有這種經驗吧。因為事實上，在永恆森林裡被分離過而且活下來的人，就只有你而已。」

「是嗎？」

「是的。然而我領悟到了一點。雖然我從過去走來，朝向未來走去，但是那兩樣都是不存在的。」

涅克斯的劍如今垂在他旁邊，完全不受它主人的關心。那東西只是懸掛於手指上的某種物體，並不是攻擊敵人用的武器。

「如果是已經不存在的東西，可以不用特別去說它已經不存在。永恆森林其實是個騙局。」
「騙局？」
「是的，是騙局。就像是巫師經常會施展出無法收拾的那種魔法。哈哈哈。」
卡爾看到亞夫奈德的表情變得很難堪，高興地笑了出來。然後他又再平靜地說道：
「同樣地，有些祭司引發出奇蹟，但他們其實是將現實變成零散的碎片，製造出無法理解的事情，而稱之為奇蹟。我這麼說，他們也應該沒有什麼話可說吧。」
「什麼，卡爾……？」
卡爾雖然聽見傑倫特驚慌的聲音，但他無視於這聲音。
「當然，我們會想要擁有更高的意志、更高的力量。那就可能會成為大法師，或者可以成為神，這都是有可能的事。瑪那和奇蹟使這種事成為可能，它們是可以為我們鋪路的美麗工具。可是也有人不想成為神。」
涅克斯坐在馬上，以柔和的目光低頭看卡爾，說道：
「……想要成為比較低層的人，該怎麼做呢？」
「請不要從我這邊尋求你自己的意志。你想和所有事物一同自滅嗎？那麼，被分裂的涅克斯就算是完成任務了。任務完成同時就是自滅的時候，當然也可以算是種華麗的失敗。你連最後的那樣東西也要丟棄掉嗎？那麼，你會變成是這世上少見的新生兒。」
「新生兒？」
「就會重新學走路，學講話，睜開眼睛去看這世上的美，用學到的話去讚美這個世界。或者去厭惡這個世界，這也是有可能的。」
涅克斯突然抬頭看天空。他這突如其來的動作使得我和杉森嚇得提起劍來。可是涅克斯根本連看也不看我們兩個，他說道：

「我一面奔馳過來，一面想了很多。」

涅克斯望著變黑的傍晚天空，繼續說著：

「你、你們之中要是有任何人是在對過去的我說話，那麼我會以過去的我來攻擊你們，將你們全部殺死。相反地，也可能會死在你們的手中。」

賈克的表情變得很奇怪。即使是在他黑暗的臉上，也可以看出他表情的變化。涅克斯還是用像夢囈般的微弱語氣說道：

「我沒有辦法忍受任何人把我，和我所不知道的我連結在一起。還有，我也無法忍受任何人把過去的可憐私生子——現在的我拿去和過去的我相比較，進而開始討厭我。我是和這個世界斷絕了的人，可是這個世界卻仍然用原先的方式認定我，虎視眈眈地盯著我看。」

涅克斯突然嘻嘻笑了出來。

「可是你到目前為止，都全然沒有講到我過去的行為、過去我所希望做的事。對於我所不知道的事，你也不會去提到。你言語和行動全都一致，只看著現在的我。」

涅克斯突然低頭盯著卡爾看。

「你怎麼事先就知道我不會攻擊你們呢？」

咦？嗯，這個我也很好奇。我看著卡爾。卡爾將目光轉移，看了一眼哈斯勒和賈克，說道：

「大部分是因為我試著以你的立場來看事情，再加上比較直接的證據，就是我看到你繼續和他們兩個在一起的事實。而且在卡納丁時，你沒有殺害修奇，我因為這件事而更加確定。」

什麼？殺、殺害？卡爾！這是什麼可怕的事啊？此時，涅克斯聽到卡爾這麼說，肩膀震了一下。天空在霎時間變成暗紫色，涅克斯的整個身影……看起來就像是破敗的建築物殘骸那般沉重且陰暗。卡爾清楚地說道：

「如果你因為我們把你歸屬到過去的你，而要攻擊我們，那麼那兩個人可以說是比我們還要更接近過去的你，可是你好像還是繼續把他們當朋友。而且在卡納丁的那天清晨，你可能是被你的僕從救起來的吧。那時候，修奇無力地躺在你旁邊，可是直到我們找到他的時候，他都還活著。也就是說，你不管修奇就離開了。」

呃，天啊！原來我差點就死了！我抬起眼睛，用特別不一樣的眼神仰望著涅克斯。涅克斯毫不掩飾地說道：

「那小子他也應該知道的，那時候我幾乎是處在昏睡狀態。我沒辦法想到這個。」

這就彷彿像是一隻很凶悍的青蛙沒被斥罵，反而受到稱讚時的那種驚慌聲音。那種聲音分明聽起來像在生氣，所以更覺得親切。沒想到我竟然會覺得涅克斯的聲音很親切！

卡爾用仁慈的聲音說道：

「那麼，現在你是以全新的涅克斯身分活著嗎？」

涅克斯的手突然使出力量。我一看到他的劍尾抖動，不禁毛骨悚然了起來。涅克斯搖了搖頭，說道：

「我是不會攻擊你們的。因為我不記得你們，所以要對你們繼續憎恨下去實在太累了。可是拜索斯，還有哈修泰爾，都必須對我付出血的代價。這件事連現在的我也記憶鮮明，就只有這一件事連結了過去的我和現在的我，是最重要的連結環節。」

卡爾表情驚訝地想要再說些什麼的時候，吉西恩的腳大步向前邁去。令人意外的是，吉西恩離涅克斯騎著的馬近到只有三肘的距離。萬一涅克斯要刺擊的話，是連擋都來不及的那種位置。他正眼直視涅克斯，說道：

「拜索斯必須對你付出什麼血的代價？」

涅克斯的手令人不安地繼續抖動著。我緊張得手都流汗了！我牢牢地握住變滑的巨劍。涅克斯低頭看吉西恩，並說道：

「拜索斯逼我們交出我血親的血，所以我要拜索斯的血。那個手上拿著一把魔法劍，裝出一副古代冒險家模樣，為了吃喝嫖賭而離皇宮出走的王子，你放心吧。因為我不需要你這種人的血。」

「你說什麼？」

從吉西恩的嘴裡傳出快氣炸的聲音。我看到他的太陽穴不停抖動，感覺簡直快聞到血腥味。可是，吉西恩卻試著冷靜地說道：

「你血親的血？你解釋一下那是什麼意思。我先給你解釋的機會之後，再談你剛才對我所做的侮辱。」

吉西恩一字一句清清楚楚地說道。相反地，在涅克斯感受到吉西恩的憤怒同時，他的表情漸漸變得殘酷。令我感到意外的是，他這樣的表情，正像是以前在獨角獸旅店的天上出現時的那副表情。

「是你們把我父親害死的……」

吉西恩打了一個寒噤，說道：

「笨蛋傢伙！原來你忘記了。羅內・修利哲伯爵並沒有死！如果說是有意把他送往險境，就我所知，那也是他自己自願的事。這怎麼可以怪罪到拜索斯啊！」

涅克斯現在的臉孔與其說是人類的臉孔，倒不如說看起來像是石雕的臉孔。在他的臉上，完全看不到人類的臉上應該要出現的複雜表情。他只露出一個單純的表情。那就是敵意。

「羅內？你指的是我的養父。就像艾波琳的養父是哈修泰爾……」
我一聽到前面那一句，整個人都呆住了。可是後面那句話一鑽進我的耳朵裡，我的目光就從涅克斯急速轉移到哈斯勒。天色已經變黑，要看出哈斯勒的表情實在不是件容易的事。哈斯勒一動也不動地站在那裡。我確定他不會有任何動作之後，又再把目光轉移到涅克斯身上。
吉西恩用難以置信的語氣說道：
「什麼意思啊！你怎麼會……你是養子？不對！不是的。你不是養子啊！你到底是在說什麼呀？」
涅克斯的臉上如今正在浮現出笑容。可是他並沒有抑制自己的敵意，反而讓它更加熊熊地燃燒。
「養子？當然不是嘍。因為我是他老婆的兒子。」
他老婆的兒子？這是什麼意思？哎呀，等等。那麼，意思也就是說，不是他的兒子……？我頭頂的毛髮好像都豎了起來。腦海裡有太多的想法湧現出來，結果害我差點就鬆開了手中的劍。
「所謂修利哲家族的不名譽事情，就是卡穆・修利哲很羞恥地死去，讓克拉德美索因此開始發狂，將中部林地變為一片廢墟……他和人通姦之後，被那個女人的丈夫殺死了……！」
「我的父親死了！已經死了！被他的兄弟親手殺死了……！」
卡爾原本想把雙手同時舉起，結果又再垂下來，說道：
「你是卡穆・修利哲的兒子？」
涅克斯一面盯著吉西恩，一面回答卡爾的話。
「沒錯。我是卡穆・修利哲和亞曼嘉・修利哲的兒子。」
吉西恩露出心驚肉跳的表情，往後退了一步。卡爾望著吉西恩，對他投以詢問的目光，吉西恩搖了搖頭，說道：

「亞曼嘉・修利哲……是羅內・修利哲伯爵的夫人。」

涅克斯背對著昏黑的天空，露出白色的牙齒，笑著說道：

「哈哈哈。沒錯。我是那個愛上兄長老婆的弟弟的骨肉。而且是被兄長殺死的弟弟的骨肉，從小叫父親的仇人為父親的人。而且……把父親的仇人當成是父親那樣愛他。」

我感覺耳朵裡面嗡嗡作響。嘴巴感覺很乾燥，可是令人意外地，我還是可以吞口水。冬季傍晚的風雖然冷颼颼的，臉頰卻像著火般燙熱，所以感覺非常疼痛。

卡爾首先回神過來，說道：

「你是說，你愛父親——羅內・修利哲？」

從涅克斯的眼裡散發出來的光芒，好像稍微黯淡了一些。

「我對他沒有任何怨恨。」

「為什麼呢？」

「因為他把我當作他死去的弟弟般扶養我。我相信即使是我父親復活了，對於殺死自己的兄長的處事方法也不會說什麼。」

涅克斯非常平淡地說道。實在是太超現實地平淡了。卡爾打了一個寒噤之後，說道：

「對於你家族的不幸……我無法說什麼，也不想對此下任何評語。」

「評語？對於這麼汙穢的醜聞，在拜索斯語裡面應該是找不到適當的評語吧。傑彭語會不會有呢？」

溫柴並不做回答，只是冷靜地抬頭望著涅克斯。卡爾乾咳了幾聲，清一清喉嚨之後，說道：

「可是，你為什麼要怪罪於拜索斯呢？對於你的不幸，我雖然無話可說，可是為什麼一定要拜索斯付出血的代價？」

涅克斯沉默不語地看了一下卡爾，然後搖了搖頭，帶著像是放棄似的疲憊聲音，說道：

「這個……我不知道！」

「不知道？」

「可是，確實是有理由，分明是有的。我雖然無法正確知道是什麼理由，但那是因為許多部分都只剩下空白的緣故。然而，從那些理由所導出的結論卻是非常明確的。」

「結論……是？」

突然間，涅克斯一面盯著吉西恩，一面像在喃喃自語地說：

「拜索斯對全大陸的所有生物造了罪！賢者亨德列克破壞了八星！萬一路坦尼歐大王的魔法之秋沒有結束的話，說不定連第八顆星——龍之星也會被破壞！」

卡爾怔了一下，隨即很快冷靜下來，抓住想要衝過去的吉西恩肩膀。吉西恩凶悍地甩開卡爾的手，可是卡爾又再一次抓住他的肩膀。吉西恩被卡爾抓住，瞪著涅克斯，可是不再有其他的動作。卡爾一面深呼吸，一面說道：「那件事，有關八星的事，之前修奇曾轉述給我聽。可是我以前從未聽過這件事，在任何文獻裡也不曾讀過這種紀錄。八星到底是什麼呢？」

涅克斯看了一下卡爾，又看了一下吉西恩，然後他的目光落到他騎著的馬的鬃毛上。他一面低頭看著被傍晚的風吹得飄逸起來的馬鬃，一面說道：

「那是星星也是露水。是強大的力量，同時也是衣衫襤褸的奴隸，是在春天的游絲裡看得到的所有東西。」

「你的意思是，什麼都不是？」

「雖然可以變成任何東西，但到最後，終究是不能變成任何東西。」

「在時間的前提下，所有東西不都是這樣？」

「不，不對……在時間面前，所有東西都必須成為某種東西。就連優比涅與賀加涅斯也會為此行動並且貢獻力量。」

「請回答我問你的問題。為什麼會沒有精靈魂使？」

現在我到底是站在冬季的平原上，還是神殿的高堂呢？涅克斯突然很快地解釋著。

「什麼？」

「又為什麼會沒有矮人魂使呢？」

我們覺得啼笑皆非地看著涅克斯。從馬車下來站著的艾賽韓德用手握著腰帶，喊道：

「你這個傢伙！我們矮人是會說話和思考的種族。雖然我不知道人類是不是都這樣，可是我所看到的矮人都是這樣啊，完全沒有語言溝通的困難。既然如此，為什麼要有矮人魂使？」

「是吧？那麼，半身人魂使呢？有妖精魂使嗎？」

杉森再也忍不住了，他大笑著說道：

「這個傢伙！我真的是，哈哈哈！世界上怎麼會有那種東西？」

可是涅克斯像是真的很好奇似的接著說：

「有沒有半獸人魂使？」

其他人也同時正想要說話的時候，傑倫特走向前去。傑倫特攤開雙手，叫其他人不要說話，把手放在腰上，對涅克斯說：

「你到底想要說什麼？」

「為什麼世上只有龍魂使？」

「什麼？」

「為什麼只有龍魂使？既沒有精靈魂使，也沒有矮人魂使，更沒有半獸人魂使吧。可是為什麼只有龍魂使？」

「這個……因為龍比較不喜歡和同類以外的其他低等生物用語言溝通，不是嗎？」

「那麼是把人類與矮人，人類與精靈全都視為是平等的嗎？」

傑倫特猶豫著，把右手靠在下巴，左手撐著右手。他一面思索著，一面說道：

「這個嘛……聽到你的話之後，我開始對平等這個形容詞感到很混淆。」

「這是很好的現象。因為有路坦尼歐和八星的偉大事蹟，所以所有事物當然會混淆。」

這個人到底是在講什麼呀？誰可以解釋給我聽呢？此時，涅克斯忽然轉頭，看著我們的後面。

「有人追過來了！」

我們驚慌地趕緊跑回馬車，然後看了看後面。在東方地平線上，已經升起了滿月。此外，有一些小黑點在蠕動著。在這些小黑點的後面，揚起了像雲般的塵土，使月亮蒼白的臉上多了一些小斑點。

「是那些傢伙！」

在杉森的呻吟聲之後，涅克斯接著說：

「誰？哎呀……我問了笨問題。是哈修泰爾吧？」

我不知道是誰點頭的，總之就是有人對涅克斯點了頭。涅克斯突然往馬車旁邊跑走。卡爾驚慌地喊道：

「等一下，涅克斯！」

涅克斯把馬往旁邊轉過去。現在他在我們和滿月之間站著，我只看得到他黑暗的側面臉龐。

他張開了我看不到的嘴巴，說道：

「克拉德美索再過不久就要完全甦醒了，所以侯爵會直接過來。我手上還有一筆帳要跟侯爵算。」

我根本看不到涅克斯的任何表情。旋繞著微藍氣息的夜空實在是太過黑暗了，而滿月的光芒則是太過強烈。涅克斯仍像影子般站著，說道：

「跟我來吧，哈斯勒，賈克？」

我們回頭看著仍然還站在後面的哈斯勒和賈克。他們的身影在現在這個時刻，簡直很難分辨出來。可是哈斯勒一開口說話，就跟著傳來了馬蹄的聲音。哈斯勒跟在涅克斯的後面慢慢地走去。此時，妮莉亞大聲高喊著：

「不行！你不可以走，哈斯勒！」

哈斯勒停了下來。月光照耀在他的肩膀上，使他的身影更加顯得孤單。妮莉亞用苦澀的聲音喊著：

「不行，你、你不可以走！我們把艾波琳帶來了！」

哈斯勒的身影就這樣僵在那裡。一句話也不說，甚至一個動作也沒有，他踩著月光灑落下來的地面，僵直地一動也不動。此時，馬車的車門被打開了。

車門一被打開，出現的是艾波琳。月光從正面直接照射著她，顯現出她那副心情混亂的表情。

「難道……？難道？」

艾波琳只是反覆地說了這兩句話。這讓周圍的所有男子都不禁顫慄了一下，可是卻讓另一個男子移動了。

哈斯勒又再轉身走向涅克斯。

留下艾波琳閃著被月光照耀的滿眶淚水，無力地喃喃自語著：

「不，這個人……不是的。他不是我爸……請不要說一些奇怪的話……讓我胡思亂想。」

哈斯勒的背好像在搖晃著，還是因為我的眼睛在搖晃？滿月很快地升高了，而剛才那些小黑點一面晃動著，一面逐漸變大。從涅克斯的身影，可以看到他的頭在左右搖晃。

「回去吧，哈斯勒。」

哈斯勒的陰影看著涅克斯的陰影。涅克斯沉著的低語聲傳來。

「我很感謝你在身邊服侍我，而且我很清楚自己沒有辦法實現你的願望。我失去了公會，失去了力量，我失去了自己。」

如果有一陣風稍微掠過平原，一定會形成一股絕大的力量。可是哈斯勒開口說話的那一刻，就連風聲、樹葉聲也聽不到。

「可是您沒有失去我。」

「爸爸！」

是艾波琳的尖銳大喊聲。可是哈斯勒還是沒有回頭，他只是望著涅克斯，說道：

「我們走吧，主人。」

涅克斯像是想要生氣似的舉起手臂。可是他的手臂還沒有舉到一半，就放下來了。涅克斯無力地搖頭，然後他看著賈克。

「賈克？」

站在我們後面的賈克在月光映照之下，浮現出憂鬱的表情，他說道：

「哼，會長。現在偉大的涅克斯大王和稍微沒那麼偉大的賈克，天亮了嗎？」

「是啊，天亮了！」

賈克用沙啞的聲音說道：

「賈克，也就是我父親，他常說：『不要隨便參與大人物的事。』呸！可是我父親連自己說的話都沒有遵守。嗯，雖然他經常這麼說。而我，則是以我父親為榜樣的乖兒子。呀啊！」

賈克騎馬跑到哈斯勒的旁邊，站在涅克斯的對面。涅克斯、哈斯勒和賈克三個人現在背對著月亮，並列在一起。我聽到賈克稍微高聲地說：

「走吧，蹩腳的叛變者少爺。你讓我父親還有我祖父死了，我是不是該幫你蓋上你的棺蓋？如果是的話，直到你死，我都要跟著你才對。可惡，我的身世為什麼會是這樣？我以前還希望能讓三叉戟的妮莉亞無法動彈，然後深深地吻她，我以前是拜索斯恩佩裡很有前途的賈克呢！」

涅克斯的身影稍微搖晃了一下。他似乎想要大笑，可是我聽不到他的笑聲。我回頭一看，妮莉亞無力地靠在馬車的車身，呆呆地看著賈克。賈克的聲音繼續傳來。

「走吧，會長。可是我看我們好像不需要老人。特別是有女兒的鰥夫。我們這種沒有家累的單身漢一起走吧！」

「不錯的想法。」

賈克的手壓在哈斯勒肩上的那一瞬間，涅克斯的手如閃電般移動。啪！夾在他們兩人之間的哈斯勒就這樣被涅克斯的長劍劍柄給戳了一下後頸，然後就倒在馬鞍上了。賈克小聲地歡呼著：

「呀呼！就連哈斯勒大叔也抓得到！真不愧是只要一個眼神就能心靈相通的盜賊公會會長和會員，真的是無人能比。哈哈哈！」

賈克雖然這樣渴望受到歡迎，但他只能喃喃自語著沒有人歡迎的話，然後就開始輕快地往前奔去。涅克斯低頭看了一眼倒在馬鞍的哈斯勒，轉過頭來，對我們說：

「請帶著哈斯勒走吧。然後，我預言一件事。在這所有事情結束的時候，你們一定會比我還更加瞭解這所有的事。所以現在請不要再提了。」

接著，涅克斯就轉身過去，背對著我們，又再加上了幾句話。

「可是……你們知道真相之後，一定會變得不幸。」

我們全都一動也不動。涅克斯留下不祥的預言之後，跟在已經離開的賈克後面，開始奔馳了起來。月亮才剛要開始一個晚上的旅程，它四周開始泛起銀光，在它下面兩個男子的身影像是快被月光融化掉似的搖曳著，茫茫地遠離我們而去。

（下集待續）

龍族名詞解說

◆一般武器

大刀（Glaive）：這是種介於槍跟刀之間的武器，基本的型態只要想成《三國演義》中關羽所拿的青龍偃月刀就行了。在東方常被人稱為斬馬刀，基本上是步兵用來攻擊馬上的騎兵或馬時所用的武器。

匕首（Dagger）：此武器由來已久，甚至摔破石頭就可以製作，由於製作極度簡單，可以說只要有人類的地方就一定有這種東西。匕首攜帶方便，容易隱藏，所以即使在火炮發達之後，仍然還是軍人無法離手的原始武器，因而型態也是千差萬別。一般說來它的長度是介於小刀（knife）與短劍（short sword）之間，但其實很難明確地區分。由於長度短，幾乎只能對近身的敵人使用，但危急時可以作投擲攻擊也是很具有魅力的特點。

長劍（Long sword）：與斧頭同為使用於肉搏戰中流傳最久的武器之一。在人類學習運用金屬的過程中，劍也漸漸顯露出大型化的趨勢，依據戰鬥時有利型態的要求，有人在匕首上加上了長柄，走上了轉變為槍的另一條道路，而在度過漫長歷史之後，長劍終於在十世紀左右真正登上了歷史的舞臺。長劍可以說是站在劍類武器的歷史巔峰，劍身長約三～四呎，寬度約一吋，直而具有兩刃，但不像東方的劍上有血槽的設計。從劍的型態上就可以知道，它的機動性高，適合施展各種劍術。所以它是在金屬的冶煉技術進步到能製造出輕而強韌的金屬之後才出現的。

巨劍（Bastard sword）：劍的大型化↓甲冑大型化↓大型化形成了惡性循環，最後出現的就是這種巨劍。這種劍的特徵是，可以像長劍一樣用單手握，也可以像雙手劍一樣用兩手握。所以它在四呎長的劍身上加上了一呎左右的劍柄。馬上的騎士可以一手握住韁繩，另一手揮動此劍；如果下了馬，則可以兩手握劍，對敵人施以強力的攻擊。同樣地，使用此武器時，可以一手拿盾牌戰鬥，或是丟下盾牌，用雙手給予對手一擊必殺的猛攻招式。

寬劍（Broad sword）：劍身長度大約與長劍相當，劍的寬度則相當地寬。一般是用一隻手握劍，具有一個被稱為籃狀護手柄（basket hilt）的圓形護手，防禦力很強。當然，劍的寬度很寬也是對於防禦很有利的一點。步兵使用起來稍嫌厚重，因此主要是騎士在使用這種劍。

三叉戟（Trident）：本來是抓魚的工具。魚叉可以說是它的祖先，為了能夠在水中使用，所以特意做成阻力很低、頭部有三叉，一旦插中物體就不會掉落的型態。人魚跟其他的水中怪物都很喜歡用這種武器，就像閃電是宙斯的象徵一樣，三叉戟則是海神波賽頓的象徵。波賽頓想要折磨奧德賽的時候，就是揮動著三叉戟來引起暴風。

斬矛（Fauchard）：槍的起源是戰鬥時將短劍附在長柄上來使用，之後又出現了兩種發展的方向，一種是長距離攻擊武器的標槍系統（投擲用），另一種則是強化步兵近戰戰鬥力的手持槍系統（刺擊或揮砍用的槍）。論到近戰時的機動性，手持槍系統的槍由於其長長的型態，使得機動性大幅減弱，此種槍的發達原則上是連貫到陣形或戰術的發達，所以才能夠作為近戰時被使用到的武器。由於戰術跟甲冑的發達，逼使得槍身也跟著大型化。經過文藝復興時期之後，槍身的大型化發展到令人訝異的程度，出現了戟、斬矛等等可怕的武器。斬矛在八呎長的柄上再加上新月形的槍頭，不適合刺擊而適合揮砍，因著揮動的半徑大，所以可產生驚人的破壞力。

◆長距離武器

長弓（Long bow）：因為羅賓漢使用而知名的此種武器，特別為英國人所愛用。海斯汀戰役之時，征服者威廉用如雨般的大量箭枝擊退對手之後，英國人甚至造出名稱為English long bow的獨特長弓，由此可知其酷愛的程度。在近代的越戰中，美軍也曾在執行特殊任務，需要在安靜無聲的情況下使用此種長弓。

短弓（Short bow）：既小而且構造又簡單的弓。所用的箭也不長。懷著強烈的好奇心參加狩獵的貴婦人一定都是用這種短弓。

◆衣物／防具

鐵手套（Gauntlet）：指整套甲冑中保護手的手套部分。如果是連身鎧甲的鐵手套，甚至會用鐵皮一直包到手指的關節部分為止。最誇張的情況則是將拇指以及其外的四隻手指分別包住，幾乎不太能動。

袍子（Robe）：寬鬆的連身長衣。中世紀的修道士常作此打扮。

食人魔力量手套（Ogre power gauntlet）：簡稱OPG。戴上此手套，就會有食人魔般的力量。

◆怪物／種族

複製怪（Doppelganger）：Doppelganger是德語，如果用英語來說，是Doublewalker，可以解釋為「雙重行走者」。看到自己的模樣是具有死亡含義的。如果還是不懂的話，請仔細看鏡子。然後想像鏡子裡的自己突然做出和自己不同的動作時的感覺，就應該可以理解了。看到自己的模樣即是被奪走自我，威脅到自己的原貌。這種觀念表現在怪物，即是複製怪。因為這種怪物會偷走人類的模樣，所以通常牠在殺了那個人之後，會扮成那個人，做那個人的替身。

龍（Dragon）：歷史最久遠、結合兩種原型而產生的最強大怪物。這兩種原型是鳥跟蛇。鳥極度自由，甚至可以飛向眾神，帶有向天的性質；蛇藏在地底，行動敏捷，帶有向地的性質。結合了這兩種特性的龍不管在古今中外，都是最有名的怪物。例如伊斯蘭神話的巴哈姆特、中東地區的提爾梅特、北歐神話的米德加爾德蛇、亞瑟王傳說中出現的凱爾特紅龍與白龍、《尼布龍根之歌》中出現的吉克夫里特之龍、猶太神話中（最後也進入了基督教）出現的古蛇（撒旦）、中國的龍……牠們是寶物的看守者以及掠奪者，擁有強大的力量、無限的知識，是處女的掠奪者（跟獨角獸屈服於純潔成相反，龍則會抓純潔的少女來吃。這是很值得詳細考察的差異點），又同時是英雄的試煉與救援。

矮人（Dwarf）：起源雖在北歐神話之中，但我們目前所熟知的矮人面貌卻是透過J・R・R・托爾金（J.R.R.Tolkien）確立的。在北歐神話中，諸神透過巨人伊米爾的身體創造大地之時，這個種族就鑽到了地裡。他們是手藝極佳的鐵匠，擁有無盡的黃金與寶石，用其做出連諸神看了都訝異不止的寶物與武器。例如擲出必定命中的衮尼爾的槍、雷神索爾所持有擊中目標後會回到手上的神錘穆勒尼爾、會自動複製自己的德勞普尼爾的戒指、可以上天下海的金豬格林布爾斯提、西芙的黃金假髮、折起來以後可以放進口袋的船「斯基德布拉德尼爾」等等，全都是矮人的作品（北歐神話中，如果把矮人製作之物拿掉，那麼諸神簡直就是一無所有）。若依照托爾金所描寫的矮人來看，這一族是由偉大的鐵匠奧勒所創造出的，他們是天生的鐵匠、建築師與石工，能製作很精細的工藝品，也是礦工，善於一切需要靈敏手藝的工作。他們對寶石擁有跟龍一樣的貪欲，個性絕對不願受人支配。他們的象徵標誌就是小個子與濃密的鬍子。

獸化人（Lycanthrope）：會變成動物形體的人。最有名的就是狼人，但通常都會變為各地區人們最害怕的動物（例如歐洲是狼，在亞洲通常是老虎）。眾所周知，這些人都是在魔力最強的滿月下變身的。要用銀製武器或魔法武器才能給予傷害，與吸血鬼的共同點是，當某個人類受到獸化人攻擊之後，常常也會變成獸化人。

吸血鬼（Vampire）：因為血是生命的象徵，所以無論是東方還是西方的吸血鬼，我們可發現大都是高等動物。《龍族》裡的吸血鬼則是比較接近於布蘭姆·史鐸克所描寫的人物形象，而非安·萊絲所描繪的樣子。吸血鬼一到滿月的時候就會感受到吸血的欲望，會受到銀製武器或魔法武器的傷害。他們能夠變身為蝙蝠、野狼、霧的樣子，而且在鏡子前面會照不出形影。要是暴露在太陽光底下的話，他們的身體會燒起來，而且也無法涉水。因為擁有強大魅力，所以甚至可以使異性進入被催眠的狀態。被吸血鬼咬到的人就會變成吸血鬼。

藍龍（Blue Dragon）：雖然並不是屬於粗暴凶猛的龍，但常被形容為個性邪惡的龍。主要棲息地在沙漠等乾燥地帶。會噴吐出閃電氣息。

史萊姆（Slime）：型態像是果凍的一種不定型怪物。因為身體不固定，所以可以黏附在洞頂上，等敵人經過時落下把對方罩住，然後分泌消化液將其溶解。只要有一個小縫，牠就可以鑽過去，但移動速度甚慢。

精靈（Elf）：跟矮人一樣都是源自於北歐神話，但還是因為《魔戒》一書而廣為人知。在北歐神話中，他們跟矮人一樣是從巨人伊米爾的身體中出現的種族，但矮人鑽入地下時，精靈則是留在地面上。北歐話叫做Alfen。他們生活在紐爾德的兒子豐裕之神福雷的領地中，擁有美麗的故鄉「精靈之鄉」（Alfheim）。甚至有人說福雷本身也屬於精靈之一。身高跟大拇指差不多，個性善良而愛開玩笑。但是在《魔戒》一書中，精靈的性格卻有了很大的轉變，身為最早誕生的生物，精靈可說本來是大地與世界的主人。身形瘦高，長得都很好看，追求無限的知識與品格、勇氣、善良等等。基本上精靈是不會死亡的（在《魔戒》一書故事發生的舞臺「中土」上，精靈是可以被殺害的。但是被殺的精靈能夠帶著原有的記憶復活）。他們是中土其他生命有限者無法理解的高尚生命體，會因世界的混亂和敗壞而痛苦。他們喜愛詩歌，但也不忌諱拿起劍來對抗敵人。從《魔戒》一書（正確說來應該是《精靈寶鑽》一書）出現之後，精靈與矮人間的仇恨變得眾所周知。他們的特徵是讓人驚豔的容貌與尖尖的耳朵。

食人魔（Ogre）：凶暴的食人怪物。身材高大，力量非常強。長得比巨人更像是怪物，智力薄弱，但是很會使用武器，戰鬥技巧很好。主食是迷路的旅行者，如果突然想吃宵夜，就會到村莊裡抓熟睡的人來吃。

獨角獸（Unicorn）：一般都被畫成白馬的樣子，以額頭中間有一根角而為人所知。那根角上附有強大的魔法，也能當作珍貴的藥材。英國王室的家徽上面就畫了獅子跟獨角獸，據說這兩種動物是宿敵（從這一點上看來，獨角獸應該是產於非洲，很清楚是犀牛的形象以訛傳訛傳到歐洲的結果）。牠們擁有如疾風般奔跑的能力，那根角強大到可以撞獅子來互相戰鬥，但弱點是會屈服於純潔的東西，所以讓一個少女坐到有獨角獸存在的樹林中，獨角獸就會自己前來，將自己的自由奉獻給少女。因此獨角獸代表了對處女地的渴求，也是逐夢之心的象徵。

巨魔（Troll）：起源於北歐神話的食人怪物，智能比食人魔還低。最有名的巨魔是跟惡神洛基結婚，生下了三個孩子（趁著諸神黃昏之時將主神奧丁咬死的狼芬利爾，圍繞地球的大蛇裘孟干達，代表地獄的海爾）的女巨魔安格波達。因為皮膚很堅硬，所以防禦力非常高，就算受傷，也能夠在短時間內再生而恢復（據說可以用巨魔的血加工做成治療藥水）。雖然也會用棍棒等簡單的武器，但是更會利用自己的身體進行肉搏戰。

妖精（Fairy）：他們的個子很小，有翅膀，心情好的時候，會在香菇附近盤旋飛舞，因為喜歡開玩笑，所以常常搞得人類很困窘。特別他們不是跟事物有直接關聯的妖精，而是身為單獨客體的存在物。在《龍族》當中的設定是，由於他們不隸屬於任何東西，也不隸屬於任何次元，對於神與人的差異，也不太感到困惑，對他人的區別力很模糊，因而是自我概念比人類優越的高等存在物。

半身人（Hobbit）：即哈比人，這是J・R・R・托爾金在《哈比人》書裡所創造出來的種族，身高不到一公尺，而個性則是開朗而且樂觀。喜歡貪食好吃的食物，在腳背上長有濃密的毛，並且不穿鞋。

半獸人（Orc）：是一種人形怪物，因為托爾金而變得有名。一般人的印象中，牠的頭是豬頭。地精這個概念是從地底的妖怪而來，相反地，半獸人的概念則既是怪物又是一種種族，跟人非常近似，甚至有一種說法說牠們可以跟人混血（在《魔戒》一書中，有一段暗示到白袍巫師薩魯曼想要做出人與半獸人混血的混種半獸人）。

深赤龍（Crimson Dragon）：這種龍會將維持均衡與中庸當作自己生存的目的。牠的身體是深赤色，很容易跟紅龍搞混，但是因為身上有黑色的條紋，所以近看的時候就可以區別出來（不過先決條件是，你要大膽到敢走近龍的身邊）。牠的興趣是在自己的住處欣賞自己，性格上會努力跟善與惡都保持距離。所以牠不喜歡戰鬥，到了牠判斷只能用暴力手段來解決事情的時候（雖然牠的判斷常失之於武斷），牠就會凶暴到連紅龍都相形失色。在龍當中，牠可以飛得最高，很喜歡俯衝攻擊。

◆魔法

挖掘術（Dig）：在瞬息間挖掘一定區域的土地。對於沙地則是沒有什麼用處，因為一挖掘就會崩塌下來。

瑪那（Mana）：在整個世界裡均勻分布的一種能量。基本上常常因為自然力而重新配置，所以如果達到能量均衡的狀態，也就是某種熱平衡的狀態，這種能量就不會移動。（也就代表著不會發生任何事情）。但是巫師重新配置瑪那時，自然力為了讓瑪那恢復到均衡狀態，所以在一定時間與一定範圍中，就會造成移動。簡單來說，全體溫度都相等的水是不會移動的。但是將水裝到水壺中去煮，因為水中各處產生了溫度差，所以就會開始對流。也就是說在短暫的時間當中發生了猶如擺脫重力影響的現象。這雖然是自然的現象，但是猛一看會以為它忽視重力的存在，如果不知道水是如何發生溫度差異，換句話說，如果不知道下面點著火，看起來就會像是魔法一樣。魔法就只是這種原理的擴大。

魔法飛彈（Magic Missile）：將空氣過度集中，形成柱狀然後對敵人加以攻擊的魔法。因為空氣壓縮的同時，裡面的水蒸氣也會液化，所以會造成光的散射，看來就像光箭一樣。依據施法者的能力，每次所能造出的個數也會隨之而不同。

記憶咒語（Memorize）：巫師在早晨是以記憶咒語作為一天的開始。巫師一面看魔法書，一面記憶自己能力允許範圍內的魔法。沒有記憶過的魔法是無法拿來使用的。遍布在整個世界的超自然力量「瑪那」會因巫師的力量而被重新配置，這時候，瑪那在與自然力的衝突及協調之下會產生魔法效果（就如同技術在與自然力的衝突及協調之下能轉動風車）。如果是正常狀態，瑪那會處在一種平衡狀態，不會與自然力相衝突。但是在瑪那平衡分布的狀態下，卻又很容易就製造出最初的一點點不平衡，而巫師所引發出的這一點點脫離平衡的行為，就能帶來全面性脫離平衡的結果，並且造成瑪那整個都重新配置。這種原理和混沌理論很相像。總而言之，重新配置過的瑪那會干涉自然力，並且扭曲自然力，這就成了魔法。巫師即使無法理解引起這種重新配置的最初的那一點點破壞是什麼東西，但是卻可以「感受」得到。所以每天早晨一邊做記憶咒語，一邊會感受到最初的啟動語。隨著時間的經過，瑪那的配置就會有所不同，所以也必須去感受不同的啟動語，因此巫師每天早晨都需做記憶咒語。

傳訊術（Message）：巫師將自己的話用風傳給希望被聽到的人。

發癢術（Itching）：使被施法者癢到無法忍受的地步。被施予這種法術的戰士即使眼前有不共戴天的仇敵，也只能放下刀劍，胡亂抓癢，並且喊著：「在那裡不要動，等一下！」

增強術（Strength）：被施法的對象可以暫時擁有充沛的精力與力量。

風之僕人（Aerial Servant）：祭司召喚出某種風，可以指使它做搬運東西或傳遞消息的事。

施法（Cast）：唸誦咒語以施展魔法。

火球術（Fireball）：極度上升某個區域的溫度，然後燃燒空氣。型態是採用火球的模樣。

虛幻力量（Phantasmal Force）：巫師所製造出來的幻象。可以發出聲音和光芒，可以真實到使對方相信。對方相信此幻象的時候，能讓對方以為真的被怪物攻擊到了，有時甚至會昏過去。

火焰彈（Flaming Sphere）：可以製造出著火的球。此法術與碰撞到東西就爆炸的火球術不同，火焰彈如果被碰撞到，可能會彈到別的地方。當然，如果是容易著火的東西碰撞到火焰彈的話，就會燃燒起來。

住魔法飛彈。

防護一般遠距攻擊（Protect from Normal Missile）：這個魔法可以保護巫師不受魔法以外的遠距攻擊，例如投擲攻擊、遠射類武器的傷害。可以擋住拋來的石頭或者箭枝等等。但是擋不住魔法飛彈。

◆軍事／戰鬥

先鋒隊形（Vanguard）：以V字形行進。雖然突圍能力很強，但難以進行側面攻擊。

長槍隊（Pikers）：因為使用長槍，無法使用盾牌，所以無法配置在最前方，而是在步兵隊之後，採取輔助步兵的位置。但是因為此部隊可以阻止騎兵的突擊，所以在對騎兵的戰鬥中會移動到前方。

新月隊形（Cresent）：新月形狀的隊形。防禦力很強，而且利於變形為包圍陣形。

◆其他用語

公會（Guild）：通常都是指中世紀歐洲的同業者團體。但是也可以廣義地指為了共同祭祀、共同酒宴、共同扶助等所組成的古公會，或者以政治目的所組成的政治公會等，都算是公會。像古公會這種組織，可以想成是現代的聯誼會，就可以明白古公會的含義。然而，最為人所知的還是中世紀歐洲的同業公會，也就是指相同行業的製造業者的組織。同業公會的由來，是因為中世紀都市文明的發達，隨著發展過程有一些工匠流浪尋找需要他們的人，後來他們停留在村落或首都圈附近，形成一個可以作為援助商圈的組織。在初期，公會成員死亡時會關照其遺族，或者成員倒閉時會給予援助，相互援助的意味非常濃厚，演變到後來，則是強調商業獨占性。也就是說，公會都只採用公會成員的商品，在一個商圈裡強制不採用非公會成員的商品。而在奇幻的世界裡，比較特別的是有一種叫做盜賊公會的組織。這是利用治安的弱點，以及魔力和神力等個人所擁有的武力過分高漲的社會裡所出現的現象。盜賊公會同樣也有公會的基本特性。也就是說，公會成員遭遇困難的時候（例如被逮捕的情況）會給予援助（幫助逃獄，或者幫忙請辯護律師，或者在意志薄弱的公會成員供出情報之前，會很好心地先把他殺死）。等活動，而且同樣地，在同一個「商圈」裡面規定非公會成員是不能營業（偷竊）的。

廊臺（Gallery）：像迴廊般，只有走道的房間。這是在城牆上面用來作為像巡視路一樣走動的空間。

夜鷹（Nighthawk）：指稱夜盜的暗語。

敲打者（Knocker）：第一個敲打卡里斯．紐曼的鐵砧的人。

聖徽（Divine mark）：神的標誌，也就是象徵神的東西（就像基督教的十字架）。

噴吐攻擊（Breath）：龍以及某些怪物所使用的特殊攻擊方法。簡單來說，想成是吐火就行了。從以前開始，為了表現出怪物的恐怖，常會將破壞力強的火跟怪物連結在一起。使用噴吐攻擊的怪物中，最有名的還是龍，所以噴吐攻擊通常都是指龍吐出火焰。一般來說，最有名的是紅龍會吐火，白龍會吐冰氣，藍龍吐電，黑龍吐酸，綠龍吐毒氣。據說像中東神話中提爾梅特那種七頭龍，甚至可以同時使用各種的噴吐攻擊（還真可怕……）。

神力（Divine power）：神的力量。嚴格地說，就是祭司的力量。透過祭司所展現的神力，會依照這個祭司的能力的不同而受到限制或增強。

甦醒（Wakening）：原本處於睡眠期的龍醒來，要進入活動期。

祭司（Priest）：是指得到神的許可，能夠行使神的能力的聖職者（修煉士是無法行使的）。

幼龍（Hatchling）：龍的小孩子。

作者簡介

李榮道（이영도）

一九七二年生，兩歲起在韓國馬山市土生土長，畢業於慶南大學國語文學系。一九九三年正式開始撰寫小說，一九九七年秋在Hite網站連載長篇奇幻小說《龍族》，得到讀者爆發性的迴響，奠定了韓國奇幻小說復興的契機。後陸續出版了《未來行者》、《北極星狂想曲》、《喝眼淚的鳥》、《喝血的鳥》等多部小說，每部銷量數十萬冊，被譽為韓國第一流派小說家，尤其是《喝眼淚的鳥》被稱為韓國的《魔戒》，因為作品中的設定、語言、構圖都是全新創作，適合韓國人的情感，即使在奇幻出版市場的二〇〇三年進入低迷期，仍銷量二十萬冊。《龍族》更是全球銷量破二百五十萬冊的暢銷作品，以其無限的想像、深入的世界觀、出色的製作工藝，成為韓國奇幻文學的代表作，入選韓國國立高中教材，為韓國奇幻文學史開創時代，成為韓國奇幻小說之王。

譯者簡介

邱敏文

政治大學東方語文學系畢業，韓國漢陽大學教育系碩士學位。留學期間，數度擔任貿易即時翻譯及旅遊翻譯。畢業後在電腦軟體公司任職，負責中文化企劃，並曾擔任許多遊戲軟體的中文化翻譯工作，且開始對奇幻文學產生濃厚興趣。曾執筆翻譯《龍族》長篇小說與其他書籍六十餘冊。

鄭旻加

政治大學東方語文學系畢業，赴韓就讀漢陽大學產業設計研究所，獲碩士學位。曾於韓商公司服務三年，負責韓文文件編譯等。並曾擔任韓國音樂CD唱片版面設計，韓文歌曲中文編譯及網路線上遊戲之中文翻譯等工作。

國家圖書館出版品預行編目資料

龍族6：看著前方卻想著後面 / 李榮道著；邱敏文、鄭旻加譯　一初版一台北市：奇幻基地出版；家庭傳媒城邦分公司發行；2025.3
面：公分. –（幻想藏書閣：125）
譯自：드래곤 라자. 6, 앞을 보지만 뒤를 생각한다
ISBN 978-626-7436-56-1（平裝）

862.57　　113014865

ISBN 978-626-7436-56-1

Printed in Taiwan.

城邦讀書花園
www.cite.com.tw

幻想藏書閣 125

龍族 6：看著前方卻想著後面
（全球暢銷250萬冊奇幻經典史詩鉅作25周年紀念典藏版）

作　　者 / 李榮道
譯　　者 / 邱敏文、鄭旻加
企畫選書人 / 張世國
責 任 編 輯 / 張世國、高雅婷

發　行　人 / 何飛鵬
總　編　輯 / 王雪莉
業 務 協 理 / 范光杰
行銷企劃主任 / 陳姿億
資深版權專員 / 許儀盈
版權行政暨數位業務專員 / 陳玉鈴
法律顧問 / 元禾法律事務所　王子文律師
出版 / 奇幻基地出版
　115台北市南港區昆陽街16號4樓
　電話：(02)2500-7008　傳眞：(02)2502-7676
　網址：www.ffoundation.com.tw
　email：ffoundation@cite.com.tw
發行 / 英屬蓋曼群島商家庭傳媒股份有限公司城邦分公司
　115台北市南港區昆陽街16號8樓
　書虫客服服務專線：02-25007718・02-25007719
　24小時傳眞服務：02-25170999・02-25001991
　服務時間：週一至週五09:30-12:00・13:30-17:00
　郵撥帳號：19863813　戶名：書虫股份有限公司
　讀者服務信箱E-mail：service@readingclub.com.tw
　歡迎光臨城邦讀書花園 網址：www.cite.com.tw
香港發行所 / 城邦（香港）出版集團有限公司
　香港灣仔駱克道193號1東超商業中心1樓
　電話：(852)25086231　傳眞：(852)25789337
馬新發行所 / 城邦（馬新）出版集團
　【Cite (M) Sdn. Bhd.(458372U)】
　11, Jalan 30D/146, Desa Tasik,
　Sungai Besi, 57000 Kuala Lumpur, Malaysia.
　電話：603-9056-3833　傳眞：603-9057-6622

Cover Illustration / 李受妍
Book Design / 金炯均
Design Alteration / Snow Vega
文字校對 / 謝佳容、劉瑄
排版 / 菩薩蠻電腦科技有限公司
印刷 / 高典印刷有限公司
■2025年3月4日初版一刷

售價 / 550元

廣　告　回　函
北區郵政管理登記證
台北廣字第000791號
郵資已付，免貼郵票

115台北市南港區昆陽街16號8樓

英屬蓋曼群島商家庭傳媒股份有限公司城邦分公司 收

請沿虛線對摺，謝謝

奇幻基地

每個人都有一本奇幻文學的啓蒙書

奇幻基地粉絲團：http://www.facebook.com/ffoundation

書號：**1HI125**　　書名：龍族 6：看著前方卻想著後面
（全球暢銷250萬冊奇幻經典史詩鉅作25周年紀念典藏版）

| 奇幻基地・2025 年回函卡贈獎活動 |

買 **2025** 年奇幻基地作品（不限年份）五本以上，即可獲得限量隱藏版「山德森之年」燙金藏書票！

子版活動連結：https://www.surveycake.com/s/ZmGx

：布蘭登・山德森新書《白沙》首刷版本、《祕密計畫》系列首刷精裝版（共七本），皆附贈限量燙金「山德森之年」藏書票一張！

《祕密計畫》系列平裝版無此贈品）

山德森之年」限量燙金隱藏版藏書票領取辦法

動時間：即日起至 **2025** 年 **12** 月 **31** 日前（以郵戳為憑）

加辦法與集點兌換說明：

2025 年度購買奇幻基地出版任一紙書作品（不限出版年份及創作者，限 2025 年購入）。

於活動期間將回函卡右下角點數寄回本公司，或於指定連結上傳 2025 年購買作品之紙本發票照片／載具證明／雲端發票／網路書店購買明細（以上擇一，前述證明需顯示購買時間，**連結請見下方**）

寄回五點或五份證明可獲限量隱藏版「山德森之年」燙金藏書票，藏書票數量有限送完為止。

每月 25 號前填寫表單或收到回函即可於次月收到掛號寄出之隱藏版藏書票。藏書票寄出前將以電子郵件通知。若填寫或資料提供有任何問題負責同仁將以電子郵件方式與您聯繫確認資料。若聯繫未果視同棄權。

若所提供之憑證無法確認出版社、書名，請以實體書照片輔助證明。

別說明

活動限台澎金馬。本活動有不可抗力原因無法執行時，主辦單位有權決定取消、中止、修改或暫停本活動。

請以正楷書寫回函卡資料，若字跡潦草無法辨識，視同棄權。

單次填寫系統僅可上傳一份檔案，請將憑證統一拍照或截圖成一份圖片或文件。

隱藏版「山德森之年」燙金藏書票一人限索取一次

本活動限定購買紙書參與，懇請多多支持。

同意報名本活動時，您同意【奇幻基地】（城邦文化事業股份有限公司）及城邦媒體出版集團（包括英屬蓋曼群島商家庭傳媒股份有限公司城邦分公司、書虫股份有限]、墨刻出版股份有限公司、城邦原創股份有限公司），於營運期間及地區內，為提供訂購、行銷、客戶管理或其他合於營業登記項目或章程所定業務需要之目的，以電傳真、電話、簡訊或其他通知公告方式利用您所提供之資料（資料類別 C001、C011 等各項類別相關資料）。利用對象亦可能包括相關服務的協力機構。如您有依個資三條或其他需要協助之處，得致電本公司（(02) 2500-7718）。

人資料：

名：＿＿＿＿＿＿＿＿　性別：＿＿＿＿　年齡：＿＿＿＿　職業：＿＿＿＿＿　電話：＿＿＿＿＿＿＿＿

止：＿＿＿＿＿＿＿＿＿＿＿＿＿＿＿＿　Email：＿＿＿＿＿＿＿＿＿＿

寸奇幻基地說的話或是建議：＿＿＿＿＿＿＿＿＿＿＿＿＿＿＿＿＿＿＿＿＿＿＿＿＿＿＿＿＿＿

量燙金藏書票　　電子回函表單 QRCODE

請剪下上方點數，集滿五點寄回奇幻基地即可獲得限量燙金藏書票，影印無效。

海格摩尼亞
永恆森林
大迷宮
羅克洛斯海岸
布拉德洪
紅色山脈
卡納丁
東部林地
賽多拉斯
那吳勒臣
戴哈帕
巴拉坦
伊斯
魔斐曼海岸
南部大道

龍族的世界
Dragon Raja
北部林地
無盡溪谷
灰色山脈
細美那斯平原
拜索斯
賀坦特
修多恩嶺
修多恩河
雷諾斯
中部大道
中央林地
恩佩河
卡拉爾
伊拉姆斯
拜索斯恩佩
西部林地
褐色山脈
藍色山脈
傑彭
Map Illustration © Hong Yeon Ju